DOOR HET WATER, DOOR HET VUUR

Christian Unge

Door het water, door het vuur

Vertaald door Edith Sybesma

UITGEVERIJ LUITINGH-SIJTHOFF

Oorspronkelijke titel: *Går genom vatten, går genom eld*
Vertaling: Edith Sybesma
Omslagontwerp: Studio Jan de Boer
Opmaak binnenwerk: Crius Group, Hulshout

ISBN 978 90 245 8730 8
ISBN 978 90 245 8731 5 (e-book)
NUR 332

www.lsamsterdam.nl
www.boekenwereld.com

Uitgeverij Luitingh-Sijthoff vindt het belangrijk om op milieuvriendelijke en verantwoorde wijze met natuurlijke bronnen om te gaan. Bij de productie van dit boek is daarom gebruikgemaakt van papier waarvan het zeker is dat de productie niet tot bosvernietiging heeft geleid.

Proloog

Donderdagavond 6 juni
Nobelziekenhuis, Stockholm

Monica Carlsson trok de schaal langzaam naar zich toe en pakte er een aapje uit. Ze voelde het zout van het salmiakdropje tegen haar gehemelte en dat leidde haar gedachten even af. Op het scherm voor haar rolde de internet-tv-uitzending geruisloos voorbij. Haar blik gleed van het supersteile platinahaar van de nieuwslezer naar de rookzuil een kilometer verderop, waar ze nu al een halfuur aandachtig naar keek. Haar enorme directiekamer was aangenaam stil, op de steeds opgewondener telefoonstem van Fredrik voor haar deur na.

Ze richtte haar blik maar een paar centimeter boven haar voeten, die bij de enkels gekruist op haar bureau lagen, en kon aan de horizon vaag twee nieuwe uitstulpingen zien op het grootste pronkstuk van Noord-Europa. Het dak van het ziekenhuis was bekroond met niet minder dan twee helikopterplatforms. Twee! Terwijl het budget voor het vervangen van het leidingwerk in haar eigen ziekenhuis, het Nobelziekenhuis, was gehalveerd.

Ze pakte nog een dropje, dat ze van haar boventanden los moest wrikken, en constateerde dat de rookzuil nu een lichtere kleur had aangenomen. Ze pakte de enige pen die op het bureau lag en liet de punt verstrooid over het gele Post-it-briefje glijden.

Voor de derde keer binnen een halfuur klopte Fredrik aan en keek om de hoek van de deur.

'Is het nog geen tijd?'

Monica zwaaide haar benen van het bureau en stak haar voeten in haar pumps. Ze legde de gouden pen naast het toetsenbord.

'Heb je me horen roepen?'

Fredrik wreef met zijn handpalm over zijn kalende hoofd.

'Maar Göran heeft al drie keer gebeld. Het is een chaos. Wat moet...'

'Hoe heette de arts die zich beneden over de messteek heeft ontfermd?' viel Monica hem op kalme toon in de rede.

De secretaris zweeg. Zijn hand viel met een schokkerige beweging omlaag. Hij haalde een briefje uit zijn zak en las: 'Tekla Berg. Maar...'

Monica's blik ging terug naar het scherm. De klok boven in de hoek gaf 21:43 aan.

Ze keek uit over de stad. Mijn hemel, wat was er aan de hand? Eerst bendeleden met getrokken wapens op de Spoedeisende Hulp, en nu dit. Wat een ellende om ziekenhuisdirecteur te zijn.

Ze liet haar vingers over het gouden kettinkje om haar hals glijden en overwoog haar opties. Het nieuwe brandwondencentrum had de belastingbetaler honderdtwintig miljoen gekost. Desondanks was Uppsala het expertisecentrum voor brandwonden geworden. Het was hetzelfde als eigenaar zijn van een luxe restaurant dat werkte met dure ingrediënten en rusteloze sterrenkoks, en dat dan leeg zien staan. Ze wist wat de oplossing was, ze begreep wie de sleutel was, ze snapte alleen niet hoe ze de aandacht van die persoon moest trekken. Maar ze had een idee.

Ze pakte nog een aapje en stond op. Haar knieën deden pijn, maar ze wilde vandaag niet meer Citodon nemen. Ze was vast van plan met Gregor chablis te drinken als ze thuiskwam. Monica trok de ceintuur van haar broek recht en knoopte haar jasje dicht. Ze wankelde naar het hoge ovale raam. Zou het er vanuit de huizen in de Ringvägen beneden uitzien als een wakend oog? Een oog dat nooit dichtging?

Haar mobiel gaf 21:48 aan. Vijf minuten extra hadden hopelijk minstens één nieuwe patiënt betekend voor het brandwondencentrum.

Monica Carlsson draaide zich om en riep: 'Nu kun je groot alarm slaan. En stuur die Tekla Berg.'

I

Donderdagavond 6 juni
SEH, Nobelziekenhuis

'Instabiele steekwond in traumakamer 1,' zei Emil door de kier van de deur. 'Drieëntwintigjarige man. Vijf minuten.'

Tekla draaide zich om op haar kruk en keek in het gespannen gezicht van de SEH-verpleegkundige.

'Hebben jullie Anesthesie opgetrommeld?'

'Ze komen eraan.'

De hoofdpijn sloeg toe, als een akelig bommetje tussen haar voorhoofdskwabben.

Tekla legde het scalpel neer, trok haar plastic handschoenen uit en zei tegen de patiënt dat hij zich mocht aankleden.

'Bent u dan al klaar?' vroeg de man verbaasd.

'Uw anale abces moet nogmaals worden gedebrideerd, dus we maken een nieuwe afspraak voor het spreekuur.'

'In gewone taal, graag.'

'De puist in uw endeldarm moet nog een keer worden uitgeknepen.'

De man kwam overeind en ontweek Tekla's blik, maar uit zijn lichaamstaal maakte ze op dat zijn mannelijkheid een deuk had opgelopen.

Tekla verliet het vertrek en liep op een drafje naar de SEH. Haar handpalmen plakten aan de stethoscoop, die ze uit haar zak trok. Haar hartslag werd sneller; ze wist meteen waar die stress vandaan kwam, en dat was niet van de patiënt met de steekwond die werd binnengebracht.

Ze liep traumakamer 1 binnen.

Cassandra, een daadkrachtige verzorgster met wit, kortgeknipt

haar en een spinnenwebtattoo op haar slaap, kwam er ook aan.
'Hij heeft kennelijk fors gebloed.'
Tekla merkte dat Cassandra ergens op wachtte en besefte toen waarop. Terwijl ze haar plastic schort en handschoenen aantrok, overwoog ze verschillende opties.
'Oké, roep de consulterende arts op.'
'En Hampus?'
Gladde Hampus, die haar er al sinds hun eerste gezamenlijke nachtdienst een jaar geleden uit probeerde te werken.
'Dat hoeft niet.'
Anki, een andere verpleegkundige, trok het testkarretje erbij en opende de koelkast met geneesmiddelen. Het mentholblauwe licht stroomde naar buiten. Het leek wel of de kamer meteen iets koeler werd.
'Zal ik iets klaarleggen?' vroeg ze.
'Misschien zou een beetje morfine op zijn plaats zijn,' antwoordde Tekla.
Stilte. Tekla maakte zich lang.
'Tien milligram morfine, alsjeblieft.'
Tekla werd misselijk van de hoofdpijn. Ze haalde haar lippenbalsem tevoorschijn, ging met haar rug naar de kamer toe staan, draaide de dop eraf en haalde er een papieren propje uit, kleiner dan een diepvrieserwt, en slikte het met een beetje water in. Het had al na een paar seconden effect. Ze rilde tot aan haar onderrug. De smaak van bittere amandel was altijd weer even verstikkend. Tekla stopte de lippenbalsem weg.
Een minuut of wat later kwam haar grootste bron van zorg door de zwaaideuren naar binnen. Tariq Moussawi, de consulterende arts, liep langzaam; hij slofte bijna over de vloer, alsof er een zandzak aan zijn voeten geketend zat. Hij had een grote bos haar met hier en daar een pluk grijs. Baardstoppels lagen als een onyxzwart geknoopt vloerkleed over zijn gezicht. Hij zei niets en ging gewoon met zijn handen op zijn rug staan wachten totdat Tekla haar mondkapje had voorgedaan. Haar plastic schort hing open.
'Kom,' zei Tariq rustig, en hij gebaarde dat ze zich moest omdraaien. Tekla deed schoorvoetend wat haar werd gezegd. Ze voelde zijn warme, vochtige adem, met een zweem van knoflook, in haar nek. Ze slikte een oprisping weg.

Tariq strikte het plastic schort zorgvuldig en deed vervolgens een stap naar achteren.

'Zeg het maar,' zei hij kortaf.

Tekla keek hem niet aan, bang om te verraden hoe gestrest ze was vanwege de situatie.

'Het is niets.'

'De patiënt?' verduidelijkte haar collega.

'O, aha. Een neergestoken man in hemorragische shock.'

Tariq Moussawi knikte nauwelijks merkbaar.

'Ik dacht dat ik misschien hulp nodig zal hebben,' ging Tekla verder.

'Dat denk ik niet.'

Tekla wist niet wat het alfamannetje uit Bagdad bedoelde. Waarschijnlijk dat hij nu de verantwoordelijkheid overnam, dat steekwonden uiteraard door ervaren chirurgen moeten worden behandeld. Het liefst door mannen, aangezien vrouwen de druk in de traumakamer niet aankunnen. Met misschien nog een aanvullende opmerking over alle operaties die hij in de oorlog had uitgevoerd, met alleen een zakmes en een voorhoofdslamp.

'Roep maar als je het hebt opgegeven,' ging Tariq verder.

Zou hij dan gewoon naar haar staan kijken in de hoop dat ze er een potje van maakte, zodat hij aan Göran en de anderen kon vertellen wat voor sukkel ze was?

'Wat?'

'Begin maar, dan zien we wel hoe het gaat.'

Ze wist dat Tariq het altijd zo deed. Verdelen en heersen. Dat was niet ongebruikelijk onder mannelijke specialisten. Laat het maar over je heen komen. Negeren. Tekla wilde hem vragen het vertrek te verlaten, maar werd in de rede gevallen door Emil.

'Nog een spoedgeval.'

'Nóg een?' vroeg Tekla.

'Een kind van drie met krampen.'

Een zuigende pijn in haar maagstreek. Het enige wat op dit moment veilig leek was Emils vriendelijke blik, waar ze zich even in koesterde. Ze probeerde de gorilla bij het ecg-toestel weg te denken.

'Over hoeveel tijd?'

'Nu! Die doen we in traumakamer 2.'

Emil opende de schuifdeuren tussen beide traumakamers.

Tekla draaide zich om en zag de ambulance binnenrijden met een klein kind.

Ze moest het gewoon aan Tariq vragen: 'Kun jij...'

Hij stak zijn lege handen uit en haalde nonchalant zijn schouders op.

'Ik ben hier niet.'

'Oké. Dan moeten we Hampus maar oppiepen,' riep ze naar Cassandra, met nauwverholen agressie in haar stem. Ze had geen puf om na te denken over Tariqs onorthodoxe pedagogiek. Hij zou ingrijpen, maar alleen als er echt niets anders op zat.

Tekla liep op trillende benen de tweede traumakamer binnen; ze voelde zich net een vogeltje dat uit het nest was geschopt en tussen hongerige vossen was neergekomen.

Bij de brancard stond een ambulanceverpleegkundige hartcompressies uit te voeren met drie vingers op de zachte borstkas van het kindje. De ambulanceverpleegkundige bracht de ouders naar binnen, bij wie de paniek in de ogen te lezen stond. De zuurstofmeter, die geen goed signaal kreeg van de oorlel van het kind, piepte.

De vader, honderdtien kilo testosteron en een dunne stoppelbaard, riep: 'Doe iets! Hij gaat dood!'

Tekla kon constateren dat de hartcompressies in orde waren en dat het buisje goed zat. De vingers van het kind voelden koud en levenloos aan. Er liep mosterdgele poep uit zijn onderbroek.

'Hoe heet hij?' vroeg Tekla op kalme toon.

'Oscar,' zei de moeder, en ze ging bij de brancard staan. Tussen haar tranen door bracht ze snikkend uit: 'Hij... Hij heeft de ziekte van Gaucher type 2, ernstig neurologisch letsel vanaf de geboorte. Dan weet u dat.'

Het leek wel of de moeder elk moment kon flauwvallen.

'Ga zitten,' zei Tekla, en ze wees naar een stoel. Een verzorgster schoot te hulp, maar de moeder wuifde haar weg.

De vader wees als een militair met uitgestoken hand naar haar. 'U moet hem redden!'

De moeder trok de armen van de man naar beneden en kroop als een koalabeer om hem heen.

Tekla liet haar blik van de verbeten gezichten van het ambulancepersoneel langs de rode ogen van de ouders gaan, waarna die bleef rusten op een gele poster in de hoek van de kamer. Vier lange seconden zag ze Gupta's *Textbook of Pediatrics* voor zich, pagina 1364, rechterkolom.

'Hallo!' schreeuwde de vader. 'Waar bent u in godsnaam mee bezig?! Doe iets!'

Tekla wendde haar ogen af van de muur en ging snel met haar handen over het jongetje. Zijn hele lijfje schokte. Ze trok zijn oogleden voorzichtig omhoog en constateerde dat zijn pupillen nauwelijks reageerden op licht.

'Hoelang zijn jullie bezig geweest?'

'Vijfentwintig minuten,' antwoordde de ambulanceverpleegkundige verbeten achter haar rug.

Een verpleegkundige zat gehurkt en probeerde een extra katheter in de pols van de jongen in te brengen.

In de andere traumakamer klonk de stem van Anki: 'Steekwond in aantocht!'

Tekla voelde met haar hand over de buik van de jongen en vond het operatielitteken. Ze vroeg aan de moeder: 'De milt is zeker verwijderd?'

Ze knikte verbaasd.

'Hoezo?'

'En hij heeft de laatste tijd veel last gehad van krampen?'

'Al een paar maanden. We zijn hier al zeker twintig keer geweest.'

De vader leek een plotselinge aanval van helderheid te krijgen en greep zijn vrouw krampachtig vast.

'Maar u stopt er niet mee.' Hij staarde naar het naambordje van de arts. 'Hoort u dat... Tekla Berg. Dat laat ik verdomme niet...'

'Tekla!' riep Anki weer vanuit de andere kamer. De sirenes van de volgende ambulance verstomden in de ambulancehal.

'Ik kom zo terug,' zei Tekla, en ze wees naar twee stoelen tegen de ene wand. Een verzorgster leidde de ouders erheen. En tegen het verplegend personeel: 'Ga door met de compressies. En nog een naald. Zet alles in.'

Tekla ging naar de andere kamer.

De anesthesist had een Poolse naam en een onverschillig wassenbeeldengezicht. In het ziekenhuis stond hij bekend als een man van weinig woorden. Tekla bracht hem op de hoogte van de toestand.

'Ik doe de luchtwegen, jij doet de rest,' zei hij.

Tekla vroeg zich af of hij een grapje maakte, maar er kwam niets meer over zijn vlezige lippen. Hij pakte zijn slangen en intubeerspullen en zoog witte vloeistof op in spuiten. Een verpleegkundige met een blauw kapje hielp hem. Het leek wel of ze een gewone narcose toedienden in de OK. Vanuit een ooghoek constateerde Tekla dat Tariq nog steeds bij de aluminium kasten stond. Hij volgde elke stap die ze zette nauwkeurig.

De deuren gleden mechanisch open. Ze liep naar het ambulancepersoneel toe, een man en een vrouw. De blonde ambulancevrouw bracht verslag uit.

'Drieëntwintigjarige man met een steekwond in de linkerzij. Een minuut of wat nadat het was gebeurd waren we ter plaatse voor het restaurant. Hij heeft veel bloed verloren en is in shock. Bloeddruk tachtig over veertig. Hartslag honderdtwintig. We hebben een drukverband aangelegd, maar dat is weggegleden door al het bloed. Hij heeft een dikke lijn in zijn rechterarm.'

De ambulanceman met het vermagerde gezicht, Reza, gaf Tekla een portemonnee.

Ze wierp een blik op het rijbewijs. De naam klonk Fins. Drieentwintig jaar.

De patiënt op de brancard had kort blond haar en tatoeages op zijn bovenarmen, die onder het donkere T-shirt uit kwamen. Tekla zag dat hij hijgde en zijn gezicht vertrok van de pijn.

'Kun je je mond opendoen?' vroeg Tekla.

De man was moe, maar deed langzaam zijn mond open, en Tekla kon constateren dat de luchtwegen vrij waren. Hij ademde snel en oppervlakkig. Zijn vingers waren ijskoud. Op de bewakingsmonitor was het zuurstofgehalte tweeënnegentig procent. De anesthesist pakte een masker en zette de zuurstoftoevoer aan. Tekla luisterde naar de longen. Geen ademgeluid aan de linkerkant.

Tekla kreeg last van tunnelvisie. In gedachten werd ze heen en weer geslingerd tussen de twee traumakamers. Ze probeerde zich te concentreren op de man voor haar. Misschien een afrekening tussen bendes? Of een roofoverval? Een jaloeziedrama of een ruzie tussen dronkenlappen? Ze zag beelden voor zich van de garage bij de rivier in Östersund. Een eeuwigheid geleden. De herinneringen die rond verschillende vormen van misbruik cirkelden. Rond Simon. Rond hun vader. Flarden uit een ander leven, die nooit uit haar hersenen zouden verdwijnen.

De patiënt kreunde van de pijn. Zijn buik was gespannen. Behalve een heleboel tatoeages en een paar goed geheelde littekens op zijn ene onderarm was zijn huid intact. Ze tilde het verband een stukje op en zag de schade: een schuine snee, circa twee centimeter breed, perfect geplaatst tussen de zesde en zevende rib links in de borstkas. Het mes had de long doorboord en die zat nu vol met bloed, waardoor de saturatie daalde. Hij had waarschijnlijk tussen de één en twee liter bloed verloren. Een precaire toestand – hij kon instorten, het hart kon er elk moment mee stoppen.

Maar er klopte iets niet. De wond zat hoog op de borstkas, niet in de buik. Waarom had hij dan zo'n gespannen buik? Tekla probeerde in het studieboek *Traumatologie* van Moore te bladeren, maar wist dat ze juist van die cursus af en toe een college had gemist. Ze wist ook nog waarom: de eerste overdosis van haar broer. Ze wilde haar mond opendoen om Tariq om hulp te vragen, maar iets weerhield haar.

Uit de andere traumakamer klonken nu opgewonden stemmen. Tekla liep er snel heen en nam plaats naast de moeder. De vader liep opgewonden telefonerend heen en weer.

'Hoe heet je?' vroeg Tekla.

'Sophia.'

'Dag, Sophia. Hebben jullie het over reanimatie gehad?'

Sophia knikte en keek Tekla in de ogen.

'We hebben een document ondertekend dat hij niet aan de beademing zal worden gelegd. Maar Janne is... Hij heeft dat niet geaccepteerd. Hij werkt altijd... Hij is brandweerman, vaak in het weekend en 's nachts. En Oscar is al zo lang ziek... We kunnen het niet aan.' Ze deed haar ogen dicht en sloeg haar handen voor haar gezicht. Ze pakte Tekla's schouder vast en fluisterde: 'Laat hem niet lijden.'

Er schoot een gedachte door Tekla's hoofd, over die seconde waarin alles stopt, waarin het besluit valt: Paul Tibbets die met de Enola Gay boven Hiroshima vloog, had hij getwijfeld of hij de bom zou laten vallen?

'Haal tien milligram Stesolid,' zei Tekla tegen de verpleegkundige, en ze kreeg een vragende blik. 'Geef er vijf.'

'Maar dan...'

'Ik doe het zelf wel. En haal Claforan. We laten de bloedkweek achterwege. Dien alleen snel antibiotica toe.'

De verpleegkundige haalde de spuit en kwam terug met de medicijnen.

Tekla opende het klepje van de kleine katheter die in de handrug van de jongen zat en drukte er vijf milligram Stesolid in. Ze liep terug naar de patiënt met de steekwond en zei tegen haar traumateam: 'We moeten hem op zijn zij rollen.'

Toen zag ze het: nog een bloedende wond, lager in de zij, bijna in de onderrug.

'Twee wonden dus,' vatte Tekla hardop samen. 'Eén in de thorax en één in de nierstreek links. Hij moet naar de OK.'

'Vijftig over onmeetbaar,' zei de Poolse anesthesist, en hij hield het zuurstofmasker boven het gezicht van de patiënt. Opeens kwamen er twee mannen de kamer in, op de hielen gevolgd door een nachtzuster die probeerde hen tegen te houden.

'Hallo, jullie mogen daar niet naar binnen...'

De mannen negeerden de verpleegkundige, alsof ze een druk hondje was dat om hun voeten heen sprong.

Tekla zag dat de mannen een leren vest met een identiek logo droegen, en een wit T-shirt. De ene droeg een chocoladekleurige leren broek, de andere een stonewashed spijkerbroek. Ze waren beiden stevig gebouwd, als voormalige gewichtheffers bij wie de spieren in vet waren veranderd. Hun armen en nek volledig getatoeëerd. De ene had een kaal hoofd en een donzig sikje, de andere stoppeltjes en crèmekleurig haar. Ze gingen aan het voeteneinde van de brancard staan. Tekla ving een glimp op van een pistool achter een broekband.

'Gaat hij het halen?' vroeg de wat grotere man met een zwaar Fins accent.

Tekla zag dat de geschrokken verpleegkundige op de achtergrond naar de telefoon liep en de hoorn oppakte. De kleinste man draaide zich om en schudde zijn hoofd. De verpleegster liet de hoorn los en deinsde terug, starend naar het pistool in zijn hand.

'Hij heeft veel bloed verloren en moet naar de OK.'

De grote man kwam bij Tekla staan en legde zijn hand op haar schouder. Ze voelde de ringen tegen haar sleutelbeen en probeerde het pistool in haar ooghoek te negeren.

'We vertrouwen op jou...' Hij keek naar haar naambordje. '... Tekla Berg.'

Vervolgens stapte hij naar achteren en nam plaats naast zijn maat.

De vader kwam vanuit de andere traumakamer binnen en riep: 'Hij ademt niet meer!'

Tekla draaide zich snel om en pakte een klaargemaakte spuit van het narcosekarretje. Ze hield hem naast haar lichaam en liep naar de vader toe.

'Oscar is doodziek, dat weet u. Gaucher type 2 is eigenlijk niet te genezen. Jullie hebben bovendien besloten dat hij niet mag lijden. Maar het kan bloedvergiftiging zijn, daarom geven we antibiotica. Ik moest hem in een diepe slaap brengen, maar ik heb nu geen tijd om het verder uit te leggen...'

'Maar hij ademt niet!' De ogen van de brandweervader dreigden uit hun kassen te springen van boosheid.

Tekla boog zich naar hem toe.

'Maar nu moet u rustig worden, zodat wij ons werk kunnen doen.'

Ze stak de canule in zijn gespierde dij en spoot alle vloeistof eruit.

Hij brulde het uit van de pijn, maar begreep niet waar die vandaan kwam. Hij stak zijn handen uit naar Tekla's hals, maar een van de motorrijders duwde hem gewoon weg en joeg de gedrogeerde vader terug naar de andere kamer. Hij wankelde even, en het laatste wat Tekla zag, was dat hij in elkaar zakte op een stoel.

Tekla draaide zich om naar Tariq en het leek wel of de hele scène plotseling tot stilstand kwam. Op dat moment wist ze dat hij alles had gezien. Nu kon ze het wel schudden.

Donderdagavond 6 juni
Nobelziekenhuis

'Onmeetbare bloeddruk,' riep de anesthesist.

De kamer schommelde. Tekla was misselijk en voelde het zweet langs haar ruggengraat lopen. Ze overwoog het vertrek te verlaten, of gewoon tegen Tariq te zeggen dat hij het moest overnemen, toen ze Emils stem bij de deuren hoorde, als een spreekstalmeester: 'Hampus!'

Tekla haalde diep adem, deed haar ogen dicht en verplaatste zich in gedachten naar Jämtland. Naar de roeiboot bij het meer. Naar Simon en haar vader, die wachtten totdat ze koffie zou inschenken uit een dampende thermosfles. Saffraangele herfstkleuren op het bladerdak aan de waterkant. Simon die tegen haar zei dat ze voorzichtig moest zijn met haar pianovingers. Tekla die antwoordde: 'Speel zelf maar piano, sukkel. Ik kan mijn drumsticks met mijn voeten vasthouden als het moet.' Hun vader die glimlachte met zijn sigaret in zijn mondhoek. 'Stil, jongens, dan bijten ze misschien nog voordat mama thuis in slaap is gevallen.' Alsof mama voor hen wakker zou blijven, dacht Tekla.

Beng! Anki sloeg het medicijnkastje dicht.

Tekla deed haar ogen open. In drie snelle stappen liep ze naar het neergestoken bendelid.

'Een drain graag. Zo dik mogelijk.'

Ze zette het voeteneinde van het bed omhoog.

'Ik ga intuberen,' hoorde ze de anesthesist ergens op de achtergrond zeggen. Zijn stem klonk alsof hij door een metalen buis ging.

De motorclubleden volgden het drama met verbeten gezichten.

Ze hielden hun pistool stijf vast. Tekla hoorde een van hen telefoneren.

Ze was net bezig steriele handschoenen aan te trekken toen Hampus Nordensköld de kamer in kwam met nog een verpleegkundige. Zijn haar zat in de war.

'Wat is er aan de hand?'

Tekla had hem nog nooit zo opgewonden gezien.

De kleinste motorrijder met het kale hoofd stak zijn arm op en liet Hampus niet bij de brancard komen.

'Eén arts is genoeg. Ze heeft de situatie onder controle.'

'Maar...'

Tot haar voldoening zag Tekla dat de boosheid die in Hampus opwelde op zijn gezicht te lezen stond.

'Jij kunt naar de andere kamer gaan,' zei ze. 'Een jongen met gaucher, die sepsis heeft. Regel een plek op de IC en geef de vader een brancard.' Tekla gluurde over Hampus' schouder en zag dat de vader tegen de schouder van de verbaasde moeder geleund zat. 'Hij blijft de komende vierenhalf uur onder zeil.'

Alsof Hampus ook maar het flauwste benul had wat de ziekte van Gaucher was, dacht Tekla. Maar als mannelijke arts zou hij er altijd liever glashard om liegen dan blijk te geven van zijn onwetendheid.

Hampus haalde beledigd zijn vingers door zijn kuif en sjokte naar traumakamer 2.

'Scalpel,' zei Tekla toen de steekwond schoon was.

'Geen hartslag,' riep de narcoseverpleegkundige met iets wanhopigs in haar stem.

'Hartstilstand,' constateerde de Poolse anesthesist op iets laconiekere toon.

Tekla wilde net 'Compressies, graag' zeggen toen ze vanuit haar ooghoek zag dat de grootste motorrijder drie stappen zette en met hartmassage begon. Perfecte compressies in het juiste tempo en met de juiste diepte.

'Ga door, dokter,' hijgde hij.

Ze pakte het scalpel uit Cassandra's hand en maakte een lange snee op een van de ribben aan de linkerkant van de borstkas. Vervolgens groef ze met haar wijsvinger boven de rib een kanaal naar de borstholte. Opeens vloeide er vers bloed over de zij van de patiënt, dat op het lichtgrijze linoleum liep.

'Bloed,' zei ze, alsof de dieprode fontein die uit de zij van de patiënt spoot iemand kon zijn ontgaan.

De deuren van de traumakamer gingen weer open en de coördinerend verpleegkundige kwam binnen.

'Nog meer bikers.'

'De twee motorrijders keken elkaar verbaasd aan. Het leek wel of Tekla in een aflevering van de tv-serie *Sons of Anarchy* terecht was gekomen.

'Neem het over,' brulde de forse motorrijder. Cassandra legde haar kompressen neer en wurmde zich naar de brancard om door te gaan met pompen. De kleinste van de twee bracht zijn handen achter zijn rug en trok zijn pistool. Hij wees naar de ingang.

Er kwamen vier andere mannen binnen, waarna de eerste motorrijders ontspanden. Ze waren van dezelfde bende. Ze praatten opgewonden en Tekla ving iets op over Albanezen en ratten.

Ze stond met haar vinger in de warme borstkas en kon zwakke pulsaties voelen van de hartmassage. Ze probeerde zich te concentreren, ondanks het zweet dat in haar ogen liep en brandde als azijn.

'Drain.'

Het geluidsniveau steeg.

Ze pakte de dikke plastic slang van Anki aan en bracht die met een draaiende beweging in. Er stroomde vers bloed naar buiten, dat in een zak terechtkwam die Anki net op tijd had aangesloten.

'Is er o-negatief bloed onderweg?' riep ze naar de coördinerend verpleegkundige, die tegen de muur gedrukt stond.

'Dat heb ik hier.'

'Ophangen met overdruk.'

Tekla keek over haar schouder. Tariq Moussawi stond nog op dezelfde plaats. Met zijn armen over elkaar. Zijn gezichtsuitdrukking was veranderd.

Na nog een minuut hoorde ze de anesthesist tegen Cassandra zeggen: 'Even stoppen.'

Een paar seconden was het doodstil in de kamer. De bendeleden wachtten af.

'Zwakke pols,' zei de anesthesist.

Tekla deed haar ogen even dicht. Ze zag Simons grote tanden voor zich, en zijn schalkse ogen.

Toen klonk er gerammel buiten, geluid als van metaal op hout en gepiep van rubber. Daarna kwam de ME met getrokken wapens binnenstormen.

Tekla zag vanuit haar ooghoek dat de agenten de motorbendeleden op de grond gooiden en hun handboeien omdeden. Ze concentreerde zich op het vastnaaien van de dikke drain in de borstkas van de patiënt en wist die uiteindelijk met een paar grove steken op zijn plaats te krijgen. Een van de ME'ers – twee meter lang en met onwezenlijk brede schouders – kwam naar Tekla toe en trok zijn gezichtsmasker naar beneden. De camera die op zijn helm bevestigd was, associeerde Tekla met snowboarders. De agent bleef bij de monitor staan, die aangaf dat de patiënt een hartritme van honderdtwintig slagen per minuut had.

'Alles in orde, dokter?'

Tekla schrok eerst van het grote automatische wapen om zijn nek, maar werd meteen rustiger toen ze zijn meelevende blik zag. Ze probeerde te glimlachen.

'Hij overleeft het wel.'

'Goed werk. Als jullie zo van dit gespuis af zijn, kunnen jullie weer overgaan tot de orde van de dag.'

Een verzorgster wrong zich langs de ME'ers heen en riep luid: 'Het rampenplan is in werking! De Söder torn is geëxplodeerd.'

Tekla liet haar klemmen en naaldgeleiders op de blauwe steriele doek vallen en zag dat de agenten eerst in hun portofoon praatten en daarna met elkaar. De sfeer werd meteen hectisch. Ze hoorde de woorden 'explosie' en 'brand'.

De grote agent kwam weer naar haar toe.

'Er is een explosie geweest in de Söder torn, met een felle brand als gevolg. Onze ploeg is opgeroepen. We moeten erheen.'

'En de bendeleden dan?' vroeg Tekla, terwijl ze een groot, dekkend verband over de drain plakte. De anesthesist koppelde een tweede zak bloed aan; de bloeddruk zat nu op een stabiele tachtig over zestig.

'Een politiepatrouille moet hen naar het politiebureau in de Torkel Knutssonsgatan brengen.'

'Tekla!' riep Cassandra verderop in de chaos. 'Dokter Törblom voor jou.' Ze hield een telefoon omhoog.

Tekla trok haar bloederige handschoenen en plastic schort uit. Ze checkte snel bij de anesthesist of de patiënt onder controle was.

'Het is stabiel. We gaan eerst naar de röntgenafdeling en dan door naar de IC.' In de andere kamer zou het jongetje net door een ander narcoseteam naar de kinder-IC worden gebracht.

Tekla pakte de telefoon aan en noemde haar naam.

'Ik heb instructies gekregen dat jij de eerste medische ploeg moet leiden bij de brand,' zei Leif Törblom onduidelijk. 'We zijn een staf aan het opzetten, maar er moeten snel meer artsen naar de plek van het onheil.'

Tekla keek om zich heen. Ze kon alleen maar doen wat Törblom zei: haar reddingsjas aantrekken en naar de Söder torn gaan. Ze verliet de traumakamer, bleef bij een wastafel staan en nam nog een bom in, die ze met lauw water wegspoelde. In de ambulancehal trof ze de ambulanceverpleegkundigen Johan en Jessica, die net als zij geselecteerd waren voor het eerste medische team.

'Dan gaan we,' zei Tekla. Ze zag dat de ME'er met de blauwe ogen zich omdraaide en haar blik zocht, voordat hij in het zilverkleurige busje sprong en naar de brand verdween. Ze had een vreemd gevoel vanbinnen. Van wie had Törblom de instructie gekregen dat uitgerekend Tekla het eerste medische team moest leiden?

Donderdagavond 6 juni
Söder torn, Stockholm

‘Is hij dood?’ vroeg Johan.

‘Dat weet ik niet.’

‘Zou hij dat niet moeten zijn?’

‘Wacht nou even!’ snauwde Tekla. ‘Zo kan ik toch geen pols voelen?’

Ze wist dat ze sorry zou moeten zeggen tegen Johan omdat ze uit haar slof schoot, maar ze had al zoveel patiënten verzorgd en begon er genoeg van te krijgen. Haar vingers lagen nog op de hals van de gewonde en ze liet haar blik een paar noodzakelijke seconden ronddwalen. De vlammen klommen langs de ene kant van de toren omhoog, waar een gevelrenovatie plaatsvond, en waren al halverwege het gebouw. De zwarte rookzuil rees kaarsrecht op tegen een teer roze avondsluier die aan het naderende duister probeerde te ontkomen. Hiervan zou ze zich elk beeld in detail herinneren, dat was haar schat en haar vloek. Tekla huiverde toen er koude lucht langs haar nek ging, en tegelijkertijd trilde tweehonderd meter verderop de hitte van het vuur. Het rook naar verbrand plastic en geschroeide huid. Het gebulder van het vuur werd alleen af en toe overstemd door exploderende ruiten en de sirenes van de hulpdiensten.

‘Waar hebben jullie hem gevonden?’ vroeg ze, en ze stopte met zoeken naar een hartslag.

‘Bij de centrale meterkast. Onder een wenteltrap.’

Tekla stond op en keek naar de brandweerman. Nu pas zag ze hoe beroet en bezweet hij was.

‘Ga zitten, rust even uit,’ zei ze.

De brandweerman liet zich op een rol slangen zakken, deed zijn jas open en haalde zijn hand over zijn vieze gezicht. Daarna viel zijn hoofd naar voren, alsof zijn nekwervels het opeens begaven. Tekla zag dat hij over zijn hele lijf begon te trillen. Ze wist dat ze naar hem toe moest gaan en een hand op zijn schouder moest leggen, maar ze bleef op haar plaats en rekte haar pijnlijke rug. Voor het eerst in meer dan twee uur liet ze haar schouders een paar centimeter zakken.

'Was hij de laatste die jullie eruit hebben gehaald?'

Hij knikte.

Tekla keek naar het brandende inferno. De laatste patiënt zou dus de eerste worden die overleed. Het lichaam zou moeilijk te identificeren zijn. Ze stak haar hand in de reddingsjas en haalde er een zwart plastic kaartje uit, dat glom in het schijnsel van de vlammen.

'Hoeveel heb je er verzorgd?' vroeg de brandweerman.

Tekla hoefde niet na te denken. Ze zou de gewonden stuk voor stuk kunnen beschrijven: de kleur van de kleding, het haar, de gezichtsuitdrukking, de lichaamstemperatuur. Alles tot in het kleinste detail. Alles, behalve hun geur.

'Dit wordt nummer twaalf,' zei ze.

'Ze hadden op hun plaats moeten blijven. En niet het trappenhuis in moeten rennen.'

'Jullie waren toch niet tot tachtig meter hoog gekomen met die ladders.'

De brandweerman sloot zijn ogen om zich af te schermen tegen de waarheid.

'Hoeveel doden?' vroeg hij.

'Maar één tot nu toe. Maar van de zwaargewonden haalt een aantal het misschien niet.'

Tekla staarde naar het verbrande lichaam. Een mislukking op vele niveaus. Ze draaide zich om naar het veilige duister bij de woonflat Bofills båge, pakte haar lippenbalsem, schudde er nog een bolletje uit en slikte het snel door. Ze proefde de bittere smaak niet eens. Het zou een minuut duren voordat het zou beginnen te werken.

Iemand kwam op zijn hurken naast haar zitten.

'Je ziet haast niet dat het een mens is,' zei hij. Het was Johan, de verpleger.

'Nee, het lijkt meer op het verkoolde kadaver van een dier in een rokende oorlogsruïne,' mompelde Tekla, en ze wilde net om een flesje water vragen toen ze opeens de borstkas van de verbrande man zag bewegen.

Ze boog zich naar voren; haar knieën boorden zich in de zachte aarde. Ze legde haar oor op de plaats waar een mond zou moeten zijn, maar die nu alleen bestond uit grote, koperrode blaren bedekt met roet en bloed.

'Hij ademt!'

Snel pakte ze een zaklamp uit haar borstzakje en scheen in het oog dat niet helemaal bedekt was met verbrand vlees.

'De pupil is klein. We moeten een lijn inbrengen!'

Johan haalde zijn traumatas, terwijl Tekla de holte van de elleboog afspeurde, maar de brandwonden hadden elk bloedvat verwoest. Het gezicht, de romp, de armen... Ze schatte dat tachtig procent van het huidoppervlak derdegraads brandwonden had. De kleren waren weg, zelfs zijn geslachtsorganen waren onherkenbaar. Ze voelde over het hoofd met haar vingertoppen en vond een sponzige deuk in het achterhoofd.

Johan was snel terug.

'Het moet intraossaal,' zei Tekla. 'Hier, op zijn ene knie is een relatief onbeschadigd gebied.'

Johan pakte de boor en duwde er een naald met een gele kop in.

'Dat ik de hartslag niet in de lies heb opgenomen...'

Tekla bekeek het botoppervlak van de rechterscheen bij de knie, pakte de boor en begon. Ze boorde tot aan het merg. Nog geen gepijnigd rillinkje van de patiënt.

Haar blik dwaalde over het lichaam van de man. Normaal postuur. Normale lengte. Hoe oud? Onmogelijk te raden. Geen haar meer over. Het gezicht in principe weg. Het hele hoofd: een dampende, bloederige vleesklomp. Het lijf: een harnas van wondkorst, zwart als drop. Er kwamen beelden van Pompeï bij Tekla op, hoe de mensen die levend begraven waren in hun houding waren verstijfd. Velen van hen sliepen blijkbaar toen de vulkaan was uitgebarsten. Hoe was dat geweest, om daar te liggen? Hoe zou ze het zelf hebben gewild? Had ze gewenst dat iemand haar leven redde... op deze manier? Of had ze alleen pijnstilling willen hebben, zodat ze kon inslapen?

Een tel later leegde Tekla een hele ampul Narcanti en vervolgde met wat kookzout.

'En ook intuberen,' zei ze.

Tegelijkertijd hoorde ze een basstem achter zich.

'Leeft hij nog?'

Vanuit haar ooghoek zag ze een politieman, maar ze richtte zich weer tot Johan.

'Maak een spuit met ketamine klaar. En pak twee zakken Ringer.'

In haar geheugen las ze de linkerkolom van pagina 2127 uit het *Textbook of Burns*. Ze rekende hardop in zichzelf: 'Met een gewicht van zeventig kilo en tachtig procent brandwonden heeft de patiënt de komende tien uur twaalf liter vocht nodig. Intraossaal wordt dat moeilijk, maar daar beginnen we mee. Op de Spoedeisende Hulp moeten ze maar centrale lijnen aanbrengen. Als we daar op tijd zijn.'

'Heeft hij iets gezegd?' vroeg de politieman, die nu vlak naast haar was komen staan. Het leek erop dat hij al vanaf jonge leeftijd zijn dunne haar was gaan compenseren met late avonden in de sportschool en een verzorgde kapitein Haddock-baard. In de politie-uitrusting van de man hing nog geen sleutel los.

'Ziet het eruit alsof hij kan praten?' vroeg Tekla.

'Kan hij geen Zweeds?'

'Ik hoop dat je een grapje maakt.'

'Hebben jullie tatoeages gezien?'

'Op de twintig procent van zijn huidoppervlak die niet beschadigd is, heb ik geen tatoeages gezien, nee. Nu moet je aan de kant, ik moet intuberen.'

Tekla onderdrukte de sterke impuls om de agent opzij te duwen.

De verbrande man bewoog opeens zijn arm een stukje en draaide zijn hoofd Tekla's kant op.

Toen boog de agent naar voren en riep luid: 'Hoor je me? Knik als je me hoort. Getuigen hebben een groen bestelbusje met vier of vijf mannen van de plek zien wegvluchten voor de explosie. Jij was erbij betrokken, of niet? Zijn ze 'm gesmeerd en hebben ze jou achtergelaten? Waar zouden jullie elkaar ontmoeten? Zeg op, nu!'

Geen reactie.

'*Did you put a bomb in the basement?*' riep de agent, die leek aan te nemen dat de trommelvliezen van de gewonde kapot waren.

'*What did you do outside the...* Wat is een meterkast, verdomme? *What did you do* bij de meterkast?'

Nu bewoog de man ongecontroleerd zijn arm, en Tekla zag dat zijn ene oog haar zocht. Ze duwde de politieman weg.

'Als hij ook maar de kleinste kans wil maken om dit te overleven, moet ik nu meteen intuberen.'

'Eén ding nog,' zei de politieman, en hij boog zich weer over de gewonde. 'Als jij dat gebouw hebt opgeblazen en al die mensen hebt verwond, zal ik er persoonlijk voor zorgen dat jij en al je familieleden uit welk godvergeten land in het Midden-Oosten dan ook tot in alle eeuwigheid zullen lijden. Geen profeet kan jou beschermen. Vergeet alle maagden in de hemel maar. Hoor je dat?!'

Tekla joeg de politieman weg, die demonstratief langzaam achteruitstapte.

'Waar heb je het over?' riep ze. 'Hoe kun je weten dat het een terroristische aanval is? Nou? Het kan toch net zo goed een ongeluk zijn geweest of zo?!'

De andere agenten moesten hun chef vasthouden, die naar voren leek te willen stappen om met zijn grote schoenen op de gewonde te stampen. Hij staarde Tekla aan en grijnsde spottend, waarna hij langzaam wegliep. Ook de andere agenten, ME'ers en leden van de EOD zetten een paar passen naar achteren, en het licht van de vlammen kwam terug. Tekla legde haar hand op het voorhoofd van de gewonde. Het bot lag bloot.

Ze boog zich over hem heen en fluisterde: 'Het komt goed, dat zul je zien. Het komt goed... Nu moet je slapen.'

Ze pakte de laryngoscoop en wilde net opschuiven naar zijn hoofd, toen de man zijn wijsvinger naar haar uitstak. Naar Tekla's gezicht. Ze boog zich naar hem toe om te horen wat hij wilde zeggen. Ze ving zijn korte, sissende ademhaling op. Woorden die langzaam, tastend werden uitgebracht. Daarna viel zijn arm weer omlaag en zakte hij weg in bewusteloosheid.

'Wat zei hij?' vroeg Johan.

'Water,' zei Tekla, en ze huiverde. 'Het klonk alsof hij iets zei over zwemmen.'

De nacht van donderdag 6 op vrijdag 7 juni
Nobelziekenhuis

Tekla werd altijd misselijk als ze verkeerd om in een auto zat. De ambulance slingerde, maar ze beheerste zich, ademde diep in en concentreerde zich op één enkele taak: de verbrande patiënt in leven houden. In elk geval totdat ze bij de Spoedeisende Hulp waren. Toen ze vanaf de Ringvägen omlaagreden, zag ze een burgerwagen van de politie vlak achter de ambulance. Die schakelde zijn sirenes uit toen ze de Spoedeisende Hulp naderden.

Met behulp van de beademingsballon duwde ze voorzichtig lucht in de longen van de man. De bloeddruk had ze niet kunnen opnemen, maar ze voelde een zwakke hartslag in zijn lies en wist dat de man nog leefde. Tekla keek naar de plakkerige smurrie die aan haar plastic handschoen kleefde. Zouden die amandelkleurige draden, die eruitzagen als te gaargekookte spaghetti, zenuwen zijn die opgelost waren in de hitte?

De motor viel stil en ze hoorde Johan de schuifdeur opentrekken.

'Hoe gaat het?' vroeg hij.

'Met mij of met de patiënt?'

'Hij leeft dus nog?'

Johan huppelde verder naar de achterdeuren. Tekla benijdde hem om zijn luchtige houding ten opzichte van het leven.

'Goed gereden,' zei Tekla, en ze hielp met de brancard. 'Ik heb deze keer niet eens hoeven overgeven.'

Ze trokken de brancard er samen uit, terwijl Tekla af en toe in de beademingsballon kneep. In de ambulancehal stonden nog acht ambulances, waarvan er twee bezig waren met uitladen.

Tekla zag het medisch afdelingshoofd van de SEH naar hen toe komen. Ze had hem nooit eerder met zo'n rood hoofd gezien. Göran Collinder had zich vast van zijn appartement in Öfvre Östermalm hiernaartoe gehaast, aangezien ze hem voor het eerst zonder zijn donkerblauwe jasje met gouden knopen zag.

'Tekla Berg is het toch?'

'Ik geloof niet dat er nog iemand met die naam in jouw ziekenhuis rondloopt.'

'En dit is de man met de ernstige brandwonden uit de Söder torn?'

'Een van hen.'

Tekla zag nu dat Göran gezelschap had van twee mannen in burger; het zouden rechercheurs kunnen zijn. Ze keek de ene aan, maar verlegde haar aandacht snel naar haar chef.

'We moeten naar de Spoedeisende Hulp,' zei Tekla.

'We wachten hier, dan praten we nadat jullie de patiënt hebben afgeleverd,' zei Göran, en hij keek alsof hij zijn opdracht bevestigd wilde zien. Maar Tekla draaide zich gewoon om en liep door naar de traumakamer, waar een verwachtingsvolle arts klaarstond met een mondkapje voor en in volledig gevechtstenue.

Met pijn in het hart liet Tekla de arme patiënt achter. Er stonden hem beademing en een nacht lang wond spoelen te wachten. Een paardenmiddel. Misschien was het beter geweest om Johans suggestie op de plaats des onheils op te volgen en met behulp van een flinke dosis morfine voor snelle, barmhartige euthanasie te kiezen.

Tekla liep achteruit naar de koelkast met geneesmiddelen, waar Johan iets stond te noteren op een scherm. Hij keek op.

'Wat was dat nou met dat zwemmen?'

Tekla verstijfde.

'Niks.'

'Jawel, zeg op.'

'Ik dacht dat hij dat zei: zwemmen.'

'Toen hij jou zag?'

Tekla zag beelden van het meertje voor zich.

'Het grappige is dat ik niet kan zwemmen...'

Johan keek op.

'Maar waarom zou hij het over zwemmen hebben?'

'Ja, heel gek,' antwoordde Tekla, en ze ontweek Johans nieuwsgierige blik. 'Misschien ijlde hij. Maar het leek alsof hij me aankeek en het klonk alsof hij iets vroeg. Ik heb het vast verkeerd verstaan. De enige die weet dat ik niet kan zwemmen is...'

'Tekla!'

Göran stond bij de deuren van de traumakamer te zwaaien. De politiemensen stonden naast hem; ze moesten kennelijk bij de gewonde man blijven. Nu zag Tekla de chaos. Omdat het rampenplan in werking was gesteld, was er uit de hele stad personeel toegestroomd. Veel meer dan nodig was.

Ze trok haar bebloede jas uit en hing die op achter de ambulancehal, waste haar handen en reinigde ze met alcohol, en plensde koud water in haar gezicht. Daarna liep ze met Göran en de mannen mee. Ze probeerde iets uit Görans lichaamstaal op te maken. Tot nu toe had hij het eerdere drama van de man met de steekwond en het kind met krampen niet genoemd. Had hij nog geen melding van onregelmatigheden gekregen? Of werden zijn gedachten geheel en al in beslag genomen door de brand?

Ze kwamen langs gewonden die op brancards voor de al volle onderzoekkamers lagen.

'Hoeveel hebben we er binnengekregen?' vroeg ze.

'Vijf. Maar slechts twee met ernstige brandwonden.'

'Waarom maar twee?'

'Ja, en die van jou dan; dat wordt de derde.'

'Maar waar zijn alle anderen? Het moeten er minstens tien zijn.'

'Uppsala heeft er vijf gekregen en Solna twee.'

'Uppsala? Maar hebben we in het Nobelziekenhuis dan geen gloednieuw brandwondencentrum?'

'Ja, maar Uppsala is als expertisecentrum aangewezen, zoals je misschien hebt gehoord.'

Göran probeerde te glimlachen, maar was duidelijk veel te gestrest voor valse uitingen van vreugde. 'Nu krijgt de nieuwe unit het druk. Ik weet iemand die daar blij van wordt.'

Tekla verliet de Spoedeisende Hulp en liep langs de kinderafdeling naar de centrale hal. Göran probeerde haar bij te houden. Nog nooit had ze midden in de nacht zoveel mensen in het ziekenhuis gezien. Vanaf de hoofdingang passeerde de ene na de andere stroom van ongeruste familieleden en toegesneld personeel.

Ze sloeg links af.

'Tekla, ik wil dat jij de hoofdbehandelaar wordt van de patiënt met de brandwonden,' zei Göran.

'Ik zijn hoofdbehandelaar?'

'Ik weet dat het nogal ongebruikelijk is, maar deze patiënt is speciaal.'

'Je bedoelt levensgevaarlijk gewond.'

'Dat ook. Ik ben gebeld door de commandant van de ME. Als de patiënt het overleeft, komt er een politieonderzoek. Hij kan betrokken zijn geweest bij de brand.'

'Getroffen, bedoel je?'

'Misschien meer dan dat.'

Ze kwamen bij de lifthal. Tekla drukte een paar keer op het knopje.

'Maar waarom ik? Normaal gesproken is iemand van de IC toch behandelend arts?'

'Ik heb begrepen dat hij heeft gereageerd op Narcanti?'

'Wat heeft dat met het aanwijzen van de behandelend arts te maken?'

'Dus moeten we het beschouwen als een intoxicatie. En de Spoedeisende Hulp is verantwoordelijk voor alle intoxicaties die op de IC terechtkomen.'

De liftdeuren gingen open. Ze liep schoorvoetend naar binnen en slikte een oprisping weg toen Görans aftershave de kleine ruimte vulde. Zo intiem was ze in jaren niet met een man geweest. Ze drukte op de 9.

'Intoxicatie? Maar...'

'Jij wordt om twee redenen zijn behandelend arts,' snauwde Göran haar toe. 'Enerzijds is het een intoxicatie, anderzijds is zijn identiteit onbekend, en de politie wil een contactpersoon hebben voor alles wat er met de patiënt gebeurt.'

Göran keek op zijn horloge.

'Kijk me niet zo aan. Ik heb het niet bedacht.'

'Wie dan wel?'

Tekla zag dat Göran iets wilde zeggen, maar zich bedacht.

De liftdeuren gingen eindelijk open. Tekla liep naar haar kamer en hoorde Göran doorzeuren.

'De ME-commandant zei dat de patiënt je herkende. Klopt dat?'

Tekla bleef bij haar kamer staan en deed de glazen deur open.

Nu drong het tot haar door waarom Göran helemaal tot aan haar slaapkamer was meegelopen.

'Wat bedoel je?'

'Hij wees toch naar je? Leek hij je te herkennen?'

'Hou op. Hij bewoog gewoon zijn arm toen ik hem Narcanti gaf. Hij was zich nauwelijks bewust van wat er om hem heen gebeurde. Heb je gezien hoe hij eruitzag?'

Ze liep haar kamer binnen en bleef voor het raam staan. Ze voelde haar hart bonzen. Het zweet liep haar over de rug en ze rilde over haar hele lichaam. Er was toch maar één iemand die wist dat ze niet kon zwemmen? Maar er zijn natuurlijk veel mensen die dat niet kunnen.

Ze had een bom nodig. Nu.

Göran kwam naast haar staan. Een kilometer verderop zagen ze de Söder torn nog steeds branden. De duisternis was neergedaald over de stad en de vlammen hadden nu de hele wolkenkrabber in bezit genomen, tot aan de bovenste verdiepingen toe. Rond de hele toren stonden steigers.

Ook Göran werd opeens geraakt door de aanblik.

'Oei,' zei hij hijgend.

'Had je het nog niet gezien?' vroeg Tekla.

'Hoe was het eigenlijk?'

'Onwerkelijk.'

Haar gedachten gingen uit naar alle mensen bij de Söder torn die ze had geprobeerd te redden. Was er iets wat ze anders had kunnen doen?

'De redding van Shelob,' fluisterde Göran.

'Van wie?'

'Niks.'

Ze bleven een paar tellen staan staren. Tekla voelde het zweet nu ook langs de binnenkant van haar bovenbenen lopen. Ze had het koud.

'Nu moet ik me echt verkleden.'

Ze maakte aanstalten haar broek los te knopen.

'Hier?'

'Ik was niet van plan als een slager in de metro te zitten.'

'Je weet dat we ons in de kelder verkleden. Daar hebben jullie je kleedkamer...'

'Serieus,' viel Tekla hem in de rede, en ze trok haar broek uit. 'Ik ben nu ontzéttend moe.'

'Oké,' verontschuldigde Göran zich en hij draaide zich om. 'Maar je vindt het goed om behandelend arts te zijn?'

'Heb ik iets te kiezen?'

'Zoals ik het zie niet.'

'Dan is dat toch je antwoord?'

'De politie komt elke dag om elf uur naar de IC. En dan willen ze een update van de situatie.'

'Elke dag?'

'Stipt om elf.'

'Dan komt de rest vanzelf,' zei Tekla met een zucht.

'Wat zei je?'

'Niks.'

Tekla ademde diep in en reikte met een plakkerige hand naar de lippenbalsem in haar zak. Görans mobiel rinkelde.

'Ja... ja... die is hier.'

Göran gaf de telefoon aan Tekla.

'Het is voor jou.'

'Wie is het?' fluisterde Tekla, en ze wuifde de telefoon weg.

'Monica. Pak nou aan.'

Tekla kon nauwelijks bedenken welke Monica Göran bedoelde, voordat ze de telefoon aanpakte en zich meldde.

'Tekla?' klonk een scherpe, montere stem.

'Ja.'

'Ik heb vanavond veel over je gehoord.'

'O ja?'

'Ik wil met je praten. Morgenvroeg. Dan heb je dienst, toch? Je moet om elf uur op de IC zijn.'

'Ja. Maar hoe wist...?'

'Ik bel je,' zei de ziekenhuisdirecteur, en ze hing op.

Tekla gaf de telefoon terug. Met een lege blik staarde ze naar Görans rug toen hij haar eindelijk alleen liet op haar kamer. Er klonk een harde zoem in Tekla's oor, waarna het ten slotte doodstil werd op de negende verdieping van het Nobelziekenhuis.

Nu drong het tot haar door: Shelob.

II

Vrijdagochtend 7 juni
Grönviksvägen, Bromma

Victor Oemarov werd met een ochtenderectie wakker. Die verspreidde een bijna onbeschrijflijke vreugde door zijn lichaam. Victor voelde even aan zijn penis om te kijken of hij stijf zou blijven. Hij vergewiste zich ervan dat het niet weer een stomme droom was.

Victor draaide zich om en schoof dichter naar Elena toe. Ze sliep nog, in zalige onwetendheid van de prachtige ochtendgave die hij haar wilde schenken. Hij stak zijn hand onder haar arm, trok het zijden hemdje voorzichtig opzij, pakte haar grote borst vast en begon toen de brede tepel te strelen, terwijl hij intussen zijn erectie tegen haar spectaculaire kont duwde. Ze hadden elkaar ontmoet op een feest in Moskou en nog voordat hij haar mooi opgemaakte gezicht had gezien, was hij al verliefd geworden op haar billen.

Ze werd wakker. Verdomme, wat zouden ze neuken. Hard en zwetend, zoals ze in maanden niet hadden gedaan. Hij zou een hele kist champagne naar zijn arts in Östermalm sturen. Geen Russische wodka; die konden Zweden toch niet aan. Oog in oog. Net als toen hij begin jaren negentig het Russische staatsmonopolie op elektriciteit had gekocht. Een vaste handdruk en een slok. Toen wel wodka, natuurlijk.

Hij dacht zo diep na over hoe hij zijn arts zou bedanken dat hij zijn concentratie verloor. Hij begon te pompen, zodat het trok in zijn bilspieren.

Elena had gezien wat er stond te gebeuren. Ze trok haar slip opzij. Dit kon snel gaan. Ze was zo nat als de oesters in het Royal

Castle Hotel in Bulgarije. Als hij maar niet klaarkwam voordat hij 'm erin had. Hij moest een paar keer rijden. Erin en eruit. Hij moest dat heerlijk warme gevoel weer krijgen. Haar tegenbeweging voelen.

Maar hij merkte dat er iets veranderde. Zijn piemel was niet meer zo hard. Hij spande zijn billen, probeerde het bloed naar zijn paal te duwen, die met kracht te vullen. Maar het was net alsof iemand de stekker eruit had getrokken. Hij zag een enorme opblaaspop voor zich, zo een als voor een autodealer in de VS, die opeens in elkaar zakt als de airblower wordt uitgezet.

Het was in minder dan een minuut gebeurd. Zestig seconden en hij was weer net zo zacht en slap als hij het hele afgelopen jaar was geweest.

Hij draaide zich om en zwaaide zijn voeten van het bed, op de harige vloerbedekking. Hij ging staan, haalde het pistool uit het laatje van het nachtkastje, duwde het magazijn erin en loste twee snelle schoten. De gouden spiegel van één bij twee meter ging aan gruzelementen.

De deur vloog open en Kamila stormde de kamer in. Ze droeg haar bordeauxrode flanellen pyjama en haar dikke zwarte haar zat in de war. Haar tienerblik was meer boos dan verbaasd. Sardor kwam ook de trap op stormen, met getrokken pistool.

'Rustig,' zei Victor, en hij ontweek de scherven van de spiegel toen hij naar zijn twee kinderen toe liep. Hij nam Kamila in zijn armen en trok haar tegen zich aan. 'Gewoon een spiegeltje dat kapot is gegaan.'

'Spiegeltje? Je bent niet goed snik,' zei Kamila en ze duwde Victor weg.

'Maar altijd nog goed genoeg om mijn prinsesje gouden bergen te geven.'

'Ooo!' kreunde Kamila. Ze stampte demonstratief met haar voet op de vloerbedekking en ging terug naar haar kamer. 'Wat een achterlijke pa...'

Sardor wachtte af.

'Ruim straks maar op,' zei Victor. 'Laat haar nog maar even slapen.'

'Wat een grap,' klonk Elena's stem van onder het dekbed.

Victor verliet de slaapkamer en trok de deur dicht. Hij had

honger en trek in koffie. Hij zou straks wel met die incompetente idioot van een dokter praten. Tegelijkertijd voelde hij een steen in zijn maag. Hij moest niet zo impulsief reageren, hij moest het geweld achter zich laten. Telkens als hij een terugval kreeg, had hij het gevoel dat het leven één grote mislukking was.

'Ik wist niet dat je dat oude speelgoedpistool nog had,' zei Sardor.

'Alleen voor zelfverdediging. Een beetje nostalgie.' Hij stopte zijn Makarov uit 1951 in zijn ochtendjas.

Sardor haalde gelaten zijn schouders op.

'We hebben een probleem, Victor. Er is vannacht ruzie geweest in een ziekenhuis en...'

'Waarom...' viel Victor hem in de rede. 'Waarom zeg je niet "papa" tegen mij, net als Nina en Kamila? Of "vader". Of "paps". Wat dan ook. Je doet alsof je me niet kent. Je eigen vader van Oezbeeks vlees en bloed!'

Hij klopte op zijn dikke buik en kneep in Sardors wang.

'Kijk maar, voel de oerkracht rond de navel. Weet je niet meer dat je...'

'Een van de Red Bears is neergestoken in een kroeg in Södermalm,' onderbrak Sardor hem, hij wendde zijn hoofd af en stopte zijn pistool in zijn schouderholster. Zijn grijze T-shirt had donkere zweetkringen onder de armen. 'Hij is naar de Spoedeisende Hulp van het Nobelziekenhuis gebracht. Het werd chaotisch. Het gerucht gaat dat iemand van de Noordelijke Netwerken hem heeft neergestoken.'

Elena liep langs en zuchtte luid. 'Moeten jullie het altijd over het werk hebben?'

'Ik kom over vijf minuten, schat,' zei Victor en hij wachtte totdat Elena de trap af was.

Victor trok zijn zoon naar zich toe, drukte hem tegen zich aan en probeerde hem vast te houden. Hij aaide hem over zijn hoofd, net zoals hij ruim dertig jaar geleden in Londen had gedaan. Sardor was vijf toen Nina voor het eerst naar school ging. Toen al hadden ze een heel verschillend temperament. Sardor sliep onrustig, 's nachts riep hij vaak om zijn ouders. Nina had meteen vrienden en vriendinnen, en was plichtsgetrouw. Sardor begon al rond zijn tiende te flippen. Victor had weinig herinneringen aan die tijd;

dat kwam doordat hij continu op reis was geweest, realiseerde hij zich. Op reis door het enorme, ineenstortende Sovjetimperium, waar Boris en hij bedrijven hadden gekocht, waarvan hij zich de naam niet eens meer kon herinneren. Het had allemaal een prijs gehad. De beelden van de FSB-agenten in burger die zijn kantoor in Moskou binnenstapten en hem vroegen mee te komen, zaten voor altijd in zijn geheugen gegrift. Op dat moment besefte hij dat hij zijn zoon niet de opvoeding had gegeven die hij nodig had. En dat het te laat was.

Sardor duwde zijn vader weg.

'De Noordelijke Netwerken?' vroeg Victor.

'Volgens Eje, maar dat is niet helemaal zeker.'

'Heeft Jensen niet zelf gebeld?'

'Wat maakt dat uit?'

'Heb je hem onlangs nog gezien? Net zo vet als Jeltsin op het laatst.'

'Wie?'

'Weet je niet wie Boris Jeltsin is? Wat ben je toch een verward, klein...'

'Kunnen we gewoon besluiten wat we gaan doen?'

Sardor veegde het zweet van zijn voorhoofd en streek met zijn hand over zijn kortgeknipte dikke haar.

'Welke bende van de Noordelijke Netwerken?' vroeg Victor. 'De Leeuwen? K-men? Jakan Crew? No Way Out, of hoe ze ook allemaal maar heten?'

'Hoe moet ik weten welke bende het is? Er gaan geruchten, zei ik toch? Maar je hoeft je geen zorgen te maken. Ik regel het wel.'

'Vertel eens wat Eje zei.'

'Een van de jonge prospects, Jarmo, is in zijn borst gestoken. Ik weet niet of hij het haalt.'

'Maar waar ging het om? Vrouwen? Drugs?' vroeg Victor.

'Hoe moet ik dat weten?' verzuchtte Sardor geërgerd. 'Je moet je niet met alle details bemoeien, daar waren we het toch over eens? Hoe minder je weet...'

'Maar Jensen is kwaad?' vroeg Victor verder.

'Ja, hij is des duivels. Volgens Eje wil hij iedere puber in Skärholmen-Centrum voorzien van een AK-5. Het zou me niet verbazen als hij dat letterlijk bedoelde. Is dat genoeg? Hou jij je nu maar bij je vertalingen.'

Victor ging met zijn hand door zijn piekerige haar en friemelde aan een klit die 's nachts was ontstaan. Hij herinnerde zichzelf eraan dat hij iets aan zijn kapsel moest doen voor het feest volgend weekend.

'Zijn de Noordelijke Netwerken de afgelopen tijd van cash beroofd?'

'Onduidelijk.'

'Misschien kunnen we een hand uitsteken en hun wat lenen. Waarom niet meteen een bank beginnen?'

Sardor keek naar de scherven op de vloerbedekking.

'Je weet wat een gebroken spiegel betekent?'

'Een spiegel kun je repareren,' antwoordde Victor. 'Bendeoorlogen kunnen de zaken permanent beschadigen.'

Victor staarde uit het raam dat uitkeek op het zwembad. Elena slofte naar het bankstel met een glas vruchtensap en een kop koffie in haar hand. Naast de muur speelden de drie mastiffs met hun speelgoedberen.

'Verdomme!' riep Victor uit.

Sardor schrok ervan.

'Rustig maar, we lossen het op, zei ik. We hebben de zaken onder contro...'

'Het zwembad ziet er niet uit.'

Sardor schudde in verwarring zijn hoofd.

Victors stem werd weer rustig.

'Snap je hoe hard ik heb gewerkt om de controle over de heroïne te krijgen in deze stad?'

'Je hebt nu meer grijze haren dan toen we hier kwamen wonen.'

'Ik denk niet dat je dat echt weet. Alles wat je hier ziet' – Victor maakte een breed gebaar met zijn hand – 'is het resultaat van een project waar ik jaren geleden in een smerige Russische cel mee ben begonnen.'

'Ik dacht dat je vertaler was van Russische literatuur. Staat dat niet op je belastingformulier? Bovendien had je die opdracht toch van de FSB gekregen?'

Victor zuchtte. 'Ze hadden me nooit vrijgelaten en me naar Stockholm gestuurd als ze niet wisten dat ik het goed zou doen. Hoeveel dagen van je leven heb jij opgesloten gezeten op zes vierkante meter? Nee, precies. Toen heb ik besloten' – Victor draaide zich om en pakte Sardors achterhoofd vast – 'dat ik een imperium zou stichten voor mijn gezin, een rijk een keizer waardig. En dat ik anders net zo goed een pistool in mijn mond kon steken en de trekker overhalen.'

Sardor keek met een mengeling van angst en ontroering naar zijn vader. Victor glimlachte zijn zoon genadig toe. Hij liet zijn hoofd los en krabde aan een venijnige eczeemplek op zijn elleboog.

'De Noordelijke Netwerken, zei je?'

'Ja, maar...'

'Zit de opslag in Tullinge vol of niet?'

Sardor schrok.

'Wat bedoel je?'

'Waarom kijk je zo gestrest?' vroeg Victor. 'Een eenvoudige vraag, zoon. Hebben we genoeg wapens voor het geval dit escaleert?'

'Hoezo escaleert?'

'Dat betekent dat het groeit, groter wordt, toeneemt.'

'Ik weet wat "escaleren" betekent,' siste Sardor.

Victor legde zijn hand op Sardors wang en glimlachte.

'Met jou weet je het nooit. Dus we hebben genoeg wapens?'

'Zeker. Na de inval in de Walpurgisnacht hebben we alles van Haninge naar Tullinge overgebracht, maar...'

'Mooi. Het is mijn wens om deze activiteiten mee te nemen in mijn graf, waarna Nina de familie een nieuwe, legale toekomst in leidt, maar toch heb je geen idee hoe fijn het is om jou op straat te hebben. Totale controle over de drugs, de vrouwen, de wapens, de geldstromen...'

Sardor wist niet waar hij moest kijken.

Victor haalde diep adem en voelde dat hij echt wakker begon te worden. Zelfs het zwembad moest vandaag wachten. Het had veel tijd gekost om de broze relatie met de motorbende in Skärholmen op te bouwen. Maar de Noordelijke Netwerken leken sterk en waren in opkomst. Een grootschalige confrontatie zou veel te veel kosten. De mannen in pak van de FSB-centrale in Moskou zouden niet blij zijn als Victor de controle verloor over de noordelijke toegang naar Scandinavië. Victor hing aan Sardors schouder en dacht na.

'We bewandelen de diplomatieke weg wat dat steekincident betreft.'

'Ik denk niet dat Jensen dat nu graag wil horen,' zei Sardor.
'Daarom moet jij hem ervan overtuigen.'
'Ik?'
'Ja.'
'Maar...'
'Ik ga niet mee. Je moet een keer inzien dat ik me ga terugtrekken als *vor*.'
Victor had eigenlijk een hekel aan dat woord, de Russische benaming voor 'maffiabaas', maar het leek hem goed om in dit verband zijn titel te benadrukken.
Sardor wilde iets zeggen, maar Victor hield hem tegen.
'Problemen zijn er om opgelost te worden. De vraag is alleen hoe. En er moet een einde komen aan al het geweld. Je moet laten zien dat je even rustig en keurig kunt onderhandelen als een professionele diplomaat. Nee, nu plas ik in mijn broek.'
Sardor keek ongemakkelijk.
Victor hinkte naar de badkamer.
'Laat wat diplomatiek fingerspitzengefühl zien. Absoluut geen onnodige oorlog tussen Jensen en de Noordelijke Netwerken. Punt uit. Hou je temperament in bedwang. En, Sardor?'
'Ja?'
'Maak papa blij.'
Sardor draaide zich om en liep weg. Hij moest opschieten als hij nog op tijd op zijn yogales in Kungsholmen wilde komen. In het trappenhuis typte hij 'escaleren' in op Google.

Vrijdag 7 juni
Red Bears Motorclub, Skärholmen

Behalve een roze bergingswagen was er op straat alleen een total loss gereden Mazda te zien. Het hoge prikkeldraadhek dat het gebouw omgaf, was geen ongewone aanblik op het industrieterrein, dat zich de afgelopen tijd had onderscheiden als het nieuwe autobrandendistrict van de zuidelijke stadsdelen. De ondernemers hadden de handen ineengeslagen en een beveiligingsbedrijf in de arm genomen. Niet dat Sardor ook maar een seconde dacht dat de Red Bears Motorclub bijdroeg aan de maandelijkse contributie.

Er werd een groot hek opengeduwd door een man met een bovenlichaam ter grootte van een wijnkast.

Sardor wees naar diens kierende vest.

'Je kunt daar beter niet mee te koop lopen.'

De man trok wat onhandig aan het vest, maar deed geen poging zijn mini-uzi te bedekken.

'Het is oorlog.'

Sardor zuchtte. Hij was nu al geïrriteerd.

'Het wordt moeilijk oorlog voeren vanuit de cel als je gepakt wordt voor ongeoorloofd wapenbezit.'

Sardor liep naar het clubhuis. Een tiental motorfietsen stond keurig op een rij buiten, de ene met een nog langere voorvork dan de andere. De chromen details glinsterden in de lentezon.

Voor de deur van het gebouw van twee verdiepingen, dat er net zo uitzag als alle andere kantoorgebouwen op het terrein – bunkergrijs gepleisterde gevel, slecht onderhouden dubbele ramen, witte kozijnen –, stond de volgende krachtpatser op wacht. Op zijn leren vest stond ROAD CAPTAIN.

‘Alles onder controle, Eje?’

‘Jensen heeft wel eens een beter humeur gehad,’ antwoordde Erik ‘Eje’ Johansson, terwijl hij Sardor fouilleerde.

Sardor liep verder door een donkere gang, totdat hij bij een grote kamer kwam. Een lange bar strekte zich uit langs de ene muur. In een hoek stond een vormeloze leren bank. Een lage glazen tafel stond vol met flessen in verschillende tinten groen. Aan de muur hing een grote zwart-geel-rode vlag met een afbeelding van een man met een sombrero. Hij hield een pistool in zijn ene hand en een zwaard in de andere. Midden in het vertrek stond een biljart en in een andere hoek bevond zich een grote eettafel met een twintigtal stoelen.

Op een van de stoelen zat Christian Jensen een sigaret te roken. Hij zoog de rook op alsof het om zijn laatste trek ging. Op zijn schoot had hij een elektrische gitaar zonder snoer. Aan de andere kant van de tafel zaten twee mannen. De ene had lang, netjes gekamd haar en droeg een leren vest met een gespleten doodshoofd erop. Sardor knikte naar Totte Lidegren. De andere man, Penti Harju, was iets ouder en had asblond haar met een zijscheiding en een walrussnor. Aan de korte kant zat nog een man, iets dunner, met een kaalgeschoren hoofd en een zwart sikje – waarschijnlijk geverfd, aangezien hij in de zestig leek te zijn –, die met zijn vingers op het tafelblad roffelde. Het was Johan Holmström, bijgenaamd ‘De Graaf’.

Sardor had het verhaal erachter gehoord: Johan Holmström was in zijn jeugd fan geweest van een Noorse metalband, waarvan een van de leden ‘De Graaf’ werd genoemd. Die kerel scheen in de bak te zitten, veroordeeld wegens moord.

Terwijl Sardor het vertrek door liep, dacht hij erover na of er een sjabloon was voor hoe een motorclubhuis eruit moest zien. Hadden ze allemaal naar dezelfde tv-serie gekeken?

Hij liep naar Christian Jensen en gaf hem een hand. De president bleef zitten – waarschijnlijk zou hij vaatkramp krijgen als hij zijn honderdtwintig kilo zware lijf van de stoelzitting moest optillen. Zijn benen waren dun als de poten van een geit. Tussen zijn woorden door ademde hij zwaar. Zijn lange, pluizige rode baard hing als een slab over zijn borstkas.

‘Hoog bezoek, zie ik,’ zei Jensen.

Hier en daar een glimlach bij de andere mannen.

Sardors hartslag versnelde. Hij probeerde Jensens blik te vangen, maar zijn ogen waren zo diep begraven in vet dat dat bijna onmogelijk was. Sardor keek om zich heen. Het kledingvoorschrift was zo te zien: zwart of wit T-shirt, leren vest en donkere broek. Verbazingwekkend veel van hen droegen sportschoenen. De enige die stevige laarzen aanhad met een hak en zilveren punten was Christian Jensen zelf. Sardor vermoedde dat de president als hij mocht kiezen vast graag een sheriffster zou dragen. Maar hij had met de moederclub te maken. De Red Bears waren ondanks alles maar een supportclub en moesten zich aan bepaalde formaliteiten houden.

Het was stil geworden in het vertrek. De man aan het hoofd trommelde weer met zijn pezige vingers op de tafel. Op zijn vest stond VICEPRESIDENT. Zijn ingevallen gezicht had een zelfingenomen trekje, vond Sardor. Misschien was "De Graaf" dement geworden van al het lijm snuiven.

Christian Jensen aaide zijn elektrische gitaar alsof het een kat was.

'Ben je afgevallen?' vroeg Sardor ten slotte, en hij trok een stoel bij. 'Staat je goed.'

'En jij bent ook lichter geworden,' siste Jensen. 'Wat betekent dat je praktisch alleen nog vel en botten bent. Binnenkort zit je in dezelfde gewichtsklasse als je zus met haar anorexia. Hoe gaat het met Nina?'

'Uitstekend.'

'Je komt zonder de baas, zie ik.'

'Hij heeft me gestuurd om...'

'Nogal een groot pak om aan te trekken,' zei Jensen, en hij lachte spottend.

Sardor probeerde te glimlachen en legde rustig zijn hand op de tafel. Hij schoof een afgezaagd hagelgeweer opzij.

'Fijn dat je nog kunt praten. Ik maakte me een poosje zorgen dat je was gesmoord in je eigen vet. Het gerucht gaat...'

'Wat? Zijn er geruchten over mij?' Christian Jensen boog zich met slecht gespeelde nieuwsgierigheid in Sardors richting. 'Wacht even... Hoorde je dat?'

Sardor speelde mee en keek nieuwsgierig.

'Je tinnitus?'

'Buiten. Het klinkt als... kanonnen en trommels. Is er geen oorlog gaande?'

'In mijn oren is het even stil als in de kerk op maandagochtend,' zei Sardor. 'En zal ik je eens wat zeggen? Zo stil blijft het ook.' Hij leunde achterover en klopte op een AK-5 die op tafel lag. 'Omdat deze speelgoedjes hier op tafel blijven liggen tot er stof op zit.'

Christian Jensen barstte opeens uit in een klaterende lach. Hij gebaarde dat hij iets wilde hebben om in een glas te gieten. Een gozer in een leren vest zonder logo's haastte zich naar de bar en kwam meteen terug met twee glazen en een fles wodka. Jensen schonk in.

'Nu proosten we.'

Sardor nam het glaasje aan van Danne-Pix, een prospect die Sardor een paar keer was tegengekomen bij de opslagplaats in Årsta.

'Op onze geweldige samenwerking.' Christian Jensen dronk zijn glas leeg en spoorde Sardor aan hetzelfde te doen. Hij dronk. 'Op de Oezbeeks-Finse vereniging in Söderförort.'

'Maar je bent toch geen Fin, Christian? Je hebt toch een voorkeur voor plakkerige vanillebroodjes?' vroeg Sardor met een geamuseerde blik. Hij wist heel goed dat Christian Jensen een Deen was. Vijf jaar geleden was Jensen bij de Black Angels weggegaan na een intern conflict, dat volgens de geruchten ging over de vraag of de Black Angels in Denemarken al dan niet met trafficking zouden beginnen. Jensen verhuisde naar Zweden, eerst naar Helsingborg en daarna naar Skärholmen, Stockholm, waar hij de Red Bears oprichtte. Nu waren ze een supportclub geworden, maar nog steeds viel er heel wat te bewijzen tegenover de moederclub.

'En heel Oost-Europa is bij jullie vertegenwoordigd, dus zo Fins zijn jullie toch niet?'

Opeens leek Christian Jensen genoeg te hebben van het toneelstukje. Misschien had hij last van de staaldraden die zijn borstkas bij elkaar hielden na de bypassoperatie.

'We eisen een rechtmatige wraak, daar kan Victor ons niet van weerhouden. Die jongen is pas drieëntwintig.'

'We weten dat Jarmo de zoon van Penti's broer is en we vinden het heel erg dat hij is neergestoken.'

Penti, de man met de walrussnor, knikte goedkeurend.

'Oké,' zei Jensen. 'Jarmo is aangevallen, bijna gedood, door een snotaap die een stuk van ons territorium wil. Als we niet terugslaan, denken alle bendes in de stad dat ze allerlei geintjes kunnen flikken zonder dat dat consequenties heeft.'

'Maar we weten helemaal niet wat er is gebeurd,' ging Sardor verder. 'Misschien liet Jarmo alleen zien dat hij nog maar een klein ventje is. Misschien had hij de verkeerde chick opgepikt aan de bar van Kvarnen.'

Penti wilde zijn pistool pakken, maar Christian Jensen wapperde afwerend met zijn dikke hand.

Sardor dempte zijn stem.

'Victor wil niet dat jullie dit laten escaleren. We zullen het hoerenjong vinden dat dit heeft gedaan. Geef mij Eje, dan kunnen hij en ik dit samen regelen.'

De vicepresident trommelde nog steeds met zijn vingers.

Sardor merkte dat Jensen schrok toen Victors naam werd genoemd. Hij was wel de vor, iemand die je niet kwaad maakt. Iedereen was zich er terdege van bewust dat de FSB een paar mannetjes zou kunnen sturen voordat een motorbende of de Noordelijke Netwerken hun wapens konden herladen.

'Dus jullie weten wie de schuldige is?' vroeg Jensen, en hij hernam de controle. 'Dat is makkelijk. Geef ons gewoon de naam, dan hoeven we niet alle Leeuwen en K-men in de stad weg te vagen. Dat spaart een hoop munitie.'

'Geef ons een paar dagen. De jongen wordt in slaap gehouden. Wees brave familieleden in het ziekenhuis, focus je daarop. Geef het personeel chocola en dingen die ze leuk vinden.'

Het gezicht van Christian Jensen had nu een blauwpaarse tint aangenomen.

'Jullie Russen snappen er niets van. Als iemand van ons wordt aangevallen, dan wordt er teruggeslagen. Dat is een natuurwet.'

Sommige van de krachtpatsers in het vertrek grinnikten. Dat mocht nu schijnbaar.

In minder dan een seconde had Sardor zijn tweesnijdende mes getrokken en de hand van de vicepresident tussen het tweede en derde middenhandsbeen doorboord. De pijn bereikte de hersenen van De Graaf en hij slaakte een oorverdovende schreeuw, die

Christian Jensen het lachen deed vergaan.

De bendeleden hadden nu hun wapens getrokken en richtten die op Sardor Oemarov. Tegelijkertijd had Sardor zich gebukt en zijn Glock uit de binnenkant van zijn schoen gehaald. Dat wapen duwde hij nu tegen de vette slaap van Christian Jensen.

Jensen stak snel zijn hand op en de scène bevroor tot ijs.

'Zo, de zoon van Rambo is tot leven gewekt. Zijn beroemde humeur heeft zojuist een opdonder gekregen.'

Sardor ademde een paar keer diep in en probeerde zijn hartslag omlaag te brengen. Hij hield het pistool doodstil.

'We beginnen opnieuw. Victor laat weten dat wij het regelen.'

Jensen glimlachte geforceerd.

'Natuurlijk. We kunnen hier als beschaafde mensen mee omgaan. Zeg dat maar tegen Victor. En neem Eje maar mee.'

Johan 'De Graaf' Holmström hijgde door zijn neus om de pijn te bedwingen.

Sardor trok het mes er met een ruk uit en stopte het pistool terug.

Iedereen liet synchroon zijn wapen zakken.

'Maar als jullie binnen een week geen naam of een hoofd in een zak hebben aangeleverd, zetten we de poorten van de hel open,' besloot Jensen.

'Een tip voor de toekomst,' zei Sardor. 'Zeg nooit Rus tegen een Oezbeek.'

Vrijdag 7 juni
IC, Nobelziekenhuis

De brandwondenunit van de IC was niet moeilijk te vinden. Die zat achteraan en de drie brandwondenkamers waren allemaal zo groot als een klaslokaal. Het was er zo steriel dat je daar een operatie had kunnen uitvoeren. Tekla trok beschermende kleren aan, liep door de luchtsluis en kreeg een merkwaardig tafereel te zien in de kamer: een vrouw van middelbare leeftijd boog zich over de verbrande patiënt en tilde haar leesbril op, alsof ze een ongewone insectensoort bekeek in een museum. Naast haar stond een verpleegkundige, die een nieuw verband aanbracht om de arm van de patiënt. Tekla liep naar hen toe.

'Hoe gaat het?'

'Vanochtend had hij tachycardie en de dienstdoende arts zag dat als een teken dat hij pijn had. We hebben de dosis propofol verhoogd.'

De vrouw die over de patiënt gebogen stond, keek op en stak haar hand uit.

'Rebecka Nilsén, rechercheur bij de NOA.'

'NOA?'

Rebecka glimlachte en hield haar hoofd een beetje schuin. 'De Nationale Operatieve Afdeling. Het overkoepelende deel van de politie. Wij worden ingeschakeld als er sprake is van... een ernstig misdrijf.'

'Ernstig?'

'Maar wie ben jij?' vroeg Rebecka.

'Tekla Berg, SEH-arts en...'

'Ah, je bent onze contactpersoon,' viel de vrouw haar met een hartelijke glimlach in de rede. Ze zette haar bril af en liet die aan het dunne knalgele koordje op haar borst hangen. Haar haar, waar een beetje grijs in zat, was strak achterovergekamd en opgestoken. De donkere cadmiumpaarse lippenstift viel Tekla op. Al met al: een struise vijftigplusser. 'Ja toch?' voegde Rebecka eraan toe.

'Mijn baas heeft me gevraagd jullie op de hoogte te houden.'

'Het is fijn om maar één mobiel nummer in de gaten te hoeven houden. Wanneer kunnen we John Doe verhoren?'

'John...'

'Ik weet het: ik ben gek op Amerikaanse films,' zei Rebecka met een voldane glimlach. '*Seven*, heb je die gezien? John Doe, de man wiens identiteit onbekend is. We zijn bezig de forensisch artsen uit Solna hiernaartoe te krijgen, maar die zitten tot over hun oren in het werk. Of eigenlijk heeft het met prioriteiten te maken. Het hele leven is prioriteiten stellen.'

Tekla voelde zich een tikje verlegen toen de rechercheur naar haar knipoogde, alsof ze een schoolmeisje was dat beloond zou worden als ze zich goed van haar taak kweet.

Rebecka Nilsén was kennelijk niet iemand die op antwoorden wachtte.

'Het Solnasidan-ziekenhuis ligt dichter bij Forensische Geneeskunde op de KI-campus. Dat overal zoveel politiek bij komt kijken... Nou, wat denk je?'

'Waarover?'

Rebecka bedacht opeens iets. 'Wacht.' Ze pakte een dictafoon op. 'Vind je het goed als ik ons gesprek opneem? Gewoon als geheugensteun. Geen verhoor dus.'

'Ja, best,' antwoordde Tekla, en ze keek toe hoe de kleurrijke rechercheur met haar mobiel bezig ging.

'Zo! Wanneer kunnen we met hem praten?'

'Ik ben niet degene aan wie je dat moet vragen.'

De verpleegkundige kwam ertussen: 'Dat kunt u aan Eva vragen.'

Net op dat moment kwam Eva Elmqvist binnen, de IC-arts die verantwoordelijk was voor het brandwondencentrum. Tekla had haar in een aantal acute situaties gezien en was erg onder de indruk geweest van haar.

'Wat willen jullie me vragen?'

'Wanneer we met deze lieve jongen hier mogen praten,' zei Rebecka.

Eva lachte luid en trok plastic kleren aan.

'Kom in de herfst maar terug. En jullie moeten een mondkapje dragen. Hij is extreem gevoelig voor infecties.'

Tekla en Rebecka deden allebei een mondkapje voor.

'Hoe bedoel je?' vroeg Rebecka.

'Serieus,' zei Eva, en ze nam het verbinden over van de verpleegkundige. 'Ziet het eruit alsof hij op korte termijn aanspreekbaar zal zijn?' Daarna vroeg ze aan Tekla: 'Jij bent toch van de SEH?'

'Tekla Berg.'

'Göran heeft gebeld.'

Het ontging Tekla niet: alleen 'Göran', geen achternaam.

'Dat kan ik me voorstellen.'

Eva richtte zich weer tot de rechercheur.

'We laten het wel weten. Of Tekla laat het weten, wanneer hij wakker wordt. Ja toch, Tekla?'

'Absoluut.'

Tekla vroeg zich af of kinderen zich zo voelden als hun gescheiden ouders over hun hoofden heen de agenda bespraken.

'Uit pure nieuwsgierigheid,' zei Eva, 'niet omdat ik er iets mee te maken heb, maar waar verdenken jullie hem van?'

Rebecka dacht een paar tellen na.

'We denken breed. Het eerste waar we van uitgaan is dat het een flatbewoner is die in de wasruimte of de berging was en daar niet op tijd weg kon komen toen de brand begon. De pas gerenoveerde gevel brandde heel snel, zoals jullie vast hebben gelezen of gehoord, en er is brandend materiaal naar beneden gevallen. De ruimten om het gebouw heen begonnen al vroeg te branden. Zoals de fietsenstalling en het vuilnishok. Er zijn in deze zaak veel sporen. Onder andere gaan we natuurlijk naar het onderdeel gesjoemel bij de bouw kijken, maar dat wordt een later onderzoek.'

'Gesjoemel?' zei Tekla.

'Ja, daar lijkt het op. Maar we richten ons vooral op de vraag wie deze man is en wat hij in het gebouw deed. En of hij iets met de explosie te maken had.'

'Wat was er het eerst: de explosie of de brand?' vroeg Eva.

Rebecka keek nieuwsgierig naar de arts, die van haar eigen

leeftijd leek te zijn. 'Dat weten we niet.'

'Maar hij is bij een machinekamer gevonden?' vroeg Tekla.

'Bij een meterkast,' verbeterde Rebecka, en ze knoopte haar donkerblauwe windjack los, dat in een exclusieve vintageboetiek gekocht leek. 'Hoezo?'

'Was die afgesloten?'

'De brandweermannen moesten de kelderdeur openzagen. Waar denk je aan?'

Tekla schudde haar hoofd.

'Niets bijzonders.'

Rebecka keek Tekla sluw aan.

'Hij kan een dakloze of een verslaafde geweest zijn,' zei Tekla.

'Of?'

'Of... Er zijn een heleboel dingen die hij geweest kan zijn.'

'Hebben jullie een drugstest op hem uitgevoerd?' vroeg Rebecka.

Tekla keek Eva aan, terwijl ze in gedachten de laboratoriumlijst langsliep. Ze had geen toxicologische test gezien.

'Hij was levensgevaarlijk gewond,' wees Eva haar af, 'en we hebben ons erop gefocust hem snel vocht toe te dienen en andere levensreddende maatregelen te nemen.'

'Maar een middelenonderzoek is toch standaard?' zei Rebecka.

'We zullen ernaar kijken,' kwam Tekla ertussen.

Eva keek geïrriteerd.

'Zoals jullie misschien weten,' zei Rebecka, 'het was vanochtend al in de media, zoeken we naar een groene bestelbus die men van de plaats heeft zien wegrijden. Vijf mannen... of vier, die na de explosie zijn gevlucht.'

'En dit zou een zesde persoon van dezelfde bende zijn?' vroeg Tekla.

'Bijvoorbeeld.'

'Dus dan heeft hij misschien een bom in de kelder geplaatst of zo?'

Rebecka glimlachte.

'We hoeven er niet op los te fantaseren. Wat ik zei: we willen met hem praten als hij wakker wordt. We zullen zien wat de forensisch onderzoekers ter plaatse vaststellen. Er wordt nog steeds geblust, dus ze krijgen pas later vandaag toegang.'

'Dus jullie denken dat hij een terrorist is?' riep Eva uit. Ze keek bijna vrolijk, alsof het terrorisme eindelijk met volle kracht in Stockholm had toegeslagen.

'Ik kan je dit zeggen,' antwoordde Rebecka, 'dat de NOA niet wordt ingeschakeld als het een gewone politiezaak is.'

'En het verhoor van artsen ter plaatse doen jullie altijd in je eentje?' vroeg Eva, en ze kneep haar ogen half dicht.

Rebecka glimlachte en sperde haar ogen open. 'Je bent goed op de hoogte. Ben je soms getrouwd met iemand in de juridische wereld? Maar inderdaad, we hebben een tekort aan vrouwkracht en een paar teamleden zijn op verschillende verhoren uitgestuurd.'

'Is dit een verhoor?' vroeg Tekla.

'Nee.'

Er kwam een verzorgster binnen met een blauw teiltje. Ze begon het verband van het onderbeen van de patiënt te halen.

Tekla ving de geur van rook en desinfecterende middelen op. Rebecka Nilsén kwam een paar stappen dichterbij en vroeg bijna fluisterend: 'Ik heb met de commandant ter plaatse gesproken. Was het nou zo dat jij...' Ze formuleerde haar vraag opnieuw. 'Herkende je de patiënt? Van voor de brand, bedoel ik?'

Tekla zag voor zich hoe hij zijn hand naar haar gezicht had gebracht.

'Hoezo?'

'Zijn reactie ter plaatse.'

'Ik heb hem een tegengif gegeven tegen opioïden, aangezien hij kleine pupillen had. Toen begon hij te bewegen.'

'Dus hij werd even wakker?'

'Zo interpreteerde ik dat.'

'Dus je vermoedde toch een soort overdosis? Ook al waren jullie op de SEH vergeten hem daarop te testen?'

'Nou moet je ophouden,' zei Eva met een geërgerde zucht.

'Hij kan door andere oorzaken wakker zijn geworden,' ging Tekla verder. 'Het is helemaal niet gezegd dat het een vergiftiging door opioïden was.'

'Maar toen hij wakker werd... herkende je hem toen niet?'

Tekla schudde haar hoofd, maar ontweek Rebecka's blik. De verzorgster had het verband van het been losgemaakt en waste met een spons voorzichtig verkoolde stukjes huid af. Tekla zag de voet en voelde een schok langs haar wervelkolom recht naar haar achterhoofd gaan.

Rebecka Nilsén keek op haar mobiel en ging harder praten.

'Ik moet weer verder. We zien elkaar morgen om elf uur... Of misschien werk je niet op zaterdag?'

'Ik heb dienst,' antwoordde Tekla kortaf.

'Geweldig. Nog een hardwerkende burger die niet echt een leven heeft naast het werk. Herkenbaar.'

Tekla had geen antwoord. Ze kon niet eens een slagvaardig gezicht zetten. Haar gedachten waren elders. Opeens voelde haar lichaam aan alsof het in een vaste vorm was gegoten, als een tinnen soldaatje op zijn voetplaat.

Rebecka Nilsén gaf Tekla haar mobiele nummer – 'Mocht je nog iets te binnen schieten' – en verliet het vertrek.

Tekla bleef staan en keek naar de bewakingsmonitor. De patiënt had een snelle hartslag. De saturatie was goed, dankzij het beademingsapparaat dat voorlopig het werk van de longen uitvoerde.

Eva legde de verbonden arm neer.

'Arme stakker.'

'Nou, zeker,' beaamde Tekla met droge mond.

'Wat staar je toch naar die voet,' zei Eva nieuwsgierig. 'Is daar iets mee?'

'Wat? Nee. Nee.' Tekla zette snel een stap naar achteren. 'Hoe is het met de schedel? Ik voelde een deuk.'

'Ik had geen zin om hun samenzweringsideeën nog erger te maken,' zei Eva, 'maar hij heeft inderdaad een fractuur in het achterhoofd. Met een kleine bloeding waar niets aan gedaan wordt. Ik heb zojuist de neurochirurg gesproken. We wachten af en gaan morgen nieuwe röntgenfoto's maken. Nee, dat is niet zijn grootste zorg.' Ze streek teder met de rug van haar hand over zijn borstkas. 'Binnen twee dagen krijgt hij sepsis en longoedeem. Dan is het net alsof hij in een klein bootje op de Atlantische Oceaan zit in een zware storm. We moeten op een breekbaar koord balanceren wat vocht betreft.'

'Hoe uitgebreid is de verbranding?'

'Vijfentachtig procent.'

Dat klopte vrij goed met Tekla's inschatting ter plaatse.

'Als hij rond de dertig is, heeft hij dus een risico van vijfentachtig plus dertig, dat wil zeggen honderdvijftien procent, om te overlijden.'

Eva glimlachte. 'Volgens de oude manier van rekenen. Maar je hebt gelijk: hij heeft een ronduit slechte prognose. De chirurgen moeten snel aan de slag, wil hij een kans hebben.'

Tekla probeerde haar gedachten te ordenen. De voet. Wat was er met die voet waar haar hele lichaam op had gereageerd?

Vrijdag 7 juni
Bovenste verdieping, Nobelziekenhuis

'Hou het kort en bondig, geen uitweidingen,' had Göran voor de bespreking met Monica Carlsson tegen Tekla gezegd.

Want anders... had ze gedacht, en ze pakte haar mobiel. Ze belde de secretaris van de ziekenhuisdirecteur, Fredrik Franck, en vroeg waar ze moest zijn. Tekla had geen idee waar het kantoor zat. Ze verliet de chaotische ochtendbespreking, waarin verslag werd gedaan van de toestand van de verschillende patiënten met brandwonden, en vond ten slotte de juiste lift. Er waren 's nachts geen patiënten overleden. Een wonder, gezien het uitgebreide letsel van de laatste patiënt, de patiënt voor wie zij verantwoordelijk was.

In de lift dacht ze aan de man met de steekwond en het jongetje met het syndroom van Gaucher van de vorige avond. Het enige wat ze 's ochtends in de gauwigheid had gelezen was dat ze allebei nog leefden. Het bendelid was geopereerd, zijn milt was verwijderd en hij lag op de IC voor meer bloedtransfusies. De jongen had sepsis en nierfalen. Het was onduidelijk of hij de avond zou halen.

De lift kwam met een schok tot stilstand en de deuren gleden open. Een lange gang leidde naar de korte zijde van het gebouw, dat uitkeek op de stad. Ze passeerde een tiental lege glazen hokjes en zag een magere man met een korenblauwe bril, een kalend hoofd en een marineblauw overhemd, zo uit de winkel.

'Tekla Berg, neem ik aan? Fredrik Franck. Fijn dat je kon komen. Ze verwacht je.'

Ze.

De kamer was sober ingericht, met witte wanden en een zwarte leren bank in een hoek.

'Moet ik naar binnen gaan?'

'Wacht even.'

De secretaris wees naar een onzichtbaar punt in de grijsblauwe vloerbedekking. Tekla bleef staan. Fredrik Franck klopte op de deur.

'Ja!' klonk een doffe roep.

De secretaris maakte een breed gebaar naar de deur.

'Ga maar.'

Tekla opende de deur en stapte naar binnen.

Het eerste wat haar opviel was het licht. Ze probeerde zich snel te oriënteren, maar dat was moeilijk. De kamer stak uit buiten het gebouw en had aan drie kanten ramen. De ochtendzon kwam door het ene zijraam naar binnen, wat de suggestie wekte dat ze zojuist in een opstijgend vliegtuig het wolkendek waren gepasseerd.

Voor het noordelijke raam, met de blik naar buiten gericht, stond een forse vrouw, gekleed in een pimpelpaars mantelpak en een witte blouse. Hoge hakken. Een dikke ring aan haar ringvinger, die Tekla vanaf haar plaats bij de deur kon zien.

'Onze eigen held.'

Tekla zag alleen de achterkant van het donkere kortgeknipte haar. Ze schrok toen de deur achter haar dichtsloeg.

'Ik ben zo snel mogelijk gekomen, maar ik moest de artsen op de SEH eerst aan het werk zetten.'

De ziekenhuisdirecteur draaide zich om en keek Tekla aan.

'Het gerucht wil dat je ter plaatse de zaken volkomen onder controle had.'

De vrouw liep naar haar grote bureau en reikte naar een glazen schaal met iets zwarts erin.

Tekla zocht steun bij een van de twee rugleuningen voor het bureau. Kennelijk zouden ze elkaar geen hand geven.

'Het is moeilijk om grip te krijgen op zo'n chaotische situatie.' Tekla voelde zich een beetje misselijk. 'Mag ik gaan zitten?'

'En gisteravond ook een solide optreden in de traumakamer. Twee ernstige gevallen tegelijkertijd. En de politie die binnen kwam stormen. Wapens op de SEH, dat hebben we niet vaak.'

Monica Carlsson pakte iets van de schaal en stopte het in haar mond. Vervolgens draaide ze zich weer om naar het raam.

Tekla waagde het erop en ging zitten. Ze was nog steeds verward door het licht in de kamer. Nu werd er opeens een andere associatie opgeroepen: een open boot op een zonovergoten zee. Een paar honderd meter verderop zag ze rook van de Söder torn.

'Heb je daar gewerkt?' vroeg de ziekenhuisdirecteur.

'Ik ben er niet geweest sinds we de laatste patiënt met brandwonden...'

'In dat protserige gebouw,' viel Monica Carlsson haar in de rede. 'Een zinkende Titanic. Als de consultancyschandalen of de slechte bouw de ijsberg niet al waren, komt er binnenkort wel iets anders, dat verzeker ik je.'

De blik van de directeur was nu gericht op iets verder weg aan de horizon.

'O nee, ik heb alleen gewerkt in...'

'Umeå. Specialisatie interne geneeskunde van 2010 tot 2015 en daarna een extra specialisatie als SEH-arts. Daarvóór de studie geneeskunde en coschappen in Uppsala van 2003 tot 2010, en parallel daaraan, van 2003 tot 2008, promovendus. Een proefschrift in de neurowetenschap. Waarom uitgerekend neurowetenschap?'

'Dat is gewoon zo gelopen,' loog Tekla, en ze probeerde te begrijpen wat er gebeurde. Ze zag geen papieren op het bureau van Monica Carlsson.

'Jij was kennelijk de jongste promovendus sinds Hilma Strålin.'

'Dat wist ik niet.'

'En nog wat bijklussen in de psychiatrie.'

'Verslavingszorg,' verbeterde Tekla haar.

Monica Carlsson ging op haar stoel recht tegenover Tekla zitten en reikte weer naar de schaal.

'Ga je gang. Goed voor mensen met een lage bloeddruk zoals jij. Je wordt snel duizelig, zie ik.'

Tekla pakte een salmiak-aapje en stopte het in haar mond. Ze voelde het trekken in haar kaken.

'Dat komt voor.'

Tekla probeerde het zweet in haar handen onopvallend af te vegen aan haar broek. Ze zag een krijtwitte streep in het pikzwarte haar van Monica Carlsson. Het deed haar denken aan een das. De ziekenhuisdirecteur had de make-up die haar groene ogen omlijstte stevig aangezet en om haar hals had ze een dikke ketting van barnstenen.

'Is het je opgevallen dat het aantal gevallen van vergiftiging de afgelopen week is gestegen?'

'Niet direct, maar...'

'Er is iets gebeurd wat ik niet snap. En het worden er meer.'

Tekla dacht aan de verbrande man – had hij toch een overdosis van een of andere opioïde genomen?

'Zelf kan ik met de beste wil van de wereld niet begrijpen dat mensen drugs willen gebruiken,' ging Monica verder.

'Het is niet altijd een kwestie van willen,' zei Tekla.

Monica keek Tekla gefascineerd aan.

'Zelf geef ik de voorkeur aan een goed glas witte wijn. Misschien een Domaine Leflaive Montrachet, Grand Cru. Of wat vind jij?'

'Ik weet niet zoveel van wijnen.'

'Nee, dan had je geweten dat een fles Leflaive begint bij vijftigduizend.'

'Per fles?'

Monica glimlachte.

'Waar probeer jij aan te ontkomen?' vroeg Monica.

'Pardon?'

'Mensen jagen iets na, of ze rennen weg voor iets wat ze vrezen. Jij hebt in vijftien jaar meer gedaan dan de meeste artsen in een heel leven. Dus ik vermoed dat je ergens voor wegrent. Waarvoor?'

Monica Carlsson pakte nog een aapje en hield het in een pincetgreep tussen haar voortanden. Ze keek weer uit het raam.

Tekla slaakte een zucht van verlichting toen Monica haar ogen van haar afwendde. Ze dacht na over haar antwoord. De dood lag voor de hand. Haar hele leven lang al sprong Tekla 's ochtends meteen na het wakker worden uit bed, bang om iets leuks mis te lopen. En de angst voor de dood had als een zwaard van Damocles boven haar hoofd gehangen. Ja, ze had haast gemaakt, ze had snel gerend, meer dingen tegelijk gedaan, bang dat het leven opeens afgelopen zou zijn.

Monica ging er niet op door. 'Heb je gehoord dat die slome duikelaars van het NSK-ziekenhuis gisteren niet meer dan twee patiënten konden opnemen?'

'Wat ik ervan heb begrepen is...'

'Twee! Op een brandwondencentrum dat de belastingbetalers meer dan driehonderd miljoen kronen heeft gekost. Wat een fiasco.

Volslagen krankzinnig. Als het Engeland of de Verenigde Staten waren geweest hadden een jaar geleden de koppen al over het Solnaviaduct gerold. Die ijdele politici willen hun mooi gemanicuurde nagels niet vies maken.'

Tekla keek naar Monica Carlssons perfect gevijlde dieprode nagels, die in staat leken welk dier dan ook de ogen uit te krabben.

'Je hebt een indrukwekkende hoeveelheid artikelen gepubliceerd toen je in Umeå zat. Vind je het leuk om veel ballen in de lucht te houden?'

'Ik kan niet direct zeggen dat ik het niet leuk vind.'

Monica Carlsson glimlachte, vouwde haar handen voor zich, leunde met haar grote borsten tegen het bureaublad en keek Tekla nieuwsgierig aan.

'Persoonlijkheidstype A dus. Behalve de sport dan. Het ziet ernaar uit dat je daar niet aan toekomt.'

'Ik probeer de trap te nemen,' zei Tekla.

'Maar je vergeet te eten. Neem er nog een.'

Monica schoof de schaal naar voren en pakte zelf twee dropjes, die ze haar open mond in zwiepte. Ze stak een vinger uit, raakte het toetsenbord aan en keek naar het scherm naast zich.

'Maar je hebt tegenwoordig niet veel contact meer met... Clemence Rågsjö, of wel?'

Tekla verstijfde.

'We hebben een tijdlang geen contact meer gehad.'

'Dat begrijp ik. Je voormalige tweede begeleider had bepaalde opvattingen over jouw onderzoek, heb ik begrepen.'

Monica wendde haar blik af van het scherm. Ze stond op en hinkte een beetje toen ze weer naar het grote raam toe liep.

'Tekla, mensen zoals wij, die dat beetje extra hebben, die ergens heen willen waar anderen niet kunnen komen, moeten de grenzen soms oprekken. Dat is nu eenmaal zo. Jij en ik zien mogelijkheden waar anderen obstakels zien. Wij zien duidelijke wegen waar anderen drijfzand zien.' De ziekenhuisdirecteur staarde Tekla aan. 'Zo is het toch, Tekla? Je vindt het moeilijk om iemand in vertrouwen te nemen over je behoefte om daar te komen waar je wilt zijn. Toch?'

Tekla wist niet wat ze geacht werd te antwoorden. Ze probeerde gewoon zo neutraal mogelijk te kijken om met deze bizarre situatie om te gaan.

'Sommige mensen, zoals Göran, zijn tevreden en op hun gemak met wat ze hebben. Ze zijn net' – Monica streek langzaam met haar hand over haar revers – 'curlingstenen die langzaam doorglijden zonder enige frictie. Ergens anders naartoe gaan, van richting veranderen, druist tegen hun hele natuur in.' Ze draaide zich om en tikte tegen het raam. 'Dát is geen doel op zich. Het is de definitie van een mislukking. En mensen zoals jij en ik willen niet mislukken; wij accepteren geen mislukkingen.'

Tekla voelde dat ze haar verwarring moeilijk kon verbergen.

'Hoe denk jij over toeval?' vroeg Monica.

'Toeval?'

'Toeval.'

'Ik geloof niet dat ik daar veel van denk.'

'Mooi. Mijn vader ook niet. Hij was pastor en zei dat of God, of de wetenschap de wereld kan verklaren. Niet iets ertussenin. Hij verafschuwde het toeval.'

Tekla wilde iets zeggen over dobbelen, maar deed dat niet.

Monica Carlsson liep naar het bureau en boog zich voorover naar Tekla. Ze leek over zwaarwegende beslissingen na te denken. Vervolgens klapte ze in haar handen.

Tekla haalde als vanzelf haar schouders op.

'Je weet waarom we arts zijn geworden, hè?'

Tekla keek op en vroeg zich af wat voor soort arts Monica Carlsson zou kunnen zijn. Patholoog misschien? Wat haarzelf betrof was het zonneklaar: levens redden, zo veel mogelijk. En zonder aanzien des persoons.

'Omdat we helden zijn. En helden kunnen geheimen dragen die niemand anders kan dragen. *Comes with the job description*, om het zo maar te zeggen.'

Tekla bleef doodstil zitten. Onder deze omstandigheden zou het haar niet verbazen als Monica Carlsson een mantel zou uitslaan en zou wegvliegen naar de hemel met een grote S op haar rug.

Monica liep om het bureau heen en nam weer plaats op haar stoel.

'Zullen we een keer samen koffie gaan drinken, wij tweeën? Wat vind je daarvan?'

'Dat... kan misschien wel.'

'Ik heb een favoriet café waarvan ik je de naam niet kan verklappen. Dan moet ik je daarna vermoorden.' Ze keek op. 'Grapje.'

Monica keek weer naar haar computerscherm.

'Het Nobelziekenhuis zal zijn glans terugkrijgen. Daar zal ik voor zorgen.'

Tekla luisterde. Ze wist weer niet wat ze moest zeggen.

'Laat de deur maar open als je weggaat.'

Tekla stond op. Eigenlijk had ze achteruit weg willen lopen, om de situatie te kunnen overzien, maar dan was ze waarschijnlijk over haar eigen voeten gestruikeld.

In de lift naar beneden vroeg ze zich af wiens held ze eigenlijk was, en of ze op de een of andere manier te veel gekletst had.

Zaterdagochtend 8 juni
Voor de kust van Trosa

Magnus probeerde aan iets anders te denken en zag het vierkante gezicht met ouderdomsvlekken van Sixten Andersson voor zich. Hij sprong in de boot en begon de boel in orde te maken. Het was een fijn gevoel dat ze straks het water op zouden gaan; hij wist zeker dat hij dan van zijn zenuwen af zou zijn. Hij moest met Håkan praten, wat zijn oude vriend ook van zijn paranoia vond.

Sixten was een gepensioneerde visser uit Trosa, van wiens vissershuisje Magnus al meer dan tien jaar gebruik mocht maken. Als dank liet Magnus altijd een briefje van vijfhonderd en een fles cognac achter in het keukentje. Ook mocht hij Sixtens boot, een Uttern met een roefje voor twee personen, vaak lenen, als hij als tegenprestatie de tweetaktolie aanvulde en hem vastgeketend achterliet bij de bouwvallige steiger. Sixten gaf Magnus ook tips over de plekken waar wilde aardbeien groeiden, waarvan alleen de oude garde in de omgeving wist. Ondiepe baaien, altijd op het zuiden, daar was de kans het grootst dat de watertemperatuur een paar tienden van een graad was gestegen en de zeeforellen in beweging had gebracht. Magnus controleerde het altijd met een thermometer; zeven graden was perfect. Hij had een handvol favoriete plekken gelokaliseerd waar de zuidoostenwind op stond. 'De wind moet aanlandig zijn,' zei Sixten altijd nadrukkelijk wanneer hij de sleutel kwam halen.

Magnus ging er op vrijdagavond altijd heen, stak een bezoekje af bij Sixten in diens appartement in het centrum van Trosa en ging voor donker door naar het huisje. Hij had brood, worst en bier bij zich, vulde de haard met houtblokken en stak een sigaret op. Daarna vijlde hij zijn haken zorgvuldig bij kaarslicht, checkte de weersverwachting en maakte een plan voor de volgende dag. Vaak ging hij met zijn kleren aan naar bed, zette de wekker en pakte de beste slaap van het hele jaar. 's Ochtends vertrok hij voor zonsopgang, met zijn drie favoriete hengels, onder andere een fantastische Berkley van twee meter zeventig. In combinatie met de Shimano-haspel, met daarop een gevlochten lijn van achttien millimeter, was direct contact met de vis gegarandeerd. Het juiste gevoel. Op lichte dagen nam hij ook zijn Polaroid-zonnebril mee, zodat hij de zeeforellen na het ophalen kon zien. Het was niet onterecht dat zijn zus Astrid hem een visfanaat noemde.

Maar nu was het een zaterdag begin juni, een slechte tijd om te vissen. Dit keer ging het niet zozeer om het vissen als wel om het gezelschap. Magnus keek op zijn horloge. Håkan was irritant genoeg laat; hij had gezegd dat hij iets moest regelen voor het feest van vanavond.

Magnus legde de kussens op het achterschip en wond nauwgezet twee trossen in het voorschip op toen hij Håkan zag aankomen op de steiger, met zijn tas over zijn schouder en twee hengels in zijn hand. Een strak bruinleren jasje, spijkerbroek, stevige leren schoenen en, als altijd, een donkerblauw poloshirt.

Magnus voelde zijn hart meteen iets sneller slaan.

'Drijft die oude schuit nog steeds?' vroeg Håkan, en hij gooide Magnus zijn tas toe.

'Hij voldoet prima. Niet iedereen heeft geld voor een Buster XXL.'

Håkan maakte het touw van het voorschip los en riep: 'Daar heb ik geen cent voor betaald.'

'Zal wel niet,' mompelde Magnus binnensmonds, en hij legde de visspullen van zijn vriend in het voorschip.

Håkan sprong in de boot en pakte zijn telefoon.

'Jemig, dit wordt een partij plezierig. Ik schakel nu uit. Zo.' Hij zette zijn telefoon uit. 'Ook als baas moet je vrij kunnen nemen. Dan gaan we.'

'Ay, ay, kapitein,' zei Magnus, en hij maakte de landvast aan de achterkant los. Hij startte de motor en trok de kap nog iets beter vast. Daarna haalde hij een koude Lapin Kulta uit de koeltas en wuifde ermee naar Håkan, die hem dankbaar aanpakte.

'Het is nu druk, neem ik aan,' zei Magnus.

'Dat kun je wel zeggen,' antwoordde Håkan, en hij nam een slok. 'Na de explosie loopt iedereen op zijn tenen.'

'Ik dacht ook aan vanavond.'

'Ja, maar dat is onder controle. Ik heb niet meegedaan aan de activiteiten overdag. Bungeejumpen en zo.'

'Top dat je vandaag mee wilde.'

'Af en toe eropuit met je beste vriend, dat wil je toch niet missen?' reageerde Håkan, en hij keek uit over het water. 'Dat doen we veel te weinig.'

Magnus voer achteruit weg van de steiger en stuurde langzaam de baai uit. De zon was een paar decimeter boven de horizon uit gekomen en er stond een zwakke bries uit het zuiden. Betrekkelijk goede omstandigheden, bedacht Magnus, en hij gaf gas. Na al die jaren kon hij Håkans lichaamstaal lezen. Hij oogde ontspannen. De hand die over het met gel achterovergekamde donkere haar ging en de benen die gekruist op de zitting lagen straalden beheersing en harmonie uit. Magnus begreep niet hoe hij kon ontspannen met zoveel ijzers in het vuur. Indrukwekkend. Zelf slaagde hij er ternauwernood in zijn driekamerappartement schoon te houden, te werken en met enige regelmaat naar de sportschool te gaan.

'Alles goed?' riep Håkan door het gebulder van de boot heen.

'Uitstekend,' antwoordde Magnus, terwijl hij proostend het blikje omhooghield. Hij vroeg zich af wat het goede moment was om te praten, maar bedacht dat ze eerst maar eens moesten gaan vissen.

'Doen we binnenkort weer eens een wedstrijd?' riep Håkan. 'Het is alweer even geleden.'

'Dat moeten we zeker doen,' antwoordde Magnus. 'Ik kan de komende week iets reserveren. Ben jij nog aan het hardlopen?'

'Je mag het heus wel zeggen, dat ik dik ben geworden,' antwoordde Håkan, kloppend op zijn beginnende bierbuikje. 'Over vijf jaar zie ik Abraham. Dan is het oké als je een beetje uitdijt. Jij hebt geluk dat je zoveel beweegt in je werk.'

'Heb je al plannen gemaakt voor het feest?' vroeg Magnus.

'Ik vond dat jij dat maar moest doen.'

'Ja, hoor,' zei Magnus. Hij begreep de ironie van Håkans teruggekaatste bal; hij gaf zelf nooit een feest en hij had Håkan nog nooit iets anders dan een afhaalmaaltijd voorgezet. Terwijl Magnus alleen contact onderhield met zijn zus Astrid, Håkan en nog een handjevol mensen, had Håkan het grootste sociale netwerk van Stockholm. Hij ging veel naar grote feesten en organiseerde ze zelf ook graag. Bovendien was hij een goede kok, vooral als het om vlees en barbecueën ging.

'Wat eten we?' vroeg Håkan met een glimlach. 'Rosbief en aardappelsalade? Misschien een paar cocktailtomaatjes?'

'En bier uit blik,' voegde Magnus eraan toe. 'Maar ik denk dat jij het entertainment maar moet regelen.'

'Het zal ook eens niet,' zei Håkan met een arrogante knipoog. 'En wat entertainment betreft... Je zou vanavond mee moeten gaan.'

Na twintig minuten vol gas sloeg Magnus af bij een eilandje en minderde snelheid. In het riet langs de kuststrook kon je in dit jaargetijde zeeforel tegenkomen. Toen ze de baai in kwamen, hield hij de boot stil en zette hem in z'n vrij. Hij keek naar Håkan, die het bier naar binnen klokte. De grote portie snustabak kwam los en liet zwarte strepen achter tussen zijn tanden. Ze begonnen in alle rust het visgerei tevoorschijn te halen.

Magnus dronk een paar slokken Lapin Kulta en dacht aan de periode waarin ze in het oude vierkamerappartement van Håkans moeder in de wijk Drakenberg woonden. De verhuisdozen bleven de drie jaar dat ze daar zaten ingepakt langs de wanden van de woonkamer staan. Je kon bijna niet op het balkon staan vanwege alle lege blikjes. De meiden die kwamen en gingen. Dat was in de eerste jaren op de politieacademie, en daarna was er veel gebeurd, vooral in Håkans leven. Magnus had geploeterd in de buitendienst en daarna de stap gezet naar de ME, waar hij nu een van de oudste en meest geroutineerde leden was. Håkan vroeg hem inmiddels niet meer naar zijn 'volgende stap'. Was er wel een volgende stap voor Magnus? Håkan had des te meer stappen gezet in zijn carrière.

'Hoe gaat het met Angelica?' vroeg Magnus.

'Geen idee,' antwoordde Håkan, en hij bevestigde een lepel.

'Maar het bevalt haar goed in Malmö?'

'Ik snap niet wat ze in die IT-gast ziet.'

'Alsof jou dat wat kan schelen.'

'Daar heb je een punt,' zei Håkan glimlachend.

De boot lag bijna stil in de luwte. Magnus voelde de zon die zijn gezicht verwarmde en trok zijn gewatteerde vest uit.

'En de kids?'

'In de zomer ga ik met Mattias naar Alaska voor een korte vakantie. Hij studeert nu in Lund, maar hij moet wel even vrij kunnen nemen.' Håkan probeerde een eerste worp. 'Even echt vissen.'

'Wauw. Klinkt duur. En Sara?'

'Ach, haar krijg ik niet losgeweekt uit het pubermoeras. Aangezien ik geen Facebook heb, of een andere app, besta ik niet in haar wereld.'

'Je kunt proberen te bellen.'

'Ze drukt me weg. Ik krijg alleen een berichtje als ze wil dat ik ergens voor dok. En jij dan?'

'Bedoel je vakantieplannen of...'

Magnus ging aan de andere kant van de boot staan en wierp zijn hengel uit.

'Eerder of je nog verder was gegaan nadat je laatst bot had gevangen,' zei Håkan met een spottende lach.

Magnus stelde de weerstand van de molen bij.

'Afgelopen donderdag moesten we uitrukken. Bewapende leden van een motorbende op de Spoedeisende Hulp van het Nobelziekenhuis, waar een lid van dezelfde bende met een steekwond terecht was gekomen.'

Håkan keek nieuwsgierig naar zijn oude vriend.

'Wat heeft dat met jouw daten te maken?'

'De arts die de neergestoken man behandelde...'

'Aha!' riep Håkan uit. 'Nu begint het interessant te worden.'

'Bloedmooi,' zei Magnus.

'Kijk 'ns aan. Heb je haar nummer?'

Magnus streek over zijn baardstoppels. 'Jammer genoeg niet. Ik weet niet eens hoe ze heet.'

'O, nou, je krijgt vast nog wel een kans. Leeftijd?'

'Een jaar of dertig. Vijfendertig misschien.'

'Perfect. Lang, kort?'

'Vrij lang en slank. Kort donker haar met een scheiding opzij.'

'Klinkt wat jongensachtig. Helemaal jouw type, hoor ik al.'

'Ze zou jou niet eens opvallen,' zei Magnus. Hij zag de ogen van de arts in de traumakamer voor zich.

'Ze had iets Samisch. Haar ogen...'

'Je hebt een wip nodig, dat hoor ik,' zei Håkan ernstig. 'Ben je ook bij de brand geweest?'

'Ja. Verschrikkelijk.'

'Ik ben blij dat ik opgeklommen ben en geen veldwerk hoef te doen.'

'Gefeliciteerd met je nieuwe baan, trouwens.'

'Dank je,' zei Håkan. 'Inspecteur klinkt inderdaad beter dan brigadier.'

Ze visten in stilte. Namen allebei nog een biertje. Magnus besefte dat hij niet langer kon wachten. Hij nam een paar flinke slokken en zei: 'Zeg, wat is er eigenlijk met dat geld van Haninge gebeurd?'

Håkan stopte een nieuwe pluk snustabak in zijn mond en gooide zijn hengel ver uit in de richting van het riet.

'Waarom wil je dat weten?'

'Ik ben gewoon benieuwd,' antwoordde Magnus, terwijl hij zijn handpalmen voelde prikken van het zweet.

'Daar hoef jij je helemaal niet druk om te maken,' zei Håkan zacht. 'Het is allemaal in orde. Helemaal in orde.'

'Maar de onderzoeker aan wie ik de tas heb gegeven...'

'Het is in orde,' viel Håkan hem in de rede. 'Hoor je dat? Je kunt het laten rusten.'

'Het is alleen dat...'

'Ik heb het niet over Solvalla gehad, of wel?' snoerde Håkan hem verbeten de mond, en hij zette de hengel in de boot.

'Omdat je hebt beloofd dat je het daar nooit meer over zou hebben,' zei Magnus, die Håkans blik ontweek.

'Dan besef je dat ik het ook echt niet ter sprake wil hóéven brengen,' zei Håkan. Hij leunde tegen de bestuurdersstoel.

'Doe dat dan ook niet,' zei Magnus.

'Ik denk dat ik dat nu wel moet doen, nu jij over Haninge begint te zeuren,' diende Håkan hem op harde toon van repliek.

'Ik dacht dat we een deal hadden,' zei Magnus. 'Ik weet dat ik het verknald heb op Solvalla, maar dat was tien jaar geleden en ik ben gestopt met gokken.'

'En ik heb die schuldeninner weggetoverd, of niet?'

Magnus knikte. Hij wilde liefst nooit meer aan die gebeurtenis hoeven denken en zei: 'Daarom voelde ik me juist gedwongen om te helpen toen je mij om die gunst vroeg in Haninge.'

Håkan verkreukelde zijn bierblikje en gooide het op de grond. 'Mag ik er nog een?'

Magnus bukte en pakte voor hen allebei nog een biertje uit de box.

'Dan staan we toch quitte?'

'We staan quitte,' zei Håkan. 'Solvalla-Haninge, check, check.'

Ze stonden minutenlang zwijgend allebei een kant op te kijken.

'Sorry,' zei Magnus, en hij draaide zich om naar Håkan. 'Ik ben nogal paranoïde geworden toen Centrale Onderzoeken begon. Alle eenheden worden doorgelicht. Weet je zeker dat je mij uit de inval hebt gehaald?'

Håkan spreidde opeens zijn armen en lachte.

'Ik doe toch altijd wat ik beloof?'

'Jawel, maar...'

'Nou dan. Je kunt van me op aan. Jouw naam staat niet in het verslag. Jij stond als ziek geregistreerd bij de aanslag.'

'Zeker weten?'

'Zeker weten. Wees nou maar gerust en geniet van het vissen.'

Håkan ging wijdbeens staan om een paar golven te pareren die tegen de boot sloegen. 'Ga je vanavond niet mee? Het wordt vet.'

'Dat kan ik me voorstellen,' zei Magnus. 'Maar het zijn jouw contacten.'

'Jij kent Petter ook.'

'Maar niet van de studie. Bovendien zijn vrijgezellenfeesten niet mijn ding. Te veel testosteron.'

Håkan lachte. 'En dat zegt een ME'er van twee meter en honderd kilogram.'

'Eén achtennegentig,' corrigeerde Magnus. 'En helaas, de honderd ben ik een paar maanden geleden gepasseerd.' Hij keek omhoog naar de hemel. Meeuwen cirkelden boven de Uttern en vanuit het zuiden waren wolken komen opzetten. Hij wilde eigenlijk meer weten over het geld, maar wist dat hij met Håkan nergens zou komen. Die bewaarde zijn geheimen goed. Altijd al.

'Nog iets gehoord van het verdwenen busje?' vroeg Magnus.

'Van de Söder torn?'

Magnus knikte en pakte nog een biertje. Hij keek naar de horizon, alsof hij wilde zien of de rookzuil van Södermalm nog steeds aan de hemel hing.

'Niets,' zei Håkan. 'Maar wat een brand was dat.'

'Een wonder dat er niemand is omgekomen.'

'Als het Nairobi was geweest, hadden we over honderden doden gelezen.'

'Of Londen,' zei Magnus. Hij dacht aan de rampzalige brand van een jaar of wat geleden.

'Verdomd fijn om in een beschaafd land te wonen, waar de hulpdiensten goed functioneren.'

Magnus' gedachten dwaalden af en kwamen terecht bij de knappe arts in de traumakamer afgelopen donderdag. Hij hoopte dat hij haar nog eens zou zien, ook al was hij zich ervan bewust dat dat waarschijnlijk niet zou gebeuren.

'Waar denk je aan?' vroeg Håkan.

'Aan de brand,' zei Magnus, en hij ontweek Håkans sluwe blik.

'Je liegt,' zei Magnus.

'O ja?' zei Magnus.

'Jij hebt nooit kunnen liegen. Daar ben je veel te braaf voor.'

'Een geluk dat niet iedereen daar zijn specialiteit van heeft gemaakt.'

'Wat?'

'Je hoorde me wel.'

'Wat bedoel je, verdomme?' vroeg Håkan.

'Niets.'

'Jawel, zeg op,' snauwde Håkan.

'Vergeet het.'

'Ja, precies. Vergeet het.'

'Oké. Rustig maar,' zei Magnus, die het er verder bij liet. Hij dacht aan al de keren dat hij Håkan een slecht humeur had zien krijgen als hij dronken was. Alle beledigende dingen die hij had gezegd. Alle stomme acties, vooral tegen vrouwen in de kroeg. Als Håkan iets stoms had gedaan, had Magnus hem er nooit mee geconfronteerd; hij had het altijd laten passeren. Hij voelde zich laf. Iemand zonder ruggengraat.

Magnus pakte nog een biertje uit de koeltas en wierp het Håkan toe.

'Hier. Koel een beetje af, dan zullen we eens zien wie het eerst beetheeft.'

'Wedden om vijfhonderd?' plaagde Håkan.
'Ik gok niet.'
'Nee, nee.'
'Niet meer.'
'Dat is waar ook,' zei Håkan met een spottend lachje. 'De duivel is nuchter geworden op zijn oude dag.'

Zaterdagochtend 8 juni
Gullmarsplan, Stockholm

Tekla werd wakker van een toeterende auto. Ze ging de balkondeur dichtdoen en besefte op dat moment dat ze door en door verkleumd was. Pas na twintig minuten onder de hete douche stopte ze met trillen. Haar appartement was nogal gehorig, maar verder was ze blij met de woning die ze nu ruim een jaar had. Ze had hem voor drieënhalf miljoen kronen gekocht, precies het bedrag dat de bank haar liet lenen. Ze had haar browser ingesteld op 'maps' en gekeken hoe dicht bij het ziekenhuis ze twee kamers kon krijgen. Het was Gullmarsplan geworden, een omgeving waar ze nooit van had gehoord en waar ze helemaal geen band mee had. Maar het beviel haar goed.

Ze ging naar de keuken. Onder in het pakje rooibosthee lag de sleutel van het kastje boven de magnetron. Ze maakte het open en haalde het ijsbakje achter de wijnflessen vandaan, klapte het deksel omhoog en constateerde wat ze al wist: nog maar tien bolletjes over. Ze pakte er een, scheurde het zachte wc-papier open en strooide het witte poeder in een glas koude koffie van gisteren, roerde met een lepeltje en sloeg het mengsel in één teug achterover. Haar ontbijtcocktail: een dubbele kick, amfetamine en cafeïne – zusjes die het goed deden samen.

De beelden die ongesorteerd waren binnengestroomd vielen eindelijk in hun respectieve vakje. Tekla was met amfetamine begonnen om studie en werk te kunnen combineren. Ze had geld nodig, enerzijds voor het particuliere tehuis voor dementiepatienten waar haar moeder woonde, anderzijds om Simons problematische leven te betalen. Overdag studeerde ze medicijnen en

’s avonds en ’s nachts werkte ze in de psychiatrie. Ze verhoogde de dosis om het vol te houden. Zag het als zelfmedicatie, niet als verslaving. Om tot rust te komen nam ze slaaptabletten, soms ook benzodiazepinen. Maar de grootste winst van de amfetamine had met haar fotografische geheugen te maken. Al vroeg in haar leven had ze gemerkt dat de beelden van wat er overdag was gebeurd door haar hoofd spookten als ze wilde slapen. Ze kon er niet van slapen. In haar puberteit had ze wiet en alcohol geprobeerd, maar daar sliep ze alleen nog maar slechter van. Van slaappillen kreeg ze een kater en andere psychofarmaca leverden alleen bijwerkingen op. Pas toen ze een artikel las over een Indische geheugenmeester die soortgelijke problemen had en die cocaïne had gebruikt om te kunnen slapen, begon ze met amfetamine voor het naar bed gaan. Ze merkte meteen dat de beelden rustig werden. Ze begonnen hun juiste plaats te vinden in haar hersenen. Als een stormachtige hemel vol rondvliegende flyers, die opeens neerdwarrelen en in doosjes met duidelijke markeringen vallen. Het gaf haar rust. En met behulp van slaapmiddelen sliep ze daarna als een roos.

Tekla ging op de bank liggen en liep de gebeurtenissen van de vorige dag na. Ze bleef stilstaan bij de verbrande patiënt op de IC. Rechts de kale muur, een raam naar de rest van de afdeling, gesloten jaloezieën. Ze zou het precieze aantal lamellen van de luxaflex kunnen noemen. Zijn gewicht lichtte op in oranje digitale cijfers: zeventig kilo. Ze zag elk detail op het metalen frame voor haar geestesoog, de dikke antidecubitusmatras, die werd gebruikt om doorligwonden te voorkomen. Schuin linksboven: de monitor. Hartslag 104. Saturatie 92.

Tekla wreef over haar slaap. Haar geheugen werkte perfect; het was net een camera die aan één stuk door foto’s maakte.

Maar zijn voet. Waarom kon ze de voet van de verbrande patiënt niet zien?

Tekla liep naar de hal en wurmde zich in haar jas en Converse-schoenen. Ze trok de deur van het appartement dicht zonder het onderste slot dicht te draaien. Het was zes uur ’s ochtends. Tekla wandelde normaal gesproken via Skanstull naar het ziekenhuis, sloeg links af naar de Ringvägen en kwam dan na een snelle wandeling van twintig minuten bij het Nobelziekenhuis. Maar vandaag sloeg ze na de brug rechts af, passeerde de vervallen kroegen op de Ringvägen en liep schuin door het Lilla Blecktornspark naar de Katarina Bangata. Ze ging langzamer lopen, voelde het vocht onder haar blouse en trok haar dunne H&M-jas uit, die bijna uit elkaar viel. Ze moest nieuwe kleren kopen. Tekla had spijt dat ze geen sokken had aangetrokken, ze kreeg zweetvoeten in de rode Converses. Ze had ook spijt dat ze geen rok had aangetrokken, of een dunnere broek – dat ze altijd haar verwassen spijkerbroek aantrok, ongeacht het seizoen. Maar ze had geen reden om iets anders aan te trekken dan de kleren die het lekkerst zaten, als ze toch alleen maar heen en weer liep naar het ziekenhuis en niemand tegenkwam die kon waarderen wat ze aanhad.

Ze maakte haar korte haar los, stopte het elastiekje in haar zak en haalde een blikje Coca-Cola uit haar schoudertas. Ze dronk de helft op en gooide de rest weg. Hier, slechts honderd meter van het ochtendverkeer op de Ringvägen, was het rustig. In dit hoekje van Södermalm viel niet veel te zien of te onderzoeken. Geen hippe bars zoals in de Skånegatan, waar het epicentrum van alle IPA-biercafés lag.

Op de eerste verdieping, meteen boven een bordje KEUKEN EN BAR, was het gordijn neergelaten. Net als de andere keren dat ze de afgelopen weken langs het huis was gekomen. Het appartement waar Simon woonde, en waar zij al die jaren voor had betaald. Een forse uitgave, die ze had gefinancierd met extra veel diensten en waar ze talloze bommen voor had geslikt. Ze toetste de code in, rende de trap op naar de eerste verdieping en belde aan. SIMON BERG, stond op een handgeschreven briefje boven de brievenbus. Niemand deed open. Ze wachtte vijf minuten, belde naar zijn mobiel, maar kreeg geen gehoor. Er kwam ook geen signaal van binnen. Ze begon het zinloze van haar gedrag in te zien. Waarschijnlijk was hij eruit gezet. Of hij logeerde bij een vriend en rookte de godganse dag.

Ze ging weer naar buiten en kwam een uur voor de overdracht aan in het ziekenhuis.

Tekla bleef voor de ingang van het Nobelziekenhuis staan. De voet van de verbrande man had een contour gekregen en daardoor steeg haar hartslag. Ze moest langs de IC voordat ze aan het werk ging.

Het was er rustig. De nachtploeg was bezig met de overdracht aan de dagploeg. Tekla zocht de verpleegkundige op die verantwoordelijk was voor brandwondenkamer 1.

'Ik wil even iets checken wat ik gisteren ben vergeten.'

De kleine verpleegkundige, Pirkko, leek het volledig koud te laten.

'Ga maar kijken. De verzorgster is binnen.'

'Dank je,' zei Tekla en ze liep kamer 1 binnen. De verzorgster zat een boek met een kleurig omslag te lezen.

'Hallo,' zei ze verbaasd.

'Tekla Berg. Ik ben zijn hoofdbehandelaar. Ik wil even kijken hoe het gaat. Pirkko zei dat het goed was.'

De verzorgster wachtte op een vervolg.

Tekla verduidelijkte: 'Je mag doorlezen.'

'Oké,' zei de verzorgster, en ze verdiepte zich weer in haar liefdesverhaal.

Tekla probeerde zich op haar ademhaling te concentreren. Ze deed net of ze wankelde en zocht steun bij het bed.

De verzorgster keek op.

'Gaat het?'

'Eh... Gewoon een lage bloedsuikerspiegel. Ik had geen tijd om te ontbijten.'

Het meisje legde het boek in de vensterbank.

'Zal ik wat sinaasappelsap voor je halen?'

'Graag. Dat zou fijn zijn.'

De verzorgster aarzelde even.

'Ik ben zo terug. Bel maar als er iets is.'

Toen de verzorgster weg was, keek Tekla naar de patiënt in het bed. Het laken bedekte het hele lichaam, op het gezicht en de verbonden armen na. Ze trok de stof voorzichtig weg van het voeteneinde, weg van waar ze naar kwam kijken.

De helft van de rechtervoet was relatief onaangedaan en ze zag aan de onderkant van het laken de grote teen omhoogsteken. Hij stond behoorlijk scheef. Tekla had maar één keer eerder zo'n teen gezien: bij degene met wie ze was opgegroeid. Ze had met hem op het strand gespeeld en zijn lichaam met zand bedekt, zodat alleen de kromme teen er nog uit stak. En zijn vrolijke gezicht natuurlijk. De grote tanden, het donkere piekhaar. De kuiltjes in zijn wangen die vaak zichtbaar werden als hij een goed humeur had.

Tekla liet haar uitgeputte lichaam op het bed vallen. Tegen alle regels van de hygiëne in, maar nu had de zwaartekracht de overhand.

Ze voelde voorzichtig aan de grote teen, maar hoorde toen de verzorgster in de luchtsluis.

Tekla stond haastig op en trok het laken recht. Nu viel ze bijna echt flauw en ze begon haar voeten op en neer te bewegen.

De verzorgster kwam binnen met een glas vruchtensap en een broodje kaas.

'Kijk.'

'Hartelijk dank,' bracht Tekla uit. Ze staarde naar het hoofd van de patiënt. Verbonden en totaal niet te identificeren.

De ene schouder was bloot. Die was gespierd. Dat klopte toch niet? Hij was nooit erg sterk geweest.

Ze dronk het vruchtensap op, zette het broodje op het nachtkastje naast de gewonde en verliet de kamer. In de lift op weg naar beneden probeerde ze zich te vermannen. Voor de ingang ging ze op een leeg bankje bij de fontein zitten. Het was een mooie lenteochtend. Fantastisch, eigenlijk.

De teen, die was identiek... Tekla voelde de misselijkheid toeslaan als een vuistslag recht in haar middenrif. Opeens gaf ze spontaan over. Een zure smaak van vruchtensap en kots.

Kon het echt Simon zijn?

Kon het echt haar eigen broer zijn, die daar op de IC lag met een lichaam dat voor vijfentachtig procent verbrand was?

Zaterdagochtend 8 juni
Gamla Stan, Stockholm

Monica Carlsson zat met haar voeten op het voetenbankje en haar pijnlijke rug achterovergeleund in haar Lamino-fauteuil, met in haar hand een grote kop zwarte koffie en het weekendmagazine van *Svenska Dagbladet* op schoot. Ze hoorde het geluid van Gregors voetstappen bij de badkamer en besefte dat het heerlijke ochtenduurtje snel voorbij zou zijn. Monica drukte twee paracetamols uit een strip en nam ze in met de hete koffie. Ze las verder over een nieuwe behandelmethode voor spataderen. De manier waarop er in de Academiekliniek met haar bovenbenen was omgesprongen, was niet bepaald indrukwekkend. Ze had de chef van de kliniek thuis opgebeld en een ultimatum gesteld: of hij betaalde de kosten van de behandeling terug en gaf haar een cadeaubon voor dertigduizend kronen, of ze belde haar oud-klasgenoot Torbjörn Hedenius, gedeputeerde bij de provincie, om hem te vragen de vergunning van de Academiekliniek in te trekken. 'Ik heb nog iets van hem tegoed,' besloot ze zakelijk. Diezelfde middag stond het geld al op haar rekening en drie dagen later lag er een mat gouden envelop met een handgeschreven adres op de deurmat.

Gregor Dabrowski liet zich op de bank ploffen en zette het koffiekopje op de glazen tafel.

'Je weet dat dat glas is,' zei Monica zonder op te kijken.

'Slecht geslapen?'

Gregor pakte de weekendbijlage van *Dagens Industri.*

'Zoals gewoonlijk,' antwoordde Monica.

'Dat je slecht slaapt is geen nieuws, schat. Misschien moet je 's avonds op tijd stoppen met drinken.'

Monica hees zich overeind en hinkte naar de open keuken met een lang L-vormig aanrechtblad uit één stuk. Het bedrijf dat het aanrechtblad had geleverd had een hijskraan moeten gebruiken om het vanaf het balkon naar binnen te draaien. Het trottoir van Skeppsbron was een hele dag afgezet geweest.

Ze sneed een grapefruit in stukjes en zette de sapcentrifuge aan.

'Typisch mannelijk dominant gedrag.'

'Hè?'

'Alleen omdat ik zuinig ben op onze meubels, beweer jij dat ik een slaaptekort heb. Het zal wel vervelend zijn dat je de beproefde ongesteldheidskaart niet meer kunt trekken.'

Gregor sloeg een pagina om van de lichtroze krant.

'Nu ben je nogal kleingeestig, vind je niet?'

'Nu doe je het weer.'

'Wat?'

'Verwijzen naar emoties en de biologische klok in plaats van je rationeel tot de feiten te verhouden.'

Monica schonk het vruchtensap in twee grote glazen en deed er *crushed ice* bij uit de automatische ijsmachine in de deur van de koelkast. Ze liep naar haar echtgenoot, tevens uitgever bij de grootste uitgeverij van Zweden, en gaf hem het glas.

'Hier... *schat*.'

Gregor pakte het aan.

'Je hoeft niet zo sarcastisch te doen.'

'Dat klopt. Jij wordt te veel gedreven door emoties, dat is altijd al zo geweest. Daarom is jou de positie van directeur-uitgever ook nooit aangeboden.'

Gregor legde de krant op de bank.

'Ik bedoelde dat je geen liefdesbetuigingen moet uitdelen als je het niet meent.'

'Zegt de man die sinds vijf jaar elke vrijdag tien rozen koopt voor zijn vrouw. Ik vraag me af welke schuldgevoelens die moeten verzachten.'

Gregor pakte de arm van zijn vrouw zachtjes vast en klopte met de andere hand op de bank naast zich.

'Kom hier en knuffel een oude man eens in plaats van zo te mokken. Wat is er deze week met mijn snoepje gebeurd waardoor ze zuurder is dan dit vreselijke sap?'

Monica schudde glimlachend haar hoofd.
'Je moest eens weten.'
'Vertel.'
Monica ging weer in haar lievelingsfauteuil zitten.
'Waarom begin je niet voor jezelf?' vroeg ze.
'Te laat.'
'Te laat waarvoor?'
'Ik heb die drive niet meer.'
'Nee toch?'
'Dat is zo.'
'Je bent alleen verbitterd geworden. Je bent nog steeds de beste uitgever van de stad. Het grootste aantal Nobelprijswinnaars op zak.'
'Ook niet waar.'
'Wie heeft er meer dan jij?'
'Dat doet er nu niet toe.'
Monica trok aan haar gouden ketting.
'En ik vraag me af wie er nu eigenlijk verbitterd is,' zei Gregor.
'Wat insinueer je?'
'Schat, ik weet hoe graag je die directiepositie bij het NSK-ziekenhuis wilde.'
'En?'
'Die heb je niet gekregen.'
'Nee, die heb ik niet gekregen,' antwoordde Monica sarcastisch.
'Zie je wel?'
'Wat?'
'Je bent nog steeds verbitterd.'
Monica stond snel op en liep naar de koelkast. Ze schonk een glas witte wijn in, dat ze in één teug leegdronk.
'Wel een beetje vroeg,' klonk de vriendelijke stem van Gregor.
'Waarom kijk je niet naar je eigen leven?' snauwde ze.
'Je ontwijkt de vraag: waarom ben je vandaag zo dwars?' diende Gregor haar van repliek.
'Nu vertoon jij ontwijkend gedrag.'
'Dat is dan maar zo. Twee slangen die om elkaar heen kronkelen en elkaar ontwijken.'
Gregor dronk zijn sapje op.
'Ik heb op het juiste moment gewacht,' zei Monica, en ze ging op de bank zitten.

'Waarvoor?'
'Om het geweer af te vuren.'
'Een beetje vroeg voor het jachtseizoen, vind je niet?'
'Eerder een perfecte gelegenheid.'
Monica pakte een paar yahtzeedobbelstenen op en liet ze van de ene hand in de andere rollen. Ze keek naar de grote neus van haar man. Zijn karakteristieke hoge voorhoofd. De smalle lippen, die vaak op elkaar geperst werden, vooral wanneer hij een Hongaars manuscript las. Af en toe stopte hij, staarde uit het raam en zette zijn bril af, terwijl hij ergens over nadacht. Vervolgens zette hij zijn bril weer op en ging door met lezen.
Monica liet haar dobbelstenen over het glazen tafelblad stuiteren. Ze pakte haar mobiel en belde Fredrik Franck, die ondanks het vroege tijdstip meteen opnam.
'Goedemorgen.'
'Het is tijd voor een flinke lading Kallax.'
'Nu? Het is zaterdag.'
'Stuur me een berichtje als het geregeld is.'
'Maar...'
Monica drukte hem weg, bladerde verder door het tijdschrift en vond een artikel waarin werd uitgelegd hoe je op lage temperatuur halslappen kon bereiden in een aardewerken schaal.

Zaterdag 8 juni
IC, Nobelziekenhuis

Tekla proefde nog steeds de smaak van braaksel, maar de misselijkheid was over. Ze dacht na over wat haar gedachten zou kunnen afleiden van de voet op de IC. Ze moest denken aan de jongen met de ziekte van Gaucher. Ze had geen tijd gehad om te volgen wat er met hem was gebeurd en besloot naar de kinder-IC te gaan.

'Waar ligt het driejarige jongetje van donderdagavond? Dat met krampen binnenkwam op de Spoedeisende Hulp?'

Een verzorgster die Tekla herkende, wees de weg.

'Heb je zijn familie ontmoet?' vroeg Tekla. 'De vader was erg kwaad.'

'Vaders kunnen vreselijk lastig zijn,' constateerde de verzorgster zakelijk.

'Vooral als ze ook nog agent of brandweerman zijn. Ze zien waarschijnlijk een heleboel shit op straat.'

'Net als wij.'

'Shit?'

De verzorgster glimlachte. 'Dat ook. Maar die vegen we af.'

Tekla glimlachte ook. 'Dat is waar.'

'Je vindt het zelf wel,' zei de verzorgster, en ze verdween.

Tekla wurmde zich uit haar jas en hing haar tas naast een paar gezichtsmaskers in de luchtsluis voor de kamer. Ze liep de kamer in, ging op een stoel zitten en klapte de zijkant van het grote bed omlaag. Oscar lag te slapen met een slang in zijn luchtpijp. De geluiden van de ventilator waren aangenaam slaapverwekkend. Tekla ademde een paar keer diep in en voelde de vermoeidheid toeslaan. Ze pakte de hand van de jongen. Die voelde warmer aan dan in de traumakamer een paar nachten geleden. Ze keek naar zijn kalme gezicht en liet haar eigen oogleden zakken in het tempo van het sissen van de ventilator.

Opeens hoorde Tekla een meisjesstem achter zich.

'Wie ben jij?'

Ze draaide zich om en zag een dun schepseltje met een rechte rug en lang vlasblond haar op maar een paar decimeter afstand roerloos staan. Ze had de deur niet horen opengaan.

'Hallo.'

Geen reactie. Alleen maar grote, starende felblauwe ogen.

'Ik ben de dokter die voor Oscar heeft gezorgd toen hij op de Spoedeisende Hulp kwam.'

'Je ziet er niet uit als een dokter.'

Tekla glimlachte. Haar lichaam leek wel verdoofd.

'Omdat ik geen witte kleren draag?'

Het meisje knikte zwijgend.

'Ik ben nog niet aan het werk.'

'Wat doe je hier dan als je niet werkt?'

Het meisje droeg een rood spijkerjack over een wit T-shirt met een tekst in glitterletters, die Tekla niet kon lezen. Een flodderige zwarte piratenbroek. De blik in haar ogen was nu eerder vastbesloten dan geschrokken.

'Ben jij de zus van Oscar?' vroeg Tekla.

Ze knikte.

'Hoe heet je?'

'Iris.'

'Dag, Iris. Ik heet Tekla.'

Iris hield haar hoofd schuin en sloeg haar armen onhandig over elkaar. Het leek wel of ze een volwassene nadeed.

'Wat een rare naam.'

'Je vroeg wat ik hier doe,' zei Tekla. 'Ik ben hier omdat ik wilde zien hoe het met Oscar gaat.'

Iris keek verschrikt naar Oscar, die roerloos in het bed lag. Het was de eerste keer dat ze haar ogen van Tekla afwendde.

'Hij is ernstig ziek,' ging Tekla verder. 'Maar nu slaapt hij. Hij krijgt een heleboel medicijnen, zodat hij beter wordt.'

Het meisje leek bij zichzelf te overleggen. Haar armen vielen omlaag langs haar lichaam. Ze wachtte af. Vervolgens wreef ze in haar oog.

'Mag ik bij jou op schoot zitten?'

Tekla wist niet wat haar overkwam. Haar lichaam verstijfde. Ze wilde een smoes ophangen, zeggen dat ze weg moest, maar zag iets in het meisje wat ze niet kon weerstaan.

'Ja, hoor.'

Iris liep voorzichtig naar Tekla toe en ging bij haar op schoot zitten. Ze legde haar kleine hand op die van Tekla, die op zijn beurt Oscars hand vasthield.

'Hij zweet,' fluisterde Iris.

'Misschien droomt hij van woestijnen.'

Tekla wilde haar arm om het meisje heen slaan, haar stevig knuffelen, maar weerstond die impuls.

Iris draaide zich voorzichtig om en keek Tekla aan.

'Denk je?'

'Ik denk dat het fijn voor hem is dat hij lekker slaapt. Kijk eens hoe mooi ze zijn bed hebben opgemaakt. Zou jij niet in zo'n groot bed willen liggen?'

'Nee.'

'En dat slangetje in zijn mond. Misschien geven ze hem wel liters Coca-Cola.'

'Ik hou van Fanta.'

'Als je ziek bent, mag je kiezen wat je wilt hebben.'

'Mijn vader zegt dat frisdrank niet gezond is.'

'En wat zegt mama daarvan?'

'Die is bang voor papa.'

Tekla schrok.

'O. Bang? Maar in het ziekenhuis is de patiënt de baas. Houdt Oscar van Coca-Cola?'

'Ja.'

'Dan mag hij drinken zoveel hij wil.'

Iris nestelde zich in Tekla's armen en duwde haar hoofdje tegen haar borstbeen. Tekla rook een vettige geur uit het haar van het meisje. Ze vroeg zich af of ze verder zou vragen naar mama die bang was voor papa, maar ze wilde het gezellige moment niet bederven. Tekla's zelfgekozen kinderloosheid kwam voort uit de angst dat ze de genen van haar moeder zou doorgeven. De zieke genen die codeerden voor de vreselijke hersenziekte van Huntington. Tekla wist niet of ze drager van die genen was. Ze had zich er nooit op durven laten testen. Maar het wierp muren op en groef slotgrachten tegen alles wat relaties en eventueel eigen kinderen heette.

'Heb jij broers of zussen?' vroeg Iris.

'Een broer.'

'Zorg je voor hem?'

Tekla slikte moeizaam. 'Dat probeer ik. Maar hij is...'

'Is hij ook ziek?' vroeg Iris.

'Dat kun je wel zeggen.'

Tekla stond zichzelf toe een arm om Iris heen te slaan.

Ze bleven tien minuten zwijgend zitten, allebei verzonken in hun eigen wereld, toen er een verpleegkundige binnenkwam en de betovering verbrak. Iris zat stil en kneep nog harder in Tekla's hand. Het meisje leek in een plezierige toestand te zijn beland waar ze absoluut niet uit weg wilde. Tekla stond voorzichtig op en trok haar bezwete hand uit de handen van de twee kinderen.

Ze merkte dat Iris het niet wilde, maar ze hielp het meisje om op de stoel te gaan zitten.

'Zeg maar niet tegen de ouders dat ik hier geweest ben.'

'Nee?' vroeg de verpleegkundige verbaasd.

'Nee, en ook tegen niemand anders.'

'Maak je geen zorgen.'

Tekla verliet de kamer. Terwijl ze naar de overdracht liep, zag ze de blauwe ogen de hele tijd voor zich.

Zaterdag 8 juni
Grönviksvägen, Bromma

Victor Oemarov keek vanuit zijn slaapkamerraam uit over het zwembad. Het riep veel emoties op. Vooral hopeloosheid en een heleboel woede. Maar hij gaf het niet op. De twee jaar in de gevangenis in het begin van de jaren tachtig waren Victor verbazingwekkend goed bekomen. Zwart-wit. Een heldere structuur. Hij kreeg respect en toegang tot nieuwe sociale structuren dankzij het feit dat hij kon vechten. Maar hij kickte er niet op. Hij zorgde er alleen voor dat hij net genoeg aan het hele machogedoe meedeed om de bajes te verlaten met het mooiste rapport dat je in criminele kringen kon krijgen. Iets waar hij jaren later profijt van zou hebben, toen hij van de Russische Veiligheidsdienst, de FSB, een opdracht kreeg in Stockholm.

Hij had de FSB jarenlang geld afhandig gemaakt, liep uiteindelijk tegen de lamp en werd na een rommelig proces ter dood veroordeeld. Na zes maanden in de gevangenis kreeg hij 'een laatste kans', zoals de kale FSB'er had gezegd. Dan moest hij met de heroïne die via de 'noordelijke route' uit Afghanistan kwam de heroïnemarkt van Stockholm overnemen, en doorlopend betalingen verrichten aan de vierde dienst van de FSB, die verantwoordelijk was voor economische veiligheid. Het doodvonnis was alleen opgeschort. Als hij niet aan de eisen voldeed, zouden ze 'iemand sturen', zoals de ambtenaar droog constateerde voordat hij Victor het contract ter ondertekening toeschoof. Tot nu toe had Victor het er goed van afgebracht, en het afstemmen met de FSB-gezant in verschillende Ierse pubs in de stad was altijd een vrolijke aangelegenheid. De Russen leken erop te vertrouwen dat Victor zich kweet van zijn taak als vor in Stockholm.

Victor ging met zijn wijsvinger langs de rijen chemisch gereinigde overhemden. Zwart of wit? Het was misschien het gemakkelijkst geweest om het consequent om de dag af te wisselen. Of misschien overdag zwart en 's avonds wit? Nee, consequent was hij nooit geweest. Gestructureerd? Als het nodig was. Dat zijn officiële titel vertaler van Russische literatuur was, was ironisch, gezien Victors dyslexie. Zijn oude vriend Boris hielp hem voor de vorm af en toe met een vertaling. Boris was ook de accountant van de familie.

Victor knoopte het overhemd dicht, nam twee spraytjes Old Spice, en trok zijn broek en zwarte Ecco-schoenen aan. Nina maakte zijn schoenenkeus altijd belachelijk, maar dat kon hem niet schelen. Het ging hem erom dat ze praktisch waren.

Victor liep de wenteltrap af naar de woonkamer. Hij drukte op de knop om de houten jaloezieën omhoog te laten gaan die de circa dertig meter lange wand van tweeënhalve meter hoge ramen bedekte. Net als in een ruimtefilm waarin het schip wakker wordt en langzaam het licht van de opgaande zon binnenlaat, begon nu ook de enorme woonkamer met zijn afzonderlijke onderdelen – zithoeken, bar, biljart, een aantal fauteuils – te baden in licht. De hele openingsceremonie nam ongeveer twintig seconden in beslag; de machinerie was al een tiental jaar oud, maar functioneerde als een oude Russische T62-pantserwagen. Het was een favoriet moment van de dag voor Victor als hij het Mälarmeer vijftig meter lager wakker zag worden.

'Opa, wil je met ons spelen?'

Hij draaide zich om; hij was zo in zijn eigen wereld verzonken geweest dat hij de tweeling niet had gehoord toen ze achter hem binnen waren komen sluipen. Opeens had hij het idee dat hij naakt was, en hij voelde snel of hij zijn broek en schoenen aanhad. Hij ontspande.

'Mijn schatjes.'

Hij ging op zijn hurken zitten en trok Nina's kinderen, Emily en Kate, naar zich toe. Ze droegen allebei eenzelfde witte flanellen pyjama met roze beren. Ze roken naar frambozen.

'Laat opa maar eens zien wat voor snoep jullie hebben.'

De tweeling keek elkaar met wijd open ogen aan en schudde

hun hoofd, zodat de donkere lokken heen en weer zwaaiden.

'Neehee, we hebben geen snoep.'

Victor deed net of hij verbaasd was.

'Neehee. Dus er zit geen frambozensnoepje in dat handje achter je rug?'

De tweeling giechelde en ze probeerden hun mond dicht te houden.

'Niet tegen mama zeggen.'

Victor hield zijn wijsvinger voor zijn mond.

'Dat belooft opa. Ik zwijg als de mummie waar ik jullie gisteravond over heb verteld. Weten jullie nog?'

Ze knikten voorzichtig toen ze zich het piramidedrama bij Luxor herinnerden.

'Nu is het tijd voor het ontbijt. Wat vinden jullie van warme chocolademelk?'

'Jaaa!' schreeuwden de kinderen door elkaar heen.

In de keuken was hun moeder Nina bezig het ontbijt klaar te maken. Victor zoende zijn prinses op het voorhoofd.

'Heb je lekker geslapen, papa?'

'Als een Russische beer in de winter.'

'Fijn dat je even wakker kon worden uit je kleine winterslaap,' zei Nina, en ze liet een grote glimlach zien. Ze was al perfect opgemaakt: dieprode lippenstift op haar volle lippen, discrete mascara en bronskleurige oogschaduw, waardoor haar donkere haar met een strakke zijscheiding gitzwart leek.

'Ik heb niet elke zaterdagochtend de hele familie te logeren.' Victor keek om zich heen in de enorme keuken. 'Waar is Joakim?'

'Die is vroeg weggegaan,' antwoordde Nina, en ze legde dikke pannenkoekjes op een bord. 'Tennissen met een vriend.'

'Je weet dat Coco dat kan doen,' zei Victor, wijzend naar de koekenpan.

'Niet zo lekker als mijn *crumpets*,' zei Nina met een glimlach. 'Weet je nog dat ons kindermeisje in Londen ze maakte? Ze zijn het lekkerst met honing. Ga zitten, papa, dan maak ik koffie. Ik krijg zo zelden de kans om voor je te zorgen. Je hebt het nodig, ik vind dat je er moe uitziet.'

'Nou, bedankt,' zei Victor, glimlachend.

Victor vond het een feest om zijn oudste dochter zo goedgehumeurd te zien. Pas gedoucht en fit, het korte haar perfect gestyled. Tegelijkertijd was er iets wat hem zorgen baarde, maar wat precies, daar kon hij de vinger niet achter krijgen. Iets met haar relatie? Victor nam aan dat ze het fijn vond om voor de verandering een keer thuis te zijn. Tegelijkertijd had hij altijd vermoed dat haar man Joakim haar misschien niet de waardering gaf die ze nodig had.

Hij ging in de eetkamer zitten, die uitkeek op de achterkant van het huis. De schuifdeuren stonden open en koele junilucht kwam over de stenen vloer naar binnen.

Sardor kwam de keuken in en ging tegen de rugleuning van een stoel geleund staan. Hij had zijn leren jack aan. Een grote mok koffie in de ene hand, een boek in de andere.

'Hoi,' zei hij kortaf.

'Hoi, broer,' zei Nina. 'Wat apart om jou met een boek in je hand te zien.'

Sardor wierp zijn zus een ongemakkelijke blik toe.

Victor stond op en bekeek vanuit het keukenraam het bronsbruine water van het zwembad.

'De kleur doet me denken aan onze binnenplaats in Tasjkent in de herfst. Modder, stukjes hout en roestige metalen emmers. Alles wat ik achter me had willen laten.'

'Maar papa,' zei Nina, en ze legde haar hand op Victors schouder. 'Zo erg is het toch niet?'

'Gisteren heb ik een hoop chloor in het zwembad gegooid, voor de tweede keer deze week. Maar tot nu toe geen resultaat. De onderhoudsman is er ook bij geweest om de zuiveringsinstallatie te bekijken, die werkte "als mijn Audi uit 2001", zoals hij het uitdrukte.' Victor haalde zijn neus op. 'Ik wil geen oude Audi. Volgend weekend, als alle buren op Elena's jaarlijkse tuinfeest komen, wil ik het zwembad in orde hebben. Ik geef het niet op. Kamila en de tweeling krijgen hun perfecte zwembad nog wel.'

'Ze zijn tevreden,' zei Nina.

'Heb jij ze zien zwemmen afgelopen week?' vroeg Victor retorisch.

'Het is nog te koud,' probeerde Nina, terwijl ze haar dochters boterhammen met Nutella serveerde en chocolademelk warm maakte in de magnetron. Ze was al gekleed op de bezichtigingen van die dag: een donkerblauw pakje van Zegna en een zwarte blouse. Een roodzijden sjaaltje om haar hals.

Victor schonk koffie in uit de zilveren kan, zette die midden op de reusachtige glazen tafel, ging naast Kate zitten en aaide over haar krullen. Hij richtte zich tot Sardor.

'Hoe is het gisteren in Skärholmen gegaan met Jensen en de leren broeken?'

'Ze trakteerden op worst.'

Nina maakte de knopen van haar jasje los en kwam aan de ontbijttafel zitten.

'Ik heb met Jensen gepraat,' ging Sardor verder. 'Uiteindelijk leek hij het te begrijpen. We hebben een week om de man te vinden die Jarmo heeft neergestoken.'

Victor haalde zijn leren etui en zijn aansteker uit de zak van zijn zijden ochtendjas. Hij klikte een sigaret tevoorschijn. De zilveren aansteker liet een twee centimeter lange gasvlam omhoogschieten, die hij op veilige afstand van de sigaret heen en weer bewoog. Daarna hield hij de sigaret zoals gewoonlijk voor zijn mond en snoof. Ook al kwam er geen rook, hij kon toch het gevoel van warme tabak in zijn luchtpijp waarnemen. Hij sloot zijn ogen en legde de sigaret op tafel.

'En daarna heb je een scène gemaakt?'

Victor rook nog een keer aan de sigaret.

Sardor frunnikte nerveus aan zijn boek.

'Ze daagden me uit.'

'Dus jíj was degene die begon met geweld?' vroeg Victor. 'Ik meen me te herinneren dat ik je had gevraagd diplomatiek te zijn.'

'Is het bij jou altijd een kwestie van schuld?' vroeg Sardor zuchtend.

'Waar twee vechten heeft er altijd één schuld.'

Nina stond op. 'Ik moet naar kantoor. Jonna is dit weekend in New York en ik moet een deal sluiten.'

Het drong tot Victor door wat er mis was: Nina ontweek zijn blik. En ze deed gemaakt, haar lichaamstaal was schokkerig en gestrest.

'Is het dat eiland?' vroeg Sardor aan zijn zus.

'Kaggholmen, dat klopt. Hoezo?'

'Een heel eiland. Dat klinkt duur.'

'De vraagprijs is drieëndertig miljoen. Een Nederlander wil het kopen. Is er een probleem?'

Sardor stond op en negeerde zijn zus.

'Ik moet Tatyana bijsturen,' zei hij. 'Ze heeft de situatie met de meiden niet in de hand.'

Victor glimlachte naar Emily en Kate. Hun gezichten zaten onder de Nutella.

'Ik heb gezegd dat ik iemand kan regelen die voor de Colombiaanse vrouwen zorgt. Maar ze wil niet.'

'Ik waardeer het dat je aan je medewerkers denkt,' zei Victor.

'Medewerkers?' vroeg Sardor. 'Tatyana is wel wat meer. Zolang we hier zijn, is ze al bij ons.'

Nina wierp een steelse blik op haar broer en daarna op Victor. Ze veegde Nutella van de gezichten van de tweeling.

'Ik kan wel helpen als het nodig is,' zei ze.

'Jij moet hier niet in verwikkeld raken,' antwoordde Victor hoofdschuddend. 'Dat weet je.'

'Ik zeg alleen dat...'

'Nee!' schreeuwde Victor, en hij sloeg hard met zijn hand op de glazen tafel.

De tweeling schrok ervan.

Victor rook nog een paar keer snel aan de sigaret en maakte hem vervolgens uit.

'Hoe vaak moet ik nog uitleggen dat er een hele Chinese muur staat tussen wat Sardor doet en wat jij doet, Nina?'

Het werd stil in de keuken.

Victor maakte zich echt kwaad.

'Ik ben vor in Stockholm, vertaler en een bescheiden zakenman die leeft van de rente van een oud kapitaal. Oké? Niemand doet me wat. De bende niet. De motorjongens niet. De politie niet. Ik heb verdomme zelfs een harmonieuze relatie met de belastingdienst. En jij, Nina, bent mijn vrouwelijke spiegelbeeld. Je mag nog geen parkeerboete krijgen. Snap je?'

'Ja, papa,' zei Nina.

'Je mag nooit ofte nimmer in contact komen met iets illegaals.'

'Je hoeft er niet over door te gaan.'

'Kom hier,' zei Victor. 'Kijk me aan. Is er iets?'

'Wat zou er moeten zijn?' vroeg Nina ongerust.

'Je zegt het toch tegen me als je ergens mee zit, of niet?'

'Absoluut.'

Sardor zette zijn kopje op de glazen tafel.

'Doe je ding, dan is iedereen blij,' zei Sardor tegen zijn zus.

'Niemand jat jouw stuk van de taart,' antwoordde Nina met een valse glimlach. 'Wees maar niet bang.'

'Ik ben nog niet dood,' zei Victor zuchtend. Hij had het gevoel dat zijn lichaam zwaar en op was, en dat maakte hem neerslachtig. Dit was precies wat hij had willen voorkomen: twee kinderen die ruzieden om zijn erfenis. Waarom was zijn opvoeding mislukt? Waarom was het alleen Nina gelukt om uit de buurt van de criminaliteit te blijven? Sardor had moeten doorgaan met zijn studie, daar had hij harder in moeten zijn. 'Bovendien is alles geregeld. Jullie kunnen stoppen met kibbelen.'

'Ik heb geen papieren gezien,' zei Sardor.

'Hou op,' brulde Victor.

Nina liet een hese lach horen: 'Alsof Sardor papieren had kunnen lezen!'

Sardor liep naar de deur.

'Je moet meer slapen,' riep Nina hem na. 'Als je wilt, kan mijn dokter je slaappillen voorschrijven. Iets wat al dat testosteron 's nachts dempt.'

Zonder zich om te draaien antwoordde Sardor: 'Iemand moet het vuile werk doen.'

Zaterdag 8 juni
Markthal Östermalm

Nina parkeerde haar zwarte Cadillac Escalade voor de ingang van de Östermalmshal. Ze herinnerde zich Joakims verbazing toen ze de auto kocht. Het argument was veiligheid voor de kinderen geweest. Zelf hield ze van de vorm en van de grote stoelen. En van de stilte. Maar het was af en toe wel moeilijk om een parkeerplaats te vinden die groot genoeg was.

Ze ging de markthal binnen en liep door naar Melanders vis, waar het druk was. Haar telefoon ging: Jonna Fredén-Hansson.

'Waarom neem je niet op?' vroeg Jonna.

'Ik weet heel goed dat je zo'n veertien keer hebt gebeld. Rustig maar,' zei Nina en ze trok een nummertje. Ze knikte naar de eigenaar, die een glas bubbels voor haar neerzette. Ze nipte van de ijskoude cava en pakte een stukje kaas. Manchego. Ze moest denken aan de keer dat Joakim en zij naar Oviedo waren gegaan aan de Spaanse kust en sloten *cidera* hadden gedronken, totdat ze geen fles cider meer konden zien. Het leven vóór de kinderen.

'Kom op, Nina. Heb je een kleine brandramp gemist?'

Nina moest haar best doen om een rustige plek te vinden. Ze verbaasde zich erover dat de dames langs wie ze zich heen moest wringen hun bontjas nog niet op zolder hadden gehangen. Het was bijna hoogzomer. Het cliché dat je het voorjaar moest 'inzweten' was nog nooit zo letterlijk van toepassing geweest. Ze begreep de fetisj voor harigebeestenkleding van de Östermalm-dames niet goed. Zelf had ze een voorkeur voor zwart leer.

'Ik wilde garnalen kopen voor thuis en een paar uur van tierende collega's en agressieve broers af zijn.'

'Wat heeft Sardor gedaan?'

'Hij zal mijn zaterdagavond in elk geval niet bederven.'

'Hebben jullie ruziegemaakt?'

'Doen we ooit iets anders?'

'Jullie moeten het bijleggen.'

Nina glimlachte bij zichzelf.

'Sardor is niet het type met wie je het bijlegt. Hij staat niet in contact met zijn innerlijk.'

'Maar je kunt het toch proberen?'

'Zullen we de analyse van mijn familieleden voor de gelegenheid achterwege laten? We hebben belangrijker dingen te doen, lijkt me.'

Nina dronk de cava op en ving de blik van de eigenaar; ze hield haar vinger op het glas ten teken dat ze bijgeschonken wilde worden. Zij en een man met een aardappelneus iets verderop waren de enigen die dronken. De vrouwen naast haar hielden hun handtas krampachtig voor zich en zouden pas ontspannen als ze in hun appartement een paar straten verderop kwamen en de eerste sherry van de dag inschonken.

'Geniet je van het ritme van de grote stad?' vroeg Nina. 'Zelf zou ik liever doodgaan dan in New York wonen. Ook al kun je hier thuis in paniek raken omdat iedereen je kent. Je kunt Stockholm moeilijk een wereldstad noemen. Om van het Venetië van het Noorden nog maar te zwijgen.'

'Kun je een beetje focussen?' riep Jonna in de telefoon.

'Je klinkt net als mijn vader. Als ik iets kan, dan is het focussen.'

Nina dacht aan Victor en aan wat hij hun had geleerd: scherp zijn als het nodig was. Hij kon lawaaiig overkomen, zelfs bombastisch en ongeconcentreerd, maar Nina had talloze keren gezien dat collega's die dachten dat Victor geen overzicht had hem probeerden te manipuleren door met getallen te goochelen, wat in alle gevallen voor de personen in kwestie slecht was afgelopen.

'Nina, waar heb je het over?'

'De kunst om te ontspannen als de kans zich voordoet.'

Nina was altijd jaloers geweest op het vermogen van haar vader om de knop om te zetten als hij vrij was. Hij was bezig met zijn zwembad of ging samen met een buurman op in een volslagen onbegrijpelijk bouwproject dat maanden kon duren. En dan had ze het nog niet eens over Victors obsessie met de activiteiten van zijn kleinkinderen.

'Zou dat onze situatie redden? Je kop in het zand steken?' vroeg Jonna.

'Ik ga geen vrije tijd inleveren.'

Nina ontmoette de blik van de aardappelneus en herkende hem. Directeur van een kredietinstelling en pas gescheiden.

'Het komt allemaal aan het licht. Als iemand zich zorgen zou moeten maken, dan ben jij het wel.'

'We hebben meer informatie nodig,' zei Nina.

'Hoe kun je zo rustig zijn en net doen alsof er niets aan de hand is?'

'Zoals gezegd: je krijgt niet meer grip op de situatie door te schreeuwen en in paniek te raken.'

'En je hebt hem nog niet te pakken kunnen krijgen?' vroeg Jonna.

Nina was aan de beurt om te bestellen. Ze zette het glas neer.

'Wacht even,' zei ze tegen Jonna. 'Twee kilo verse garnalen.'

Ze ging verder tegen Jonna: 'Ik heb een paar keer gebeld, maar krijg alleen de voicemail.'

'Is hij er misschien vandoor?'

'Erger.'

'Hoe kan het erger?'

'Er ligt een ongeïdentificeerde man op de IC van het Nobelziekenhuis,' zei Nina. 'Ernstig verbrand.'

'En dat moet hij zijn?'

'Het is niet uitgesloten. Maar ik zorg ervoor. Als ik eerst een korte pauze mag nemen – alleen vanavond.'

Nina haalde haar platina pas tevoorschijn en kreeg er een witte plastic zak voor terug. Ze liep naar haar SUV en zag dat een parkeerwachter bezig was een geel briefje achter de ruitenwisser te stoppen.

'Ik zal proberen te ontspannen,' zuchtte Jonna.

'Daar bak je niet veel van.'

Nina negeerde de parkeerwachter. Ze gooide de bekeuring op de grond, stapte in de auto en liet de motor draaien. Daarna belde ze Joakim om te zeggen dat ze op weg was naar het Karlaplan. Voor het stoplicht op de Karlavägen zette ze de muziek zachter en staarde ze naar een oudere man die zijn teckel uitliet. Ze vroeg zich af hoe ze de naderende catastrofe kon tegenhouden. Misschien moest ze een afspraak maken bij de tandarts.

Zaterdag 8 juni, 11.00 uur
IC, Nobelziekenhuis

Eva Elmqvist ging met haar hand door haar krullende haar en krabde even op haar hoofd.

'Hij heeft vannacht longoedeem gekregen.'

Tekla moest zich inspannen om Eva's update over de verbrande patiënt in zich op te nemen. Ze was bang voor haar eigen reactie als ze de teen weer te zien kreeg. Haar hersenen hadden kennelijk een verkeerd verband gelegd en haar aan Simon doen denken, wat volkomen geschift was.

'Precies zoals je had gezegd,' zei Tekla.

Ze stonden voor de koffiekamer van de IC met een plastic bekertje koffie in hun hand.

'En er is sprake van septische shock,' ging Eva verder. 'Hij heeft een hoge dosis vasopressoren nodig. Maar hij plast nog, dat is mooi.'

'Gaan jullie hem opereren?' vroeg Tekla.

'Tjonge, wat heb jij veel verstand van brandwondenzorg.'

'Ik zal geen vragen meer stellen.'

'Nee, dat mag best. De plastisch chirurgen hebben twee ingrepen uitgevoerd voordat hij longoedeem kreeg. Ze zijn begonnen met de voorbereidingen voor transplantatie met donorhuid, maar willen eerst meer dood vlees weghalen. Nu hebben we problemen met de luchtwegen. Hij heeft een tracheotomie nodig, maar de kno-chirurgen schieten niet op. *Surprise!* Hopelijk lukt het in de loop van vandaag. Verder valt er in medisch opzicht niets meer te doen. Jij doet de communicatie met de politie?'

'Nog één ding,' zei Tekla. 'Weten jullie al wie hij is?'

'Daar is de politie mee bezig, maar ik heb begrepen dat het even kan duren. Ze proberen röntgenfoto's te krijgen van een paar tandartsenpraktijken in Södermalm, maar er is geen landelijk register en ze weten eigenlijk niet waar ze moeten zoeken.'

'Bureaucratisch Zweden.'

Eva schudde haar hoofd.

'In een ander land zou het waarschijnlijk niet sneller gaan.'

'Tenzij het daar geprivatiseerd is en er financiële prikkels zijn.'

'Maar we zijn natuurlijk blij dat dat bij ons niet zo is.'

Eva liep weg zonder gedag te zeggen.

Tekla liep naar de kamer van de verbrande patiënt, waar ze weer een verandering waarnam: de geur van geïnfecteerde huid. Het was net de vleesvitrine bij de Coop op een warme zomerdag.

Rebecka Nilsén stond iets te bespreken met de verantwoordelijke verpleegkundige. Haar gezicht klaarde op toen ze Tekla zag.

'Ha! Onze informant.'

Tekla keek verbaasd.

Rebecka glimlachte. 'Vertel.'

Tekla keek niet naar de patiënt, ook al lag hij onder een laken. Het verbonden gezicht was het enige wat van hem te zien was.

'Ik hoorde net van de IC-arts dat ze problemen hebben met de vochtbalans. De situatie is precair.'

'Jullie dekken je altijd in, heb ik gemerkt.'

'Hoe dan?'

'Problemen. Precaire situatie. Waarom kun je nooit duidelijke cijfers geven? Zoals: de kans dat hij binnen twee dagen overlijdt is vijfentachtig procent.'

'Ik kan tegen je liegen als je dat liever hebt,' zei Tekla.

'Dat hoeft niet. Het ligt in mijn aard om dingen te analyseren. Mensen en verschijnselen.'

Tekla wierp een zijdelingse blik op de monitoren. De tachycardie van de patiënt was vandaag ernstiger.

'Maar gaat hij het halen?' vroeg Rebecka Nilsén.

'Dat is nog helemaal de vraag.'

'En wanneer mag dat buisje uit zijn keel? Of kan de narcose zoveel lichter worden gemaakt dat we kunnen proberen met hem te praten?'

Tekla glimlachte.

‘Dat gebeurt alleen in films. Dat begrijp je wel, denk ik.’
‘Ik ben dol op films,’ zei Rebecka met een dromerige blik.
‘Hij is er slechter aan toe dan gisteren,’ zei Tekla.
Rebecka keek met weerzin naar het beademingsapparaat, terwijl Tekla naar het bed liep en het laken pakte, dat opzij was gegleden. Ze zag de voet en schrok. Ze voelde een druk op haar borst en kreeg moeite met ademhalen. Maar dat duurde maar even.
‘We moeten echt met hem praten,’ zei Rebecka in zichzelf, alsof ze een slimme manier probeerde te bedenken om de patiënt wakker te maken waar de artsen niet op waren gekomen.
Het viel Tekla op dat Rebecka Nilsén vandaag een andere kleur lippenstift had, die meer naar frambozenroze neigde. Haar haar was strak en glad naar achteren gekamd. Ze droeg een dun, luchtig pakje van donkergroene stof dat de rand van haar bh liet zien. Om haar middel een smal ceintuurtje van dezelfde stof. Haar armen waren bloot vanaf haar schouders. Witte sandalen met hoge hakken. Ze leek gekleed voor een vernissage bij Liljevalchs.
‘Waarom is het zo belangrijk om met hem te praten?’
‘Je hebt toch een zwijgplicht?’ vroeg Rebecka.
Tekla knikte.
Rebecka Nilsén keek Tekla strak aan en leek een spontaan besluit te nemen.
‘De technici hebben sporen van salpeter, zwavel en ammoniumsulfiet gevonden in de garage. Dat wil zeggen, materiaal om bommen mee te maken.’
‘Bommen?’ riep Tekla verbaasd uit.
‘We vermoeden dat de mannen die in een bestelbusje van de plek zijn weggereden zich in de garage bevonden, en we kunnen niet uitsluiten dat deze lieve jongen hier bij dezelfde groep hoorde.’
Er raasde een storm van gedachten door Tekla’s hoofd.
‘Ze zouden dus hebben geprobeerd om de toren op te blazen?’
‘Dat is één spoor dat we volgen. Zonder overhaaste conclusies te trekken.’
Tekla knikte en ging verder: ‘Maar hij reageerde op Narcanti. Wijst dat er niet eerder op dat hij een verslaafde is die in de kelder lag te slapen? Er zitten toch vrij veel verslaafden in de kelders en garages van de stad?’
‘Dus jullie hebben toch op drugs getest?’

Tekla zuchtte. 'Dat is helaas niet gebeurd.'
'Na hoeveel tijd kun je zo'n onderzoek nog doen?'
'Na een paar dagen nog wel, maar het probleem is dat hij in de traumakamer al morfine en een heleboel andere geneesmiddelen heeft gekregen, zodat we niet kunnen weten wat waarvan komt.'
'Oké. Maar we mogen geen deuren sluiten. Ook bommenmakers en terroristen gebruiken drugs. Mijn team onderzoekt alle denkbare sporen.'
'Hebben jullie een groot onderzoeksteam?' vroeg Tekla nieuwsgierig.
Rebecka's ernstige gezicht klaarde opeens op.
'Groot genoeg. Deze noot zullen we snel kraken,' zei ze, en Tekla meende het geluid te horen van een walnoot die werd gekraakt voor de kerstboom bij de familie Nilsén thuis.
'En hoe gaat het met zijn identiteit?' vroeg Tekla.
'Waarom vraag je dat?'
'Gewoon, nieuwsgierigheid.'
'Nieuwsgierigheid, dat herken ik. We zijn ermee bezig.'
Rebecka Nilsén verliet kamer I van de IC.
Tekla keek naar de voet en probeerde er onbewogen uit te zien. De verpleegkundige was bezig met de lijn in de hals, die het niet goed leek te doen.
'Kan ik hem onderzoeken terwijl jij bezig bent?'
'Ga je gang. Ik probeer alleen deze CVK te spoelen, die het maar half doet.'
Tekla trok plastic kleren en handschoenen aan. Ze deed net of ze naar zijn hart en longen luisterde, maar was er uitsluitend op gericht ongeschonden gebieden op het lichaam te vinden die ze kon onderzoeken. Aan de ene kant waren de schouder en de zijkant van de borstkas relatief onaangedaan. Ze ging met haar wijsvinger langs het kuiltje aan de bovenkant van het sleutelbeen. Had Simon dat niet gebroken toen hij klein was? Toen hij met de fiets was gevallen? Het sleutelbeen van de verbrande man was niet gebroken geweest. Ze haalde een duidelijke herinnering naar boven aan Simon toen hij op het strand van het meertje zat met zijn benen gekruist. Een donkerblauw zwembroekje met een wit koord. Hij bouwde een zandkasteel met een slotgracht eromheen. Ze vergeleek het gebied ter grootte van een handpalm uit haar

herinnering met de patiënt voor haar. Ze zagen er hetzelfde uit. Maar hoeveel verschil was er in het sleutelbeengebied van de ene dunne jongen en de andere? Ze ging verder naar de linkerhand; de pink was rood, maar niet verbrand. Ze boog het vingergewricht een beetje en haalde tegelijkertijd een beeld naar boven van toen Simon en zij in Umeå op een feest waren met een paar van zijn vrienden. Ze pasten om de beurt een trouwring die een vriend zojuist had gekocht. Hij was veel te groot voor Tekla, maar Simon glimlachte triomfantelijk en beweerde: 'De ring past mij beter, dus ik ga trouwen.' Maar het was de ringvinger die ze voor zich zag. De pink kon ze niet zien.

'Hoe is het?' vroeg de verpleegkundige.

Tekla werd weggerukt uit haar herinneringen en keek in een vragend gezicht.

'Het is de vraag of hij het redt.'

'Niet volgens de chirurg die hier vanochtend was. Wat zei die ook weer? Waarom tijd verspillen aan een terdoodveroordeelde, of zoiets.'

Tekla probeerde vat op de situatie te krijgen; ze had haar lippenbalsem nodig om haar gedachten in de juiste vakjes te sorteren. Waarom kon ze het krankzinnige idee niet laten varen dat het haar broer was die hier lag? Had het te maken met de belofte die ze haar vader op zijn sterfbed had gedaan? Of met dat andere wat haar vader over de ziekte van haar moeder had gezegd? Wat Simon nooit had mogen weten. Ze inspecteerde het herinneringsbeeld van het sleutelbeen vanuit een andere hoek. Ze keek naar elke schaduw op zijn huid. Een seconde genoot ze van haar fantastische talent. Tegelijkertijd had dat haar leven door de jaren heen in de war geschopt; ze was gepest, buitengesloten, op zichzelf aangewezen, geïsoleerd. En toch: wat had ze veel tijd bespaard tijdens haar studie.

'Ik moet meer chloorhexidine halen,' zei de verpleegkundige. 'Blijf je hier nog even?'

'Oké,' antwoordde Tekla, en ze zag de verpleegkundige de luchtsluis in verdwijnen.

Ze boog zich over het gezicht van de gewonde en probeerde iets van zijn ogen te zien, maar de oogleden waren nog steeds gezwollen. Het rook naar desinfecterende gel en verbrand haar. Ze zag beelden voor zich toen ze zweet en huid van hun lijf krabden in de sauna bij het meer en water op het aggregaat gooiden. Maar ze kon de geuren niet ruiken.

'Gadverdamme, wat een stank,' riep Simon.

'Ik vind het lekker ruiken,' zei Tekla, en ze spetterde meer vocht op de stenen.

Tekla pakte de hand van de verbrande man vast en fluisterde: 'Simon, ben jij het? Geef me een klein teken. Kun je in mijn hand knijpen als je me hoort?'

Maar het enige wat ze voelde was haar eigen pijnlijke rug toen ze vooroverboog. Het enige geluid dat ze hoorde was het hardnekkige pompen van de ventilator.

'Beweeg dan ten minste een vinger, alsjeblieft. Simon, ben jij dat daarbinnen? Kan ik je helpen? Ik heb alleen een heel klein teken nodig dat jij het bent. Je deed me altijd na als ik smakte bij het eten, weet je nog? Je vond dat vreselijk en zei dat het klonk alsof ik in je oor zat en door de modder banjerde. Ik smak nog steeds. We hebben elkaar al zo lang niet gezien, maar ik beloof je dat ik zo hard zal smakken dat je er een toeval van krijgt als je wakker wordt. Toe, Simon, smak nog eens even.'

Harder praten hielp niet. Geen beweging te zien bij de man tegenover haar in het bed.

Ze legde haar andere hand op het verbonden voorhoofd van de patiënt.

'Jij weet dat ik niet kan zwemmen. Papa zou het me leren, maar dat is er nooit van gekomen. Bedoelde je dat? Weet je wie jou dit heeft aangedaan? Knik, beweeg met je hoofd als je mijn stem hoort. Ik wil je ontzettend graag helpen. Het maakt niet uit wat je hebt gedaan; niemand moet zo hoeven lijden. Ik weet dat je een brokkenpiloot bent. Sorry, maar dat ben je altijd geweest en dat zul je altijd blijven. Maar ik hou van je zoals je bent. Weet je nog wat papa zei? Dat je niet verantwoordelijk kunt worden gesteld voor de ouders die je cadeau hebt gekregen. Hij wist heel goed wat voor slechte vader hij zelf was. Dat was hij echt. Maar hij was zich er in elk geval van bewust, in tegenstelling tot ma. Simon, beweeg alsjeblieft je hoofd.'

Ze veranderde van houding. Ze wachtte op een reactie van de man, maar die kwam niet. Op de monitor zag ze dat zijn hartslag iets sneller was geworden. Was dat toeval of was het zijn enige manier om met haar te communiceren?

'Als je doodgaat, ga ik ook dood. Ik geloof niet in een god, dus ik kan hem of haar niet om hulp vragen. Ik kan jou alleen vragen in leven te blijven. Want als je dit niet overleeft, weet ik niet hoe ik moet...'

'Hoe is het?'

De verpleegkundige was teruggekomen.

Tekla deed net of ze de pols van de man opnam. Het zag er waarschijnlijk nogal knullig uit.

'Goed. Met mij, bedoel ik... Maar jij bedoelt misschien met Si... met hem... de patiënt...'

Ze liet de hand van de verbrande man los, zodat die hard op het zijhek viel, ontweek de vragende blik van de verpleegkundige en verliet de kamer met een lichte druk op de borst.

Zaterdagavond 8 juni
Vasastan, Stockholm

De koelkast zat propvol met bier. Håkan pakte een koud flesje, opende het, dronk het voor de helft leeg en boerde luid. Zijn overhemd was nog steeds doornat van het zweet na het schermen, dat de laatste fysieke activiteit van de dag was geweest.

Oskar kwam binnen en leunde met zijn dikke buik tegen de tafel die tussen de hoge ramen aan de kant van de Kommendörsgatan stond.

'Geweldige plek, hè?' zei Oskar.

'Nou, zeker,' zei Håkan, maar hij was niet onder de indruk. Daarentegen vond hij het beklemmend om Oskars lichamelijke verval te zien. Beneden in de kleedkamer van de schermclub was het Håkan niet ontgaan dat bijna alle oude vrienden nu overgewicht hadden. Alleen hijzelf en Tero waren nog in vorm.

Oskar schonk zichzelf een gin-tonic in en kauwde op een schijfje citroen.

'Waanzinnig. Wat denk je dat hij opstrijkt, eigenlijk?'

'Geen idee,' zei Håkan ongeïnteresseerd. 'Maar ik hoorde dat hij het vorige spelletje voor rond de tien miljoen heeft verkocht.'

Oskar lachte.

'Dat is niet genoeg. Idioot dat het uitgerekend Petter zou worden.'

Håkan herinnerde zich een lange, slungelige jongen die op school uitblonk in natuur- en scheikunde, maar altijd als laatste binnenkwam bij 'The Killer', het driekilometerrondje in het bos. Sindsdien waren zijn leven en dat van Petter heel verschillende kanten op gegaan.

Het vrijgezellenfeest was kennelijk bij Rasmus thuis begonnen met een ontvoering en een kap over zijn hoofd. Sanna had zoals afgesproken de deur open laten staan en ervoor gezorgd dat ze de avond ervoor heel laat naar bed waren gegaan. Daarna naar Mattias' restaurant in Sollentuna voor een eersteklas champagneontbijt. Vervolgens bungeejumpen in Nacka strand, en lunch in de stad bij The Dubliner. Daar had Håkan aangehaakt na zijn vistochtje met Magnus. In The Dubliner was er een quiz met een afgedankte songfestivalster. Rasmus deed de songfestivalvragen goed. Maar zijn blik viel tamelijk vaak op het decolleté van de ster. Een geluk dat ze zo opging in de conversatie. Na de lunch was er een manicure bij een salon in de Sveavägen, schermen, bier hijsen in het Observatoriumpark tussen honderden studenten die in de zon lagen te bakken, waarna ze uiteindelijk in Petters enorme appartement waren beland. Tot dan toe waren het de klassieke bestanddelen van een vrijgezellenfeest geweest, maar nu zou Håkan het overnemen en de lat een niveau hoger leggen.

Ze gingen de woonkamer binnen. Daar zat Rasmus in zijn Superman-pak met een biertje in zijn hand, diep verwikkeld in een discussie met Petter. Håkan voelde een steek van jaloezie toen hij hun gebogen hoofden zag. Net als vroeger op school sloten ze alle anderen uit van hun diepzinnige gesprekken. Terwijl de andere jongens het vooral over sport en meisjes hadden, en over hoe je onvoldoendes kon voorkomen, waren de gesprekken van Rasmus en Petter intellectueler. De meesten hadden toen geen idee gehad wat ze wilden worden, maar nu kon hij het zo samenvatten: iedereen had het goed gedaan, maar Petter duidelijk het best.

Hij ging op de vier meter lange witte leren bank zitten en trommelde op zijn bovenbeen op het ritme van '7/11' van Beyoncé. Petters Spotify-lijst, natuurlijk. Het bier stroomde. De whisky kwam op tafel. En pizza's. Muziek met een pompende beat. Håkan vroeg zich af wat de buren ervan vonden, maar realiseerde zich dat Petter hen vast al had gelijmd met kaartjes voor een concert. Behalve zijn spelontwikkelbedrijf had Petter ook een paar projecten in de muziekbranche. Hoe of wat precies wist Håkan niet. Petter was in de eerste plaats een vriend van Rasmus, een stap van Håkans wereld verwijderd. Toen ze twintigers waren, kwamen ze altijd met de hele groep bij elkaar. Belde je de een, dan belde je ze allemaal.

Feesten, evenementen, reizen. Je deed dingen met de groep. Toen ze rond de dertig waren en sommigen een eind maakten aan langdurige relaties, en anderen besloten door te gaan en er kinderen kwamen, werd het duidelijk wie echte vrienden waren. Håkan was eigenlijk met niemand close. Er kwam meer tijd te zitten tussen de ontmoetingen. Angelica en hij kregen als eersten een kind, ze kochten een rijtjeshuis in Farsta en het leven werd al snel een sleur. En dat werkte prima, totdat ze een tweede kind kregen. Maar hij zou niet klagen. Hij was nog steeds fysiek in vorm, hij hield van zijn werk, ging graag vissen en jagen met Magnus. Bovendien vertoonde zijn carrière een stijgende lijn.

Hij keek op zijn horloge. Het was bijna zover. Hij verstuurde een vraag naar het nummer dat hij had gekregen. Toen stond hij op en tikte met zijn mobiel tegen zijn bierflesje.

'Jongens, straks komt er een kleine verrassing.' Hij richtte zich tot Rasmus en hield een glas champagne omhoog. 'Rasmus. Je bent een kei. Ik hoop dat je huwelijk een heel jaar duurt voordat Sanna doorheeft wat voor loser je bent.'

Hij verhief zijn stem.

'Op Rasmus!'

'Op Rasmus!' scandeerde het ijshockeykoor.

Håkan merkte dat de spanning in de kamer steeg. Iedereen besefte dat hij iets bijzonders had bedacht.

Het kon ook niemand ontgaan dat er een interne machtsstrijd gaande was tussen hem en Petter om wie de beste fixer was. Petter was ver gekomen, dat moest hij toegeven. De vleugel die in de hoek van de woonkamer stond was verguld, hij reed een peperdure terreinwagen, en zijn vrije dagen bracht hij meestal aan de Franse Rivièra of in Londen door. Maar hij had geen gezin. Håkan had weliswaar een bar slecht contact met zijn kinderen, maar...

Zijn mobiel bliepte.

We are here.

Hij begreep niet waarom ze in het Engels schreven, maar liep naar de hal.

'Handen voor je ogen,' riep hij op weg naar de deur.

Daar stonden twee schaars geklede meiden, die zelfverzekerd recht naar binnen liepen, langs hem heen, en midden in de woonkamer plaatsnamen. Gefluit en hoeraatjes van de jongens daar.

Hij liep achter hen aan en zei: 'Mag ik jullie voorstellen: Anna en Petra!'

Ze zagen er niet uit als Anna en Petra. Eerder als Valentina en Olga. Ze waren vrij knap, vooral Petra, bedacht Håkan. Ze was langer dan Anna. Slank, maar met grote borsten. Håkan vond dat ze op Angelina Jolie leek: volle lippen, maar vriendelijker. Een zacht, ietwat verlegen gezicht. Ze was jonger dan Anna, die er meer uitzag als een klassieke prostituee: kort bontjasje, minirok en iets te zwaar opgemaakt. Håkan dronk grote slokken van zijn bier.

Petter zette 'I Keep Forgettin' van Michael McDonald op en zette Superman-Rasmus op een stoel midden in de kamer. Zijn handen gebonden op zijn rug. De anderen zaten op een rijtje op de leren bank, als kinderen bij een goochelshow. Håkan zag dat ze allemaal verlekkerd keken, terwijl ze duidelijk oogcontact met elkaar vermeden. De dingen die ze tot nu toe hadden gedaan vandaag, waren allemaal activiteiten waarover ze thuis aan hun vriendin konden vertellen. Vanaf hier zou het verhaal zijn: 'Daarna gingen we eten, naar de sauna en naar Café Opera. Het was leuk, maar ik was een beetje moe.' Een zwijgende maar vanzelfsprekende overeenkomst.

Het Anna-meisje nam de leiding en begon te strippen. Ze droeg zwarte lingerie met stay-ups. Uitdagend danste ze op de maat van de muziek, wreef met haar billen langs Rasmus, die probeerde te kijken alsof het hem niets deed, en knikte naar de jongens op de bank, die tevreden hun biertje omhooghielden. Petter was de enige die stond. Af en toe keek hij Håkans kant op. Het positieve was dat er net een verschuiving had plaatsgevonden in het machtsevenwicht. De jongens leken tevreden. En ze wisten allemaal wie de meisjes had geregeld.

Håkan pakte een groot glas whisky van een zilveren dienblad waar Felix mee rondging, als een ware ober. Hij keek naar het andere meisje, de knappe Petra, die in haar eentje achter Rasmus' stoel stond te dansen. Ze droeg een afgeknipte jeansrok en een zwart hemdje met een gouden patroontje. Haar bruine haar was los en ze tuitte haar heerlijke lippen, maar keek niet naar de mannen. Ze leek zich in haar eigen wereld te bevinden. Was ze high? Misschien wel. Waarschijnlijk wel. Håkan wist heel goed hoe deze meisjes leefden. Ze maakten deel uit van een vuile industrie van mensenhandel, drugs en geweld. Desondanks kon hij op dit moment alleen hun slanke, jonge lichamen voor zich zien. Hij dacht aan Angelica, die altijd al aan de zware kant was geweest.

Hij dronk zijn glas leeg. Huiverde. Begon van een nieuw, koud biertje te drinken. Hij voelde het effect van de drank, terwijl de meisjes elkaar nu begonnen te strelen en te zoenen boven Rasmus' hoofd. Christer, Mattias en de anderen klapten in hun handen en floten.

Na tien minuten van de show hadden de meisjes alleen hun string nog aan. Ze rekten hun soepele lichamen in verschillende neukstandjes, en Håkan wist dat iedereen in het vertrek graag zijn piemel tevoorschijn zou willen halen om te rukken. In plaats daarvan werd er heftig aan het bier gelurkt.

Petter liep naar Anna toe en fluisterde iets in haar oor. Ze begon Rasmus' touw los te maken, pakte hem bij de hand en liep met hem naar het slaapkamergedeelte verderop in het appartement. Petter wees de weg. Håkan begreep precies waar Petter mee bezig was. Hij probeerde de touwtjes weer in handen te krijgen. Maar hierna zou Håkan de ongekroonde koning van de groep zijn.

De muziek beukte door. Petra trok een overhemd aan dat Felix haar leende en vroeg Mattias om champagne. Ze ging op een pianokruk zitten en de mannen praatten om de beurt met haar. Iedereen probeerde gewoon te doen, maar ze waren zich er terdege van bewust dat dit *once in a lifetime* was. Håkan was aan zijn zevende biertje begonnen, maar voelde zich vreemd genoeg niet moe. Eerder geconcentreerd en fit. Vol adrenaline. Hij kletste wat met Oskar over een voetbalwedstrijd, maar keek de hele tijd Petra's kant op. Hij moest gewoon naar haar mooie gezicht staren. Ze straalde echt. Ze zag er glamoureus uit met haar champagne, de benen losjes gekruist, en met de gouden vleugel die het plaatje compleet maakte. Oskar liep naar de keuken om de bar aan te vullen en Petra's gesprekspartner ging naar de wc. Håkan ging bij haar staan.

'Hallo.'

'Hallo,' zei Petra met een buitenlands accent. Van dichtbij was ze nog knapper. Een perfect gebit, dat straalde in een verlegen glimlach. Hoe oud zou ze eigenlijk zijn? Niet onder de achttien, dat wist hij zeker. Tweeëntwintig?

'Wat danste je goed.'

'Vind je? Wat aardig.'

Het voelde goed. De toon was vriendelijk en ze klonk eerlijk. Ze praatten verder. Ze vertelde over haar familie bij Sint-Petersburg, dat ze een zieke moeder had, die medische hulp nodig had. Dat ze maar een jaar of wat in Zweden wilde blijven, om geld te verdienen voor de medicijnen van haar moeder. Dat ze van dansen haar beroep wilde maken. Of misschien psychologie wilde studeren.

Anna en Rasmus kwamen terug. De jongens klapten in hun handen en Rasmus sloeg een longdrink achterover. Petter zag er akelig voldaan uit. Håkan keek Petra aan en voelde de woede weer opkomen.

Ze staarde hem in de ogen. Hij kon de geur van haar parfum ruiken. Ze bracht haar hand naar zijn spijkerbroek en streelde zijn erectie. Zijn hele lichaam stond op exploderen.

Ze nam hem bij de hand en trok hem mee naar de hal.

Ze gingen Petters grote slaapkamer binnen en een minuut later waren ze naakt. Håkan lag op zijn rug en Petra pijpte hem. Jemig, wat zoog die meid. Opeens haalde Petra een condoom tevoorschijn en begon het om Håkans pik te schuiven, die meteen slap werd. Tegelijkertijd stond hij op springen en hij wilde maar één ding: haar van achteren nemen, terwijl ze een holle rug maakte, achteromkeek naar hem en zei: 'Neem me hard. Harder!'

'Doen we het zonder?'

'Dat gaat niet,' zei ze glimlachend, en ze rolde het condoom verder af.

Hij ging rechtop zitten.

'Hou op. Ik ben volkomen gezond.'

Ze zei: 'Sst,' en ging door.

Håkan werd kwaad. Ze moest dit moment verdomme niet voor hem verpesten met een of ander principe. Hij was degene die risico liep door zonder condoom een hoer te neuken. En hij was bereid dat risico te nemen. Hij wel!

'Zeg, als je niet wilt, dan stoppen we,' zei ze ten slotte.

Hij zag Petters zoetsappige glimlach voor zich en voelde de woede weer opkomen.

'Nu beginnen we gewoon,' snauwde Håkan, en hij sloeg Petra in haar gezicht.

Ze staarde hem geschrokken aan en wilde al het bed uit glippen, toen Håkan haar terugtrok en haar hals tegen het bed duwde. Ze stribbelde tegen, maar hij woog bijna twee keer zoveel. Ze had geen schijn van kans.

Hij nam haar handen in een geroutineerde greep en duwde met zijn knieën haar benen van elkaar. Petra schreeuwde, maar Håkan duwde haar hoofd in het grote donzen kussen. De muziek dreunde door het appartement.

Hij maakte zijn slappe pik met een paar rukbewegingen hard en stak hem er helemaal in. Diep. Warm. Na twintig seconden kwam hij klaar. Hij trilde, kreeg het algauw koud. Hij liet zijn bezwete lichaam op het hare vallen.

Ze lag stil. Helemaal slap.

'Sorry,' wist hij uit te brengen. 'Je krijgt extra betaald.'

Zaterdagavond 8 juni
Södermalm, Stockholm

Het was rond één uur 's nachts toen Sardor een plekje vond pal voor Evil Eye Tattoo aan de Magnus Ladulåsgatan 25. Hij parkeerde zijn Nissan Armada en zag op hetzelfde moment de karakteristieke haardos van Tatyana voor de deur. Ze rookte opgewonden.

Hij sloot de auto af en liep naar haar toe.

'Hoe erg is het?'

Tatyana haalde haar neus op en schoot haar peuk weg over straat.

'Heel erg. Ze is helemaal kapot.'

'Moet ze naar het ziekenhuis?'

'Niet om fysieke redenen.'

'Waarom ben je zo van streek?' vroeg Sardor.

'Hoezo van streek?'

'Je lijkt gestrest.'

'Wat denk je dan?' snauwde Tatyana. 'Dat het me niks doet als mijn meisjes verkracht worden?' Ze toetste de code in en liep naar binnen, waar ze de lift naar de vierde verdieping namen.

Sardor keek Tatyana aan. Ze friemelde nerveus aan haar gouden halsketting.

'Wat sta je te kijken? Ik kan Nina bellen als het niet uitkomt.'

'Jij weet precies wat je moet zeggen, of niet?' antwoordde Sardor.

De lift stopte. Tatyana opende de deur van een zeskamerappartement met een grote keuken. Vier slaapkamers, waar de meiden twee aan twee sliepen. Op dit moment waren alleen Jelena en Olga thuis. En Kaisa, natuurlijk. Ze zaten met z'n drieën in de keuken en dronken thee uit grote mokken.

'Wat is er gebeurd?' vroeg Sardor. Hij inspecteerde de wurgplekken in Kaisa's hals. Dieppaarse plekken die zich over haar hele hals verspreidden.

'Een Zweed. Middelbare leeftijd. Groot. In het begin helemaal oké. Maar hij wilde geen condoom.'

'En toen?' vroeg Sardor.

'Opeens kreeg ik een klap,' zei Kaisa. 'Ik was er totaal niet op voorbereid. En hij was sterk. Hij hield mijn handen vast, zodat ik niet los kon komen. Hij leek te weten hoe je zoiets doet.'

'Hoe je zoiets doet?'

'De armen op de rug draaien.'

'Het was die smeris,' zei Tatyana, en ze schudde haar hoofd. Haar abrikooskleurige haar leek statisch. Ondanks hun beleid om binnen niet te roken pakte ze een sigaret en zei tegen de meisjes: 'Alleen ik, vandaag. Vergeet dat jullie dit hebben gezien.' Tegen Sardor zei ze: 'Je moet hier iets aan doen. Naar de politie gaan kan natuurlijk niet.'

Ze dempte haar stem en legde haar hand op de zijne.

'En sorry voor wat ik daarnet zei. Ik bedoelde niet dat Nina beter is in...'

'Het is oké,' viel Sardor haar in de rede. Hij voelde zich moe. Hij vond alle meiden sympathiek, op hun eigen manier. Kaisa was de op een na jongste en zat nog maar een halfjaar in Tatyana's stal, maar ze lag goed bij de andere meisjes, dat kon je merken. En ze was knap. Onbedorven. Sardor dacht niet dat ze veel drugs gebruikte. Geen zware spullen in elk geval.

'Die verdomde hoerenloper zal hiervoor boeten, dat beloof ik.'

Tatyana vroeg aan Olga: 'Hebben jullie haar onderkantje gecheckt? Is ze gewond?'

'Nee,' zei Kaisa. 'Dat is goed gegaan. Hij kwam snel klaar.'

Ze begon te huilen. De make-up was allang weg, maar had haar hele gezicht een blauwige tint gegeven.

'Kom,' zei Jelena. 'We gaan naar bed.'

Sardor en Tatyana zagen de meisjes door de gang naar Kaisa's slaapkamer verdwijnen. Sardor schonk een glas water in.

'Hoe laat is het gebeurd?'

'Rond tienen,' zei Tatyana.

'Hij heeft me vanavond een paar keer gebeld,' zei Sardor. 'Ik heb niet opgenomen.' Sardor lachte bij zichzelf. 'Ik regel het wel.'

'Dit moet je hem betaald zetten,' zei Tatyana. 'Ook al ken je hem.'

Sardor was opeens stil. Hij dacht na.

'Dit is goed.'

'Hoe kan dit goed zijn, verdomme?' vroeg Tatyana boos.

Sardor knikte bij zichzelf.

'We kunnen hier profijt van hebben.'

'Maar hij mag hier niet mee wegkomen!'

'Nee. Wees maar gerust. Håkan krijgt een bezoekje.'

De nacht van zaterdag 8 op zondag 9 juni
Stora Essingen, Stockholm

Het grote huis, dat tegen een heuvel aan gebouwd was, stond achteraan bij het water en werd door weelderige begroeiing discreet aan het zicht onttrokken. Er stond een aanlandige wind en de lijnen van de zeilboten aan de steigers een eindje verderop klapten. Aan de overkant van het water kon je de huurflats van Gröndal zien. Sardor wist ook hoe het uitzicht vanaf het huis was. Hij was er vorige zomer een keer op een barbecuefeest geweest. Hij wist dat er een grote, nieuwe Buster-boot aangemeerd lag bij de steiger.

Ze parkeerden voor de hekken. Er was geen mens te zien, geen hondengeblaf te horen. Je hoorde alleen een dof geruis van het verkeer op de Essingeleden.

Sardor zag Håkans Range Rover op de oprit staan en vroeg zich af of hij alleen was of dat er misschien een kind thuis was. Want hij had toch een gezin? Sardor wist het niet zeker.

Hij bleef staan, draaide zijn rug naar de wind en haalde een zakje uit zijn jaszak. Hij stak zijn pink in het witte poeder en snoof het op.

'Jij ook?'

'Hoeft niet.'

Erik 'Eje' Johansson hield de honkbalknuppel stevig vast en wachtte af. Hij keek om zich heen. Trok zijn blauwe hoody over zijn kaalgeschoren hoofd. Alleen zijn sikje stak eruit.

Sardor opende het hek en liep naar de achterkant van het huis, waar geen licht brandde. Een grote veranda aan de voorkant keek uit op het water.

'Jij houdt de voorkant in de gaten, voor het geval hij de benen neemt. Ik bel aan.'

'En het gezin?' vroeg Eje.
'Ik weet niet of hij dat heeft.'
'En we pakken hem hier?'
Sardor knikte.
'Maar alleen een waarschuwing.' Sardor keek nog een laatste keer om zich heen.
'Als jij het zegt...'
Eje verdween om de hoek van het huis. Sardor liep naar de deur en voelde aan de kruk. De deur was open. Håkan was vergeten hem op slot te doen. Misschien was hij te dronken geweest toen hij thuiskwam.
Sardor stapte naar binnen.
Recht voor zich zag hij de keuken en rechts van hem breidde de enorme woonkamer zich uit. Grote schuifpuien, de straatverlichting van Gröndal aan de andere kant van het water. Links was een gang met gesloten deuren.
Opeens kwam er een vrouw in een zwarte slip en een te groot shirt uit een van de kamers. Toen ze Sardor zag, begon ze te gillen. Sardor realiseerde zich dat hij een pistool in zijn hand had en hield het weg. Vlak achter haar liep een grote man in enkel een boxershort.
'Stil,' zei Håkan Nilsson, en hij stelde de vrouw gerust. 'Ga maar naar bed.'
'Maar...'
'Ik ken hem,' zei Håkan. 'Ga maar gewoon naar bed.'
De vrouw liep met tegenzin de kamer in en deed de deur achter zich dicht.
'Hoe ben je binnengekomen? Stond de deur open?' vroeg Håkan Nilsson verbaasd, en hij liep op Sardor af. Toen hij het pistool zag, bleef hij staan.
'Wat doe je hier trouwens?'
Sardor stopte het pistool in zijn schouderholster. Toen Håkan langs hem heen liep naar de keuken om een glas water in te schenken, rook Sardor dat hij naar drank stonk.
'Dat weet je best,' zei Sardor, en hij liep achter hem aan.
Håkan deinsde terug. 'Verdomme, wat laten jullie me schrikken.'
Op het balkon achter de keukendeur stond een reus met een

honkbalknuppel in zijn hand. Sardor liet Eje binnen.

'Wat krijgen we nou, verdomme?' zei Håkan, die nu volkomen nuchter leek.

'Je hebt het verkloot,' zei Sardor rustig. 'Je hebt een van de meisjes verkracht.'

'Schei uit,' probeerde Håkan. 'Ze...'

'Ik heb haar gezien. Wurgplekken in haar hals.' Sardor hield zijn mobiel omhoog met een foto van Kaisa. 'Niet best. Helemaal niet best.'

'Ze vond het goed.'

Sardor glimlachte.

'Oké. Het maakt me niet uit dat je een smeris bent. We weten over en weer dingen van elkaar, maar dit keer heb je het verkloot. *Big time.*'

Håkan liep langs Eje heen naar de woonkamer. Zijn voeten plakten aan het parket toen hij eroverheen liep en op het bankstel bij de spekstenen open haard ging zitten. Hij dronk wat water.

'Wie is die chick?'

'Een vrouw,' antwoordde Håkan.

'Knap. Een beetje erg jong, misschien.'

Håkan negeerde de opmerking over Isabelle Åkerlund, een eenendertigjarige aspirant-agent met wie Håkan nu al een paar maanden iets had.

'Ik kan betalen. Ik betaal en jullie houden je mond. Simpel. Als jullie maar weggaan, dan kan ik slapen.'

Sardor zag een oprechte smeekbede in Håkans ogen. Hij vond zijn gekruip walgelijk. Tegelijkertijd waren de rollen nu een keer omgedraaid.

'Heb je Kaisa die kans ook gegeven?'

Håkan zuchtte, maar antwoordde niet. Sardor wenkte Eje.

'Wat nu? Krijg ik nu klappen? Luister.' Håkan zette zijn glas neer. 'Het spijt me, ik weet niet wat er gebeurde. Het werd gewoon zwart voor mijn ogen. Ik had veel te veel gedronken.'

Sardor zag Kaisa's hals voor zich. Hij voelde het door zijn lichaam schieten: de boosheid, de haat, de afschuw van de vuile hoerenlopers die de meisjes mishandelden. Niet omdat het zijn meisjes waren. Hier was geen sprake van eigendomsrecht, alleen van pure woede.

'Het was niet de bedoeling. Echt niet. Ik was zo...'

'Aangeschoten en geil,' viel Sardor hem in de rede.

'Honderd,' zei Håkan.

'Honderdduizend?' vroeg Sardor.

'Ja.'

Sardor glimlachte. Hij genoot er echt van om Håkan als verliezer te zien.

'Laat maar. Ik heb iets anders waar je ons mee kunt helpen.'

'Oké,' zei Håkan, en hij keek opgelucht.

'Dat doen we straks. Maar ik kan Tatyana niet teleurstellen. Ze is des duivels.'

Håkan schudde zijn hoofd. 'Wat doen we nu dan?'

'Ik moet bloed kunnen laten zien.'

Håkan stond op en liep naar Sardor toe.

'Twee klappen aan de linkerkant?'

Sardor knikte naar Håkan.

'Drie.'

'Geen ringen,' zei Håkan.

Sardor knikte weer.

Terwijl Eje het vuile werk deed, keek Sardor uit het grote raam. Het eerste licht van de ochtend doorbrak de duisternis en de vogels van Stora Essingen begroetten een nieuwe dag met gezang. Hij keek uit naar een yogasessie vanmiddag.

'Heb je nog lekkere whisky?' vroeg hij.

Håkan kreunde en veegde bloed van zijn gesprongen lip.

'Jawel. Single malt. Is dat goed?'

Håkan stond op en strompelde naar het glazen barwagentje.

'Perfect,' zei Sardor, die zijn mobiel tevoorschijn haalde. 'We nemen een glas bij het fotograferen.'

Zaterdagavond 8 juni
Årstaviken, Stockholm

Tekla trok haar donkerblauwe verwassen joggingbroek aan, haar fijnste bh, de gebreide trui die ze van haar moeder had gekregen – die ze net af had toen ze de nevel in gleed –, het windjack dat ze in Umeå had gekocht toen ze nog de vage hoop had dat ze veel aan buitensport zou doen, en sportschoenen. Ze klemde haar telefoon stevig in haar hand. Niet omdat ze dacht dat iemand haar zou bespringen; ze was waarschijnlijk net als de uitgemergelde gazellen op de savanne die de leeuwen links lieten liggen, maar ze wilde bereikbaar zijn voor het geval Simon belde. Hij was een nachtmens, altijd geweest ook. Een paar uur na het bezoek aan de IC leek het haar weer een bizar idee dat Simon de verbrande man zou zijn. Waarschijnlijk legden haar vermoeide hersenen verkeerde verbindingen, zagen en hoorden ze dingen die niet klopten. Ze had meer amfetamine nodig.

De deur achter haar sloeg dicht. Uit het bakstenen gebouw aan de overkant van de straat kwam harde muziek en ze zag rokende mensen achter open ramen. Tekla stak over, liet een taxi passeren en liep verder naar de kinderkopjes die het hele plein bedekten. Ze sloot haar ogen, voelde de ongelijke ondergrond onder haar rubberzolen, bedacht dat het een plek zou kunnen zijn ergens in Zuid-Europa op een warme avond met vrolijk gelach in een trattoria. Eindelijk had een beetje zomerse warmte de weg gevonden naar dit afgelegen hoekje op de kaart van Europa.

Ze deed haar ogen open. De bloemenwinkel was dicht. Het kebabzaakje was open, maar had geen klanten. Aan de rand van het plein dwaalden een paar figuren schijnbaar doelloos rond.

Psychisch patiënten misschien, die geen rust vonden in hun eenzame flatjes. Of verslaafden op zoek naar de eerste fix van de nacht.

In de 7-Eleven kwam de zware geur van pas gebakken vanillebrood op haar af. De jongeman met pet die in het koelgedeelte met flesjes vitaminewater bezig was, had ze eerder gezien. Ze beantwoordde zijn groet en zette haar capuchon op zonder goed te weten waarom. Dom en irrationeel. Ze kende hier niemand, ze woonde nog maar een jaar in het appartement. Maar als ze 's nachts op stap ging, was het net alsof ze van gedaante wilde wisselen, alsof ze zich het liefst in een wagen met getinte ruiten en chauffeur door de stad wilde verplaatsen en wijzen: 'Die kant op, daar hebben we nog niet naar Simon gezocht.' Ze kocht koffie en een pakje dropkauwgom. Op weg naar buiten hield ze de deur open voor een oude man met een rollator. De koffie was heet en ze brandde haar verhemelte eraan. Ze wachtte even en keek naar de stad. Recht boven haar was de hemel donker, maar links waren sluiers van roze zonnestralen te zien, die de dag nog probeerden vast te houden. Ze dronk de koffie op, voelde de warmte in haar maag en liep naar het zebrapad. Ze stak de weg over en liep door naar het water beneden.

De hoofdpijn maalde als een vergruismachine langs haar slapen. Beelden verdrongen elkaar in haar hoofd, vroegen dringend om haar aandacht. De flat die in lichterlaaie stond. De gepijnigde gezichten van alle gewonden. En wat was er donderdagavond eigenlijk gebeurd in de traumakamer? De man met de steekwond en de driejarige tegelijk. Hoe kon ze zo'n besluit nemen? En welke consequenties zou dat krijgen? Ze was blij dat het weekend was en dat Göran misschien nog niets had gehoord. Maandagochtend zou de hel losbarsten.

Bij de jachthaven was het al even uitgestorven als op het grindpad voor haar. Een paar boten lagen nog op de kant te wachten totdat ze in het koude zwarte water van de baai werden neergelaten. Haar enige relatie met boten was de roeiboot bij het meer in Edsåsdalen waar ze altijd mee gingen vissen. Tekla zag de grove handen van haar vader gestaag roeien naar het midden van het kalme meer. Alsof alle vissen daar, op het diepste punt, gewoon lagen te wachten om gevangen te worden. Papa's tevreden gezicht wanneer hij het aas aan de haken deed en de verwachtingsvolle blikken van haar en Simon zag. Simons open glimlach wanneer hij 'Dames gaan voor' zei, waarna zij de hengel aanpakte en uitwierp. Hij gaf nooit blijk van jaloezie. Zelfs niet toen ze jaren later een eigen brommer kreeg, ook al was er niets op de hele wereld wat hij liever wilde hebben. 'Je zus is oud genoeg, die vertrouw ik daar wel mee,' was de rationele motivering van haar vader. Ze leende hem natuurlijk uit als niemand het zag. Simon ging zorgvuldig om met het vertrouwen en poetste na elke rit de lak met zijn oude T-shirt met Iron Maiden erop. 'Als nieuw.' Zijn eerlijke grote grijns bleef.

Er stond een koude bries vanaf het water. Het effect van de koffie was op slag verdwenen en haar gedachten bleven bij Simon. Na een lange wandeling bij Hellasgården nu bijna drie maanden geleden en de ruzie die was ontstaan, hadden ze elkaar maar een paar keer gebeld en elkaar niet één keer gezien. Zo lang waren ze nog nooit van elkaar gescheiden geweest. Ze merkte hoe slecht het met haar ging, ze voelde zich op de een of andere manier verminkt.

Bij het loodrechte klif na de lange glooiing bleef ze staan; ze wist dat ze te vroeg was en dat hij altijd laat was. Ze genoot een paar minuten van het fraaie schouwspel. Daar, vanuit het duister van het bos, kon ze ongestoord naar de overkant kijken.

Het Nobelziekenhuis rees recht aan de overkant machtig op. Vol historie, lijden en kennis. Achter de meeste ramen was het donker. Ze vroeg zich af wat er gebeurde in de weinige kamers waar wel licht brandde. Werd er een gesprongen aorta geopereerd? Stond iemand op de IC te ploeteren met een acute keizersnee die de verkeerde kant op ging? Rende er iemand voor een raam van de IC langs met een naald in zijn hand, klaar om vocht af te tappen bij een tamponnade die de man met het hartinfarct bijna het leven kostte?

Hoe ze haar best ook deed, ze slaagde er niet in het beeld van de voet van de verbrande man te verdringen. Zou het toch Simon kunnen zijn? Ze probeerde te lachen om het bizarre ervan, maar voelde in plaats daarvan een brok in haar keel. Ze moest afwachten en kijken wat de DNA-test uitwees. Want stel je voor dat ze het mis had, dan zou ze haar broer als drugsgebruiker te kijk hebben gezet. En dat was hij misschien wel, maar hij gebruikte geen heroïne, en de verbrande man wel, toch? Ze hoefde de zaken niet te bespoedigen; de politie zette vaart achter het onderzoek.

En als hij het tegen alle verwachtingen in was, wat was dan het verband met dat bestelbusje? Zou Simon iets met een bom te maken hebben? Ze glimlachte bij zichzelf – een echte glimlach. In gedachten zag ze hoe haar vader Simon uitlachte toen hij piepte over de terugslag van het jachtgeweer. Ze waren aan het oefenen met schieten op flessen gevuld met zand. Over een maand begon de elandjacht. Simon wilde niet meer schieten en Tekla nam het geweer van hem over. Simon kon in de roos schieten met zijn luchtpistool, maar hij gaf de voorkeur aan lego en een paar jaar later aan brommers.

Ze moest ervan uitgaan dat het niet Simon was die daar lag met een buisje in zijn keel. De voet was toeval. Een streek die haar slecht functionerende hersenen haar leverden. Tekla moest hem zien te vinden en hem dan de huid vol schelden. Ze wist één ding: dat ze alles voor haar broer zou doen. Waar hij zich ook bevond. Wat zijn toestand ook was. Wat hij ook van haar zou vragen.

Ze keek op haar mobiel. Nog tien lange minuten.

Tussen de bomen door zag ze de brug. De auto's boven in de lucht als een ver geruis zonder contouren. Op de achtergrond, voorbij de brug: flats van een paar verdiepingen die het bos verdrongen.

Ze ging op een boomstam van de trimbaan zitten. Iemand had een tabaksblikje neergegooid. Ze had niet de puf het op te rapen, maar het stoorde haar.

'Hoi.'

Tekla keek op. Ze had hem niet horen aankomen.

'Waar bleef je?' vroeg ze.

'Zenuwachtig?'

Hij ging op een boomstam naast haar zitten, zijn benen over elkaar. Zijn knalgele sneakers lichtten op in het donker. Ze zagen er nieuw uit.

'Ik krijg zin om te trainen.'

Hij deed zijn rugzak af; de oranje riemen fladderden.

'Ik niet echt,' zei ze afgemeten. Haar hartslag werd langzaam rustiger. Ze wilde hier alleen zo snel mogelijk weg. Maar hij wilde altijd eerst een praatje maken en ze had de spelregels lang geleden al geaccepteerd. Als ze een paar minuten converseerde, net deed alsof ze geïnteresseerd was in zijn update over een vrouw, gedoe met een leverancier of een klant, dan was hij tevreden en verdween. De keren dat ze haar ongeduld liet blijken gedroeg hij zich als een treuzelend kind van vijf.

'Hoe blijf jij dan in vorm als je niet traint?'

'Goede genen,' antwoordde Tekla.

'Zijn jouw ouders sportief?'

Ze glimlachte en dacht aan de dunne bovenarmen van haar moeder, een zak van huid en vet die bungelde als ze zat te breien.

'Dat zou te veel gezegd zijn.'

'Maar jij hebt wel gesport, toch?' hield hij vol, en hij klonk oprecht geïnteresseerd.

Tekla dacht aan Anna-Stina's dappere poging om haar mee te krijgen naar de sportschool in Umeå. Ze was mee geweest, een keer of drie, had op de naar zweet stinkende vloer van de sportzaal gelegen en sit-ups, push-ups en boxjumps gedaan. Het deed alleen maar zeer; er was geen plezier, geen kick. Haar ledematen leken verkeerd te draaien bij belasting, ze bewogen schokkerig. Anna-Stina's teleurstelling toen Tekla zei dat ze niet meer meeging.

'Uit principe niet.'

Verbaasd nam hij haar van top tot teen op.

'Ongelooflijk.'

Ze zag hem naar haar kleine borsten kijken. Hij zoog haar lichaam op, zoals mannen in de kroeg soms deden, die dachten dat het een compliment was om iemand op dierlijke wijze te bewonderen. Ze wilde bescheiden, heimelijke, zijdelingse blikken, dat ze werd gezien als een verboden vrucht. En niet als een entrecote die ze op de barbecue wilden gooien.

'Ik neem aan dat ik "Dank je wel" moet zeggen in zo'n situatie,' zei Tekla.

Hij zette zijn rugzak op de modderige grond en haalde een sigaret tevoorschijn.

'Wil jij ook?'

'Nee, dank je.'

'Je rookt niet, hè?'

Tekla schudde haar hoofd.

'Tegenwoordig roken alleen Poolse bouwvakkers op het werk.' Hij inhaleerde lang. 'Werkte jij tijdens die brand?'

'Ja.'

'Hoe was dat?!'
Ze had meteen spijt.
'Het brandde... heel erg.'
'Waren er veel gewonden?'
'Dat weet je. En ik kan er niets over vertellen. Beroepsgeheim, je weet wel.'
'Wat stom.'
Hij keek sip. Hij wist waarschijnlijk niet wat het inhield.
Het drong tot haar door dat ze helemaal niets van hem wist. Had hij er een echte baan naast? Een gezin? Had hij zijn echte naam opgegeven? Waarschijnlijk niet. Maar ze had zijn mobiele nummer. Waarschijnlijk een speciale 'werktelefoon'. Ze werd een beetje nieuwsgierig. Hij leek aardig, ondanks het jargon en zijn obsessie om de hele tijd over vrouwen te praten, alle toespelingen op seks. Gelukkig leek hij vanavond meer klanten te hebben bij wie hij langs moest. Het was natuurlijk wel zaterdag. Hij prutste met zijn mobiel, verstuurde een bericht.
Uiteindelijk gooide hij de peuk op het pad.
'Hoeveel wil je er?'
'Veertig.'
Hij bleef staan, hield zijn rugzak met één hand vast.
'Wauw, ik neem aan dat je ze niet doorverkoopt? Je weet dat het alleen *for you* is.'
'Het is puur voor eigen gebruik.'
'Maar de vorige week was het vijfentwintig.'
'Het is druk op het werk.'
'Wil je het erover hebben?'
Ze probeerde te glimlachen.
'We kunnen altijd praten. Ik kan heel goed *secrets* bewaren. Echt waar. En geen probleem voor mij als je meer wilt. Alleen maar goed voor de zaken. Maar liever een klant voor de lange termijn. Je weet dat...'
'Ik heb nu gewoon wat meer bommetjes nodig.'
'Je bent me er eentje, dokter.'
'Nou.'
Tekla had er spijt van dat ze had gezegd dat ze arts was. Ze was altijd al te openhartig geweest, iets waar Simon haar vaak op had gewezen.

Hij pakte een tas van de slijterij en haalde er een diepvrieszakje vol papieren bolletjes uit. Tekla's rantsoen stopte hij in een nieuw diepvrieszakje.

'Hier.'

'Dank je.'

Ze had al uitgerekend hoeveel hij moest hebben en gaf hem de biljetten. Hij stopte ze in zijn jaszak.

'Moet je ze niet tellen?' vroeg Tekla.

Hij glimlachte superieur.

Tekla was zich ervan bewust dat hij duur was. Maar hij was ook de enige die ze kende die de bolletjes zelf maakte voor zijn klanten. Het idee alleen al dat ze thuis met een weegschaal, een lepeltje en wc-papier aan de slag moest, maakte haar paranoïde. Ze zou vast de dosering niet goed krijgen, niet exact 0,2 gram. En ze kon het betalen. Nog wel.

Ze stond op en hij pakte haar hand vast. Die van hem was warm en bezweet.

'Je doet het wel rustig aan, toch?'

'Ben je mijn vader of zo?' vroeg ze, en ze trok haar hand weg.

Hij spreidde zijn armen.

'Je hoeft maar te bellen. De klant is koning.'

Hij verdween weer in de richting waaruit hij was gekomen, de kant van Liljeholmen op, waar hij waarschijnlijk zijn grootste klantenkring had. Of in Hornstull. Ze had hem nooit bij het Gullmarsplan gezien.

Ze sloot haar ogen en genoot van de stilte.

Na een minuut of wat draaide ze zich om en ze constateerde dat hij echt weg was. Eindelijk alleen. Ze trok de plastic tas naar zich toe en haalde er een bolletje uit. Wipte het in haar mond, maar besefte toen dat ze geen water had. Shit. Ze had niets om het mee weg te spoelen. Haar mond was kurkdroog en zonder water kreeg ze het nooit weg. Maar ze kon ook niet wachten totdat ze thuis was. Haar hoofd bonsde. Haar lichaam schreeuwde van de pijn.

Tekla keek wanhopig om zich heen of ze ergens een achtergelaten flesje water zag.

Niets.

Het enige wat overbleef, was het water van de Årstaviken beneden.

Ze gleed de helling af. Ze balanceerde op een gladde rots, bukte en schepte een handvol water op. Ze slikte het papieren bolletje door, dat zacht begon te worden.

Ze deed haar ogen dicht. Over een minuut of wat zou ze het effect merken. Ze proefde de smaak van muf water en wc-papier. Tekla haalde een dropkauwgompje tevoorschijn. Ze voelde zich meteen beter. Ze rilde en besefte dat ze behoorlijk verkleumd thuis zou komen.

Zondagochtend 9 juni
SEH, Nobelziekenhuis

Ook al had ze een plastic tas met chocoladewafels, druiven en een halve liter Fanta van de ICA aan het Gullmarsplan leeggegeten, Tekla had alweer trek en moest om elf uur 's ochtends de koffiekamer opzoeken. Een zuster was eten aan het opwarmen in de magnetron en Tekla vroeg haar of ze een broodje uit de koeling voor patiënten mocht halen.

'Ja, neem maar, meid. Dat doet iedereen hier. Het ziekenhuis betaalt.'

'Dank je wel.'

Ze schonk een groot glas melk in en voelde dat ze weer een beetje op krachten kwam. Ze had nog een halve dienst te gaan en was nu al uitgeput. Het maakte niet uit hoe snel ze werkte, er kwamen de hele tijd nieuwe patiënten bij. Het enige voordeel van een weekenddienst was dat Göran niet in het ziekenhuis was, en ook geen andere chef.

'Wat stinkt er zo?' vroeg Tekla.

'Dat vragen we ons allemaal af.'

Het bezoek aan de IC gisteren had haar uit haar evenwicht gebracht. Normaal gesproken vond ze het niet zo moeilijk om zich te concentreren. Ze stuurde het tiende appje van de dag aan Simon. Geen reactie. Ze dacht aan de aversie die hij als kind tegen techniek had gehad. Hij speelde altijd liever een bordspel dan dat hij met zijn vriendjes aan de knoppen van zijn Atari-spelcomputer zat. Hij had vast een hartgrondige afkeer van dit tijdperk van mobiele telefonie. Wist ze maar waar hij zat, dan zou ze hem een gewoon handgeschreven briefje sturen met een liefdevolle groet.

Tekla merkte dat de zuster naar haar keek en trok vragend haar wenkbrauwen op.

'Ik wilde alleen zeggen dat veel mensen vinden dat je het die avond laatst helemaal goed hebt gedaan. Je was fantastisch. Laat je niet op je kop zitten. Ze zouden nooit zo tegen je doen als je een man was.'

'Bedoel je de steekwond in de traumakamer?'

'En tegelijkertijd dat kleine kind. En daarna meteen naar de brand. Je bent geweldig, Tekla. Vergeet dat niet.'

De zuster – Viola heette ze, zag Tekla nu – kwam dichterbij en dempte vertrouwelijk haar stem: 'Jij was de enige die doorhad wat het was: een status...'

'Status epilepticus.'

'En bloedvergiftiging. Je nam een gok met al die geneesmiddelen en je hebt het leven van dat kind gered.'

'Ik weet niet of iedereen dat zo ziet.'

Tekla wist dat het risico bestond dat Oscar nu een hersenbeschadiging had. Dus wat voor leven had ze voor hem gered? Had ze hem, en zijn ouders, nog een lijdensweg van zes maanden in het ziekenhuis bezorgd? Ze dacht aan wat zijn zus Iris had gezegd.

'Jawel, hoor.'

Viola streek met haar hand over Tekla's wang. Het was onduidelijk wie wie zou moeten aaien, maar Viola was het kennelijk gewend.

'Heb je iemand thuis met wie je kunt praten, meisje?'

Tekla reageerde alsof ze een elektrische schok had gekregen; er ging een siddering door haar heen en Viola haalde haar hand weg.

'Ik red me wel.'

'Dat geloof ik graag. Maar soms heb je iemand nodig om je bestaan mee te delen,' zei Viola, en ze liep weg. Opeens had Tekla zin om naar huis te gaan, naar Edsåsdalen. Ze dronk nog wat melk en drukte op de knop voor extra sterke koffie. Het knalgroene apparaat bromde en hoestte een zwarte smurrie uit. In Italië zou het waarschijnlijk geen koffie genoemd worden. Maar Simon was er dol op; hij zette zijn koffie altijd 'zo sterk als papa's heksenbrouwsel in de kelder'. Maar wat haar nu het meest stoorde, was de zure lucht die op de Spoedeisende Hulp hing. Rook het niet naar oud afval?

De verbrande patiënt uit de Söder torn was 's nachts nogmaals geopereerd. Er was opnieuw dode huid verwijderd en ze bereidden de transplantatie van donorhuid voor – huid van een overledene. De jongeman die donderdagavond was binnengekomen met een steekwond lag op de verkoeverkamer. Hij had zijn milt verloren en had al met al elf zakken bloed gekregen, maar hij had het overleefd. Ongelooflijk, gezien de omstandigheden. Tekla vermoedde dat hij na de borstcompressies die zijn vriend had uitgevoerd wel veel pijn in zijn borst zou hebben. Ze glimlachte. Tegelijkertijd merkte ze dat ze al lopend probeerde de blikken van het personeel te doorgronden. Ze zocht er vast te veel achter, maar ze had het idee dat sommigen nogal kortaf tegen haar waren. In haar fantasie zag ze twee knoppen: een groene vóór en een rode tegen reanimatie. Ze stond zelf op een heuvel en hield een vurige toespraak over hoe moeilijk het was, dat je het niet zo zwart-wit moest zien. Of rood-groen.

'De wachtkamer zit vol,' hielp een verzorgster haar vanuit de controlekamer herinneren. 'Waar is de tweede arts?'

'Weet ik niet.'

De 'tweede' was helaas Hampus Nordensköld. Ze had hem niet veel gezien. Hij was vast heel goed, anders had hij geen aio's op de Spoedeisende Hulp van het Nobelziekenhuis kunnen worden, maar hij had zijn kennis niet bepaald kwistig rondgestrooid.

'Tekla?'

'Ja?'

Cassandra, de verpleegkundige met de spinnentattoo, vroeg haar aandacht.

'Wil je even in kamer 8 kijken? Ze is gezakt naar een saturatie van 88, ondanks vier liter zuurstof.'

Kamer 8. Als rat nummer 8 in de kooi links. Is dat om te dehumaniseren en te distantiëren, om alle ellende aan te kunnen? Is het omdat de mierenhoop te groot is om overzicht te houden?

Tekla ging kijken bij een in Irak geboren vrouw met hartfalen. Ze leek geen weet te hebben van haar dodelijke ziekte, die een hogere sterfte had dan alle soorten kanker bij elkaar. Daarna had ze nog negen patiënten die wachtten. Bovendien hadden ze op dit moment zestien patiënten op de SEH naar wie nog gekeken moest worden. Ze zag Hampus niet en overwoog de verpleegkundigen te vragen hem op te piepen, maar nam aan dat hij met iets belangrijks bezig was. Haar hoofdpijn had een andere kleur gekregen; in plaats van pompoenoranje was die nu bruinzwart.

Een halfuur later, toen Tekla bij een patiënt zat met een bloedprop in het been, keek Viola, met een telefoon in haar hand, om de hoek.

'Het is voor jou, Tekla.'

Tekla stak haar in plastic handschoenen gestoken handen op en beduidde Viola dat ze bezig was met een echo.

'Kan het wachten?'

Viola schudde haar hoofd en dekte de microfoon van de telefoon af, terwijl ze fluisterde: 'Het is de ziekenhuisdirecteur. Ze klinkt erg beslist.'

Zondag 9 juni
Makelaardij Sjöglimt, Strandvägen

Nina sloot de glazen deur en stopte een bronskleurige Nespresso-cup in het koffiezetapparaat. Ze zag Jeanette aankomen met een opengeklapte laptop in haar hand, maar Nina wees haar met een duidelijk gebaar af. Jeanette spreidde geërgerd haar hand, maar keerde voor de deur om en liep terug naar de receptie. Nina ging in de leren fauteuil zitten, schopte haar schoenen uit en legde haar voeten op het voetenbankje. Ze keek uit over het water en liet haar blik op de toren op het eiland Kastellholmen rusten. De lucht had een korenblauwe tint.

Ze haalde haar mobiel tevoorschijn.

'Hij is het,' zei ze toen Jonna opnam.

De drukke ochtendspits van Manhattan was op de achtergrond te horen.

'Je maakt een grapje!' riep Jonna.

Nina dronk de hete espresso op. Ze keek nog een extra keer om zich heen en verzekerde zich ervan dat Jeanette niet naar binnen was geslopen.

'Nee, helaas niet.'

'Wat gebeurt er nu dan?'

'We moeten...'

Nina stond op en sloot het bovenste knoopje van haar blouse. Een lastige gedachte schoot door haar hoofd. Wat zou er eigenlijk gebeuren als Victor erachter kwam? Het antwoord was simpel: hij mocht het gewoon nooit te weten komen. Dat was ondenkbaar. Gewoon een ramp. Om nog maar te zwijgen van wat Sardor met deze probleemsituatie zou kunnen doen.

'Ze weten alleen dat Oleg daar was. Ze zijn in het ziekenhuis geweest om het te checken... Hij is het.'

'Zal ik naar huis komen?' vroeg Jonna.

'Waarom?'

'Ik kan niet...'

'Vind je dit een goed moment om te gaan zeuren?' Nina liep naar de bar en drukte een nieuw cupje in het apparaat, dat begon te brommen. 'Ben je mijn partner of niet? En trouwens, ik heb vandaag Kaggholmen verkocht. Ik heb het op vijfendertig weten te brengen.'

'Dat heb je goed gedaan, maar...' kreunde Jonna in de hoorn.

'Niks te maren,' zei Nina kortaf. 'Pas op.'

'Maar wat doen we?' vroeg Jonna.

Nina pakte het schoteltje met de dubbele espresso en ging voor de wandschildering staan. Ze staarde naar de dikke penseelstreken, de olieverf. Ze dacht aan de keer dat Victor Sardor en haar had meegenomen naar de National Gallery in Londen. Aan de uiteenzettingen van haar vader over waar kunst eigenlijk thuishoorde. 'Het enige museum dat je hoeft te bezoeken is de Hermitage in Sint-Petersburg. Daarmee vergeleken is dit een speelhuisje.' Sardor was vooral bezig zijn zus te plagen, maar Nina zoog alles in zich op. Haar belangstelling was serieus gewekt toen ze voor een schilderij van Malevitsj stond. 'Een zwart vierkant – indrukwekkend,' zei Sardor spottend en hij liep door. Nina bleef er een hele poos naar staan kijken, geboeid door de eenvoudige schoonheid. Sindsdien hadden Joakim en zij zoveel kunst gekocht als ze te pakken konden krijgen. Maar alle huis- en appartementendeals hadden een gat geslagen in hun financiën en op dit moment was er geen ruimte voor meer kunst. Daar moest de Söder torn-deal verandering in brengen.

'Hij mag gewoon niet praten,' zei Nina.

'Maar hij is toch zwaargewond?' vroeg Jonna. 'Wordt hij überhaupt wel wakker? Wat gebeurt er als hij het overleeft? Hij weet immers alles.'

'Hij gáát niet praten,' zei Nina met beheerste ergernis in haar stem.

Ze dronk haar kopje leeg.

'Los ik niet altijd alles op?'

Ze hoorde meteen dat ze net zo klonk als Victor.

'Dat moet ik helaas toegeven,' zei Jonna. 'Ook al wil ik niet altijd weten hoe je het doet.'

Nog iets wat Nina van Victor had geleerd: discretie. Nooit te veel vertellen. Gevoelige dingen voor je houden. Alleen iets zeggen tegen vertrouwelingen als het echt niet anders kon. Helaas was er een groot geheim dat ze helemaal alleen moest dragen. Victor zou nooit mogen weten waarom hij eigenlijk was vrijgelaten uit de gevangenis in Moskou. Ze herinnerde zich de kale man die haar had opgezocht in het café van de universiteit. Hij had gezegd dat hij van de Centrale kwam. Later ontdekte ze dat dat de bijnaam was van het hoofdkwartier van de FSB. Ze zouden Victor vrijlaten en hem naar Zweden sturen, maar dan moest Nina hem in de gaten houden. En regelmatig verslag uitbrengen aan een contactpersoon. Wat kon ze zeggen? Dat ze er niet mee akkoord ging? Dat het doodvonnis van haar vader ten uitvoer gebracht moest worden? Ze had simpelweg geen keus.

Ze zag de vertegenwoordiger van de FSB één keer per halfjaar in de tandartsenpraktijk van Humlegården.

'Hou jij je maar gedeisd, dan regel ik dit,' zei Nina. 'Als dit uitkomt heb ik net zoveel te verliezen als jij.'

'Hoe dan?'

'Dat wil je niet weten.'

Nina zag Jeanette weer aankomen. Nu liet ze haar binnen en ze vroeg Jonna even te wachten.

'Ja?' vroeg Nina.

'Twee dingen. Vergeet de Dienst Vastgoed Defensie niet. Je gasten komen maandag.'

'En het tweede?'

'Je vader heeft gebeld. Hij zegt dat hij je mobiel niet kan bereiken.'

'Zeg maar dat ik in vergadering zit.'

'En je mobiel uit hebt staan,' opperde Jeanette professioneel, en ze verliet het vertrek zonder een bevestiging te krijgen.

'Ben je er nog?' vroeg Nina.

'Ik ben feitelijk al verwikkeld in deze ellende,' antwoordde Jonna.

'Maar hoe minder je weet, des te beter.'

‘Ik wil niet dat je mij erbuiten houdt.’

Nina ging achter haar bureau zitten. Het scherm lichtte op toen ze de muis aanraakte.

‘Oké, dan moet je het zelf maar weten. Ik heb contacten.’

‘Een Rus?’

‘Meer vertel ik niet.’

‘En als die man het niet voor elkaar krijgt? Er zijn daar vast beveiligers.’

‘Ze weten hoe ze binnen moeten komen.’

‘Ze?’

‘Zoals gezegd: vertrouw mij maar.’

‘Als ik er maar geen nadeel van ondervind.’

Nina lachte.

‘Dat gebeurt niet. Zorg dat je nog een beetje plezier maakt op je laatste dag in de grote stad; dan zien we elkaar morgen.’

Nina drukte haar collega weg en zocht het nummer van de tandartsenpraktijk op. Het was zaak snel te handelen, voordat de kans verkeken was.

Zondagmiddag 9 juni
Nobelziekenhuis

'Tekla – hoe is het met je?' vroeg Monica Carlsson, terwijl ze een salmiak-aapje pakte en het in haar mond stopte.

Tekla was nog steeds gespannen en probeerde het gevoel van zich af te zetten dat er iets onplezierigs te gebeuren stond. Doordat ze op zondag bij de ziekenhuisdirecteur geroepen werd, ging ze haast denken dat er meer details naar voren waren gekomen over het kleine kind en dat ze nu ontslagen zou worden. Maar toen ze het ontspannen lichaam van de directeur zag, over het bureau gebogen en met haar hand in de dropschaal, was ze er niet meer zo zeker van dat dit de dag des oordeels zou zijn.

'Goed, dank je. Prima.'

'Aardig dat je bent gekomen.'

Tekla was verbaasd over de nieuwe toon, maar vroeg zich wel af wat er zou zijn gebeurd als ze níét meteen van de SEH naar de bovenste verdieping was gerend.

'Gaat het goed, beneden in de grot?'

Tekla overwoog even een spottende opmerking te maken over die gladde Hampus en andere werkschuwe artsen.

'Er zijn veel patiënten vandaag.'

'En tig bedden om de stakkers in te leggen.'

Tekla probeerde de ironische glimlach van de directeur zo goed en zo kwaad als het ging te beantwoorden.

'Ja toch?'

Monica zette de schaal met aapjes neer en hing haar rode jasje over de rug van de stoel. Ze droeg een blouse met schoudervullingen, een model dat Tekla sinds de jaren negentig niet meer had gezien. De directeur pakte een exemplaar van het tijdschrift *Connoisseur* en bladerde er verstrooid in.

'Ik hoorde dat het stinkt. Hier is dat niet zo.'

Tekla ademde diep in en realiseerde zich dat Monica Carlsson gelijk had. Dit was feitelijk de enige plek in het ziekenhuis waar ze de muffe lucht níét had geroken.

De directeur legde het tijdschrift neer.

'Is hij echt een terrorist?'

Nu kwam het. De reden dat ze was opgetrommeld. Natuurlijk was er een agenda. Al bij haar eerste ontmoeting met de ziekenhuisdirecteur had Tekla begrepen dat je niet zomaar bij haar werd geroepen.

'Want je moet niet denken dat iemand míj iets vertelt.'

Monica Carlsson ging onaangenaam dicht bij Tekla staan, die vaag de geur van alcohol kon ruiken. Of was het een doordringend parfum? Met haar blik volgde ze haar gouden ketting omlaag naar haar borst, en nu zag ze wat eraan hing: een dikke gouden dobbelsteen.

'Het is net een piramide,' zei Monica peinzend. 'Ik ben volkomen afhankelijk van de twee stenen die me aan de top ondersteunen. Soms voel ik contact met de vier stenen eronder. Maar daar houdt het op.'

Tekla zag het beeld voor zich. Ze dacht aan Simon en aan diens fascinatie voor grote gebouwen. Hij bouwde aan één stuk door: legotorens, piramides van dennenappels, zandkastelen.

'Maar jij bent beneden omgeven door een heel leger van stenen. Omgeven door stabiliteit. En je kunt kiezen op welke je wilt leunen. Dat kan ik niet.'

Monica pakte twee dropjes en begon langzaam te kauwen.

'Weet je wie mijn twee stenen zijn?'

'Nee,' antwoordde Tekla.

'Ik ook nauwelijks.'

Tekla realiseerde zich dat ze haar plastic schort nog omhad. Moest ze dat hier nu afdoen?

'Je hebt het druk beneden, zie ik.'

'Nogal.'

Tekla ontdeed zich voorzichtig van het plastic.

'Een heleboel wrakken.'

'Ik weet niet of...'

'Ik noem de dingen graag bij de naam. Het zijn wrakken en wij zijn hun redding. Het is zaak diegenen aan boord te nemen die de tocht naar het vasteland kunnen overleven.'

'Veel van hen zijn erg ziek.'

'Maar niet iedereen kan het overleven.'

'Dat hangt af van de toest...'

'De maatschappij is rot,' zei Monica resoluut. 'En we moeten doen wat we kunnen om het dode vlees weg te snijden. Hoe was het om op te groeien in Edsåsdalen?'

Het was net alsof iemand Tekla's nek vastpakte en er zo hard in kneep dat ze nog maar een heel klein beetje lucht kreeg. Haar stem liet haar in de steek.

'Wel wat erg rustig af en toe.'

'Daar kan ik in komen. Niet zoveel zon.'

Tekla zag Simon spelen op het strand. Het meer werd hartje zomer heel warm en ze zwommen tot diep in de nacht. Overdag zat hun vader de krant te lezen, met af en toe een blik op de kinderen die in de kano dicht bij de oever speelden. Tekla begroef Simon in het zand; alleen zijn hoofd stak eruit.

'De zomer was misschien wat kort.'

'Maar je had een gevoel van controle, of niet?'

Was dat zo, vroeg Tekla zich af. De enige keren dat ze zich echt ontspande was als ze met haar vader en Simon in het bos of in de bergen was. Ver weg van de scherpe tong van hun moeder of van Simons vrienden, weg van papa's plakkerige flessen in de voorraadkast.

'Je hoeft geen antwoord te geven,' zei Monica, en ze dempte haar stem. Tekla voelde de warmte van het lichaam van de ziekenhuisdirecteur. Ze probeerde niet met haar ogen te knipperen.

'Ik weet dat je iemand bent die de touwtjes in handen heeft. Zorg ervoor dat je dat zo houdt. Laat niemand de baas over je spelen.'

Monica Carlsson vatte haar werksituatie tamelijk goed samen. Tegelijkertijd kreeg Tekla het gevoel dat er op iets anders werd gedoeld.

'Hou je ogen en oren open.'

'Oké.'

En zomaar ineens zei de ziekenhuisdirecteur: 'De beste IC van de provincie. De grootste patiënttevredenheid. De kortste wachttijden voor de SEH. En toponderzoek waar de opgeblazen professoren aan de andere kant van het Solnaviaduct van gaan kwijlen.'

'Dat klinkt niet direct als het Nobelziekenhuis,' zei Tekla, en ze voegde eraan toe: 'Niet meer.'

Monica keek haar strak aan.

'Precies.'

Tekla vermoedde dat er meer zou komen.

'Maar zo moet het wel worden.'

'Klinkt duur.'

'Daarom heb ik juist zoveel waardering voor jou.'

'Waarom?'

Monica Carlsson pakte haar leesbril en liep naar haar computer.

Tekla nam aan dat ze zich nu geruisloos uit de voeten moest maken. Ze wachtte een paar tellen voor het geval er nog iets zou komen, maar Monica was verdiept in iets op het scherm. Toen Tekla het vertrek verliet, vroeg ze zich af hoe Monica Carlsson dat allemaal voor elkaar dacht te krijgen. En waarom? Wat dreef haar? Daarna kwam ze weer bij haar herinneringen aan de zomer met Simon op het strand. Toen besefte ze waar haar hersenen haar op hadden willen wijzen: de grote moedervlek boven het rechteroor. Ze moest naar de IC.

Zondag 9 juni
IC, Nobelziekenhuis

Toen Tekla op de afdeling kwam, moest ze even blijven staan om op adem te komen. Ze veegde het zweet van haar voorhoofd en liep naar het brandwondencentrum. Onderweg kwam ze Pirkko tegen, de verpleegkundige die eerder voor de verbrande patiënt had gezorgd.

'Kom je normaal gesproken niet om elf uur?' vroeg Pirkko.

'Jawel. Maar ik bedacht iets wat ik moet onderzoeken.'

Het rechteroor van de patiënt was niet verbrand. Dat hadden Tekla's hersenen wel geregistreerd, maar niet eerder gesignaleerd. Nu zou ze eindelijk het antwoord krijgen op de vraag of het Simon was die daar in het bed lag.

Pirkko droeg een stapel gele dekens en liep met Tekla mee.

'We hebben gebakken, wil je koffie?'

'Nee, dank je.'

Tekla veegde weer het zweet van haar voorhoofd.

'Misschien iets anders drinken?'

'Nee, het is goed zo. Ik kan niet lang blijven.'

Tekla kreeg een prikkend gevoel in haar handpalmen.

Pirkko sloeg af naar kamer 2 en zei: 'Zeg het maar als je iets nodig hebt.'

Tekla liep de luchtsluis in en begon de plastic kleding aan te trekken. De handschoenen bleven steken door het zweet, maar uiteindelijk was ze klaar en duwde ze de deur van de kamer open.

Eerst legden haar hersenen geen verband met wat haar ogen zagen: iemand hield een kussen op het gezicht van de patiënt.

Tekla liep snel naar het bed.

'Wat doe je?'

De man stopte met wat hij aan het doen was, maar draaide zich niet om.

Opeens zag Tekla het gevaarlijke van de situatie in: ze was alleen in de kamer, er was geen verpleegkundige of verzorgende aanwezig. En iemand was bezig de patiënt om het leven te brengen.

De man, die een zwart windjack met capuchon droeg, liet het kussen los, draaide zich om en pakte het nachtkastje vast, duwde het Tekla's kant op en begaf zich naar het raam.

Tekla kon een stap achteruitdoen toen het kastje op haar afkwam, maar struikelde over haar plastic jas. Op een onderbewust niveau had ze al een schaar met stompe punt zien liggen op een stoel, naast wat verband. Ze slaagde erin om het kastje heen te komen, pakte de schaar en rende op de man af.

Net toen hij het raam opentrok en een stap op een stoel had gezet, lukte het Tekla de man in zijn bovenbeen te steken. Ze kwam van opzij en wierp zich met haar volle gewicht tegen hem aan. De schaar drong recht zijn lies binnen. Tekla raakte de grip op de schaar kwijt, die er helemaal in was gegaan.

De man viel op de grond en riep iets in een taal die Tekla niet herkende.

Terwijl ze zelf haar evenwicht hervond, zag ze dat de man op de grond de schaar eruit trok en snel overeind kwam. Hij maakte aanstalten om naar de deur te strompelen.

Tekla schreeuwde zo hard ze kon. Ze aarzelde even. Moest ze bij de patiënt blijven of achter de man aan lopen?

Snel koppelde ze het beademingsapparaat aan het buisje, en ze hoorde de machine een eerste ademhaling uitvoeren. Daarna rende ze achter de man aan.

Buiten de kamer was het leeg.

'Iemand heeft geprobeerd de verbrande patiënt op kamer 1 te vermoorden. Bel de beveiliging!' riep ze, terwijl ze de man hinkend de hoek om zag gaan.

Pirkko kwam uit kamer 2.

'De patiënt in kamer 1 is aangevallen. Zorg voor hem. En bel de beveiliging en de politie.'

Daarna rende Tekla achter de dader aan.

De man ging naar de lifthal en opende de deur naar het trappenhuis. Tekla pakte haar mobiel en rende erachteraan. Haar eerste gedachte was om 112 te bellen, maar dat zou Pirkko vast wel doen. Ze kwam bij het trappenhuis, aarzelde een fractie van een seconde en trok toen de deur open.

Een paar verdiepingen lager hoorde ze voetstappen en ze rende erheen. Er sloegen geen deuren dicht, dus liep ze helemaal door naar de kelder.

Beneden zag ze bloedspatten op de grond. Ze opende de deur naar een van de ondergrondse gangen en er kwam een muffe geur op haar af.

Maar de gang was leeg.

Rechts liep een lange gang: die had hij niet helemaal door kunnen lopen. Maar de gang links maakte meteen een bocht. Die kant ging Tekla op.

Bij een hoek bleef ze staan luisteren. Het was doodstil. Zou hij aan de andere kant staan met een pistool?

Ze nam de gok en sloeg de hoek om.

Voor een grote deur zag ze bloed op de geel geverfde betonnen vloer. Er waren geen bordjes die verrieden wat zich achter die deur bevond.

Tekla probeerde haar ademhaling tot bedaren te brengen en klemde haar mobiel stevig vast. Ze keek om zich heen. Geen voorwerpen waar ze mee kon slaan om zich te verdedigen.

Verderop in de gang zag ze nu twee in het wit geklede mensen aankomen, die zich niet bewust waren van het drama.

Ze deed de deur open en zag een nieuwe gang, die naar de ene korte kant van het ziekenhuis liep. Aan het eind van de gang, circa tweehonderd meter verderop, zag ze de man voortstrompelen.

Tekla gaf een gil en rende naar hem toe.

Hij draaide zich niet om.

De uitgang, dacht Tekla. Hij weet dat er een uitgang is, waardoor je op het parkeerterrein van het personeel komt.

'Stop!'

De man draaide zich nog steeds niet om.

Opeens rinkelde Tekla's mobiel. Ze voelde druk op haar borst toen ze geen lucht meer kreeg en besefte dat ze de man niet zou inhalen.

Ze bleef staan en keek om zich heen. De gang was helemaal

verlaten. Niemand had gezien wat er was gebeurd.

Haar mobiel rinkelde nog steeds. Tekla nam op.

'Met Cassandra van de SEH. Waar ben je?'

'Ik...' Tekla probeerde haar ademhaling onder controle te krijgen.

'Hampus wil dat je naar de traumakamer komt.'

'Is er haast bij?'

'Geen hartstilstand, maar ik denk dat je nodig bent.'

'Ik ben er over vijf minuten.'

Toen ze had opgehangen klonk er een piepje. Ze draaide het scherm omhoog en las: *Ik heb hulp nodig!*

Tekla staarde naar de afzender. Het was Simons nummer.

III

Vijf weken eerder
Industrieterrein Haninge

Magnus probeerde zijn misselijkheid te onderdrukken en keek door het getinte glas naar het voorste ME-busje.

'Moet je echt zo scheuren?' riep hij naar Matte voorin.

Hij kreeg geen antwoord. Hij trok zijn masker omlaag en haalde een paar keer diep adem.

'Hoelang nog?'

'Twee minuten,' antwoordde Stefan op de stoel naast hem. 'Masker op, nu!'

Magnus trok het gezichtsmasker weer omhoog. Ze waren met twee secties. Een sectie bestond uit twee groepen van zes ME'ers in elke bus. Daarachter volgden drie patrouillewagens van de ordehandhaving, dat wil zeggen gewone agenten, die de goederen in beslag zouden nemen, aanhoudingen zouden verrichten enzovoort. De ME ging altijd als eerste naar binnen. Georganiseerde misdaad betekende zware wapens.

Magnus trok zijn veiligheidsvest strak en controleerde zijn MP-5 nog een keer.

'Dertig seconden,' riep Matte.

Iedereen maakte zich klaar. Het busje remde af, helde naar rechts en gaf weer gas. Een paar tellen later remde hij abrupt. De zijdeuren gingen open en ze stormden naar buiten.

Het viel Magnus op hoe koud de lucht was. Het moest dicht bij het vriespunt zijn. Typisch Walpurgisweer. Verderop stonden twee auto's geparkeerd. Geen motorfietsen. Geen mensen. De waarnemers, die de boel hadden verkend en 's nachts hadden gepost bij het industriepand, hadden gerapporteerd dat er maar twee mannen naar binnen waren gegaan en dat er niemand naar buiten was gekomen.

Het pand lag op een groot, open stuk asfalt en het was een meter of vijftig tot aan het volgende gebouw. Het pand was afgezet met een hek, maar de poorten stonden open, wat vreemd was, aangezien het Walpurgisnacht was en de zon zojuist was ondergegaan. De mensen die er werkten hadden allang weg moeten zijn om met hun gezin ergens een suikerspin te gaan eten bij een Walpurgisvuur. Magnus hield het automatische wapen met de loop schuin omlaag voor zijn borst. Zijn Sig Sauer zat in de holster, net als zijn overige uitrusting. Voor hem uit was Stefan op kop gaan lopen. Magnus keek omhoog naar de tweede verdieping. Twee lichtreclames met rode letters op een witte ondergrond: LUCHTWARMTEPOMPEN en PF PRINT & COPYSHOP. Het verslag van de waarnemers op het bureau eerder vandaag klopte met wat Magnus hier zag. Ze hadden tekeningen van het pand laten zien. De lokalen van de motorclub zaten in de kelderverdieping. Maar alleen hij wist waar de koelkast met het geld stond.

De sectie liep snel naar de inrit van de ondergrondse garage en sloeg de dubbele deuren in. Daarna klonken er twee aan twee luide explosies. Ze hadden gekozen voor een snelle aanval met veel vuurwerk. De verkenners hadden gezegd dat er waarschijnlijk wapens ter plaatse waren.

Ze kwamen in een grote ruimte met kopieerapparaten en stapels dozen langs de wanden, maar geen mensen. De tl-buizen brandden. Het zag er netjes uit.

De groep verspreidde zich. Ze wisten allemaal precies wat ze moesten doen. Magnus draaide zich om en ving door de garagedeuren een glimp op van de politiepatrouilles. Ze wachtten nog buiten het lokaal, totdat Magnus en zijn ME'ers het gebouw hadden gescand. Het was behoorlijk warm in het vertrek en Magnus zweette hevig.

'Veilig!' riep Matte, en hij liep een gang in.

Ze doorzochten methodisch de ene kamer na de andere, elkaar steeds dekkend. Ze hadden dit zo vaak gedaan dat het soms net voelde alsof ze in zo'n Chinese draak zaten die je op parades ziet. De draak kronkelde verder, doorzocht een keuken waar geen mensen waren, maar wel veel pizzadozen, piepschuimen bakjes en bierblikjes. Een andere kamer stond vol met bananendozen.

Magnus wist hoe de indeling was en waar het vertrek met de koelkast moest zijn.

De volgende deur was dicht. En op slot. Stefan sloeg de deur in en nu stuitten ze op de eerste mensen: vier jonge gasten, zo te zien van Zuid-Amerikaanse afkomst.

'Politie. Op de grond!' brulde iemand. De jongens staken hun handen omhoog en gingen op hun knieën zitten. Zakken en broekbanden werden doorzocht. Met die irritante leren handschoenen aan waren scherpe voorwerpen moeilijk te voelen. Het was een angstige gedachte dat je je aan een naald kon prikken, maar dat was hem gelukkig nog nooit gebeurd. Hij trok aan zijn jack en maakte de bovenste knopen los om lucht te krijgen.

De jongens kregen handboeien om en werden daarna bewaakt door een agent, totdat de patrouille die achter hen aan geslenterd kwam het kon overnemen. Met nog vier man liep Magnus verder de gang door. Een ketelhok met een meterkast. Twee slaapkamers met eenvoudige campingbedden. De betonnen vloer lag bezaaid met snoeppapiertjes, petflessen en andere troep. Het stonk er naar urine.

'Veilig!' riep Matte, en hij liep door.

Magnus trok het masker een stukje omlaag. Hij had maar één probleem met zijn uitrusting en dat was de warmte. Als kind was hij al gepest met zijn zweetaanvallen. Zijn hoofd kookte. Hij liet de MP-5 aan de riem op zijn borstkas hangen en pakte de Sig Sauer, die makkelijker te dragen was. Hij trok het masker omhoog.

In de volgende kamer vonden ze eindelijk het hart van de activiteiten: het lab.

'Politie! Op de grond!'

Vijf jongemannen bleven eerst doodstil staan en gehoorzaamden toen. De aluminium tafels lagen bomvol weegschalen, bakken met plastic zakjes, rubberhandschoenen, lepels, plakband, witte potjes, glazen potjes en bergjes wit poeder.

Matte en nog twee anderen scanden het lokaal en deden de jongens handboeien om.

Magnus liep verder door de gang. Hij checkte nog twee kamers en liep door naar de trap aan het eind. Nog één kamer aan de rechterkant. Daar moest hij naartoe. Magnus ging naar binnen.

Er zaten twee mannen aan een tafel. Ze dronken bier en leken ontspannen. Verbaasd staarden ze Magnus aan toen hij binnen kwam stormen. Een van hen zette de muziek uit.

'Politie,' zei Magnus, en hij wilde er net 'Op de grond' aan toevoegen, toen hij Stefan in de verte 'Veilig!' hoorde roepen.

Magnus wist dat hij op de juiste plaats was. Zijn hart begon te hameren.

'Waar is de koelkast?'

De jongens hadden rode ogen en leken high. Door de hele kamer was de zoete geur van hasj te ruiken. De ene jongen, die donker haar had en een oorbel met een doodshoofd droeg, wees ten slotte de koelkast aan. Magnus liep erheen en begon aan de koelkast te trekken, die onder het aanrecht geklemd zat.

'Veilig!' klonk Stefans stem weer, nu dichterbij.

Magnus veegde het zweet uit zijn ogen en legde de Sig Sauer op het aanrecht. Sodeju, wat was het warm. Hij trok aan de koelkastdeur. Eindelijk kwam er beweging in.

Magnus hoorde voetstappen naderen op de gang.

'Snel. Daarin,' fluisterde hij, en hij wees naar een deur.

De jongens gingen een magazijn binnen.

'Alles in orde?' klonk een stem achter hem.

Magnus draaide zich om. Hij besefte in een flits dat hij moest besluiten of Stefan iets had gehoord of gezien. Hij nam de gok.

'Leeg.'

'Super. Dan kunnen we gaan. Alles is veilig. De onderzoekers en technici komen eraan.'

'Mooi. Ik ga nog even naar de wc.' Hij wees naar een aangrenzende badkamer, waarvan de deur wijd openstond.

'Oké.'

Toen Stefan de kamer uit was, liep Magnus naar de koelkast en trok die onder het aanrecht vandaan. Hij haalde de stekker eruit en zag op de achterkant stapeltjes bankbiljetten vastgeplakt zitten. Een flinke bom duiten, net wat Håkan had gezegd.

Hij voelde zijn hartslag stijgen, pakte een papieren zakje en trok de stapeltjes los. Het zweet prikte in zijn ogen en hij zette het masker af om lucht te krijgen.

'Heb je hulp nodig?' De ene jongen was het magazijn uit gekomen.

'Wacht,' snauwde Magnus, die doorging met het vullen van de

papieren zak. Toen hij klaar was, liep hij naar de deur en opende hem op een kier. Hij zag niemand, maar een meter of twintig verderop klonken stemmen. Hij draaide zich om en staarde de jongen aan. Opeens besefte hij dat hij het masker niet ophad en zijn gezicht had laten zien. Verdomme!

Hij pakte de MP-5 en richtte hem recht op het gezicht van de jongen. De tweede jongen, die met de doodshoofd-oorbel, kwam ook naar buiten, net toen Magnus het masker opdeed.

Magnus' oververhitte hoofd tolde. Moest hij schieten, het op zelfverdediging schuiven? Maar ze hadden geen wapens. En ze waren met z'n tweeën. Een kogel door het hoofd van twee jonge drugsgebruikers, dat ging gewoon niet.

'Chill, man,' zei de jongen die als eerste naar buiten was gekomen. De tweede keek geschrokken. Die snapte waarschijnlijk niet wat zijn vriend verkeerd had gedaan.

'Kop houden!' Magnus knipperde verwoed met zijn ogen tegen het zweet. 'Fuck!'

'Kalm...'

'Geef me jullie portefeuille!'

De jongen met de doodshoofd-oorbel haalde voorzichtig zijn versleten zwartleren portefeuille tevoorschijn. De tweede jongen deed hetzelfde. 'Doe je die even weg?' vroeg hij, wijzend naar de MP-5. Magnus liet het wapen zakken en stopte de portemonnees achter zijn vest.

'Dan weet ik wie jullie zijn... Als jullie kletsen.'

Beide jongens bleven doodstil staan afwachten.

'Horen jullie dat?' snauwde Magnus.

'Rustig,' zei de jongen met de doodshoofd-oorbel. 'We zeggen niets.'

'Ga op de grond liggen.'

De jongens gehoorzaamden en Magnus deed hun handboeien om. Daarna riep hij de gang in: 'Ik heb er nog twee gevonden. Hier!'

Drie geüniformeerde agenten kwamen de laatste mannen halen. Magnus liep de kamer uit en haalde een paar keer diep adem. Toen de gang leeg was en de stilte neerdaalde, zette hij zijn masker af en maakte zijn jas open om lucht te krijgen. Langzaam haalde hij zijn hand over zijn bezwete gezicht en hij hield zijn ogen een paar seconden dicht.

Maandagochtend 10 juni
Södermalm, Stockholm

Tekla bleef midden op de Skanstullbrug staan om op adem te komen. Ze proefde bloed en was misselijk. Ze keek op naar de Essinge-eilanden en de Västerbrug aan de horizon. Het was nog maar vijf uur 's ochtends en er hing een mooi licht boven Stockholm. Ze wist niet of ze die nacht wel had geslapen. Het leek meer op een onrustige sluimering tussen de seresta's, de koffie, de bommetjes en alle beelden van de jacht gisteren in de ondergrondse gangen van het ziekenhuis door.

De auto's op de Skanstullbrug zoefden langs haar heen, maar ze nam geen notitie van auto's, ochtendlijke fietsers of de metrotreinen een eindje verderop. Ze pakte haar lippenbalsem, draaide de dop eraf en schudde er twee bommetjes uit, die ze in haar mond stak. Ze spoelde ze weg met een paar slokken mineraalwater waar de prik uit was en liep door naar Skanstull. Ze versnelde haar pas en pakte haar telefoon. Voor de honderdste keer staarde ze naar het bericht: *Ik heb hulp nodig!*

Het was ontzettend vreemd. En helemaal niets voor Simon. Hoezo hulp? Dan hoefde hij toch maar te bellen? Waarom nam hij niet op als zij belde? Was hij high? Was er iets ergs gebeurd? Als het iets acuuts was, had hij toch de politie of de ambulance gebeld? Tegelijkertijd wist ze dat hij altijd zenuwachtig werd van politieagenten. Hij was altijd bij haar gekomen als hij iets had uitgehaald. Al sinds hun tienertijd was zij zijn wakende engel, regelnicht en redder geweest... in de praktijk een extra ouder. Maar verdomme, als hij hulp nodig had, hoefde hij alleen maar de telefoon op te nemen. Of haar berichtjes te beantwoorden. Ze had hem acht vervolgvragen gestuurd. Ze stuurde er nog een: *Heb je geld nodig?*

In Skanstull stak Tekla de Götgatan over en ze liep door naar het Lilla Blecktornspark. Bij de Thaise kraam bleef ze staan en haalde een paar keer diep adem. De misselijkheid kwam weer opzetten. Maar ze moest iets eten, dat begreep ze wel. Haar maag brandde en rommelde. Ze voelde zich misselijk van alle pillen en bommetjes. Ze zou iets eten als ze in het ziekenhuis kwam. Maandagochtend. Ze keek er niet direct naar uit om Göran tegen te komen, die inmiddels vast van het steekincident en het jongetje in de traumakamer had gehoord. Om nog maar te zwijgen van de overval op de IC gisteren. Tekla was meer dan een uur door de politie verhoord toen ze uit de onderaardse gangen kwam.

Ze pakte haar mobiel weer op. Geen berichten. Ze belde voor de tiende keer. Dezelfde mededeling op de voicemail: 'Met Simon, laat een...' Het was in elk geval zijn mobiel, zoveel was zeker. Tekla had al een paar boodschappen ingesproken: 'Waar ben je, Simon? Wat is er gebeurd? Bel terug...' Er klopte iets niet. Waarom een appje sturen en dan niet reageren?

Ze wilde net haar mobieltje wegstoppen toen er een *pling* klonk. Ze staarde naar het scherm en hield haar adem in. Het was van Simon: *We moeten elkaar zien!*

Ze belde meteen, maar kreeg alleen de voicemail.

'Verdomme!' riep Tekla zo hard dat een jonge vrouw met een hond in het park zich meteen omdraaide en in snel tempo wegliep van die gek met haar mobiel in de hand.

Ze belde nog twee keer, maar kreeg geen gehoor. In plaats daarvan stuurde ze nog meer berichtjes: *Hoezo elkaar zien? Waar? Wanneer? Wat wil je, Simon? Zeg wat er is gebeurd. Ik word niet boos. Dat beloof ik. Maar neem alsjeblieft op. Of stuur een berichtje en leg het uit.*

Na tien lange minuten zonder antwoord moest ze twee seresta's nemen om niet kapot te gaan van ongerustheid. Die stomme rot-Simon ook, dacht Tekla, en ze liep door totdat ze bij Katarina Bangata 71 kwam. Ze toetste de deurcode in en liep de trap op. Voor Simons appartement bleef ze staan om nog eens te bellen. Ze hield haar oor tegen de deur, maar hoorde geen signaal. Ze keek door de brievenbus, maar binnen was het donker en stil.

'Simon!' riep ze, zonder antwoord te krijgen. 'Simon, ben je daar?'

Ze probeerde te kijken of er post lag, maar het was te donker en de hoek was verkeerd. Ze zag alleen het oude van restjes stof geweven kleed uit Edsåsdalen iets verder de hal in.

Tekla stuurde nog een paar appjes, maar gaf het ten slotte op. Ze liep de straat op en bleef daar even staan om haar gedachten op een rijtje te zetten. Ze moest proberen helder en rationeel te denken.

Na de aanval op de IC gisteren had ze de agenten verteld dat ze een man had betrapt, die de verbrande patiënt probeerde te vermoorden, dat ze hem met een schaar in zijn bovenbeen had gestoken en daarna achter hem aan was gerend. 'Nee, ik heb me niet bezeerd.' 'Nee, ik dacht er niet bij na dat het gevaarlijk was in de ondergrondse gangen.' 'Nee, zoals gezegd: ik heb zijn gezicht niet gezien.' Ze vertelde ook over het appje van Simon, gaf zijn nummer door en zei dat ze al een poosje geen contact meer met haar broer had gehad. Over de drugs zei ze niets. Ze hadden gevraagd wat hij met zijn appje bedoeld kon hebben, maar ze had geen bezorgde gedachten verraden over drugs of geld. Ze leken ook niet bijzonder geïnteresseerd in het spoor, maar concentreerden zich op de aanval op de IC. En nee, ze wist niet in welke taal hij had gevloekt. En nee, voor de tiende keer: ze had zijn gezicht niet gezien. Ten slotte had ze gevraagd of ze terug mocht naar de SEH.

Ze liep de kiosk van Skanstull binnen en kocht koffie. Ze dacht na over wat ze moest doen. Met wie van Simons vrienden kon ze contact opnemen? Met wie zou hij op stap kunnen zijn? In gedachten bladerde ze door zijn mobiele contacten, maar ze moest toegeven dat ze niet veel wist van zijn leven in Stockholm het afgelopen jaar. Er waren nooit anderen bij als zij tweeën elkaar spraken. Ze vroeg zich ook af hoe ze een mobiele telefoon kon traceren, maar realiseerde zich dat ze bij de politie niemand kende. Ze had überhaupt geen vrienden meer over, dus wie zou haar kunnen helpen?

Nog een kleine twee uur, dan moest ze aan het werk. Of zou ze niet gaan werken en in plaats daarvan naar Simon gaan zoeken? Maar waar moest ze zoeken? Het was een stom idee. Als hij echt hulp nodig had, zou hij toch op haar appjes reageren? Als hij die tenminste had gestuurd. Het was raar, helemaal niets voor Simon.

Hij stuurde nooit appjes maar belde altijd als hij iets wilde. Of hij stond gewoon bij haar voor de deur. En kon ze nu de bizarre gedachte van de hand wijzen dat de verbrande patiënt op de IC Simon was?

Tekla besefte dat ze behoefte had aan een nacht goed slapen. Niet aan meer bommetjes of andere dingen die zowel haar slaap als haar humeur konden beïnvloeden. Ze dronk van de koffie en pakte haar lippenbalsem weer. Schudde er een bommetje uit, slikte het in en liep naar het Nobelziekenhuis. Haar telefoon ging en ze haalde hem tevoorschijn: onbekend nummer.

'Tekla.'

'Met Monica. Heb je zin om voor de ochtendvergadering bij me langs te komen?'

Monica Carlsson... Voor warenhuis Åhléns liet Tekla haar mobiel bijna vallen.

'Jawel,' antwoordde ze ten slotte.

'Mooi. Kom maar wanneer je kunt. Ik ben hier.'

Tekla keek op de klok. Twintig over zes, maandagochtend.

Maandag 10 juni
Nobelziekenhuis

'Kom binnen,' zei Monica Carlsson op neutrale toon.

Tekla had nog net tijd gevonden om zich om te kleden. Na alles wat er de afgelopen dagen was gebeurd, was ze op het ergste voorbereid.

'Wil je koffie?' vroeg Monica, en ze stond op van haar stoel. Ze droeg een zilverkleurige, glinsterende lange broek, die om haar stevige dijen spande, een mintgroene blouse en dezelfde gouden ketting als eerder.

'Nee, dank je.'

Monica Carlsson zag er monter uit, gezien het vroege uur.

'Er zijn in het weekend nog meer intoxicaties binnengekomen.'

'O,' zei Tekla.

'Ik ben door een aantal hoofden gebeld. Het is bij alle ziekenhuizen hetzelfde.'

Tekla vroeg zich af of Monica alleen intoxicaties op haar hart had deze maandagochtend.

'Je ziet er afgepeigerd uit,' ging Monica verder.

'Dat is een mooie omschrijving,' antwoordde Tekla, die op een stoel ging zitten. Monica bleef bij het bureau staan en pakte een blaadje op.

'Ochtendlectuur van Göran. Ja, die heeft me gisteren ook gebeld, tijdens het aperitief. Over de gebeurtenissen afgelopen donderdag in de traumakamer.'

Tekla haalde haar schouders op. Nu kwam het.

Monica zette een leesbril met een dun gouden montuur op. 'Hij schrijft: "Terwijl er twee patiënten in levensgevaar verkeerden, riep ze pas na vijfentwintig minuten de tweede dienstdoende op."'

Tekla zag de kleine Oscar voor zich in de ene kamer en het neergestoken bendelid in de andere.

'Ik heb om hulp gevraagd. De eerste dienstdoende was toch...'

'Hampus.'

'Hampus Nordensköld was de eerste dienstdoende en...'

'Göran schrijft dat Hampus op de afdeling stond bij een ernstig zieke patiënt met pneumonie.'

Of hij had seks met een zuster in het kledingmagazijn, dacht Tekla. Ze kon uit Monica's woorden niet opmaken of ze kwaad was of furieus. Ze had het gevoel dat de lucht stilstond.

'Maar het duurde even voordat hij kwam, begrijp ik,' zei Monica, en ze keek op van het uitgeprinte mailtje.

'Ik weet niet hoelang het heeft geduurd.'

Maar dat wist ze wel. Hampus had er precies zevenentwintig minuten over gedaan om naar de traumakamer te komen. Ze zag de wijzers van de klok voor zich op het moment waarop de patiënt aankwam en op het moment waarop Hampus binnenkwam. Een eeuwigheid. En niet acceptabel.

'Maar uiteindelijk kwam hij, waar hij ook mee bezig was,' zei Monica zakelijk. 'En hij nam de jongen met de ziekte van Gaucher over.'

'Ja,' zei Tekla, en ze slikte droog.

Monica keek weer op het blaadje. '"Nadat ze al een dodelijke dosis Stesolid had gegeven," volgens Göran. Ik heb het geneesmiddelenvoorschrift gezien en neem aan dat het klopt,' zei Monica. 'De verpleegkundige in traumakamer 2 zegt dat ze protesteerden tegen de hoge dosis, maar dat jij antwoordde...' Monica las weer voor: '"Maak maar klaar, dan geef ik het zelf."'

Monica legde het rapport neer en keek nieuwsgierig naar Tekla, die het zweet van haar voorhoofd wiste.

'Ik heb de Stesolid zelf gegeven,' zei Tekla. Ze kon de woorden slechts met moeite uitbrengen. Haar tong plakte aan haar droge verhemelte.

'Dat is actieve euthanasie,' zei Monica met iets van fascinatie in haar blik.

Ze pakt een kauwgompje van het bureau en bood het Tekla aan, die bedankte.

Tekla zag voor zich hoe Monica het kauwgompje in haar luchtpijp kreeg en opeens een gezicht kreeg dat zo paars was als een pruim. Hoe ze zich op haar stortte, de heimlichmanoeuvre probeerde uit te voeren en tegelijkertijd om hulp riep. Er kwam niemand. Monica viel op de grond. Morsdood.

Tekla ademde diep in.

'Maar hij heeft het overleefd. Het was sepsis. En een status epilepticus.'

'Je hebt een heel groot risico genomen met zulke hoge doses Stesolid. Geef dat nou gewoon toe.'

Tekla sloot haar ogen en las. Daarna keek ze Monica aan.

'Ik zal dieetregels naar beste weten en vermogen aanwenden tot heil der zieken, nooit tot hun verderf of schade.'

'De eed van Hippocrates,' zei Monica. Ze liep om het bureau heen en ging op haar stoel zitten. Tekla raakte in verwarring. De ziekenhuisdirecteur zag er kalm uit.

'Een stukje ervan,' antwoordde Tekla. 'Ik wist dat de jongen aan gaucher type 2 leed. Een ongeneeslijke ziekte. Bovendien had hij na vijfentwintig minuten reanimatie bijna lichtstijve pupillen. Hij had hersendood kunnen zijn. De ouders hadden bovendien een document ondertekend waarin ze beademing afwezen. Maar hij was niet dood.'

'Maar nu heeft hij voor de rest van zijn ellendige leventje misschien een hersenbeschadiging.'

Tekla keek Monica strak aan. 'Göran en jij kunnen met me doen wat jullie willen, maar ik zal áltijd proberen levens te redden. Tegen elke prijs. Daarvoor ben ik arts geworden.'

Monica glimlachte en knikte.

'De vader kreeg kennelijk een soort shock en viel bovendien in de traumakamer in slaap.'

Tekla dacht aan de volle ampul met propofol die ze in zijn bovenbeen had geïnjecteerd.

'Ik had een man met een steekwond in de andere kamer.'

'Dat weet ik. Een zielig bendelid.'

'... die ik op een eenvoudige manier kon redden.'

'Dus je bedoelt dat je geen Stesolid had gegeven als je meer tijd had gehad voor het kind?'

'Vanuit de mogelijkheden die ik had, heb ik mijn best gedaan,' zei Tekla, er meer dan ooit van overtuigd dat ze juist had gehandeld, ook al trilden haar handen en liep het zweet haar over de rug. Ook al kostte het haar haar baan, ze zou voet bij stuk houden. 'Ik besloot me op de man met de steekwond te concentreren, omdat ik wist dat ik het kind had gegeven wat het nodig had: antibiotica.'

Ze probeerde kritisch naar zichzelf te kijken, maar elke keer kwam ze tot de conclusie dat ze het goed had gedaan. Ze zag de borstkas van de kleine jongen omhooggaan toen de lucht erin werd gepompt, maar er was veel tijd verstreken. Zijn hersenen hadden gedurende enkele kritieke minuten geen zuurstof gehad. Misschien had ze op een fijngevoeliger manier met de vader kunnen omgaan, maar haar prioriteit was op dat moment om levens te redden. Twee levens: dat van het jeugdige bendelid en dat van het jongetje.

Monica kauwde langzaam en keek weer op Görans briefje.

Tekla dempte haar stem: 'En ik zou het weer zo doen als de situatie opnieuw zou ontstaan.'

Monica legde het blaadje neer en ving Tekla's blik.

'Heel goed.'

'Wat?' vroeg Tekla verward.

'Fantastisch. Magnifiek,' zei Monica, en ze lachte. 'Je bent geweldig. Ik had het zelf niet beter kunnen doen.'

'Maar...' Tekla keek naar het blaadje op het bureau.

'Göran mag dit in zijn... Waar hij maar wil stoppen. Zelf ben ik van plan hem te vertellen dat hij een trauma-arts van wereldklasse op zijn afdeling heeft. Iemand die het aandurft om buiten de kaders te gaan en de eed van Hippocrates ten volle na te leven.'

Monica verfrommelde het blaadje en gooide het in een prullenmand.

Tekla's eerste gedachte was dat de ziekenhuisdirecteur haar in de maling nam, maar toen zag ze de ernst op het gezicht van Monica Carlsson.

'Hij maakt zich druk om niks. Ik snap niet dat hij er soms zo naast kan zitten.'

Tekla begreep er niet veel van en probeerde Monica Carlsson te volgen.

'Je kunt alles vergeten wat er donderdag in de traumakamer is gebeurd. Göran zal niet verdergaan met de meldingen. Maar vertel nu eens over wat er gisteren is gebeurd,' zei Monica, en ze dempte haar stem. 'Hoe gaat het met je?'

'Eh... Goed.'

Tekla voelde zich nog steeds draaierig.

'Niet helemaal goed, volgens mij. Zo te zien heb je vannacht niet veel slaap gehad. Maar wat een geluk dat er niets met de verbrande patiënt is gebeurd.'

'Ja, dat was... een geluk.'

'Een fantastische timing dat je hem betrapte. Heb je enig idee wie het was?'

'Nee. Als ik dat wist...'

'... had je het aan de politie verteld, ik weet het. Ik dacht alleen dat er vannacht misschien wat bewolking was opgetrokken.'

Tekla zag Monica's sluwe glimlach.

'En je bent achter hem aan gegaan door de ondergrondse gangen. Moedig.'

'Ik dacht er niet zo bij na.'

'Nee, je had de automatische piloot aanstaan,' zei Monica met een knikje. 'Die doet het soms goed. Zelf zat ik *moules frites* te eten in restaurant Musslan aan het Vasapark. Kom je daar wel eens?'

'Nee.'

'Met een superlekker Belgisch biertje erbij, een Tripel Karmeliet misschien. Daar moeten we een keer heen. Beloof me dat je het zegt als je iets nodig hebt.'

'Als ik iets nodig heb?'

'Ja, als je wilt praten. Je kunt altijd naar me toe komen als je dat wilt.'

Tekla voelde zich alsof ze net uit de Insane in pretpark Gröna Lund stapte, terwijl iemand haar vroeg of ze wilde schaken en theedrinken.

'Oké. Ik zal het zeggen als ik wil praten.'

Helemaal confuus verliet ze de kamer van Monica Carlsson. Ze keek op haar mobiel, maar die was even donker als haar hoofdpijn. Geen teken van Simon. Konden ze de identiteit van de man op de IC maar vaststellen, dan kon ze alle waanzinnige gedachten laten varen. Ze liep naar Acute Interne Geneeskunde en zag Tariqs grote silhouet aan komen lopen. Ze rechtte haar rug en hield haar hoofd een paar centimeter hoger. Ze moest zich lang maken. Ze dacht na over wat Monica had gezegd over meer intoxicaties in de stad en vroeg zich af waar Simon mee bezig was. Of hij misschien zwaardere drugs was gaan nemen zonder dat zij dat wist.

Maandag 10 juni
SEH, Nobelziekenhuis

'Laten we beginnen met een minuut stilte voor de slachtoffers van de brand,' zei Göran Collinder. 'Daar hebben we vrijdag geen tijd voor gehad.' Anita was de laatste die binnen kwam sluipen en in de vergaderkamer ging zitten, die nu vol was met artsen en geneeskundestudenten. Hier en daar keek men ongemakkelijk, alsof hun zojuist was gevraagd hun kleren uit te trekken voor een groepsknuffel. Tekla was zich ervan bewust dat ongebruikelijk veel van de aanwezigen haar kant op keken. Het gerucht over de aanval op de IC had zich verspreid. Ze stuurde Simon een nieuw bericht: *Hallo? Kun je antwoorden? Wat betekende jouw appje? Bel!*

'Bedankt,' zei Göran, en hij verbrak de onplezierige stilte. Het moment van rouw was voorbij. Het leven op de SEH van het Nobelziekenhuis ging door. Kon ze nu opgelucht ademhalen? Göran had Tekla niet aangekeken en niets tegen haar gezegd.

'Ik denk dat we allemaal al weten dat er gisteravond een incident is geweest op de IC, waarbij Tekla Berg betrokken was. We zijn allemaal blij dat het... goed is afgelopen, zowel voor Tekla als voor de patiënt. De politie is natuurlijk ingeschakeld en onderzoekt de zaak. Daar kunnen we het denk ik bij laten.'

Göran had zijn samenvatting afgevuurd zonder zich ook maar één keer tot Tekla te richten.

'En hoe hebben jullie het weekend verder overleefd?' ging hij verder.

Het weekend overleefd. Zo zag hij hun opdracht dus: ze waren in oorlog, de toestromende patiënten waren de vijand en het kanonnenvoer heette Hampus Nordensköld en Tekla Berg, de twee artsen die verantwoordelijk konden worden gesteld voor alle ellende die er de afgelopen dagen was gebeurd.

Hampus zag eruit alsof hij vannacht wel had kunnen slapen. Zijn donkerbruine haar was vochtig en zoals gewoonlijk netjes gekamd, met een perfecte zijscheiding. Tekla probeerde erachter te komen of Göran van plan was haar een uitbrander te geven of niet. Had Monica al met hem gesproken?

'Prima,' zei Hampus. 'Ik heb er een heleboel opgenomen. Het spannendst was misschien afgelopen zaterdag. Een intoxicatie die heel ver heen was.'

'Vertel daar eens wat meer over, wil je?' klonk de heldere stem van Anita Klein-Borgstedt van de zijkant van de tafel. Ze was net een theaterregisseur op het eerste parket. Elke zin van de basisartsen kon verbeterd worden. Ragna Sigurdsdottir, die Anita kende uit de tijd in Solna, zei dat haar grote villa in Djursholm 'een posh variant van het Natuurhistorisch Rijksmuseum' was. De drie kinderen waren ook voorbeeldig: een technisch fysicus met een villa in Tullinge en vier kinderen op het Adolf Fredriks, een arts in chic Bromma, die op het punt stond te promoveren in de genetica, en een jurist bij de Auditdienst. 'Ze is er nog niet uit voor welk kantoor ze wil gaan,' had Anita gezegd, rollend met haar ogen.

'Het was een doodgewone heroïnevergiftiging. Een zwerver,' zei Hampus lusteloos. 'Maar hij was moeilijk aan de gang te krijgen.'

Hampus leunde achterover en wipte op zijn stoel.

'We houden ons zoals gewoonlijk aan de goede vormen, Hampus,' kwam Göran er beleefd maar voor iedereen in het vertrek duidelijk tussen. 'We noemen zo iemand geen zwerver, maar dakloze.'

Tekla keek schuin over de tafel naar Tariq. Hij hield zoals gewoonlijk zijn handen gevouwen voor zich en zijn blik was vlak boven Anita's hoofd gericht. Alsof hij vanaf zijn plek in het grote medische naslagwerk van Harrison kon lezen, dat samen met andere boeken vier kasten langs de ene muur vulde. Achter Tariq hingen vierendertig portretten, van alle afdelingshoofden sinds het ziekenhuis van Alfred Nobel in 1902 was geopend door koning Oscar II. Ragna had met een IJslands accent en op haar nogal schalkse manier verteld dat Göran alle portretten had verplaatst, zodat dat van hem op ooghoogte kwam. Eerder had het kennelijk op kniehoogte gehangen, waaraan hij zich groen en geel had geërgerd. Ze vroeg zich af hoe het eruitzag in een vergaderkamer van het NSK-ziekenhuis, aan de noordkant van de stad. Daar hadden ze waarschijnlijk alle fysieke boeken weggerationaliseerd. Tekla stelde zich abstracte kunstwerken voor aan witte wanden en glazen schuifdeuren die geruisloos open- en dichtgingen. Ecologische schoonmaakmiddelen. Ziekenhuiskleding met een cool logo, jonge artsen met een gouden stethoscoop om hun nek en het nieuwste model sneakers aan hun voeten.

Ze bleef naar haar mobiel kijken, stuurde een paar berichtjes, wachtte op een antwoord dat niet kwam. Haar gedachten draaiden aldoor om Simon, waar hij kon zijn, wat hem was overkomen. Tegelijkertijd wist ze dat ze niets anders kon doen dan wachten. En er was geen plek die daarvoor beter geschikt was dan de SEH.

Hampus liet zijn stoel met een klap terugvallen.

'Een man van negenendertig die was gevonden in een park, Björns trädgård. Bewusteloos, misschien Glasgow-comaschaal 4, met zwakke pupillen. Er was niets bekend over zijn voorgeschiedenis, maar aan zijn kleren te zien was het duidelijk een zwe... dakloze.' Hampus keek naar Göran. 'Uiteindelijk vonden we een portefeuille met een identiteitsbewijs in zijn binnenzak. Toen hij op de SEH kwam, was hij bewusteloos. Ik heb hem geïntubeerd, monsters genomen en een CT-scan van de hersenen gemaakt. Daar zat niets. Hij ligt op de IC en is nog niet bijgekomen.'

Daar zat niets. Zijn hersenpan was dus leeg, dacht Tekla, maar ze hield haar commentaar voor zich. Iedereen in het vertrek wachtte op het vervolg. Het kleine detail dat Hampus zelf had geïntubeerd was niemand ontgaan. Hij was nu een jaar werkzaam op de SEH en hij zou echt niet zelf mogen intuberen. Maar hij was overmoedig, zoals zoveel mannelijke artsen. Tegelijkertijd was Tekla onder de indruk van zijn durf.

Ze liet haar blik rond de oude, afbladderende tafel gaan, en vroeg zich af wie Hampus' handelen zou durven analyseren. Vijftien artsen. Nog eens twintig basisartsen en studenten stonden tegen de vergeelde wanden. Degenen die rond de tafel zaten vormden de vaste artsengroep. De elitetroep. Alle anderen in de kamer zouden een moord doen voor een plek aan de tafel.

'Het klinkt niet als gewone heroïne-intoxicatie,' vatte Anita droog samen. 'Ik neem aan dat je een tegengif hebt gegeven?'

Tekla vond het fantastisch als Anita het woord nam. Ze deed het vaak tussen neus en lippen, zacht en kort, maar altijd bondig en to the point.

'Zeker,' antwoordde Hampus geïrriteerd. 'Ik heb de naloxon herhaald die hij in de ambulance al had gekregen.'

'Maar hij ligt nog op de IC?' vroeg Anita verder.

'Ja. Hoezo?'

Hampus' stem was niet meer zo scherp, alsof er plotseling een zachtgekookt ei in zijn keel zat.

Tariq tikte met zijn vingertoppen op tafel en schraapte zijn keel. 'Nou, Anita. Dan moeten wij nog maar wat verder nadenken.' Tariq wees met zijn grote, harige wijsvinger naar Hampus en vervolgens naar zijn eigen brede borstkas.

'Als we niet met alle onderzoek waren gestopt, zou het niveau niet zo bedroevend laag zijn,' mompelde Anita. Iedereen hoorde wat ze zei.

'Anita, alsjeblieft,' zei Göran. 'Niet nu.'

Tekla dacht na over hoe groot de verschillen in persoonlijkheid hier waren. Tariq leek wel een van Saddams generaals, gewend om orders te geven aan zijn soldaten, en de gladde Hampus had eigenlijk op een strand in Australië moeten blijven surfen. Ragna paste beter in een IJslandse tv-soap. Anita, de vrouw met de parelketting uit Östermalm die in de zuidelijke delen van de stad verdwaald was geraakt vanwege... Ja, eigenlijk om voor Tekla geheel onduidelijke redenen.

Ze bleef met haar gedachten bij het rondetafeldrama. Met 'wij' bedoelde Tariq dus zichzelf en zijn favoriet, gladde Hampus. Tariq zou nooit een zwaar geval met Tekla of Ragna bespreken, aangezien zij van het verkeerde geslacht waren.

'Ik ga naar de IC om hem te onderzoeken,' zei Anita.

Tekla zag dat Anita en Ragna elkaar aankeken. Anita knikte even. Wie zou zich dan eigenlijk met het geval bezighouden? Hampus vertelde in korte bewoordingen verder over drie andere patiënten die hij had opgenomen.

'En jij, Tekla?' ging Göran verder.

Ze zag Tariqs spottende lach en zijn demonstratieve blik naar het plafond. Hij deed het discreet, maar hij wist heel goed dat de basisartsen in het vertrek het kleinste gebaar van de specialisten opzogen. Als baby's aan de moederborst. Zou hij nu over de injectie met propofol beginnen?

'Ik ben er vrijdag niet aan toegekomen om het te vertellen,' zei ze, en ze slikte droog. Ze had het gevoel dat ze net een van Hampus' zachtgekookte eieren in haar keel had gekregen. 'We hadden donderdagnacht een drieëntwintigjarige man met een steekwond, die geopereerd moest worden. Het was nogal dramatisch.'

Göran boog zich naar voren en keek Tekla aan. Ze zag voor zich hoe Monica Göran de les had gelezen. Tegelijkertijd was dit waarschijnlijk het moment waarop ze haar vergissing bekend moest maken. Ze hadden maar één grote vergadering per week en als ze niets over het drama van afgelopen donderdag zei, bestond het risico dat er foutieve geruchten werden verspreid over wat er eigenlijk was gebeurd.

'Was jij erbij toen de chirurg de ingreep verrichtte?' vroeg Göran grijnzend.

Tekla keek naar haar schoot.

'Nee, ik heb het zelf gedaan.'

Tariqs hoofd viel omlaag.

Er ging een geroezemoes door het vertrek.

Ze voegde er snel aan toe: 'We hadden die aardige chirurg... Nawfal...'

'Nawfal al-Wadi,' vulde Anita aan.

'... in huis, maar hij hoefde niet in te grijpen. Voordat de politie kwam, had ik een thoraxdrain ingebracht.'

'De politie?' vroeg Anita, die kennelijk nog niet van het treffen had gehoord.

Tekla vertelde van de inval van de ME, maar liet het jongetje met stuipen buiten beschouwing.

'Jeetje, Tekla,' zei Ragna. 'Ik ben onder de indruk. Goh, goed gedaan.'

Het vertrek werd als de Rode Zee in twee even grote delen gespleten. De ene helft van de artsen rond de tafel knikte instemmend; de andere helft schudde verontwaardigd zijn hoofd. Tekla voelde een verwarrende mengeling van trots en schrik.

'Hoe gaat het trouwens met de stank?' vroeg Hampus opeens.

Hij wilde de spotlights bij Tekla vandaan halen. Ze begrepen allemaal waar het over ging en draaiden zich om naar Göran.

'Ik heb vanochtend nog niet met de beheerder kunnen praten, maar wat ik er afgelopen vrijdag van begreep had een eerste speurtocht naar het probleem in het gebouw niets opgeleverd.'

Tekla voelde een zekere opluchting dat ze het drama van donderdag verder lieten voor wat het was.

'Ik wil ook iedereen bedanken die donderdag vrijwillig is komen helpen bij de rampzalige brand,' ging Göran verder. 'Er hadden beslist meer getroffenen kunnen zijn.' Hij tikte met een kromme wijsvinger op tafel. 'We hebben drie patiënten met ernstige brandwonden op de IC. Tekla is behandelend arts van de patiënt met de ergste verwondingen, een man wiens identiteit onbekend is.'

Tekla voelde Hampus' scherpe blik van opzij.

'Is er een verband met dat busje waarnaar ze zoeken?' vroeg Anita.

Göran maakte zich lang.

'Daar kan ik niet op antwoorden.'

'Maar ik wel,' zei Tariq. 'Natuurlijk vermoeden ze dat. Waarom zouden er anders aldoor politiemensen op de IC rondlopen?'

Waarom was Tariq zelf op de IC geweest, vroeg Tekla zich af, en ze keek of Anita en Tariq blikken wisselden, maar het leek wel alsof ze allebei in een tent aan verschillende kanten van het slagveld zaten.

'Oké,' maakte Göran een eind aan het gesprek, en hij stak zijn hand op. 'Daar lezen jullie wel over in de krant. Wat het medische aspect betreft, daar kan Tekla in de loop van de week meer over vertellen.' Hij sloot de vergadering met het gebruikelijke: 'Vergeet niet dat wij beter zijn dan de anderen.'

Iedereen wist wie 'de anderen' waren: het nieuwe, particuliere ziekenhuis aan de andere kant van de stad, het NyX Smith & Klingmann Hospital, afgekort NSK. Of sinds 1930 en tot op heden: 'Solnasidan.' Ze zouden dat kwaad met alle middelen bestrijden. Alsof het ziekenhuis de Death Star was, ver weg aan de andere kant van het sterrenstelsel.

De stoelen schraapten over de vloer toen iedereen opstond. Een aantal artsen klopte Tekla op de schouder toen ze naar buiten liepen. Ragna gaf haar vriendin een knuffel en liep snel door. Een aantal geneeskundestudenten keek met grote ogen naar Tekla toen ze in de rij naar buiten liepen.

'Tekla!'

Göran kwam aangelopen, wuivend met zijn buitenproportionele smartphone.

'Ik moet aan het werk,' zei ze in een vruchteloze poging het onvermijdelijke uit te stellen.

'Heel even maar.' Göran dempte zijn stem. 'Ik hoorde dat je vanochtend met Monica hebt gesproken. Waar hebben jullie het over gehad?'

Tekla hoorde de slecht gecamoufleerde opdracht om exact te vertellen wat er in de kamer van de ziekenhuisdirecteur was behandeld. Göran vond het kennelijk moeilijk haar aan te kijken en staarde naar zijn telefoon.

'Ze... wilde checken of het goed met me ging na de brand en alles.'

'Alles?'

Tekla wilde Göran niet onnodig aan alle dramatiek herinneren die er de afgelopen tijd op de SEH was geweest.

'Of... de brand, punt.'

'Je hoeft niet te liegen.'

'Liegen?'

Göran knikte en leek even uit te zoomen. Tekla rook de geur van zijn verstikkende aftershave en deed voorzichtig een stap naar achteren.

'We hebben samen gestudeerd. Stel je voor.'

'Maar... ik moet echt aan het...'

'Pas op voor haar. Gewoon een advies. Ze is...'

Tekla wachtte het oordeel in spanning af. Göran richtte zijn blik op Tekla's voorhoofd.

'Bij alles wat ze doet heeft Monica Carlsson een agenda. Vergeet dat niet.'

'Oké,' zei Tekla. Ze wilde alleen maar weg uit de ongemakkelijke situatie. 'Bedankt voor de tip.'

Göran knikte, wendde zijn blik eindelijk van Tekla af en ging weer met zijn telefoon bezig. Monica had haar schoothondje kennelijk met groot succes tot de orde geroepen.

Maandag 10 juni
SEH, Nobelziekenhuis

Tekla liep snel naar haar collega's toe, die bij de koffieautomaten stonden. Ze keek op haar mobiel en verstuurde een berichtje: *Toe, Simon. Bel terug!*

'Hoe gaat het met je?' vroeg Anita Klein-Borgstedt met een kop thee in haar hand.

'Goed, dank je. En met jou?' vroeg Tekla, haar telefoon wegbergend.

'Ik ben dit weekend vrij geweest. Voor de afwisseling wat broodnodige tijd met het gezin.'

'Hebben jullie kinderen?'

Anita glimlachte.

'Ja, drie, maar ze zijn volwassen.'

Tekla had meteen spijt van haar vraag; ze wist immers dat voor artsen alles rond het gezin van levensbelang was. Als ze het op schrift had gezien, was ze het nooit vergeten. Andere dingen die belangrijk waren voor artsen: waar je naartoe gaat op vakantie en welke sporten je beoefent. Ook buitenactiviteiten waren belangrijk. Bij mannelijke artsen van boven de vijftig moest je ook onthouden welke sportwagen ze onlangs hadden aangeschaft en vragen naar productiejaar, merk en pk's.

Anita wachtte totdat Tariq en Hampus langs waren gelopen. Tekla wilde net op haar pieper kijken, die geluid maakte, toen Tariq op haar afkwam. Hij boog zich naar voren en fluisterde in haar oor: 'Kun je geen naald in haar achterste steken, zodat ze in slaap valt?'

Tekla keek op en wachtte op het vervolg. Maar Tariq klopte

haar alleen op de schouder en liep snel naar Hampus. Moest ze hem op de man af vragen wat hij in ruil voor zijn zwijgen wilde hebben? Of wilde hij alleen ongerustheid verspreiden? Zou hij de gebeurtenis niet aan Göran doorbrieven? Het was bijna jammer dat hij haar geen klap op haar billen had gegeven, zodat ze had kunnen schreeuwen en hem meteen op zijn nummer had kunnen zetten.

Anita had niets gemerkt en ging door: 'Dat was een goede actie van je in de traumakamer laatst. Afgaande op wat we op de ochtendvergadering hebben gehoord, bedoel ik.'

'Dat weet ik niet...' Tekla zag Tariq verdwijnen. Haar handen trilden.

'Je had het kennelijk goed onder controle. Geniet van alle lof.'

Anita's scherpe stem klonk heerlijk in Tekla's oren.

'Het viel me op dat niet iedereen het ermee eens was,' zei Tekla.

'Trek je niets aan van Tariq en zijn... meelopers.'

'Maar ook dat intoxicatiegeval van Hampus was spannend.'

Anita gooide het theezakje in de afvalbak. 'Onmiskenbaar,' zei ze, en ze knikte peinzend. 'Onmiskenbaar spannend. Het moet iets anders zijn, iets gecompliceerds wat extra expertise vereist. Zullen we naar de IC gaan?'

'Nu?' vroeg Tekla.

'Ik moet nog wat studeren. Maar waarom zoiets interessants uitstellen?'

Tekla besefte dat het om een machtsspelletje ging.

'Zou Tariq niet...?'

Anita klapte haar leesbril omlaag en keek op haar mobiel.

'Ik vond het héél spannend klinken. Daar zijn een paar schérpe breinen voor nodig. Ga je mee of niet?'

Tekla probeerde de voor- en nadelen tegen elkaar af te wegen, maar in haar hersenen werd het allemaal één grote bruine smurrie. Ten slotte ging ze puur op haar gevoel af: 'Zeker weten.'

'Mooi.'

Nadat ze zich hadden ingelezen over de patiënt met de intoxicatie verlieten ze de SEH en namen de route buitenom naar de IC. Voor het ziekenhuis bleef Anita staan.

'Weet je dat ze olifanten hadden bij de opening, precies waar jij nu loopt?'

'Serieus?' vroeg Tekla. Het leek er niet op dat Anita een grapje maakte. Tekla had nog nooit iets over olifanten gehoord. Ze wist sowieso weinig van de geschiedenis van het Nobelziekenhuis. De pompeuze ingang en alle oude schilderijen in de gangen getuigden echter van een degelijke achtergrond. Af en toe bleef ze gefascineerd staan voor alle portretten van mannen die carrière hadden gemaakt binnen deze muren. Die nieuwe chirurgische technieken hadden ontwikkeld. Die patiënten hadden gered en grootse daden hadden verricht. Tekla herinnerde zich haar sollicitatiegesprek, wat een machtig gevoel het was om deel uit te maken van iets groots. Een ziekenhuis met geschiedenis. Nu, een jaar nadat ze de baan had gekregen, had ze begrepen dat de gloriedagen van het Nobelziekenhuis misschien wel voorbij waren. De stroom van onderzoeksgelden was opgedroogd. Ook al deed de ziekenhuisdirecteur – en trouwens ook alle medewerkers – er alles aan om een gevoel van grandeur terug te krijgen.

'Ja, echt waar,' ging Anita verder, en ze liet een merkwaardige glimlach zien, die Tekla nerveus maakte. Anita had een doordringende blik, alsof ze datgene waarnaar ze keek scande. 'Vlak voor de ingang. De koning was erbij. Er zijn foto's gemaakt voor de röntgenafdeling.'

Anita had iets heerlijk nostalgisch, in de trant van 'in mijn kindertijd lag er met kerst altijd meer sneeuw', waarin Tekla zich goed kon verplaatsen. Zouden ze misschien een vorm van Jämtlandse verwantschap hebben? In dat geval had Anita er hard aan gewerkt om haar Jämtlandse accent weg te werken en het te vervangen door een nasale i en een bekakte ö.

Anita pakte een sigaret en stak hem aan. Het was een heel natuurlijk gebaar, al zou een patiënt die het zag waarschijnlijk vinden dat het niet kon: een arts die voor het ziekenhuis stond te roken.

Ze kuierden langs de populieren die voor de ingang stonden. Tekla realiseerde zich dat Tariq zich in het geval op de IC had willen verdiepen, maar dat Anita hem nu voor was en Tekla er ook nog bij had betrokken. Ze had nooit iets begrepen van politieke spelletjes.

'Wanneer was dat?' vroeg Tekla. Ze bleven voor de fontein staan en gingen op een bankje zitten. Naast hen zaten twee vrouwen te roken, van wie een met haar hoofd in het verband. Anita leek werkelijk te genieten van haar 'frisse neus'.

'In 1902. De eerste Nobelprijs was twee jaar eerder uitgereikt. Toen werd besloten dat het nieuwe ziekenhuis van de stad hier zou komen, omdat een groot deel van de nieuwe rijken naar Saltsjöbaden verhuisde. Bovendien bestonden Roslagstull, Serafen en nog een paar andere ziekenhuizen in de noordelijke en centrale delen van de stad al. De bouw duurde maar twee jaar.'

Tekla keek omhoog naar de oude bakstenen gevel met zijn gewelfde hoge ramen en versieringen. Daarna keek ze nog iets hoger. Het leek wel of er een grote vuilgrijze schoenendoos boven op het mooie oude gebouw was gezet.

'Wanneer hebben ze het uitgebouwd?'

'Pas in de jaren dertig. De grote aanbouw is halverwege de jaren vijftig gemaakt. Al het grijs dat je ziet.'

'Als een oude schildpad die een nieuw pantser heeft gekregen.'

Anita inhaleerde diep, hoestte en knikte.

'Zo kun je het misschien zeggen.'

Ze ging met haar vingers door haar spierwitte haar. Anita was onnatuurlijk bruin voor het seizoen, vermoedelijk door een zonvakantie aan de Costa del Sol in het voorjaar. Ze had een aura van golf en cava over zich. De rimpels bij haar ooghoeken straalden als een waaier uit.

'Hoelang werk je hier eigenlijk al?' vroeg Tekla.

'Niet sinds 1902, als je dat bedoelt.'

Tekla hield haar hoofd schuin en glimlachte.

'Ik ben hier gekomen in... '88.'

'Dertig jaar dus.'

'Maar ik ben lang niet de dapperste oudgediende.'

'Heb je veel onderzoek gedaan?'

Tekla dacht aan Anita's zure opmerking tijdens de ochtendbespreking.

'Uiteraard,' zei Anita beledigd. 'Je wordt alleen een goed clinicus als je de praktijk combineert met klinisch onderzoek. Maar helaas heeft de ziekenhuisdirectie de afgelopen jaren geen prioriteit gegeven aan onderzoek.'

'Maar je hebt nog wel een onderzoeksgroep?'

'Je kunt die arme promovendi niet altijd maar uit eigen zak betalen, hoeveel passie je ook hebt voor onderzoek.'

De zon verdween achter de wolken en het werd meteen koeler. Het weer in juni was even wispelturig als altijd.

Anita's blik dwaalde even af. Opeens richtte ze zich tot Tekla: 'Je moet je rug rechten.'

Tekla deed het.

Anita glimlachte stroef.

'Niet letterlijk. Ik zag al in je eerste week wat je in je mars had.'

Tekla voelde haar hartslag versnellen.

'Je houdt de goede antwoorden voor je. Ja toch?'

Tekla wilde niet liegen en zweeg. Anita wendde haar blik van Tekla af en keek omhoog naar de Nobel-vlaggen die loom wapperden in de bries.

'Mannen hoeven nog niet half zo goed hun best te doen om dezelfde erkenning te krijgen. Maar de tijd zal ons in het gelijk stellen. Het bastion van mannelijke dinosauriërs zakt langzaam in elkaar.'

Nu had Tekla het gevoel dat ze haar mond durfde open te doen.

'En wat komt daarna?'

'Geen nepotisme meer. En vooral: een verandering in de communicatie. Zakelijkheid. Feiten. *Evidence-based practice* in de zorg.'

'Dus we hebben het puur over medische zorg?' vroeg Tekla.

Anita glimlachte bij zichzelf. Ze zwegen een poosje. Tekla maakte van de gelegenheid gebruik om op haar mobiel te kijken, maar geen reactie van Simon. Ze veranderde van onderwerp.

'Wat is jouw idee over die intoxicatie?'

Anita stond op en maakte haar sigaret uit.

'Hij is nog steeds geïntubeerd.'

'Dat zag ik. Het resultaat van de intoxicatietests was mengintoxicatie positief voor zowel cannabis als opiaten.'

'Dat zegt niet zoveel. Het eerste bloedgas was interessant, heb je dat gezien?'

Tekla liep snel alles langs wat ze in de gauwigheid had kunnen lezen. De patiënt was de afgelopen twee jaar drie keer naar de SEH gekomen met een heroïne-intoxicatie. Eén keer eerder had hij op de IC gelegen, de andere keren op een gewone afdeling. Hij had hepatitis C, maar geen hiv. Hij had ook een paar keer op de verslavingsafdeling van het Kungsholmen-ziekenhuis gelegen. Uit de laatste aantekening bleek dat hij in opvanghuizen her en der in de stad woonde, maar in de zomer ook bij vrienden of op straat. Het was Tekla opgevallen dat hij de Skanstullbrug een keer als adres had opgegeven. Ze waren dus in principe buren. Misschien was ze wel eens langs hem heen gewandeld terwijl hij in zijn slaapzak lag, misschien had ze hem gegroet. Het ambulancerapport had niet meer verteld dan dat ze hem bewusteloos in Björns trädgård hadden gevonden. Niet aanspreekbaar, met kleine pupillen en een langzame ademhaling. Alles wees dus op een vergiftiging met opiaten. In de ambulance hadden ze naloxon gegeven, met weinig effect.

'Hij had een lage bloedsuikerspiegel en koorts,' zei Tekla. 'Voor de rest was het een rechttoe rechtaan heroïnevergiftiging: kleine pupillen, lage bloeddruk, langzame ademhaling. Niet wekbaar... Glasgow was 4, geloof ik. Kalium 3,9, creatinine 111...'

Tekla hoorde zichzelf praten en merkte dat Anita haar aanstaarde. Ze had het weer gedaan: cijfers opgedreund en de argwaan van de omgeving gewekt.

'Je moet ons eens deelgenoot maken van wat er in dat fantastische brein van jou kookt,' zei Anita ernstig.

Tekla lachte inwendig.

'Ik zal het proberen.'

Maandag 10 juni
IC, Nobelziekenhuis

Tekla en Anita gingen door de entree naar binnen, liepen door naar de linkervleugel en namen de lift naar boven. Een korte gang met kantoren leidde naar het grote, open landschap van de IC.

Anita bleef staan. Ze streek met haar schrale handen over haar hals.

'Maar komen hoge koorts en een lage bloedsuikerspiegel wel zo vaak voor bij heroïnegebruikers?' vroeg ze retorisch.

Tekla zag alle kweekresultaten voor zich.

'Koorts niet. Dan denken we eerder aan een infectie. Maar hij is doorgekweekt en ze vinden niets.'

'En de suiker?'

'Als hij een leverziekte heeft. Misschien in de kern een alcoholist met een slechte glycogeenopslag,' redeneerde Tekla.

Anita keek tevreden. Zo ging het dus, bedacht Tekla: een reeks vragen om te kijken of je op het goede spoor zat. Ze dacht aan alle losse eindjes van gisteren, maar probeerde Simons gezicht weg te houden en er een beetje van te genieten dat ze even met Anita mocht optrekken. Ze haalde haar mobiel met regelmatige tussenpozen tevoorschijn, maar staarde steeds weer naar een leeg scherm.

De IC-afdeling van het Nobelziekenhuis had een lange, rijke geschiedenis. Daar was 's werelds eerste prototype van een beademingsapparaat uitgeprobeerd op een man in shock met een buikvliesontsteking. Hij overleed na drie uur in de ijzeren long, maar toch noemden de artsen het 'een wonder'. Acht jaar geleden waren de zalen volledig gerenoveerd; er waren muren weggehaald en er was een open landschap gecreëerd ter grootte van een handbalveld. De patiënten lagen in enorme bedden, gekoppeld aan elk modern apparaat dat je je op een beurs voor medische techniek in Frankfurt maar kon voorstellen. De bedden waren door harmonicawanden van elkaar gescheiden. Aan beide kanten lieten ramen een royale hoeveelheid licht binnen. Eigenlijk was het pure verspilling om de IC op de zevende verdieping te situeren. In de kelder was beter geweest, aangezien alle patiënten toch in slaap werden gehouden met een plastic slang in hun keel. De familieleden konden dan wel weer uitkijken over het water van de Årstaviken aan de ene kant, of over het hele zuidelijke deel van Stockholm door de noordelijke ramenrij, terwijl ze erover nadachten dat hun dochter, zoon, echtgenoot of echtgenote vijftig procent kans op overleven had. Wat Tekla het leukst vond aan de IC, was dokter Eva Elmqvist, verantwoordelijk intensivist, die nu naar hen toe kwam met een plastic schort voor en bebloede plastic handschoenen aan. Met een vragend gebaar hield ze haar armen omhoog.

'Kan iemand mij een steriel... zo'n condoom voor het echoapparaat geven?'

Een verpleegkundige begreep wat ze bedoelde en haastte zich naar een goed verscholen voorraadruimte. Ze hadden alle kasten en laden echt weggetoverd in deze ultramoderne creatie, die meer de sfeer van een ruimtestation had dan van een IC.

Tekla en Anita liepen achter Eva aan, die net een centrale lijn bij hun patiënt wilde vervangen. Ze bewoog de echosonde op en neer over de hals van de geïntubeerde patiënt, op zoek naar bloedvaten.

'De CVK zit verdomme weer verstopt.'

'Klinkt lastig,' zei Anita, en ze boog zich over het echotoestel. Ze lette er goed op dat ze haar handen op haar rug hield om geen steriele dingen aan te raken.

Eva probeerde een haarlok weg te blazen die voor haar gezicht hing. Het was een grappig gezicht zoals Eva probeerde te converseren, terwijl ze haar haar wegblies en met glijmiddel over de hals van de patiënt wiebelde. Ten slotte liep Tekla naar haar toe en schoof het haar opzij.

'O, dank je wel.'

Eva verloor de centrale veneuze lijn, die een halve meter lang leek en zo dik was als een wijsvinger, niet uit het oog. Uiteindelijk bracht ze de katheter in en trok de voerdraad eruit.

'We moeten maar zien hoe dit gaat. Hij bloedt als een rund.'

Anita stapte naar achteren en bewaarde een veilige afstand. Tekla was gefascineerd door het spel dat begon zodra twee oudere collega's elkaar tegenkwamen. Waarschijnlijk kenden ze elkaar al heel lang, getuige het rauwe maar hartelijke taalgebruik. Tekla stuurde snel een berichtje: *Bel!*

'Vast niet jouw fout,' zei Anita vriendelijk.

'Zijn trombo's zijn nu twee keer tot onder de vijftig gedaald,' zei Eva zuchtend. 'We hebben er minstens twee zakken bij gedaan. Of drie... Dat weet ik niet meer.'

Tekla lachte bij zichzelf. Met 'trombo's' bedoelde Eva trombocyten, of bloedplaatjes.

'Daalt zijn glucose nog steeds?' vroeg Anita.

'Ja, en de nieren dreigen ermee te kappen.'

'Dus hoe luidt het vonnis?'

'Arme Miguel. Negenendertig jaar, ziet eruit als zestig. Heeft waarschijnlijk niet het bordmodel gevolgd wat voeding betreft. Onduidelijk waar hij zich mee heeft vergiftigd, maar er stond kennelijk niet alleen heroïne op het ontbijtmenu.'

Eva trok haar handschoenen en schort uit. 'Zullen we even praten?'

Het viel Tekla op dat Eva niets tegen haar zei nu Anita erbij was. Ze was blijkbaar tot lucht gedegradeerd.

Eva nam hen mee naar het middelste deel van het handbalveld, op zo'n tien meter van de rijen bedden. Daar bevond zich het kantoor, zonder wanden. In het plafond zaten geluiddempende platen, was Tekla verteld; die zorgden ervoor dat de patiënten en hun familie niet konden horen wat er werd gezegd.

Ze zaten achter een grote Mac. Om ondoorgrondelijke redenen was de IC de enige unit in het ziekenhuis die Mac-apparatuur had gekocht.

Zwijgend lazen ze de laboratoriumlijsten door. Achter hen zaten twee andere IC-artsen met een paar studenten en verpleegkundigen een patiënt te bespreken.

Eva richtte zich tot Anita en legde haar hand op Anita's bovenbeen. Tekla wist niet waar ze moest kijken; opeens voelde ze zich net zo opgelaten als die keer dat ze als zevenjarige de slaapkamer was binnengegaan waar haar ouders lagen te vrijen.

'Maar vertel, hoe is het met Walter?'

'Heel goed, dank je,' antwoordde Anita op zo'n vertrouwelijke toon dat Tekla even dacht dat ze verplaatst waren naar een theesalon op een deftig landgoed ten noorden van de stad.

'Wat fijn.'

Tekla kon het niet laten om naar de vriendinnen te gluren, die nu weer van onderwerp en toon veranderden.

'Acuut nierfalen,' zei Anita. 'En dat terwijl jullie hem het nodige hebben toegediend, neem ik aan.'

'Natuurlijk,' zei Eva, en ze zuchtte, haalde haar hand weg en zette weer een bezorgd gezicht. 'We hebben hem al met al veertien liter gegeven sinds hij hier gisteren kwam.'

'En toch stijgt de creatinine,' constateerde Anita.

'Maar geen infectie,' kwam Tekla ertussen, en ze besefte al snel dat ze hardop had gedacht zonder om het woord te vragen.

'Dan had ik het wel gezegd,' zei Eva zonder haar blik van het scherm af te wenden. Ze schudde geërgerd haar hoofd.

'Verder niets in de intoxicatiemonsters?' vroeg Tekla verder.

'Nope.'

'En hij is acidotisch.'

'Yes.'

'Hebben jullie geprobeerd hem wakker te maken?'

Eva kreunde en deed geen poging om haar frustratie te verbergen, alsof Tekla een reporter was van een of ander damesblad die idiote vragen stelde over bekende mensen.

'Dat kan niet. Hij heeft sinds gisteravond elk uur wel een keer een stuip gehad. We hebben röntgenfoto's van zijn hersenen gemaakt. Niets. Maar gelukkig hebben we het ecg herhaald en daaruit kwamen...'

'Verbrede QRS-complexen,' kwam Anita tussenbeide, en ze hield haar leesbril in een stevige pincetgreep terwijl ze het ecg-strookje inspecteerde.

'Dan moet het een mengintoxicatie zijn,' zei Tekla.

'Hallo, Einstein. Verder komen wij simpele intensivisten niet,' constateerde Eva, en ze stond op. Ze liep naar een grote glazen fruitschaal, haalde er een groene appel uit en beet er zo hard in dat het knalde.

'Dus we willen graag een beetje hulp.'

Het voelde alsof ze eraan toevoegde: *Maar nu komen jullie aanzetten met een idioot van een basisarts die platitudes uitkraamt.*

'Een beetje internistische expertise dus,' zei Anita. Ze glimlachte breed en deed tegelijkertijd haar ogen dicht. Het zag er nogal komisch uit.

'Ik zal onze jongeman eerst even onderzoeken.'

Anita liep naar Miguel Vallejo. Tekla voelde zich eigenaardig dankbaar dat ze geen partij had gekozen voor Eva.

Een verpleegkundige liet hen alleen, zodat ze de patiënt konden onderzoeken die aan een ecg-apparaat en een invasief drukmeetsysteem lag. In de holte van zijn elleboog zaten twee dikke slangen, waar met grote precisie geneesmiddelen in werden gedruppeld vanuit een reservoir. Het plastic om de drain die zojuist in het bloedvat in zijn hals was ingebracht glinsterde. Van de mond van de patiënt liep een plastic slangetje naar een beademingsapparaat.

'Arme jongen,' fluisterde Anita bij zichzelf. Ze tilde het laken op en onderzocht buik, benen, armen, hals en gezicht. Tekla wist niet goed waar Anita naar op zoek was, maar wilde niet storen; ze vertrouwde erop dat ze een bedoeling had met alles wat ze deed.

Anita pakte haar reflexhamertje en onderzocht alle zenuwen in voeten, armen en gezicht. Daarna legde ze het laken terug, trok het netjes over Miguels borstkas en aaide voorzichtig over zijn wang. Tekla kreeg opeens het gevoel dat Anita zich eerder in een soortgelijke situatie had bevonden, maar dan als naaste, misschien bij een dierbaar familielid. Had ze misschien een kind gehad dat er zo bij had gelegen, geïntubeerd en wachtend op de dood?

Anita draaide zich om.

'Niet veel om te onderzoeken. Hij is bewusteloos.'

'Ja, daar lijkt het onmiskenbaar op,' zei Tekla.

'Maar dat is nou juist het gekke,' ging Anita verder.

'Wat?'

'Dat hij na twee dagen nog steeds bewusteloos is.'

'Ja, maar...'

'Dat zou niet zo moeten zijn. Niet als het een gewone intoxicatie is. Toch?'

Tekla had het niet gevolgd.

'Mee eens. Maar misschien zeggen de tests meer.'

Anita bleef staan. Haar blik bleef haken aan een punt bij Miguels voeten.

'Het zit allemaal in de anamnese. Tachtig procent van de informatie zit in de historie. Ik denk dat we hier klaar zijn,' besloot Anita, en ze dempte haar stem. 'En misschien kunnen we beter ergens anders gaan *denken*, zodat we de *intensivisten* niet storen.'

Tekla knikte goedkeurend toen Anita haar ogen groot maakte en haar mond strak. Nu wist ze het zeker: ze waren een team. In elk geval vandaag.

Ze verlieten de IC en liepen naar de liften.

Tekla maakte zich lang en vatte de gebeurtenissen van de afgelopen dagen voor zichzelf samen: op donderdagavond een jongeman met een steekwond en een jongetje met sepsis en toevallen in de traumakamer. Het was haar gelukt beide patiënten te stabiliseren en ze leefden allebei nog. Geen represailles van Göran vanwege haar optreden. Check. Een uur later stond ze bij de Söder torn, waar ze voor patiënten met rookvergiftiging of brandwonden probeerde te zorgen, van wie de laatste dood was. Maar daarna bleek te leven. De verbrande patiënt op de IC wiens leven bijna afgelopen was toen een gek hem gisteravond had geprobeerd te verstikken. Dat had Tekla voorkomen. Check, check. Dan restte de spannende intoxicatie op de IC waar ze haar tanden in kon zetten. Een noot om te kraken voor de ogen van Anita en vooral Tariq. Niet check, voorlopig. Toen moest ze weer aan Simons berichtje denken en ze haalde haar telefoon tevoorschijn: geen reactie. Het was tien uur. Over een uur moest ze verslag uitbrengen aan Rebecka Nilsén. Het zou een lange dag worden. Tekla ging met haar rug naar Anita toe staan en pakte haar lippenbalsem.

Maandag 10 juni
Karlaplan, Stockholm

'Schat, ik neem vandaag de grote auto,' riep Nina, en ze bracht een laatste laagje lippenstift aan.

'Je hoeft niet zo te schreeuwen,' antwoordde Joakim. Hij ging achter zijn vrouw staan en sloeg zijn armen om haar heen. 'En je speeltje heet Escalade.'

Nina liep de badkamer uit en haalde een zwart jasje uit haar inloopkast.

Op de achtergrond klonk een deurbel. Nina liep naar de lange gang en riep: 'Daar is Barbara. Kunnen jullie de deur opendoen?'

'Oké!' antwoordde een kinderstem.

'En ga je aankleden. We vertrekken over vijf minuten.'

Joakim pakte Nina weer vast. Hij was een kop groter, terwijl zij toch een meter vierenzeventig was.

'Wat is er, lieverd?'

Nina probeerde zich los te maken, maar Joakim hield haar koppig vast.

'Je ziet er gestrest uit.'

Ze liet haar schouders zakken en stopte met tegenstribbelen.

'Ik moet nogal veel tegelijk doen.'

'Maar daar hou je toch van? Je zou de smoor inhebben als je niet veel te doen had. Weet je nog vorige zomer, toen we een huis huurden...'

'Dat is het niet,' zei Nina. Ze zuchtte en maakte zich los. Ze trok haar jasje recht. 'Er moeten niet al te veel negatieve punten op mijn agenda staan. Ik word bijvoorbeeld kwaad op Carina, die over alles in de klas een mening heeft. Hoe komt het toch dat leraren altijd het ergste soort ouders zijn?'

'En verder?' drong Joakim aan. 'Wat staat er nog meer op dat negatieve checklijstje?'

'Niets. Ik moet nu weg. En je hebt lippenstift op je wang.'

Nina's hakken tikten over het visgraatparket toen ze wegliep om Barbara, hun huishoudelijke hulp, instructies te geven. Maar het was niet Barbara die in de hal stond.

'Papa?'

'Goedemorgen,' zei Victor Oemarov, en hij hield een zak van Thelins bakkerij omhoog.

'Kardemom. Je favoriet.'

Nina liep naar haar vader toe en gaf hem een zoen op zijn wang. Hij droeg een zwart overhemd, een donker jasje en schoenen met dunne zolen. Hij speelde met zijn autosleutel.

'Wat ben je netjes,' zei Nina. 'Maar wat doe je hier zo vroeg?'

'Ik dacht dat jullie een lekker ontbijt wel konden gebruiken.'

'Wat lief, papa, maar we moeten weg. Ik heb het vandaag vreselijk druk.' Nina draaide zich om en riep: 'Kate. Emily. Jullie moeten nu komen!'

De meisjes, een tweeling van zes, kwamen aangerend en vlogen hun opa om de hals toen ze hem zagen.

Victor ging op zijn knieën zitten en knuffelde de meisjes.

'Hm. Mijn kleine tijgertjes. Laat me eens ruiken... Mond open. Hebben jullie je tanden gepoetst?'

Beide meisjes deden hun mond zo wijd mogelijk open en ademden uit naar hun opa.

Victor zette zijn handen op zijn bovenbenen om overeind te komen. Hij aaide de meisjes over hun hoofd.

'Schoenen aan. Jullie hebben gehoord wat mama zei.'

De meisjes gingen op de grond zitten en trokken hun sandalen aan.

'Kunnen we praten?' vroeg Victor, en hij dempte zijn stem.

Nina had zich altijd al naakt gevoeld als hij die blik opzette. Hij kon plotseling van een grap of een grol overgaan op volledige concentratie. Als dat gebeurde, wist ze dat hij iets belangrijks te zeggen had.

'Papa, ik heb...'

Victor pakte Nina's onderarm vast.

'Twee minuten maar.' Tegen de meisjes zei hij: 'Zijn de monsters klaar om naar de gevangenis te gaan?'
'Ja!' riepen de meisjes, en ze sprongen overeind. Ze deden hun rugzak om en openden de voordeur.
'Wacht even,' zei Victor, die de broodjes in Emily's rugzak stopte. Hij knipoogde naar haar en fluisterde: 'Voor als de leeuwen komen.'
Ze renden het trappenhuis in.
Nina schudde haar hoofd. 'Ik vraag me af of jouw verhalen hen niet crimineel maken.'
'Nee, hoor. Ze worden door een volledig niet-criminele moeder opgevoed.'
Nina trok haar jas aan en voelde een onplezierige klomp in haar maag.
'Lieverd, ik ga,' riep ze de woning in.
'Oké,' klonk Joakims stem in de verte.
De tweeling nam de trap, terwijl Nina en Victor op de lift wachtten.
'Is alles goed?' vroeg Victor.
Nina haalde een lippenstift tevoorschijn om zich daarop te kunnen concentreren. Ze wilde niet in de röntgenogen van haar vader kijken.
'Jazeker. Gewoon druk.'
'Je hebt het altijd druk,' zei Victor. 'Daar zeg ik niets meer van.'
'Kom je daarom maandag om acht uur 's ochtends bij me?' vroeg Nina, en ze stiftte haar lippen bij. 'Om te zien hoe het met me gaat?'
Ze stapten in de ouderwetse lift en sloten het traliehek.
'Ik zou nog naar Siberië reizen om te zien hoe het met je gaat,' zei Victor.
'Het gaat goed met me, zeg ik toch?'
Victor keek in de spiegel.
'Weet je nog dat Coco een keer op jullie paste en dat jullie een cake gingen bakken? We woonden toen nog in Londen. Jullie wisselden de suiker om voor zout. Coco was razend. Toen mama en ik thuiskwamen, gingen we aan de keukentafel zitten, en ik zei tegen Sardor en jou dat jullie me moesten aankijken. Weet je dat nog?'
Nina wist het nog.

'Weet je nog wat ik vroeg?'

'Wie de suiker had omgewisseld,' zei Nina.

'En wie had dat gedaan?'

'Ik.'

De lift bleef staan.

'Maar dat hoefden jullie niet te zeggen, toch? Ik zag het aan jullie ogen.'

Nina stapte uit de lift. 'Papa, ik heb geen tijd voor je nostalgische verhalen.'

Ze liepen naar de garage en Nina ontgrendelde de auto.

'Stap maar in, meiden.'

De meisjes gingen op de achterbank van de grote SUV zitten en Nina klapte de portieren dicht. Het werd helemaal stil in de garage.

Victor ging dicht bij zijn dochter staan. Ze wist precies wat hij ging zeggen.

'Kijk me aan, Nina.'

'Wat?'

'Kijk me in de ogen en zeg dat alles goed is.'

Nina zette zich schrap en staarde in het gezicht van haar vader. Nu viel het haar op dat hij zich pas had geschoren en ook een soort pommade in zijn haar had, dat achterovergekamd was, zodat zijn krullen in een glimmende golf waren geduwd.

'Je moet naar de kapper,' zei Nina.

'Dat wilde ik doen nu ik toch in de stad ben.'

Victor hield de blik van zijn dochter vast.

'En?' vroeg hij rustig.

'Het gaat goed, papa,' zei ze met een brede glimlach, maar ze voelde dat haar wangen verstrakten. 'Echt.'

Ze gaf hem een snelle zoen op zijn wang en liep toen naar het portier.

'Geniet een beetje van je bezoek aan de stad.'

Nina startte de auto en reed weg. Ze zag haar vader staan. Hij volgde de auto met zijn blik terwijl ze de helling op reed en de Karlavägen in sloeg.

Ze maakte het bovenste knoopje van haar blouse los en reed vol gas naar de Engelse school.

Maandag 10 juni
Strandvägen, Östermalm

Nadat Nina de tweeling had afgezet reed ze door naar makelaardij Sjöglimt.

'Goedemorgen,' groette Jeanette. Ze legde een stapel papieren voor Nina op het bureau. 'Kaggholmen. Allemaal klaar, behalve de laatste bankzaken.'

'Dank je,' zei Nina. De bank. Nina voegde nog een punt toe op het actiepuntenlijstje voor vandaag. Ze moest hun eigen hypotheek voor de huizenkoop in Rio nakijken. Joakim had zoals gewoonlijk geen idee; hij vertrouwde erop dat zij alle details regelde, maar hij had er geen probleem mee om zijn vrienden de prospectus en de dronefilm te laten zien. Ze bezaten nu in totaal elf panden. Vier ervan waren verhuurd en drie werden gerenoveerd. Wat moesten ze eigenlijk met al die huizen en appartementen? Ze had geen beter antwoord dan dat ze altijd op jacht waren naar nieuwe objecten. Verbier was gemakkelijk te motiveren: Joakim en zij waren allebei dol op skiën. Dat deden ze minstens drie weken per jaar. Maar het appartement in Palma, wanneer waren ze daar eigenlijk voor het laatst geweest? Nina kon het zich niet herinneren. Kate en Emily zaten nog in de buggy. En hoe vaak zouden ze de komende tien jaar naar Rio kunnen reizen?

Tegen kwart voor elf verliet ze het kantoor en nam ze de auto naar Kungsträdgården. Ze sloeg het straatje bij de synagoge in en parkeerde daar. Ze wist dat ze waarschijnlijk een parkeerboete zou krijgen, maar haar gedachten waren elders. Ze was geïrriteerd en gestrest vanwege Victors vroege bezoekje. Ze had niets gehoord van de tandartsenpraktijk, maar wist dat de FSB'er nog in de stad was. Hij had gezegd dat hij zou blijven 'totdat alle losse eindjes afgehecht waren'. Ze vroeg zich af in welk hotel hij logeerde.

In café Piccolino was het vrij rustig. Bij de muur zat Elena in een gele pluizige trui citroensap te drinken.

Nina zoende haar stiefmoeder op de wang en bestelde een cappuccino.

'Met sojamelk graag.'

'Alles goed?' vroeg Elena.

Nina voelde meteen dat er een kleine muur oprees. Elena had altijd een verborgen agenda met haar afspraken.

'Je vader zegt dat hij zich zorgen om je maakt.'

'O ja?' vroeg Nina quasiverbaasd.

'Hij zegt dat je te veel werkt.'

'Moet hij zeggen!'

'Het lukt hem tegenwoordig aardig om vaker thuis te blijven.'

'Om naar het zwembad te kijken.'

'Ja, vind je het gek? Het zit hem dwars.'

Nina's cappuccino werd gebracht. Ze probeerde zich niet te ergeren aan Elena's manier om informatie over Victor te geven. Het leek wel of zij wilde bepalen wat haar stiefdochter over het leven van haar vader te horen kreeg.

'Jullie zouden wat vaker met z'n tweeën moeten afspreken,' zei Elena.

'Ja, dat zou leuk zijn,' zei Nina, terwijl ze probeerde te glimlachen.

'Je weet het nooit met mannen. Ze kunnen...'

'Wat? Opeens dood neervallen?'

Nina dacht aan Victors dikke buik. Ze had hem nog nooit zien sporten. Hem zelfs nog nooit zien rennen.

'Hij is niet meer de jongste,' zei Elena.

'Hij zou beter op zijn gezondheid moeten letten,' constateerde Nina.

'En jij en Sardor?'

'Wat bedoel je?'

'Nou, zijn jullie vrienden?'

'Waarom zouden we dat niet zijn?'

'Ik vraag het maar.'

Nina deed net of haar iets te binnen schoot. Ze haalde haar mobiel tevoorschijn.

'O jee, ik moet weg. Maar het was leuk je te zien.'

Ze stond op.

'Zie je wel?' zei Elena.

'Wat?'

'Je bent gestrest.'

'Het is maandag, schat. Op maandag is het altijd druk.'

Nina reed naar tandartsenpraktijk Humlegården, die op de tweede verdieping van een laatnegentiende-eeuws pand zat. Ze groette Julianna, de receptioniste.

Die bracht haar twee minuten later naar een spreekkamer achteraan in de gang, waar Nina ging zitten wachten. Even later ging de deur open en kwam er een man naar binnen. Hij ging op de andere stoel in de kamer zitten en vouwde zijn handen op zijn schoot. Een beetje schommelend leunde hij naar voren, op zijn eigen karakteristieke manier.

Nina's hart sloeg snel. Ze probeerde van zijn magere gezicht af te lezen of hij goed of slecht nieuws had. Het stond even neutraal als altijd.

'Het is ons niet gelukt,' zei hij in zijn superslechte Engels.

'Wat niet?'

'Hij ligt nog in het ziekenhuis.'

Nina sloot haar ogen en haalde diep adem.

'Zouden jullie geen... professional sturen?'

De man zette zijn bril met dun montuur af. Nu zag Nina voor het eerst dat hij groene ogen had.

'Ze hebben de beveiliging verscherpt en nu wordt het moeilijk om bij hem te komen.'

'Maar... Jullie moeten toch kunnen...'

'Kalm aan,' zei de man, en hij stak zijn hand met ouderdomsvlekken op. 'Ik informeer je over de situatie. Hij leeft. Het is ons niet gelukt. We moeten heroverwegen.'

Hij stond op.

'Maar wat betekent dat?' vroeg Nina. In plaats van nerveus en gestrest werd ze nu kwaad.

'Dat we erop terugkomen.'

'Wanneer?'

'We komen erop terug.'

'Verdomme,' zei Nina. 'Jullie gaan dit de komende week niet doen, of wel?'

De man verliet het vertrek.

Nina was in paniek. Ze moest dit zelf regelen. Ze kon ditmaal niet op de FSB vertrouwen.

Haar telefoon zoemde. Tatyana wilde afspreken na de lunch in Södermalm. Nina realiseerde zich wat er moest gebeuren.

Maandag 10 juni
Östermalm, Stockholm

Skeppargatan 22 zag eruit als welk adres in Östermalm dan ook. Nina bekeek de lijst met namen in de entree en vond de naam die ze zocht: Activiteitencentrum Skeppargatan. Een nasale mannenstem zei: 'Ja?'

'Ik ben op zoek naar Jonna Fredén-Hansson.'

Het was een paar seconden stil.

'Bent u lid?'

'Nee, maar mijn collega wel.'

'Ik laat jullie binnen.'

De deur ging open. Nina liep naar binnen, de trap af en door naar een zaal, waar ze door een wit licht werd verblind. De houten lambrisering, de rubberen vloer, de balie van de receptie, de kleding van de man die op haar stond te wachten – alles was wit. De man droeg zelfs een bril met een wit montuur. Nina moest aan een medisch laboratorium denken.

'Wat kan ik voor u doen?'

'Ik ben op zoek naar Jonna Fredén-Hansson.'

'Ik zal kijken of ze beschikbaar is.'

Nina kreeg een met leer beklede stoel aangewezen bij een piepklein tafeltje. Op de achtergrond klonk zachte muziek, iets oriëntaals. Het rook naar eucalyptus. Een paar minuten later verscheen Jonna, gekleed in een witte badjas en op witte slippers. Ze had een rood gezicht.

'In de sauna gezeten?' vroeg Nina.

'Je moet een keer meetrainen. Ik heb net gebokst met mijn PT.'

'Dank je, ik boks al genoeg met de kinderen. En soms met Joakim.'

Met een dikke spierwitte handdoek veegde Jonna het zweet van haar gezicht. Ze streek haar vochtige haar achter haar oren en vroeg aan de receptionist: 'Mag ik een versgeperst sapje... met gember en citroen?'

De man met de nasale stem verdween achter een gordijn.

'Hoe was New York?' vroeg Nina.

'Fantastisch. Het is altijd weer even inspirerend. Alleen vervelend thuiskomen zo 's ochtends. Ik kon niet slapen in het vliegtuig.'

'Zou je dan niet thuis moeten zijn om wat bij te slapen? Je kunt morgen naar kantoor komen.'

'Ach, na mijn sessie voel ik me al beter. Hoe gaat het met alles?'

Nina woelde nogal heftig met haar vingertoppen door haar korte donkere haar. Daarna rekte ze haar rug.

'Het is mislukt.'

'Wat?'

'Mijn plan heeft niet gewerkt zoals ik had gedacht.'

Jonna boog zich naar voren en dempte haar stem.

'Dus de man met de brandwonden...'

'Leeft nog. Met verscherpte beveiliging. Dus nu kunnen mijn contacten niet bij hem komen.'

'Wat doen we nu?'

'Ja, wat doen we nu?' zei Nina. 'Dat is de vraag.'

'Maak je je zorgen?' vroeg Jonna.

'Natuurlijk maak ik me zorgen. Dat zou jij ook moeten doen. Als papa te horen krijgt wat er gebeurd is, moet onze makelaardij sluiten. En dat is dan nog mijn minste probleem.'

'Waarom? Wij tweeën hebben de makelaardij toch opgericht?'

Nina glimlachte en schudde haar hoofd. 'Wat ben jij toch naïef – geweldig. Dat vind ik zo leuk aan je. Dat Zweedse.'

'Hou op.'

'Je weet zoveel niet,' zei Nina, en ze hoorde een blender aangaan achter een gordijn. 'Waar denk je dat het startkapitaal vandaan kwam waarmee we Sjöglimt zijn begonnen?'

'Jij zei dat je wat geld overhad.'

'Vier miljoen. Dat was geld van mijn vader.'

'Dat heb je nooit gezegd.'

'Nee. En er is meer wat je niet hoeft te weten. Maar vertrouw mij maar: de politie zal onderzoeken waarom die gevel zo fel brandde. Ze zullen het bouwmateriaal analyseren en constateren dat het niet standaard is, dat hetzelfde EPS-materiaal is gebruikt als bij de Grenfell-toren in Londen.'

'Maar dan worden wij...'

'Nee, daar stopt het,' zei Nina verbeten. 'Ze kunnen het niet tot ons herleiden. Officieel is de Letse bouwfirma verantwoordelijk.'

'Dat weet ik, maar Oleg...'

'Precies,' zei Nina. 'Via Oleg kunnen ze bij ons uitkomen. En daarom mag hij niet met de politie praten.'

Jonna kreeg haar sapje. Ze zette het op tafel neer zonder ervan te proeven.

'Dus...?'

'Ik denk dat ik mijn broer om hulp moet vragen, helaas.'

'Sardor?'

'Jammer genoeg heb ik geen andere broer,' zei Nina, en ze dronk van het sap. 'Lekker.'

'Maar wat moet hij doen?'

'Dat weet ik nog niet. Ik weet alleen dat ik met hem moet praten. Om een aantal redenen.'

'Denk je dat we deze boot kunnen afhouden?'

'Dat denk ik niet alleen,' zei Nina, 'ik wéét dat we dit gaan redden.'

'Waarom zie je er dan zo gestrest uit?' vroeg Jonna.

Nina glimlachte.

'Dat heeft met andere dingen te maken. Met de familie.'

Maandag 10 juni
IC, Nobelziekenhuis

Voor kamer 1 van de IC stonden twee beveiligers. Tekla voelde zich net Frodo bij de poorten van Mordor.

'Verhoogd dreigingsbeeld,' zei een van de beveiligers vriendelijk. Hij pakte er een lijst bij. 'En u bent?'

'Tekla Berg.'

Hij vond haar naam snel.

'U mag naar binnen.'

Tekla liep op trillende benen door de luchtsluis. Het was alsof ze opeens een etmaal terug werd verplaatst in de tijd. Naar een moment vóór het berichtje van Simon, waarop ze nog bange vermoedens had ten aanzien van de identiteit van de verbrande man.

In de kamer was niets veranderd. Rebecka Nilsén stond in een hoek te telefoneren, maar hing op zodra ze Tekla zag.

'Dag. Fijn dat je er bent.'

'Raar, beveiligers in het ziekenhuis,' zei Tekla.

'Na de moordpoging gisteren is de situatie veranderd,' zei een stem achter Tekla. Snel draaide ze zich om; ze had niet gezien dat er nog iemand in het vertrek was: een slanke man met een vriendelijk gezicht. Hij droeg een casual zandkleurig zomercolbert over een donkergroen poloshirt. De man stak zijn hand naar haar uit.

'Marcus Safadi. Binnenlandse Veiligheidsdienst.'

'Binnenlandse Veiligheidsdienst?'

Rebecka leunde tegen het hoofdeinde van het bed.

'Dankzij jouw fantastische actie gisteren leeft hij nog, Tekla. Je hebt daadkrachtig gehandeld. En gelukkig ben je zelf niet gewond geraakt.'

‘Zeg dat wel,’ zei Marcus met een blik op Rebecka.

Voor haar geestesoog zag Tekla de hinkende man door de ondergrondse gang verdwijnen. Merkwaardig genoeg had ze diens gezicht niet één keer gezien – een gegeven waar de agent die haar had verhoord ook steeds op was teruggekomen. De man had de capuchon van zijn windjack wel opgezet, maar hij had niets voor zijn gezicht. Hij moest zich telkens welbewust van haar hebben afgewend. Daarna was het appje van Simon gekomen.

‘Die aanval gisteren lijkt echt door een prof te zijn uitgevoerd,’ zei de man van de Binnenlandse Veiligheidsdienst.

‘Een prof?’ vroeg Tekla.

‘En we hebben de Binnenlandse Veiligheidsdienst nodig om dat te constateren,’ kreunde Rebecka, die geïrriteerd aan haar telefoon prutste.

Marcus negeerde het commentaar van zijn collega.

‘We wisten niet zeker... We weten niet zeker of er een criminele actie achter de brand zit.’

‘Nou moet je toch ophouden,’ viel Rebecka hem in de rede. Tegen Tekla zei ze: ‘Het zit zo: de Binnenlandse Veiligheidsdienst heeft een theorie over de garage waarin wij bomresten hebben gevonden. Al een poosje bestaat er een verhoogd dreigingsniveau voor Stockholm, waarbij de verdenking specifiek uitgaat naar een terroristische cel in de binnenstad. Ja toch?’ Ze wapperde geërgerd met haar vinger heen en weer tussen zichzelf en haar collega van de Veiligheidsdienst. ‘Tussen ons is de communicatie niet altijd even goed. Wij van de NOA hebben de verantwoordelijkheid; wij leiden het eigenlijke onderzoek, terwijl onze waarde collega’s van de Binnenlandse Veiligheidsdienst zich op de stukjes terrorisme moeten concentreren. Of niet soms?’

Marcus glimlachte. Tekla moest wel met hem sympathiseren. Het was vast lastig om Rebecka Nilsén in de andere hoek van de ring te hebben.

Rebecka kruiste haar armen voor haar borst. Voor de gelegenheid droeg ze een lange saffraangele jurk en een zwart jasje met pofmouwtjes à la Madonna in haar begintijd. Ze had ook een nieuwe bril met een discreet blauw montuur.

‘En jullie vermoeden dat de verbrande man hier... een terrorist is?’ vroeg Tekla.

‘We weten niets zeker,’ zei Marcus rustig.

‘Dat klinkt als een harde noot om te kraken,’ reageerde Tekla.

‘Ik zeg het misschien ten overvloede, maar we gaan ervan uit dat je deze informatie niet verder verspreidt.’

‘Natuurlijk niet,’ zei Tekla, en ze liep naar de geïntubeerde patiënt. Een iets minder dik oog was het enige teken van leven. Af en toe trok de huid rond de oogbol. De twijfel of het appje echt van Simon afkomstig was stak de kop weer op, net als de vraag wie de patiënt hier tegenover haar was. Ze probeerde haar hand te laten stoppen met trillen, terwijl ze net deed of ze de patiënt onderzocht. Maar eigenlijk zocht ze koortsachtig naar herkenningstekens. De lengte klopte, voor zover ze kon beoordelen. De lichaamsbouw: Simon was altijd slank geweest, maar wel pezig en sterk. De patiënt voor haar was weliswaar slank, maar of hij ook gespierd was? Dat was onduidelijk. Haar blik ging naar zijn handen: die waren ernstig verbrand, maar de duim van de linkerhand zag er relatief onaangedaan uit. Die had eerder in het verband gezeten. Ze streek met haar vinger over de basis van de duim. Net als bij Simon liep het duimgewricht een beetje scheef en stond het buitenste deel van de duim naar binnen.

Tekla zag sterretjes en kreeg bijna geen lucht. Ze ademde diep in en deed een stap naar achteren. Ze deed net of ze hoestte en veegde het zweet van haar bovenlip. Daarna vermande ze zich en ze keek Rebecka aan: ‘We moeten maar zien wat de DNA-analyse uitwijst.’

Rebecka Nilsén had iets gemerkt, dat was duidelijk; ze was niet meer met haar telefoon bezig. Tekla probeerde de scherpe röntgenstralen van opzij af te leiden.

‘Hebben jullie dat busje nog niet gevonden?’ vroeg ze.

‘We hebben een heleboel groene Renaults Trafic gevonden, maar niet precies dat busje.’

‘Dus jullie hebben geen idee wie de mannen waren die van de plek zijn weggevlucht?’

Rebecka aarzelde. Daarna lachte ze.

‘Jee, wat ben jij nieuwsgierig. Heeft dat een bepaalde reden?’

‘Nee, hoor,’ antwoordde Tekla, iets te snel.

‘Maar nee, we hebben de mannen die we zoeken niet gevonden. Je hebt de media waarschijnlijk wel gevolgd...’

‘Ik lees geen kranten.’

'Nee, artsen werken natuurlijk alleen maar.'

Tekla nam niet de moeite om de onderliggende bedoeling van Rebecka's opmerking te analyseren, maar deed alsof ze opeens haast had.

'Nu moet ik terug naar de IC. We spreken elkaar morgen.'

'Doen we,' antwoordde Rebecka, die Tekla nieuwsgierig nakeek terwijl ze naar de deur liep.

'We spreken elkaar,' zei Marcus.

Tekla dronk wat water bij een fonteintje. Ze voelde zich volkomen uitgeput. Kwam er dan nooit een eind aan deze rotdag?

Maandagmiddag 10 juni
Nytorget, Södermalm

Na het werk wandelde Tekla naar Nytorget, het wijkje in het zuidoostelijke deel van Södermalm dat een verzamelplaats was voor de succesvolle middenklasse van Stockholm, voor extreme hipsters, voor wie de langste baard, de duurste retro kinderwagen en de strengste ecologische voedingsfilosofie had. Ze kwamen uit kleine Zweedse steden met de droom om het te maken in de grote stad. Opeens vroeg ze zich af of ze een van hen was. Maar nee, zij had niets hips. En haar motief om naar de grote stad te gaan onderscheidde zich van dat van de baardenmaffia. Ze woonde daar, in dezelfde stad; ze ademde dezelfde lucht, liep over hetzelfde asfalt, maar toch was ze niet een van hen. Haar maag was leeg, de suikervoorraad op, en Tekla trilde van alle bommetjes die ze in de loop van de dag had ingenomen. Ze zag ertegen op om thuis te komen in een leeg appartement en daar naar haar mobiel te staren. Ze had vandaag nog zeker dertig appjes aan Simon gestuurd. Had hij die laatste twee berichtjes echt verstuurd? Ze begon te twijfelen. Tegelijkertijd knoopte een ander deel van haar brein rampgedachten over erge dingen die Simon waren overkomen aan elkaar. En ze had Simon ook nog niet afgeschreven als de verbrande man op de IC.

Ze kwam terecht in een falafelzaakje, ging op een houten bankje zitten en wachtte onverschillig op haar bestelling. Een vrouw van haar eigen leeftijd ging met haar rug naar Tekla toe zitten. Tekla keek naar haar handtas. Er zat een boek in. Een echt, fysiek boek. De vrouw was ook niet met haar mobiel bezig, zoals de rest van de klanten in het restaurant. Normaal gesproken zou ze nooit contact hebben gelegd, maar misschien kwam het door de enerverende gebeurtenissen van het afgelopen etmaal dat Tekla minder terughoudend was dan anders. Ze moest het gewoon vragen: 'Wat lees je?'

De vrouw draaide zich om en glimlachte breed en hartelijk.

Tekla was van zichzelf geschrokken, maar kon niet meer terug. Ze wees onhandig naar de tas en verduidelijkte: 'Dat boek.'

'O.' De vrouw haalde het meteen uit de tas. 'Ferrante.'

Ze zei het op een manier alsof daarmee alles duidelijk was.

'Ik heb het niet gelezen. Het is de hit van de laatste jaren, of niet? Is het een goed boek?'

De vrouw keek naar het boek en draaide het om in haar hand, alsof ze erover nadacht of ze het zou weggeven of niet.

'Gaat wel. Een beetje teleurstellend. Ik vind het... nogal veel woorden. Het gaat over twee meisjes die opgroeien in Napels, beste vriendinnen, heel verschillend. Hoe ze zich ontwikkelen in het leven. Tegelijkertijd kan ik het niet wegleggen. Best irritant.'

Tekla kreeg weer een aanstekelijke glimlach van de vrouw. Ditmaal voelde ze een golf van warmte. Het was ongewoon om persoonlijk contact te krijgen met iemand in deze stad. Ze was blij dat ze uit haar werk hierheen was gegaan en niet naar huis, want het was goed voor haar om met gewone mensen in aanraking te komen. Levende mensen. Mensen die lachten en met wie het goed ging. In elk geval op het oog.

'Wacht je op iemand?' vroeg Tekla. Ze zag nu hoe gespierd de vrouw was – 'gestaald' was misschien het goede woord –, op een natuurlijke manier. Spieren die je alleen maar kreeg door lichamelijk werk, misschien bij de brandweer, of in de bouw. De vrouw droeg een vrij aparte jurk van limegroene stof met een felturquoise zaagtandpatroon, met daarop een zwart spijkerjasje. Dat paste goed bij haar persona, die... gezondheid uitstraalde. Ze had goed gedefinieerde kuitspieren en een rug waarbij de uitsmijters op het Stureplan wit zouden wegtrekken.

'Op die fantastische broer van me.' Ze trok een verveeld gezicht. 'Maar hij is laat, zoals gewoonlijk. Kom eens hier zitten.'

Tekla nam plaats tegenover de gespierde vrouw. Het was een onwaarschijnlijk spontane actie. Op hetzelfde moment pakte ze haar falafel aan van de serveerster. Daarna stak ze haar hand uit en stelde zich voor: 'Tekla.'

'Astrid. Leuk je te ontmoeten. Kom je hier vaak?'

'Ik ben hier nog nooit geweest. Ik wist niet dat dit tentje hier zat. De falafel ziet er lekker uit.' Ze nam een hap en werd niet teleurgesteld. 'Vet lekker zelfs.'

'Mijn favoriete tentje in Södermalm. Helaas ben ik na mijn scheiding naar Vasastan verhuisd. Daar is het lang niet zo leuk. Woon jij hier in de buurt?'

'Gullmarsplan.'

Astrid trok een verbaasd gezicht.

'Dat is niet zo ruig als je denkt,' verklaarde Tekla.

Astrid had gitzwart krullend haar dat wijd uitstond, als de manen van een leeuw.

'Zo bedoelde ik het niet. Zo goed weet ik dat allemaal niet.'

Tekla at door. Ze had ongebruikelijk veel trek.

'Toen ik klein was, droomde ik ervan om boeken te maken,' ging Astrid verder.

'En wat doe je nu?'

Astrid keek even weg.

'Niets interessants.'

'Maar welke boeken zou je hebben uitgegeven bij jouw uitgeverij?'

Astrid glimlachte en keek naar het boek van Ferrante op het tafeltje.

'Ik schaam me om het te zeggen, maar waarschijnlijk fantasy.'

'Waarom zou je je daarvoor schamen?'

'Het wordt niet als literatuur gezien. Geen Nobelprijzen en zo.'

'Maar mensen lezen toch fantasy? Vooral jongeren.'

'En mijn persoontje...' Astrid had echt een aanstekelijke glimlach.

'Dat "tje" vind ik niet kloppen,' zei Tekla.

'Ik ben zo geboren.' Ze trok het korte spijkerjasje uit en spande haar bicepsen. 'Zonder sportschool. Ik heb een hekel aan krachttraining. En nog meer aan alle kerels die kreunen en schreeuwen als ze gaan squatten of bankdrukken.'

'Jemig,' zei Tekla, die haar eigen smalle, bleke arm omhoogstak.

Astrid voelde er voorzichtig aan.

'Niet zo verkeerd.'

'Als het eruitziet, of wat?' vroeg Tekla lachend.

Astrid glimlachte. 'Wat doe jij voor werk?'
'Arts in het Nobelziekenhuis.'
'Wat nobel. Hebben jullie veel gewonden binnengekregen na de brand?'
'Niet zoveel. Het had erger gekund.'
'Bedoel je dat er niet veel mensen met brandwonden waren?'
'Jawel, maar het had erger gekund, gezien het snelle verloop van de brand.' Ze zag het ene oog van de ongeïdentificeerde man voor zich en voelde een rilling door haar lichaam gaan. 'Er ligt een ernstig verbrande man op de IC.'
'Gaat hij het halen?'
'Dat is niet zeker. Hij heeft een bloedvergiftiging en...' Tekla had bijna alle remmen losgegooid.
'Ik snap het,' zei Astrid na een lange stilte. 'Je mag het niet vertellen. Maar laten we hopen dat hij het redt.'
'Ze doen er alles aan,' zei Tekla.
'Maar vreselijk dat die brand misschien aangestoken was.'
'Ik lees geen kranten.'
'Het enige wat ik heb meegekregen is dat ze springstof hebben gevonden in een garage, en dat ze op zoek zijn naar een bestelbus.'
Ze zaten naar de flanerende mensen in de zon te kijken.
Tekla veranderde van onderwerp.
'Maar vertel eens: wat doe je zelf?'
Astrid lachte en sloeg haar handen in elkaar.
'Pr, hoe triest dat ook is.'
'Maar dan schrijf je misschien ook?'
'Ik weet niet of je dat schrijven mag noemen. Als je op mijn belangstelling voor boeken doelt.'
Tekla keek om zich heen. Ze at van haar falafel en genoot ervan om even niet met haar gedachten bij haar telefoon te zijn.
'Je zei iets over je fantastische broer. Was dat ironisch bedoeld?'
Astrid leek in een gedachte te blijven steken. 'Nee. Hij is mijn held. Ik heb heel zware jaren gehad met een idioot van een man, die ook de vader is van mijn tienjarige dochter. Ik wilde in het appartement blijven wonen, maar hij had het geld... Hij is een succesvolle muziekproducent.' De verandering in Astrids toon ontging Tekla niet. 'En je verdient niet veel als assistente op een pr-bureau.'
'Dus je broer heeft je geld geleend?'

'Hij is altijd zuinig geweest. Maar hij had wat spaargeld dat ik mocht lenen. Zegt hij. Maar ik weet dat ik het niet mag terugbetalen. Een geluk voor mij dat hij zo hard werkt. Hij is nog geen dag van zijn leven ziek thuisgebleven. Daar maakt hij een punt van.'

'Het klinkt alsof jullie een hechte band hebben. Is dat altijd al zo geweest?'

'Ja, hij is altijd heel erg de oudere broer geweest. Sinds de dood van onze moeder. Ik weet dat hij haar heeft beloofd dat hij voor mij zou zorgen.'

Tekla herinnerde zich de belofte die zij aan haar vader had gedaan toen ze alleen bij zijn sterfbed zat. Ze dacht aan Iris, het meisje dat op haar schoot had gezeten naast het bed waarin haar broer voor zijn leven vocht. Tekla probeerde de geur van haar haar te ruiken, maar dat lukte niet.

Opeens kwam er een man aan het tafeltje zitten, eveneens maat XXL.

'Laat als altijd,' zei Astrid, die een eindje opschoof. Tekla voelde zich klein bij de twee reuzen. 'Dit is Tekla. Ze werkt als arts in het Nobelziekenhuis.'

'Magnus,' zei de man, en hij stak een hand uit die Tekla's hand volledig omsloot. Een warme, prettige hand.

'Hallo,' zei Tekla. Ze trok haar bezwete hand iets te snel terug.

'We hebben het over boeken,' zei Astrid. 'Maar niet over Mankell of Guillou. Sorry, Magnus.'

De man glimlachte vriendelijk en gaf zijn zus met zijn elleboog een vriendschappelijke por in haar zij.

'Ik kan best wat algemene ontwikkeling gebruiken.'

'Nou weet ik het!' riep Tekla uit, wijzend naar Magnus.

'Wat?' vroeg Astrid verbaasd.

'Jij bent toch politieman?'

Magnus keek naar Astrid en draaide ongemakkelijk met zijn grote bovenlichaam.

'Jij was een van de agenten die afgelopen donderdag op de IC waren, rond middernacht. Daarna zijn jullie naar de brand gegaan.'

Astrid glimlachte en stootte Magnus aan.

'Ben jij dat of niet? Agent... Werk je bij de ME, samen met die andere testosteronbundels? Of wacht, ik weet dat het tegenwoordig versterkt regionaal arrestatieteam heet.'

Magnus zag er opgelaten uit en streek met zijn grote hand over zijn kortgeknipte haar.

'Ander onderwerp.'

'Ik dacht alleen dat ik je herkende aan je...' begon Tekla, maar ze raakte de draad kwijt.

'Aan zijn wat?' kwam Astrid ertussen. Ze boog zich naar voren en leek een spoor op te pikken dat haar beviel.

Verdomme, dacht Tekla. Dat had zij weer.

'Zijn ogen. Ja toch? Dat wilde je zeggen. Je herkende hem aan zijn ogen. Want jullie bedekken je hele gezicht toch met van die brandveilige mutsen, of niet, broer?'

'Je bent ook heel fors,' probeerde Tekla.

'Dat zijn de meeste agenten,' wierp Astrid tegen, en ze glimlachte gewiekst.

'Nu herken ik jou ook,' zei Magnus. 'Dat valt nog niet mee zonder die blauwe kleren van jullie.'

'Aha!' zei Astrid triomfantelijk.

'Oké, kunnen we het nu over iets anders hebben?' zei Magnus.

Astrid lachte.

'Ja, hoor, nu gaan we het over het weer hebben. De zon is fel vandaag, je moet je goed beschermen. Jullie zouden samen moeten afspreken, dan kunnen jullie het met z'n tweetjes over hulpdienstdingen hebben,' zei Astrid, en ze gaf haar broer een por in zijn zij.

'Absoluut,' zei Magnus en hij glimlachte. 'Zeg het maar als je een keer een glas wilt drinken.'

Tekla probeerde onder de tafel te verdwijnen en beantwoordde de toenaderingspoging met een stijve glimlach. Maar Astrid had gelijk. De zon scheen echt ongewoon fel. Tekla pakte haar zwarte New York Yankees-pet en at een falafelballetje. Opeens bedacht ze wat ze op de IC had willen doen toen ze gisteren de man ontdekt had die bezig was de verbrande patiënt te verstikken: controleren of hij een moedervlek had bij zijn oor. Maar nu was ze veel te moe en ze had geen zin om terug te gaan naar het ziekenhuis. Het moest wachten tot het overleg met Rebecka Nilsén morgen.

Maandag 10 juni
Medborgarplatsen, Stockholm

Sardor parkeerde de auto bij station Stockholms Södra, voorbij het Bofills båge-complex. De buurt rondom de Söder torn was afgezet. Het bluswerk was een paar dagen geleden afgerond en nu moesten ze controleren of wat er nog over was van het gebouw niet zou instorten. Zijn telefoon ging.

'Jarmo gaat het halen,' zei Eje. 'Een milt minder, maar waar heb je die ook voor nodig?'

'Ik heb een bespreking,' zei Sardor. 'Kunnen we later praten?'

'Jensen springt uit zijn vel. Hij heeft besloten dat er bloed moet vloeien.'

'Verdomme, er zijn nog maar drie dagen voorbij,' zei Sardor geërgerd. 'Jensen heeft een week gezegd.'

'Hij is ongeduldig,' zei Eje.

'Heb je op straat iets gehoord?'

'De Noordelijke Netwerken houden zich gedeisd. Ik heb een tip die ik nu moet natrekken.'

'Vertel aan iedereen dat er een beloning van vijftigduizend wordt uitgeloofd voor degene die info heeft over de man die Jarmo bij Kvarnen heeft neergestoken. Victor wil dat we dit snel en soepel doen. Geen escalatie van geweld.'

'Bovendien lijkt er gedoe te zijn met H,' zei Eje.

'Wat voor gedoe?'

'Een heleboel overdoses tijdens het weekend.'

'Hoe weet je dat het heroïne is?'

'Een aantal kranen heeft geklaagd.'

'Waarover? Over onze producten?'

'Dat weet ik niet. Dat zoeken we uit.'

Sardor drukte Eje weg, passeerde een Indisch zaakje en stak Medborgarplatsen over. Hij voelde de spanning in zijn nek. Hij moest de situatie onder controle zien te krijgen. Wat was dat toch met al die overdoses? Het kon onmogelijk met hun spullen te maken hebben. Ze hadden een businessmodel dat klanttevredenheid heette. En daarbij draaide het erom dat er nooit werd bezuinigd op kwaliteit, hoe dan ook. De beste en zuiverste heroïne op de markt. Ze leverden geen troep, zoals het bruine spul van de Noordelijke Netwerken dat de gebruikers eerst moesten zuiveren met ascorbine- of citroenzuur voordat ze het konden verwarmen en injecteren. Het verwoestte de bloedvaten, stak kennelijk als prikkeldraad in de aderen.

Hij liep de Burger King in. Tatyana zat in de hoek, ver van de ramen. Lichtschuw, als altijd. Kaisa zat tegenover haar en frunnikte met haar lange nagels aan het plastic dienblad.

Sardor pakte een uiringetje en ging op een vettige aluminium stoel naast Kaisa zitten.

'Bestel je eigen eten,' snauwde Tatyana met een pets op Sardors hand.

'Je eet ze toch niet op.'

Tatyana deed haar ogen dicht, zodat haar turquoise oogschaduw schitterde. Ze was nog even knap als toen Victor haar tien jaar geleden als hoerenmadam had gerekruteerd. Eigenlijk leek ze veel op Nina, alleen was ze opvliegender en grover gebekt. Ze had een partner en kinderen moeten hebben, dacht Sardor; dan kon ze haar energie daaraan kwijt, in plaats van aan Russische en Zuid-Amerikaanse prostituees.

'Ben je echt Oezbeekse?' vroeg Sardor.

Tatyana zuchtte.

'Omdat ik zoveel knapper ben dan jij, bedoel je?'

Kaisa slurpte van een aardbeienmilkshake.

Sardor trok bruusk de rits van haar roze capuchontrui open.

'Verdomme, wat moet dat?!' riep Kaisa uit.

'Vergeet niet wie hiervoor heeft betaald,' zei Sardor, knikkend naar haar siliconenborsten. 'En de wurgplekken zijn nog steeds zichtbaar.'

'Misschien wil je niet dat iemand anders naar de verboden

vruchten kijkt?' zei Tatyana plagerig.

Sardor deed zijn best om die steek onder water te negeren, maar elke opmerking van Tatyana ging onder zijn huid zitten en veroorzaakte een allergische reactie.

'Je zus komt zo,' zei Tatyana.

'Nina?'

'Heb je veel zussen?'

'Hoe vaak zien jullie elkaar eigenlijk?' vroeg Sardor geïrriteerd.

Tatyana glimlachte.

'Ik heb haar gisteren gesproken. Toen had ze hier een delegatie uit Karelië, lui die een grotkamer wilden kopen.'

Tatyana keek naar de ingang.

'Als je het over de duivel hebt...'

Sardor draaide zich om en zag de spierwitte blouse van zijn zus over de Medborgarplatsen fladderen.

'Dan is deze dag volkomen verpest,' zei Sardor.

'Jullie moeten eens stoppen met dat hanengevecht om de aandacht van jullie vader.'

'Waar heb je het verdomme over?'

'Aan het feit dat zij de oudste is zul je nooit iets kunnen veranderen.'

'Wat heeft dat met...'

Sardor kreeg een berichtje op zijn mobiel. Van Eje. Hij las het snel.

'Je reinste familiereünie,' klonk een opgewekte stem achter Sardor.

'Ik moet ervan tussen,' zei Sardor, zijn zus negerend.

'Hoef je niks te eten?' vroeg Tatyana geamuseerd.

Sardor keek verward in de richting van de rij.

'Ja, blijf toch, Sardor,' zei Nina. 'Ik wilde een salade nemen. Hallo,' ging ze verder, en ze gaf Tatyana een zoen op haar wang. Ze ging naast Sardor zitten, die zich demonstratief afwendde.

'Nou, wat heb jij vandaag gedaan?' vroeg Sardor.

'Ik ben bij de tandarts geweest.'

'Alweer?' Sardor draaide zich om naar zijn zus. 'Hoe vaak kun je naar die gladjakker toe gaan?'

'Mijn tandarts?' Nina hing haar jasje op. 'Eigenlijk is het een mondhygiënist naar wie ik regelmatig toe ga.'

Sardor keek Nina sceptisch aan. 'Je zou haast denken dat je een affaire hebt.'

'Met Claes Neumann? Je bent gek. Hij is mijn type niet.'

'Ik vind dat ze tevreden mag zijn met Joakim,' kwam Tatyana tussenbeide. 'Hij is superknap.'

'Dank je wel, meid,' zei Nina glimlachend.

'Maar goed dat je je meisjesnaam hebt gehouden,' zei Tatyana. 'Nina Lundblad klinkt als een slechte schlagerzangeres met siliconentieten.'

Kaisa ging met haar lipgloss over haar lippen.

'Over borsten gesproken: ik zou graag wat vulling willen hebben voor mijn lippen...'

Sardor voelde pijn in zijn hoofd. Hij pakte Kaisa's smalle pols vast.

'Au!'

'Nou hou je je bek over die verdomde lippen van je!'

'Wil je alsjeblieft mijn hand loslaten?'

Tatyana schudde haar hoofd en gaf Sardor een vermanend klopje op zijn schouder.

Hij liet Kaisa's hand los.

'Wanneer stop je met Victor spelen?' vroeg Nina met een geamuseerd gezicht. 'Snap je niet dat papa in een hard klimaat is opgegroeid? Denk je dat de Sovjet-Unie in de jaren tachtig een speeltuin was?'

Sardor schoof de stoel weg van de tafel.

'Ik weet niet waar je het over hebt. Ik moet ervandoor.' Hij zette zich schrap en wierp zijn zus een laatste boze blik toe. 'Jij leeft in een roze bubbel en krijgt alles op een presenteerblaadje. Je zou eens mee moeten gaan om te kijken hoe de werkelijkheid eruitziet.'

Nina schudde haar hoofd en ging verder: 'Je bent in de luxe buurt van Londen opgegroeid. Hoor je hoe dat klinkt? Pathetisch. Je doet alsof je iets bent wat je nooit zult worden.'

'Moet je horen wie het zegt!' Sardor stond op.

Tatyana glimlachte gefascineerd en stond ook op. 'Waar ga je heen?'

'Naar de loods in Årsta.'

'Ik ga mee om naar die vreselijke werkelijkheid te kijken.'

'Ik maakte maar een gr...'

'Maar waarom niet?' Tatyana trok haar leren jack aan en pakte een paar uiringetjes. 'Ga je mee?' vroeg ze aan Nina.

'Ik bedoelde niet dat jullie mee moesten,' probeerde Sardor, maar hun besluit leek al vast te staan. Hij draaide zich om en liep naar de uitgang.

'Een studiebezoek aan de werkelijkheid,' zei Tatyana plagend en ze wenkte Nina, die knikte en opstond.

Kaisa bleef zitten met haar lipgloss in de aanslag.

Nina en Tatyana liepen achter Sardor aan. Het was niet bepaald wat hij had gewenst, of verwacht.

Tatyana haalde Sardor in op de Medborgarplatsen en fluisterde in zijn oor: 'Je zou misschien wat meer yogalessen moeten nemen om dat beroemde temperament van je te beteugelen.'

Sardor verhoogde zijn tempo, liep snel naar de auto en probeerde het hoongelach van de vrouwen achter zijn rug te negeren.

Maandag 10 juni
Årstafältet, Stockholm

Ze passeerden de Tegelfabriek, sloegen rechts af en zigzagden naar het oude groentemagazijn. Tatyana stapte uit en wachtte op Nina, die haar auto naast die van Sardor zette.

'Dus hier pakken we in.'

'Victor gaat over de rooie als hij erachter komt dat jij hier bent geweest.'

Nina aaide over de ongeschoren wang van haar driftige broertje.

'Ik beloof het, lief broertje. Zo stil als een muis. Ik was gewoon benieuwd hoe het er hier uitziet. En bovendien heb je mijn lunchmaatje afgepakt.'

In het magazijn kwamen Eje en twee anderen, Ben en Emre, van de Red Bears naar hen toe. Sardor voelde het testosteron in de lucht. Zijn grote vriend sleepte zijn prooi met zich mee.

'En dit is?'

'Lorik. Lorik Xhafas,' zei Eje, en hij duwde een jonge gast naar voren met kortgeknipt haar, een zwart T-shirt, sportschoenen en een dik rechteroog. Hij had een blik op zijn gezicht die 'fuck jullie' schreeuwde.

'Waar hebben jullie hem opgegraven?'

'Loriks chick heeft uit de school geklapt toen ze over de beloning hoorde. Kennelijk gaat ze nu met een gozer van een andere bende.'

Ben en Emre hielde hun uzi stevig gericht op Loriks benen, voor het geval hij op het idee zou komen om ervandoor te gaan.

Sardor dacht na over de informatie. Een dronken vriendin donderdagavond laat in de bar van Kvarnen. Stel dat het de verkeerde man was. Aan de andere kant: als ze niets deden, welk signaal zouden ze dan afgeven? Hij had geen keus.

Nu leek Nina's nieuwsgierigheid echt gewekt. Zijn zus hing haar zwarte jasje over de rug van een stoel en Sardor vroeg zich even af of er concurrentie zou ontstaan over wie zich met Lorik mocht bezighouden. Toen zag hij dat Nina naast Tatyana plaatsnam, die op een stoel zat te wippen.

Sardor had zijn besluit genomen. Hij zag Victor voor zich en hoorde zijn woorden als een motorzaag door zijn hoofd dreunen: *Los deze rotzooi op, voordat het te laat is.*

Hij trok een mes van een decimeter lang en klapte het gebogen lemmet open. In de loods hing een compacte stilte. Het ijskoude licht van de tl-buizen aan het dak flikkerde af en toe.

Opeens hoorde Sardor Nina's stem vanaf de korte kant: 'Zeg het maar als je hulp nodig hebt, broer.'

Zonder zich om te draaien antwoordde Sardor: 'Jij bent hier niet.'

Sardor trok zijn leren jack uit en richtte al zijn aandacht op Lorik Xhafas. Hij bracht het mes omhoog. Lorik Xhafas sperde zijn ene functionerende oog open en zette zich schrap.

'Dus jij hebt Jarmo neergestoken bij Kvarnen?'

Lorik spuugde Sardor recht in zijn gezicht – een klodder waarvoor hij waarschijnlijk minutenlang had gespaard. Sardor stak het mes met volle kracht in Loriks bovenbeen. Het sneed door de grootste spier van het lichaam en drong een halve centimeter het bot in. Lorik viel op zijn knieën. Met zijn vrije hand pakte Sardor Lorik bij zijn nek vast en trok hem overeind.

'Lorik, je schijnt dol te zijn op messen. Maar voor ik met je klaar ben, kun je geen mes meer zien.'

Lorik kermde met opeengeklemde kaken.

Sardor hoorde Nina's stem achter zich, nu iets dichterbij.

'Weet je heel zeker dat je de juiste persoon te pakken hebt?'

Sardor moest zijn best doen om het mes niet in zijn zus te steken.

'Als je het wilt overnemen, ga je gang. Misschien heb je een pedicureschaartje op zak?'

'Je bedoelt waarschijnlijk manicure,' zei Nina, en Sardor hoefde zich niet om te draaien om haar spottende lach te zien. 'Ik zeg alleen dat papa dit waarschijnlijk netjes wil afhandelen.'

'Net zo netjes als jij de zaken in Östermalm afhandelt, zeker?'

'Papa heeft inzicht in alles wat ik doe. Natuurlijk. Wat dacht je dan?'

Sardor draaide zich om. 'Als je niet meehelpt, kun je net zo goed je bek houden. Nou,' ging Sardor op kalme toon verder tegen Lorik, 'waarom heb je Jarmo neergestoken?'

'Dat was ik niet,' bracht Lorik uit door een muilkorf van snot. 'Fuck! Ik ben donderdag niet eens in die eigen-volk-kroeg geweest.'

'O nee?' Sardor voelde een steek van ongerustheid. 'We hebben anders een getuige die je duidelijk heeft aangewezen. En het is geen nieuws dat jullie van de Noordelijke Netwerken territorium van ons proberen in te pikken.'

'Er is plaats voor iedereen,' zei Lorik verbeten.

Sardor barstte uit in een geforceerde lach.

'Aha. Een politicus. Er is plaats voor iedereen. Interessant.'

Lorik knikte.

'Waarom zijn jullie niet in Göteborg gebleven? Of in Eskilstuna? Waarom probeer je het in een veel te grote stad als Stockholm? Je weet toch wie hier vor is?'

'Daar ga ik niet over.'

'Natuurlijk niet. Een straatrat. Maar waar hadden jij en Jarmo ruzie over?'

'Ik was niet...' Lorik hijgde en leek zijn best te doen om niet flauw te vallen. Het mes in zijn bovenbeen trilde onrustbarend.

Sardor trok het er snel uit en pakte Loriks ene hand vast. Zijn vingers waren bedekt met tatoeages. Het zweet stond in zijn handpalm.

'Hoe vind je deze dan?' vroeg Sardor. Hij stak de punt van het mes snel onder de nagel van Loriks middelvinger, draaide het rond en wrikte de hele nagel eraf. Lorik trok zijn hand weg en gaf weer een schreeuw: 'Godsamme!' Krampachtig probeerde hij het bloeden van zijn pulserende vinger te stoppen.

'Wat zeg je ervan – tijd om van tactiek te veranderen?' vroeg Sardor.

'Tering! Ik zeg toch dat ik daar niet ben geweest?!' schreeuwde Lorik. Het leek of hij zou flauwvallen.

Sardor wist het even niet meer. Hoe moest hij verdergaan? Hij mocht geen gezichtsverlies lijden. Er mochten geen barsten in de façade komen. Hij knikte in Bens richting en zei: 'Stoel.'

Ben trok een stoel bij, waar Lorik op neerplofte.

'Whisky, iemand?'

Eje zei iets, waarna Emre naar het achterkamertje ging, waar ze de drugs verpakten. Hij kwam terug met een fles Jim Beam.

Sardor keek om zich heen. Tatyana was met haar mobiel bezig, alsof er niets aan de hand was, en Nina vond de gebeurtenissen kennelijk amusant.

'Hier,' zei Sardor.

Lorik dronk drie grote slokken uit de fles en haalde een paar keer diep adem.

Sardor rukte de fles uit zijn handen.

'Genoeg. En nu praten, anders kan ik je net zo goed...'

'Maar Sardor,' viel Nina hem in de rede.

Hij had haar niet aan horen komen.

'Hoe wil je dat hij zich iets herinnert als je zijn nagels uittrekt en met loze dreigementen aankomt?'

Sardor draaide zich om naar zijn zus. Ze glimlachte vriendelijk en keek hem aan alsof hij hulp nodig had om van het potje te komen. Hij was niet van plan in die val te trappen.

'Ik denk dat je beter kunt gaan zitten,' zei hij.

'Nee, hoor. Ik denk dat het beter is als ik je een beetje help. Het lijkt niet zo goed te gaan.'

'O. Misschien wil jij nog een nagel uittrekken?'

Sardor reikte haar het bebloede mes aan.

'Ik hou niet van bloed.'

Ze draaide zich om naar Lorik en aaide hem over zijn hoofd.

'Mag ik een beetje water?' vroeg ze.

Eje haalde een glas water, terwijl Nina over het hoofd van de gewonde bleef aaien.

'Hier. Drink maar op. Je droogt snel uit als de lucht zo warm is. Sorry voor het gedrag van mijn broer. Hij is zichzelf niet de laatste tijd. Kun je niet wat meer vertellen over de achtergrond van die nare geschiedenis in het restaurant?'

Lorik keek langzaam op en werd Nina's blik in gezogen. Ze aaide hem over zijn wang.

'Het enige wat ik heb gehoord is dat jullie problemen hebben met de heroïne,' zei Lorik zacht. 'Dat die minder zuiver is dan eerst.'

Sardor verstijfde; hij had het gevoel dat er een ijzeren band rond zijn borstkas werd aangedraaid.

'Oké,' zei Nina. 'Wat gek, want Sardor benadrukt altijd vol trots dat we het beste spul van de stad hebben. Ga door.'

'Ze zeggen...' ging Lorik verder.

'Dat?' zei Nina vriendelijk.

'... er iets is gebeurd. Wij raken sneller door onze voorraden heen dan ooit.'

Nina vroeg aan Sardor: 'Wist jij dat, broer?'

Sardor schudde langzaam zijn hoofd en keek toen Eje aan.

'Maar wat heeft dat met Kvarnen te maken?' ging Nina verder.

'Dat weet ik niet. Maar dat moet je misschien... aan Jarmo vragen. Er waren veel anderen daar bij Kvarnen die avond. Maar... ik niet. Wij niet.'

'Precies, Sardor,' zei Nina. 'Heb je het verhaal van Jarmo wel gecheckt?'

Sardor negeerde haar.

Nina wendde zich weer tot Lorik en vroeg: 'En dit weet je omdat...'

'Dat zeggen ze.'

'Dat zeggen ze, zeg jij,' herhaalde Sardor. 'Dat is blijkbaar het enige wat je vandaag kunt zeggen.'

Nina maakte zich lang en zei tegen Sardor: 'Dat zeggen ze. Hoor je dat, broer? Dat zeggen ze.'

'Hou je kop,' snauwde Sardor, die voelde dat hij op het punt stond om te exploderen.

'Iemand versnijdt het,' zei Lorik.

'Versnijden?' vroeg Nina.

'Iemand vermengt jullie horse met een heleboel andere zooi,' ging Lorik verder. 'In elk geval sommige van jullie pakketten.'

'Dat moeten we checken,' zei Sardor.

'Verder nog iets?' vroeg Nina monter. 'Ik moet straks ook weer eens naar kantoor.'

Sardor liep naar een wasbak om zijn handen te wassen.

Tatyana zei tegen Nina: 'Die koffie komt een andere keer wel, zeker?'

'Ik blijf nog heel even,' antwoordde Nina.

'Kan iemand me een lift geven naar de stad?' vroeg Tatyana. Eje knikte en gaf Emre de opdracht.

'Bel als er iets is,' zei Tatyana, en ze verliet het vertrek met haar chauffeur.

Sardor probeerde zijn hartslag omlaag te krijgen, maar besefte dat hij gezichtsverlies had geleden én dat hij de slag met Nina had verloren. Hij ging met Eje in een hoek van de ruimte staan.

'Heb jij daar iets over gehoord?'

Eje schudde zijn hoofd en trok aan zijn lange sik.

'Nee? Maar we moeten toch in de gaten houden wat er in de stad gebeurt?'

'Dat zou de overdoses kunnen verklaren,' zei Eje.

'Misschien,' zei Sardor. 'En we moeten meer druk zetten op Jarmo. Zijn verhaal dubbelchecken. Ruim eerst die Albanees maar eens uit de weg en dump het lijk in zee. Zorg dat Jensen een hand of een paar vingers ziet, dan is hij tevreden.'

Eje knikte.

'Trouwens,' zei Eje. 'Ik heb een van die gasten opgepakt die jou geld schuldig zijn.'

'Wie?' vroeg Sardor verward.

'De gasten die het geld terug moesten halen dat uit de opslag in Haninge is verdwenen. Er is al meer dan een maand voorbij.'

Sardor slikte moeizaam. Als hij alleen maar dacht aan het gesprek waarin hij tegen Jonas en Simon had gezegd dat ze het geld terug moesten halen dat bij de inval in Haninge was verdwenen, werd hij misselijk. Ze moesten de opslag bewaken, maar ze hadden gerookt en het verkloot; ze hadden de inval van de ME niet zien aankomen. Er was driehonderdduizend verdwenen en ze hadden een maand de tijd gekregen om ervoor te zorgen dat het geld terugkwam. Maar eigenlijk was het allemaal zijn eigen schuld. Zijn eigen gebrek aan leiderschap. Hij had twee dealers op wacht gezet die Walpurgisnacht. Twee stomme idioten. En die informatie mocht niet naar buiten komen. Die mocht Nina niet bereiken. En vooral Victor niet. Dat zou een complete ramp betekenen.

'En wanneer had je dat willen vertellen?' vroeg Sardor.

'Die Albanees kwam ertussen.'

'En waar zijn ze dan?'

‘Hij. Ik heb er één gepakt.’
‘En waar is híj dan?’ vroeg Sardor.
‘In de koeling.’
‘Je bedoelt hier?’
Eje wees naar de grote bananenkoeling verderop in de hal.

Maandagavond 10 juni
Eriksdalshal, Södermalm

Håkan moest lachen toen hij zag wat Magnus aanhad.

'Die kledingruilavond moet twintig jaar geleden geweest zijn.'

Magnus streek met zijn hand over het verwassen lichtgrijze T-shirt met het logo van Jurassic Park. 'Er mankeert niets aan.'

'En dat zijn toch Rasmus' schoenen?'

'Die doen het nog uitstekend,' zei Magnus, en hij hield zijn oude badmintonracket uit het eind van het vorige millennium omhoog. 'We zullen zien wie er wint.'

'Je krijgt me toch een partij slaag, dat geloof je niet,' zei Håkan.

'Ik vraag me af wie hier slaag heeft gekregen,' zei Magnus, en hij dronk wat water. 'Ga je nog vertellen wat er is gebeurd?'

'Niets.'

'Het ziet er pijnlijk uit.'

'Het is niet zo erg,' zei Håkan, die aan zijn kin trok, zodat zijn onderkaak heen en weer bewoog. 'Niks gebroken.'

'Maar je hebt flink op je donder gehad. Wie had je kwaad gemaakt? Een vrouw?'

Håkan glimlachte. 'Ik ken geen enkele vrouw die zo hard kan slaan. Laten we erover ophouden.'

Ze liepen naar de baan. Håkan ging op een bankje zitten met zijn benen over elkaar. Magnus maaide met zijn armen om de bloedcirculatie op gang te brengen.

'Een krankzinnig toeval, trouwens. Ik kwam die arts over wie ik vertelde tegen in Nytorget.'

'Zo, zo,' zei Håkan, jonglerend met het racket. 'En toen?'

'Niets. Ze zat te eten met mijn zus.'

'Hè, kennen ze elkaar?'

'Ze hadden elkaar bij toeval ontmoet. Ik herkende haar bijna niet zonder ziekenhuiskleren, maar ook zonder was ze super.'

'Dus je hebt haar mee uit gevraagd?' vroeg Håkan.

Twee jonge koppels die net klaar waren omhelsden elkaar. Magnus gluurde naar de lange, gespierde benen van de vriendinnen en bedacht hoelang hij al niet meer op date was geweest.

'Nja.'

'Man, wat ben je ook een loser,' verzuchtte Håkan.

Ze stonden op. Magnus maakte een paar sprongetjes. Håkan sloeg een shuttle omhoog, die vlak onder de houten balk van het plafond omkeerde.

'We beginnen,' zei Magnus ongeduldig.

'De beste van vijf,' riep Håkan, en hij serveerde.

Magnus sprong omhoog en smashte meteen. Net binnen de achterlijn.

'Eén-nul,' zei Håkan, en hij wisselde van vak.

'Geniet maar van je enige punt,' plaagde Magnus, die zich klaarmaakte.

Håkan bewoog zijwaarts als een gepensioneerde na een heupoperatie, maar hij had een verbazingwekkend goed gevoel in zijn pols. Magnus, die afgelopen zomer nog een marathon had gelopen, was fysiek beter in vorm, maar hij had het zichtbaar zwaar met Håkans gemene dropshots. Hij moest zich uitrekken, de hele baan over rennen en zijn uiterste best doen om gelijk op te gaan met zijn oude studievriend.

Hij zette zijn handen op zijn bovenbenen en blies uit.

'Godsamme, wat gaat het jou vandaag gemakkelijk af.'

'Het zit allemaal in de pols,' antwoordde Håkan.

'Qua uiterlijk lijk je op G.W., maar je speelt als een twintigjarige Thai.'

'Dank je,' zei Håkan en hij schudde zijn hoofd. 'Leif G.W. Persson. Dat is niet bepaald vleiend.'

Magnus rekte zijn kuiten bij de hoge scheidsrechtersstoel naast het net, terwijl Håkan op een stoel met zijn racket zat te draaien.

'Wat is er met het geld gebeurd?' vroeg Magnus, die stopte met rekken.

'Welk geld?' vroeg Håkan, oprecht verbaasd.

'Kom op. Hoelang kennen we elkaar nu al?'

'Je had een matje en je speelde in de derde divisie.'

'Exact. Je weet waar ik het over heb. De zak met geld van de inval in Haninge, die ik aan jouw onderzoeker ter plaatse heb gegeven.'

Håkan keek loom naar een paar mannen die twee banen verderop speelden.

'Ik begrijp dat jij je op de een of andere manier om het geld hebt bekommerd,' hield Magnus vol. 'En dat dat niet de eerste keer was.'

'Niet zo hard,' zei Håkan, die om zich heen keek.

'Hoeveel was het?'

'Driehonderd. Ik moest een paar gaten vullen. Nou goed?'

Na afloop in de sauna waren ze alleen. Magnus goot een grote schep water op het aggregaat, dat siste. De damp steeg op, keerde om bij het donker geworden dak en daalde vervolgens als een gloeiend hete nevel neer op hun rug.

Håkan zeefde de lucht tussen zijn tanden.

'Zolang Centrale Onderzoeken maar geen controle uitvoert,' zei Magnus.

'Dat zou vette pech zijn,' zei Håkan. 'Maar maak je geen zorgen. Ik heb jou uit de inval gehaald. Jij was daar niet. En de onderzoeker aan wie je de zak hebt gegeven zal nooit een mond opendoen. We kennen elkaar al zo lang. Je hoeft je echt geen zorgen te maken. We staan nu quitte. Ik zal je niet nog eens om een dienst vragen.'

Magnus trok wat dode huid weg met zijn nagels en ging verder: 'Oké, ik heb het er niet meer over. Vertel nu eens waarom je klappen hebt gekregen. Je halve gezicht is blauw.'

Het was even stil en ze zaten allebei naar het aggregaat te luisteren, dat tikte in de hitte.

'Zaken,' antwoordde Håkan ten slotte. 'Gewoon zaken. Giet er nog wat water op, dan drinken we daarna een biertje. Ik heb vet veel dorst.'

'Fijn om niet in jouw zaken verwikkeld te zijn,' zei Magnus. 'Het lijkt me gevaarlijk.' Hij pakte de schep en goot water op. Het siste als een tartaartje in hete olie.

Maandagavond 10 juni
Waldemarsudde, Djurgården

'Eindelijk wordt het warm,' zei Gregor, en hij maakte het bovenste knoopje van zijn blauw-wit geruite overhemd los.

Ze passeerden de Italiaanse ambassade aan de linkerkant en het jachthaventje aan de rechterkant. Monica zag dat ze niet de laatsten waren; een paar late gasten kuierden de heuvel op naar het museum enkele honderden meters verderop.

'Ik wist niet dat je zo'n kunstkenner was,' ging Gregor verder.

'Je kunt toch nieuwe interesses kweken?' antwoordde Monica.

'Maar vertel eens waarom iemand op maandagavond een vernissage houdt?'

'Geen idee. Misschien is hij er in het weekend niet? Woont hij niet een groot deel van het jaar in Frankrijk?'

'Jij bent de expert,' kaatste Gregor terug.

Monica liet de knopen van haar perzikkleurige jasje dicht, ook al raakte ze bezweet. Haar zwarte broek was iets te dik voor de tijd van het jaar.

'Ik hou van zijn kunst, niet van de man achter het werk.'

Gregor bleef staan, maar Monica trok haar man mee.

'Dat heb ik nooit begrepen,' zei hij.

'Wat niet – dat je kunt lopen en praten tegelijk?' vroeg Monica zuur.

'Dat je het werk los kunt zien van de persoon. Ze zijn zo met elkaar vervlochten.'

Monica glimlachte en aaide over de bebaarde wang van haar man.

'Lees je daarom stiekem *Året Runt* bij de kapper? Wat schattig.'

Gregor negeerde de opmerking en liep achter een bejaard echtpaar aan door de zwaaideuren van Waldemarsudde.

'Volle bak,' fluisterde Gregor. 'Gek dat zoveel mensen zo weinig te doen hebben op maandag.'

'Een kwestie van prioriteiten, schat.'

Ze gaven hun jas niet af en liepen door naar de tentoonstellingen. Monica liet haar uitnodiging zien aan de beveiligers en liep achter de stoet aan naar links. Een groot deel van de culturele elite van Stockholm was ter plaatse. Netjes geklede mensen in sobere zomerjurken en lichte kostuums.

Monica groette een voormalige directeur van het Middellandse Zeemuseum en de oprichter van een van de grootste architectenbureaus van de stad, en stelde Gregor snel voor aan de directeur van het Filminstituut. Ze zocht naar haar oud-studiegenoot, maar zag hem niet.

'Hoe kennen jullie elkaar?' fluisterde Gregor toen ze allebei een glas koude rosé in hun hand hadden gekregen.

'We zitten in hetzelfde bestuur.'

'Welk bestuur?'

'Weet ik niet meer,' antwoordde ze met een valse glimlach om haar lippen. 'Van het cultureel centrum, zou dat kunnen? Ik kan het me niet herinneren.' Voor een schilderij bleef ze staan.

'Is het niet geweldig?'

Gregor nipte van zijn wijn.

'Te veel beesten. Ik hou meer van zijn abstracte werken.'

'Bengt O. Nilzon schildert niet abstract.'

'Je weet wel wat ik bedoel.'

'Nee. Misschien heb je het over schilderijen zoals dat daar.'

'Precies. Geen beesten.'

'Zeg dat dan. Jij bent toch de woordenexpert? Je mag wel iets stringenter zijn.'

'Mooi woord.'

'Wat?'

'Stringent.'

Ze liepen achter de menigte aan naar het midden van het gebouw.

'Nu we het er toch over hebben,' fluisterde Gregor, en hij trok Monica aan haar elleboog.

Een paar meter verderop stond Carl-Henrik Filipsson in een lichtblauw pak met een bijpassende azuurblauwe bril. Hij converseerde met luide stem met de eigenaar van het Uppsala Veilinghuis.

'Hij gedraagt zich niet bepaald onopvallend,' fluisterde Monica. 'Moet je hem niet groeten?'

'Hou op,' zei Gregor, die de andere kant op liep.

Monica zocht verder, maar kon degene die ze zocht niet vinden.

In de grootste zaal van de tentoonstelling hing het belangrijkste werk van Bengt O. Nilzon. Op een kleine verhoging stond een eenzame microfoon voor een hoog krukje. Hij zou voorlezen of een hoogdravende toespraak houden, dacht Monica en ze zuchtte in zichzelf.

Toen het vijf uur was, stapten twee personen het toneel op. De een was de directeur van Waldemarsudde, Siri Karén, gekleed in een donker wollen pakje, met een grote maar bescheiden gekleurde sjaal om haar hals.

'Ze heeft niet door dat het zomer is,' fluisterde Gregor.

'Ze draagt altijd een donker pakje.'

De tweede persoon was een vrouw van dezelfde leeftijd, met blond, enigszins warrig haar en een pakje in een erwtgroene kleur. Een witte blouse. Een dun gouden kettinkje om haar nek.

'CEO?' vroeg Gregor.

'Nee. Statenlid voor Financiën. Åsa Malmborg.'

'Is zij niet de vrouw die is...'

'Hertrouwd met Carl-Henrik. Zijn derde huwelijk. Twaalf jaar jonger. Een flitsende carrière in de politiek.'

Gregor draaide zich om en keek recht in het gezicht van zijn vrouw. Monica concentreerde zich op de openingsspeech en liet niets merken. Ze voelde dat Gregor haar arm losliet en demonstratief zijn handen in zijn zakken stak.

'... zou er nooit zijn gekomen...' Siri Karén richtte zich tot Åsa Malmborg, die een kop groter was, '... zonder de steun van de politiek. De culturele wereld kan niet vertrouwen op financiering door het bedrijfsleven. De concurrentie van de muziekbranche, de gamesproducenten en sociale media is moordend. De instanties moeten pal staan en de klassieke kunstvormen beschermen die anders het gevaar lopen uit te sterven. En daarbij hebben we de steun van politici...' Siri liet een korte stilte vallen en keek uit over het beleefd zwijgende publiek, '... heel hard nodig.'

Siri Karén hief haar glas om te proosten en Åsa Malmborg nam haar plaats in achter de microfoon.

'Dank je wel, Siri. Je zei het al...'

'Jemig, wat een geslijm,' fluisterde Gregor.

'Maar ze heeft een punt,' antwoordde Monica.

'En dat is?'

'Dat de publieke en de private sector moeten samenwerken.'

Gregor glimlachte.

'En jij denkt alleen aan de kunstwereld?'

'Ja, wat anders?'

'Je bent een wolf in schaapskleren.'

'Dit is zijde,' zei Monica, en ze streek met haar paars gelakte nagels over de revers van haar jasje.

Åsa Malmborg beëindigde haar korte toespraak en hield het glas even hoog als de godin van de vrijheid haar fakkel. Het publiek klapte en proostte in de lucht.

Nu stapte de hoofdattractie van de avond het podium op. Bengt O. Nilzon ging op het hoge krukje zitten, zijn benen nonchalant gekruist. Hij dempte zijn stem, hield een zwart schrift voor zich en begon te lezen.

'Kijk om jullie heen. Het is mijn werk om anderen rijk te maken...'

Bengt O. Nilzon hield een lange lofrede op de kunst en de kunstenaars van komende generaties. Daarna rolde hij zijn zwarte schrift op en stopte het in de zak van zijn jasje. Het publiek applaudisseerde lang.

'Eindelijk,' zei Gregor. 'Kunnen we nu naar huis?'

'Ik wil nog heel even naar de schilderijen kijken.'

Gregor vond een andere uitgever om mee te praten, terwijl Monica de rector van de Economische Hogeschool groette en een praatje maakte met een directielid van een van de grootste ondernemingen in de zorg. Daarna bewoog ze zich in een soepele boog langs de ene lange kant van de zaal. Ze hield het podium de hele tijd in de gaten en rukte ongemerkt op in de richting van de luidspreker. Toen Åsa Malmborg even alleen werd gelaten en ergens naar leek te zoeken, gaf Monica haar glas aan een ober en liep naar haar toe.

'Mooie toespraak.'
Åsa Malmborg draaide zich om.
'Monica Carlsson, directeur van het Nobelziekenhuis.'
Åsa gaf haar een hand.
'O ja, nu zie ik het.'
Wat een onzin, dacht Monica, maar ze glimlachte terug.
'Mijn man, Gregor Dabrowski, is een goede vriend... of een oude vriend van Carl-Henrik.'
Åsa Malmborg bleef staan en keek Monica onzeker aan.
'Jij hebt een paar goede ideeën, die volgens mij toepasbaar zijn op verschillende activiteiten in de stad,' ging Monica verder. 'Niet alleen op de kunstinstellingen.'
Åsa wachtte op een vervolg en leek rusteloos. Het was duidelijk dat ze graag weg wilde.
'Ik zou iets met je willen bespreken,' zei Monica. 'Het gaat om de toekomst van het Nobelziekenhuis.'
'Leuk,' wimpelde Åsa af, 'neem maar contact op met mijn kantoor, dan kunnen we een afspraak...'
'Ik vind dat wij met z'n tweeën moeten praten. Morgen rond lunchtijd.'
Åsa schrok.
'Bel mijn...'
Monica ging dichter bij haar staan, zodat niemand het zou horen: 'We moeten elkaar écht spreken.'
Er werd iets wakker in Åsa. Monica herkende het: een primitieve afweerreactie, die het Statenlid niet kon verdoezelen en die agressie uitstraalde.
Åsa leek erover na te denken of ze iets afwijzends kon zeggen, maar sloot met een verbeten blik haar mond.
'Morgen lunchen,' zei Monica. 'Ik wil je aan iemand voorstellen.'
'Oké. Maar nu moet ik weg.'
'Natuurlijk. Ik mail nog waar en hoe laat.'
Terwijl Åsa Malmborg zich zo'n beetje op het podium leek te willen storten om haar tas te pakken, zag Monica eindelijk haar oud-studiegenoot van de Economische Hogeschool. Hij keek naar een kleurig schilderij van een vos en twee herten in een woonkamer.

'Aardig dat je hebt willen komen,' zei Monica tegen Otto Nordin, directeur van adviesbureau Newman & Weisz.

'Je wordt natuurlijk een beetje nieuwsgierig wanneer de directeur van het op een na grootste ziekenhuis van Stockholm belt met een uitnodiging voor een vernissage. Ik zag dat je haar had gevonden.'

Monica zag Åsa Malmborgs rug verdwijnen in de mensenzee.

'Ik neem aan dat jij ook een drukbezet man bent.'

Otto Nordin knoopte zijn exclusieve jasje open en streek met zijn hand over zijn stropdas.

'Ik heb de beste consultants van de stad en die passen op de winkel.'

Monica keek Gregors kant op. Hij was nog in gesprek met zijn collega.

'Alleen van de stad?'

Otto glimlachte.

'Van het land.'

'Ik zal maar met de deur in huis vallen,' zei Monica.

'Ik verwacht niet anders,' antwoordde Otto.

'Ik wil dat het Nobelziekenhuis ingrijpend wordt verbouwd.'

'Dat had ik al begrepen.'

'En dat moet gefinancierd worden.'

'Ik luister.'

'Ik begrijp dat het moeilijk kan zijn om particulier geld los te krijgen na alle heisa met het Solnasidan-ziekenhuis.'

'Die zaak is inderdaad niet zo soepel afgehandeld.'

'Maar ik weet dat jij een discreet man bent.'

Otto knikte en er verscheen een glimlach op zijn gebruinde gezicht.

'Dus zouden jullie... discreet te werk kunnen gaan?' vroeg Monica.

Otto bleef knikken en liet de vraag op zich inwerken.

'Natuurlijk. Heb je een bouwbedrijf in gedachten?'

'In elk geval niet het bedrijf dat Solnasidan in de arm had genomen.'

'Maar hun grootste concurrent?' vroeg Otto.

'Yes.'

'Tijdens de studie was je al de slimste.'

'Ik heb niet zo heel veel gestudeerd.'

'Nee, jij speelde tegelijkertijd preses van de studentenvereniging.'

'Speelde?'

'En startte je eerste bedrijf.'

'Als ik geen medicijnen studeerde,' kwam Monica ertussen.

'Je was er niet vaak.'

'Op de hogeschool?'

'Ja.'

'Dat leek me niet nodig.'

Otto stak zijn hand uit.

'Wat zullen we een plezier hebben.'

Monica pakte zijn hand.

'Dus je doet mee?'

'Denk je dat ik zo'n kans wil missen?'

'Ik weet niet hoe moedig jullie zijn?'

Otto lachte luid.

'Niet zo moedig als jij, die de klap mag opvangen als het misloopt.'

'Maar je moet er een andere term voor bedenken dan pps,' zei Monica.

De zon scheen nog steeds toen Monica en Gregor Waldemarsudde verlieten. In de verte hoorden ze de scheepshoorn van een boot en het rumoer in pretpark Gröna Lund. Ze passeerden de ingang van Skansen aan de rechterkant en slenterden langzaam langs Hotel Hasselbacken.

'Je lijkt geen haast te hebben,' zei Gregor.

'Het is een mooie avond.'

'Wanneer wilde je het vertellen?' vroeg Gregor.

'Wat?'

Gregor glimlachte.

'Je bent een wolf. Of liever: een leeuw in tijgerkleren.'

'Ik weet niet waar je het over hebt,' zei Monica, genietend van de juniavond.

'Jij laat nooit iets aan het toeval over,' zei Gregor. 'Er is altijd een verborgen agenda, of niet?'

Monica pakte de hand van haar man vast.

'Niet altijd.'

'Nee, nee. Wanneer laat jij het toeval nou toe in je leven? Geef me één voorbeeld.'

'Als we yahtzee spelen,' antwoordde Monica.

Dinsdagochtend 11 juni
Gullmarsplan, Stockholm

Tekla stond op en nam een ijskoude douche. Simons gezicht had haar ook vannacht uit de slaap gehouden. Na drie amfetaminebolletjes, om haar herinneringen op een rijtje te zetten, en daarna vier Stilnoct was ze ingedommeld, maar het was niet bepaald een schoonheidsslaapje geweest. Ze had haar herinneringen nog niet verwerkt en de hoofdpijn beet zich vast.

Ze nam een zwarte tweelingbom voor het ontbijt: koffie en amfetamine. Het probleem met dit dieet was alleen de energie-inname. Maar ze had geen trek. Ze had de afgelopen maand al een kleinere maat werkkleding moeten nemen. Ze overwoog om met voedingssupplementen te beginnen. Dat was alleen zo ontzettend deprimerend. Om vijf over zes kreeg ze een appje van Monica Carlsson: *Lunch bij de Wienerkonditori 13.00 uur.*

Tekla zag geen andere optie dan ja zeggen. De hoofdpijn sloeg weer toe. Ze dacht aan de ontmoeting met Astrid en haar broer Magnus in Nytorget gisteren. Ze constateerde dat ze allebei heel aardig waren.

Ze belde naar Simons mobiel en stuurde nog een berichtje. Al een etmaal geen teken van leven van zijn telefoon.

Tekla maakte een snelle wandeling over de Skanstullbrug. Haar korte pagekapsel zat als een badmuts op haar hoofd door de pet die ze had gedragen. Ze ging met haar vingers door haar haar en rook eraan: de geur van boter. Ik moet vanavond mijn haar wassen, bedacht ze. Was ze maar zo'n sportief type dat in de middagpauze naar de sportschool ging, van de sauna gebruikmaakte en daarna haar lunchtrommeltje met lamsgehakttartaartjes en bulgursalade tevoorschijn haalde. Een parallel droomleven.

Ze dacht steeds vaker aan haar demente moeder in het tehuis in Nyhammar. Ze zou ernaartoe moeten gaan en gewoon naast haar moeten gaan zitten. Haar hand vasthouden. Was het een voorgevoel dat haar moeder binnenkort iets zou overkomen? Of had het te maken met de artikelen die ze de afgelopen tijd had gelezen, over de vorderingen die de Londense groep had gepubliceerd? Het waren nog slechts klinische tests, maar het leek erop dat het verloop van de ziekte van Huntington, dat meestal snel was, bij de onderzochte patiënten werd afgeremd. De behandeling was gebaseerd op de transplantatie van stamcellen van eerstegraads familieleden. Haar gedachten gingen verder: zou zij zich ooit durven laten testen? En het ook aan Simon vertellen? Hij wist niet dat de ziekte van hun moeder huntington was. En ook niet dat hij vijftig procent kans had om drager te zijn van het gen. Net als Tekla. Het hing allemaal met elkaar samen. Als zij het gen had, maar hij niet, had ze stamcellen uit zijn beenmerg nodig om te overleven. En omgekeerd.

In het ziekenhuis stonk het erger dan eerst. Tekla kreeg een naar gevoel; het leek wel of iemand het bestaan van het ziekenhuis bedreigde. Toen ze kauwgom wilde kopen bij de ingang, voelde ze de warmte door de zwaaideuren naar binnen stromen; de temperatuur was de afgelopen vierentwintig uur vijf graden gestegen. Op de radio zeiden ze dat het gisteren negenentwintig graden was geweest. Geen wonder dat er geen doorkomen aan was op de trottoirs; de biertentjes van Södermalm hadden hun terrassen verdubbeld en moesten de vaten Carlsberg aan de lopende band verwisselen.

Tekla ging achter een computer op de afdeling zitten en keek wat er was gebeurd met de negenendertigjarige patiënt met de vergiftiging op de IC. Zijn nieren deden het nu helemaal niet meer. Rond middernacht was er met dialyse gestart en hij had al meer dan een etmaal geen urineproductie gehad. Bovendien was de acidose verergerd; de zuurgraad van het bloed was te hoog. Ze moesten continu grote hoeveelheden bicarbonaat toedienen. Maar de krampen leken te zijn gestopt.

Arme man. Nog maar negenendertig. Volgens een eerdere aantekening van de SEH had de man gezegd dat hij een zoon had bij een vrouw die als 'de moeder van het kind' werd betiteld. Wat voor geschiedenis zat er achter een man die na een overdosis bij Kvarnen was gevonden? En waarom was zijn bloed zo zuur? Ze zag ook dat er nog meer gevallen van vergiftiging waren binnengekomen de afgelopen dagen, zowel in het Nobelziekenhuis als bij andere SEH's. Een paar gevallen waren moeilijk wekbaar geweest. Anderen waren overleden, ondanks tegengif. Maar ze had geen anderen gevonden bij wie het bloed zo zuur was als dat van de negenendertigjarige. Tekla bladerde in gedachten door Harrison, achttiende druk, bladzijde 1390: *Approach to the patient with metabolic acidosis*. Niets in het lijstje was van toepassing op deze patiënt. Ze moest op internet zoeken en in artikelen. Een lichtpuntje: in haar hoofd leek alles nog steeds naar behoren te functioneren. Na een halfuur achter de computer had Tekla een paar nieuwe ideeën opgedaan over de vergiftiging. Haar maag schreeuwde om voedsel en ze had trek in iets anders dan ziekenhuiseten, maar liep in plaats daarvan naar de wc en draaide de dop van haar lippenbalsem. Na nog een kwartier surfen begon een gedachte gestalte te krijgen.

'Moet jij niet op de ochtendbespreking zijn?'

Tekla keek snel op en zag Tariq het kantoor binnenkomen. Haar hartslag schoot omhoog naar de tl-buizen.

'Shit.' Haar blik ging naar de klok, die vijf over acht aangaf.

'O, hier ben ik kennelijk niet erg welkom.'

'Ik bedoelde de ochtendbespreking. Göran is al razend op me.'

'Je moet je niet te veel aantrekken van de bazen.'

Tekla overwoog alsnog naar de bespreking te gaan, maar te laat komen viel meer op dan wegblijven. Je kon altijd zeggen dat je een patiënt op de SEH had.

'Verder alles goed?' vroeg Tariq, en hij liet zich op een stoel ploffen. Hij draaide heen en weer, terwijl hij nonchalant zijn code intoetste op het toetsenbord.

Tekla was sceptisch over zijn innemende toon. Toen drong het tot haar door.

'Ben jij hier vandaag?'

'Ik val in voor Anita.'

'O.'

Tekla's hoofdpijn nam een nieuwe kleur aan.

'Er was iets met de boot. Of het appartement. Ik weet het niet meer. Ze heeft extra compensatieverlof opgenomen. Vertel eens over het geval op de IC.'

'Het geval?'

'De vergiftiging,' zei Tariq, met zijn wijsvinger langzaam tikkend op het toetsenbord.

Tekla wilde niet tussen twee rivaliserende collega's in komen te zitten.

'Daar weet ik niet veel van. Dat moet je aan Ani...'

'Een ongewone vergiftiging,' viel Tariq haar in de rede, en Tekla kreeg meteen het gevoel dat hij meer wist dan hij liet blijken.

Tekla vertelde in het kort de geschiedenis van de patiënt, en hoe meer ze vertelde, des te rechter ging Tariq op zijn stoel zitten. Hij las geconcentreerd op de computer en knikte af en toe bij zichzelf.

'Geen gewone heroïnevergiftiging dus.'

'Ze hebben geen aanwijzingen van iets anders gevonden,' antwoordde Tekla.

'Heeft Anita er ideeën over?'

'Dat weet ik niet.'

'Wat denk jij dan?'

Tekla vermoedde dat hij een spelletje speelde, maar deed in het kort verslag van wat ze wist: 'Hij heeft een lage suikerspiegel, nierfalen, ecg-veranderingen en krampen. Ernstige acidose.'

Ze ging door met het opdreunen van de laboratoriumuitslagen zonder naar het scherm te kijken. Haar gedachten dwaalden af naar de artikelen die ze die ochtend had gelezen.

'Ongelooflijk,' zei Tariq.

'Wat?'

'Dat je al die uitslagen uit je hoofd weet.'

'Ja, maar... ik heb net gekeken.'

Tariq keek weer naar het scherm.

'Maar toch.'

Shit, dacht Tekla. Ze moest voorzichtiger zijn. Maar ze had zich laten meeslepen door dit geval. Ze moest denken aan Monica Carlsson, die gin-tonic als haar favoriete drankje had genoemd. Om de bittere smaak te temperen deden de Engelsen gin in de tonic, die de Indiërs al eeuwenlang innamen tegen malaria... Ze moest een bezoek brengen aan de IC.

'Kinine!'

'Waar heb je het over?' vroeg Eva Elmqvist, en ze trok haar

zwarte steunkousen recht onder haar rok. Ze was de enige op de IC die een rok droeg.

'Soms vermengen ze de heroïne met andere stoffen: meel, bakpoeder, zetmeel... en...'

'Kinine?' vroeg Eva sceptisch.

'Kinine,' zei Tekla. Ze zocht een studieboek uit 2008 op in haar cartotheek. 'Alkaloïde, dat erg basisch is. Tweeëndertig procent van de patiënten krijgt hypoglykemie... Andere bijwerkingen zijn trombocytopenie, astma, leverfalen...'

Ze raakte de draad kwijt. Eva staarde haar aan.

'Waar haal je dat vandaan?'

'Eh... Ik heb vanmorgen een en ander opgezocht over kinine.'

'Je bent een rare, Tekla Berg.'

Tekla haalde opgelucht adem.

'Maar waarom kinine? Voor mij is dit volslagen nieuwe kennis,' zei Eva. Ze klonk nu iets nieuwsgieriger.

Tekla had drie casestudy's gelezen over kinine en heroïne voordat ze Eva Elmqvist had opgezocht.

'Omdat dat een fellere kick geeft.'

'En zijn symptomen komen overeen met een kinine-intoxicatie?'

'Dat zien we als jullie wat uitgebreider gaan testen,' zei Tekla overmoedig.

'Dat is duur. Dan moet ik er eerst sterker van overtuigd zijn.'

Eva ging achter een computer zitten. Tekla stond naast haar en las mee over haar schouder. Het was aangenaam en rustig op de IC, het werk verliep in stilte. Alleen piepte er af en toe een infuus als dat verwisseld moest worden.

Eva begon in Pubmed te zoeken, de artikelendatabase, en vond een overzichtsartikel over overdoseringen met kinine. Ze lazen samen en knikten om het hardst. Het klopte allemaal.

'Ik denk dat je het geval hebt gekraakt,' zei Eva enthousiast. 'We moeten uitgebreidere intoxicatietests laten doen. Daar moeten ze in Linköping snel mee aan de slag, als die laboratoriumratten tenminste weten wat snel is.'

Tekla maakte zich lang. Ze keek op de wandklok, die richting elf uur ging.

'Ik moet helaas gaan. Afstemming met de politie.'

'Wat heeft het DNA opgeleverd?' vroeg Tekla, die zich net een expert uit *CSI* voelde.

'Niets, in geen enkele database,' antwoordde Rebecka Nilsén. 'Maar als je een terrorist uit het Midden-Oosten bent, hoef je niet per se in het Zweedse PKU-register voor te komen. En ook niet in het DNA-register van de politie. Al zijn vingers zijn ernstig verbrand.'

'En de volgende stap?' vroeg Tekla. Ze voelde zich gefrustreerd; ze wilde verdergaan, haar vermoedens loslaten.

'De forensisch odontologen mogen shinen met hun gebitsanalyses. Hun raison d'être.' Rebecka rolde met haar ogen. 'Maar dat kost tijd. We zoeken bij tandartsenpraktijken in Södermalm, maar we weten natuurlijk niet waar hij woonde. Snap jij hoe het kan dat we geen centrale database met alle tandartskaarten hebben?'

Tekla vond het prettig in het gezelschap van Rebecka Nilsén. De rechercheur had gerbera-oranjekleurige lippenstift op en droeg een witte wapperende blouse zonder kraag op een dunne driekwartbroek van fluwelig materiaal. Op haar stijl viel geen peil te trekken.

'Dat hij in de toren woonde lijkt in elk geval uitgesloten,' besloot Rebecka. 'Tenzij hij onderhuurder was. Alle anderen in het gebouw zijn geïdentificeerd en er is niemand als vermist opgegeven.'

Tekla liep terwijl ze praatten voorzichtig naar het bed. Ze deed net of ze naar Rebecka's uitleg luisterde, maar hield al haar aandacht gericht op het oor. De verwondingen en het verband maakten de patiënt vormeloos en gezwollen. Het gezicht, of wat ervan over was, zag je nauwelijks. Verband, Mepitel, hechtingen, slangen... Het was volkomen onmogelijk om daaronder een mens te zien. Maar het oor stak uit het verband. Ze moest zich over het buisje heen buigen dat in zijn luchtpijp zat om de bovenkant te zien.

Maar nee. Het was daar ook zo rood en geïnfecteerd dat ze niet kon zien of er een moedervlek zat of niet. Simon had een duidelijke moedervlek op zijn oor, dat wist ze.

'Gaat het goed met je?' vroeg Rebecka.

'Ja, hoor.'

Tekla bedacht dat haar amfetaminegebruik was toegenomen,

maar zette die gedachte van zich af. De amfetamine deed wat die moest doen en zodra ze weer in rustiger vaarwater kwam zou ze minderen.

'Dat kan zomaar gebeuren als je alleen voor jezelf hoeft te zorgen.'

Tekla schrok.

'Hoe weet je dat...?'

'Ik neem aan dat je in principe hier in het ziekenhuis woont.'

Tekla verontschuldigde zich en verliet de IC. Onderweg stuurde ze nog een berichtje aan Simon. Ook via Messenger, WhatsApp en Instagram. Haar mail had ze al een hele poos niet geopend; ze had geen puf om al haar verplichtingen op te pakken. Ze kon het beter niet weten.

Dinsdagmiddag 11 juni
SEH, Nobelziekenhuis

Victor leunde met zijn hoofd op de keiharde brancard en voelde het ruwe papier aan zijn rug plakken. Hij voelde het trekken in zijn borstkas, alsof de stickers die de verpleegkundige erop zette barbells van tien kilo waren. Na het gesprek met Nina die ochtend had hij ademhalingsproblemen gekregen. Het leek wel of er een olifant op zijn borstkas stond. Sardors ondervraging van de man die ze ervan verdachten Jarmo te hebben neergestoken was volgens Nina op pure marteling uitgelopen.

Een vrouwelijke arts kwam de kamer binnen en stak haar hand uit. Victor ging zitten en voelde dat de druk op zijn borst wat afnam.

'Ragna Sigurdsdottir. SEH-arts.' Ze leek geen dag ouder dan vijfentwintig, vond Victor. Steil blond haar, perfect opgestoken.

Victor was geïrriteerd omdat Elena hem naar de SEH had gebracht vanwege de pijn op zijn borst. Die was overgegaan toen hij even op de bank was gaan liggen. Hij was ook geïrriteerd omdat hij zijn nicotinebehoefte niet kon bevredigen. Het enige positieve aan deze ochtend tot nu toe was dat Elena een afspraak had bij de kapper en niet mee had gekund hiernaartoe.

'Victor Oemarov. Je bent vast een rijzende ster, maar mij mankeert niets. Ik ben alleen een beetje verkouden.'

Victor begon de knopen van zijn zwarte overhemd dicht te maken en probeerde het rubbertuitje van zijn vinger te halen.

'Wacht even,' zei de blonde arts. 'Ik moet u eerst onderzoeken.'

Hij liet zijn armen zakken. Ze leek vastbesloten.

'Klopt het dat u vanochtend opeens moeite kreeg met ademhalen en dat de problemen een uur geleden opnieuw zijn begonnen? Maar geen pijn op de borst?'

'Dat klopt,' kwam Sardor ertussendoor. 'Hij klaagde dat hij geen lucht kreeg.'

Victor was niet van plan over de pijn op zijn borst te vertellen. Dan dachten ze vast dat hij een hartinfarct had gehad. En dat wilde hij bewaren tot de dag waarop hij zou besluiten in zijn slaap te overlijden.

'Zijn er bijzondere omstandigheden?' vroeg de arts verder.

'Ik ben de laatste tijd nogal druk geweest met het zwembad,' zei Victor.

Ragna noteerde het met een verbaasd gezicht in haar schrijfblok.

Sardors mobiel ging. Hij nam op en liep de kamer uit, toen de arts hem dat met een vastberaden blik gebood.

Victor probeerde de geluiden weg te denken, maar steeds als er een alarm ging, een patiënt schreeuwde of de luxaflex voor de deur rammelde, nam de stress toe. Hij schrok toen de arts de ijskoude stethoscoop op zijn borst zette. Telkens wanneer ze het borststuk van zijn bezwete huid haalde, klonk er een zuigend geluid. Daarna een ijskoude, ietwat vochtige hand over zijn onderrug en een licht bonzen. Er ging een schok door hem heen.

'Ik tik alleen even.'

'Wat denk je? Een verkoudheid – het is toch gewoon een virus?'

'U hebt de laatste dagen niet gehoest of koorts gehad?'

'Nee.'

'En u zegt dat u de laatste weken vermoeider bent geweest dan anders?'

'Ja, maar dat is niet zo gek. Er komt momenteel veel op me af.' Victors gedachten gingen niet naar de Noordelijke Netwerken, Tatyana's hoeren of het komende jaarverslag, maar naar het mosgroene zwembad.

De luxaflex rammelde weer en er kwam een grote arts naar binnen.

'Stoor je niet aan mij, ga door,' zei Tariq Moussawi.

Ragna begreep het meteen.

'Victor Oemarov, negenenzestig jaar, acute dyspneu zonder pijn op de borst. Eerder hypertonie en prostaatproblemen. Een paar weken geleden is er een liter resturine gesondeerd, maar geen katheter meer. Ik hoor geen ademgeluid aan de linkerkant en...'

'Het is gewoon een verkoudheid,' viel Victor haar in de rede. 'Ik heb wel belangrijker zaken aan mijn hoofd.'

'We moeten...' begon Ragna.

Tariq legde zijn grote hand op Ragna's schouder. Ze leek een decimeter in de linoleumvloer weg te zakken.

'Beste meneer. Misschien hebt u een verkoudheid, en we maken het u niet moeilijker dan nodig is. Maar onze Ragna hier is een veelbelovende jonge arts. Ze hoort geen ademgeluid in uw ene long.' Tariq slaagde erin een heel bezorgd gezicht te zetten. 'Dat kan natuurlijk komen doordat haar oren dichtzitten.'

Tariq kwam bij het bed staan.

Victor had het idee dat het licht in het hele vertrek werd gedimd.

Tariq dempte zijn stem: 'En vocht in de longen kan van alles betekenen, van een verkoudheid tot tuberculose tot hartfalen en... andere dingen.'

Andere dingen.

Het was alsof iemand op een gong had geslagen en de hele kamer vibreerde van het oorverdovende geluid van het instrument. Victors oren tuitten.

Ragna Sigurdsdottir trok het initiatief weer naar zich toe.

'Oké. Zullen we beginnen met een longfoto en monsters nemen?' Het was niet echt een vraag. 'Daarna moeten we misschien een paar milliliter aftappen om te analyseren wat voor soort vocht het is.'

Victor wilde knikken, maar zat opgesloten in zijn eigen wereld. Hij had het gevoel dat hij pardoes door een grote duisternis viel met aan beide kanten rotsen. Beneden was een donker water, een waterval. De lucht was warm en hij sloot zijn ogen. Hij probeerde diep in te ademen, maar dat lukte niet. Er stond iemand op zijn borstkas. Het was warm. Benauwd. Hij probeerde te praten: 'Wa... water.'

'U krijgt water. We zijn zo terug,' zei Tariq, en hij verliet de kamer samen met Ragna, terwijl Sardor terugkwam.

Victor was even stil. Hij bleef liggen wachten totdat het ruisen in zijn oren verdween. Daarna vroeg hij aan Sardor: 'Heb je met Jensen gesproken?'

‘Hij leek er blij mee dat we de kerel hadden gevonden die Jarmo heeft neergestoken. Eje belde net; hij heeft zich van het lijk ontdaan.’

‘Het lijk?’ vroeg Victor ongerust. ‘Je hebt hem toch niet vermoord?’

Victor deed zijn ogen dicht. Hij leunde met zijn hoofd achterover en vouwde zijn handen, zodat zijn knokkels wit werden. Hij begon heftig te hoesten en moest opstaan om lucht te krijgen. Hij wankelde heen en weer door de kamer, terwijl Sardor ongerust toekeek.

‘Weet je nog dat we het hierover hebben gehad? Dat ik vor ben, en geen gangsterkoning die mensen op straat koud maakt?’

‘Het was niet de bedoeling dat hij dood zou gaan. Ik...’

‘Stil!’

Sardor leek van het aardoppervlak te willen verdwijnen.

Victor bleef rondlopen door het spreekkamertje. Als een gekooide leeuw.

‘Had je maar gestudeerd, dan was je... arts of zoiets geworden. Begrijp je waar dit toe zal leiden? Geweld baart geweld. Ze zullen wraak nemen vanwege dat rotjoch.’

Victor bleef staan.

‘Ik kan...’ begon Sardor.

‘Stil,’ snoerde Victor hem de mond. ‘Roep de bendes van de Noordelijke Netwerken bij elkaar. Verzamel ze morgen op een neutrale plaats. Zeg dat Victor Oemarov met hen moet praten, voordat ze iets stoms doen.’

Dinsdag 11 juni
SEH, Nobelziekenhuis

'Tekla, kun jij even naar dit ecg kijken?'

Tekla draaide zich om en zag een van de jongere artsen met een blaadje wapperen.

'Een vrouw van veertig die al drie dagen pijn in haar borst heeft. Ik heb haar onderzocht en kan niets vinden.'

'Zelfs haar hart niet?'

De assistent keek haar vragend aan, maar besefte een tel later dat Tekla hem in de maling nam. Hij glimlachte.

'Ik bedoel dat hart en longen zonder...'

'Ik snap het, sorry,' viel ze hem in de rede, en ze bedwong de impuls om haar hand op zijn schouder te leggen. 'En wat denk jij?'

'Ik voel me onzeker, omdat ze onlangs een bundeltakblok heeft gekregen.'

'Ik zie het. Geen eerdere anamnese voor een hartaandoening?'

'Nee. Volkomen gezond.'

'Vreemd. We moeten maar even samen gaan kijken. Waar is ze?'

'Behandelkamer 4.'

Tekla liep erheen. Op het bed lag een vrouw die er slecht aan toe leek te zijn. Dat kon Tekla al van meters afstand opmaken uit de manier waarop ze ademde: snel en geforceerd. Met een akelig voorgevoel ging Tekla bij de patiënt staan. De basisarts voegde zich stilletjes bij haar.

'Hebt u bloed opgegeven?' vroeg Tekla, en ze bedankte zichzelf voor het bommetje dat ze net had geslikt. Haar brein was messcherp. Ze wist dat dat niet lang zo zou blijven, maar nu was het net een computer bij het Pentagon.

'Nee.'

De vrouw keek Tekla bezorgd aan, maar kon niets meer zeggen voordat ze begon te grimassen en naar haar borstkas greep. Tekla zag op het bewakingsscherm dat haar hartslag naar 130 per minuut was gestegen. Tachycardie.

'Gaat het?'

'Ik krijg... geen... lucht.'

'Haal een verpleegkundige,' kon Tekla nog net zeggen voordat de vrouw wegviel. Ze voelde haar pols: niets.

'Sla alarm. Hartstilstand,' riep ze tegen de assistent, die al op weg was naar de zusterpost.

Tekla begon hartmassage toe te passen. Omdat ze nogal lang was hoefde ze zelden op het bed te klimmen om bij de borstkas van de patiënt te kunnen. De vrouw was vrij mager en Tekla kon het borstbeen gemakkelijk zo ver in de richting van de ruggengraat duwen dat het hart zich samentrok.

Er kwam een verpleegkundige aangerend.

'Hartstilstand. Waarschijnlijk longembolie.'

De verpleegkundige ging geroutineerd verder met reanimeren, zodat Tekla een stap achteruit kon doen en de rest van het werk vanaf een afstand kon leiden. Er kwam al snel meer personeel bij. Tekla vroeg een verpleegkundige om adrenaline. Een andere om naar de lijn te kijken, om te checken of die het deed.

'Moeten we naar de traumakamer?' vroeg een verpleegkundige, die op haar hurken zat en naar de bloedvaten op de rug van de rechterhand van de vrouw keek. 'Ze zal nog een lijn nodig hebben.'

'Nee, we gaan hier verder,' zei Tekla, en ze pakte de defibrillator erbij. Ze plaatste drie elektrodes, maar kon alleen maar constateren dat het hart van de vrouw wel elektrische activiteit vertoonde, maar dat er geen hartslag was. Haar werkhypothese klopte nog steeds.

'We gaan een trombolyse uitvoeren. Ik kijk eerst nog even met de echo of ze een vergrote rechterkamer heeft... maar het moet longembolie zijn.'

'Weet je dat heel zeker?' klonk een dwingende stem. Ze zag Tariq tegen een pilaar geleund staan, recht tegenover het behandelkamertje.

'Zei je iets?' vroeg ze, alsof ze hem niet had verstaan.

'Ga rustig verder,' zei hij kalm, ook al had hij zelf vast minstens twintig patiënten naar wie hij nog moest kijken.

Ze negeerde hem en ging door met de hartstilstand.

'Waar is de Actilyse?' riep Tekla, terwijl ze haar stem hoorde overslaan. Haar lichaam trilde helemaal en ze had een hoogfrequente ruis in haar oren, die misschien werd veroorzaakt door alle lawaai op de SEH. Of door alle chemische substanties in haar lijf.

'Hier,' zei een geroutineerde traumaverpleegkundige. Ze hield het geneesmiddel in haar hand dat de bloedproppen in de longen van de vrouw moest oplossen. 'Alles?'

'Ja. Snel,' zei Tekla, die het zweet uit haar ogen veegde. Het was dringen in het kamertje. Een van de verzorgenden was nu bezig met reanimeren en zat op haar knieën op het bed. Achter haar stonden twee geneeskundestudenten geduldig op hun beurt te wachten. De ene, een man, was bleker dan de muur waar hij zich tegenaan drukte. Het meisje zag eruit als een leeuw, klaar om zich op haar prooi te storten.

Tariq, die nog steeds stond toe te kijken, vertrok geen spier.

Tekla trok het echotoestel weg en maakte plaats voor een verpleegkundige die de driewegkraan op de lijn opende en de slang met Ringer-acetaat dubbelsloeg om terugstromen te voorkomen. Ze duwde de spuit erin en leegde hem binnen een minuut.

Na nog een minuut zei Tekla: 'We nemen een pauze.'

Ze voelde aan de lies van de vrouw.

'Hartslag,' zei ze, Tariqs blik ontwijkend. Innerlijk juichte ze. *Yes!*

'Ze ademt zelf,' zei de narcoseverpleegkundige die de luchtwegen had overgenomen. Daarna ging ze verder: 'Maar ze heeft een vergrote pupil.'

Verdomme!

Tekla drong zich naar het hoofd van de patiënte en pakte haar zaklamp erbij, trok de oogleden omhoog en kon het alleen maar beamen: de ene pupil was groot en reageerde niet op licht. Fuck. Dat kon maar één ding betekenen: een intracerebrale bloeding.

Op dat moment dacht ze niet in de eerste plaats aan de patiënte. Haar aandacht was op één punt geconcentreerd: vijand numero uno, die twee meter achter haar bij de pilaar stond. Nu kon hij de laatste nagel in haar doodskist slaan. Ze kon net zo goed Göran meteen haar ontslag aanbieden.

Fuck, fucking fuck-fuck!

Tekla zette zich schrap en draaide haar hoofd in Tariqs richting. Hij had zijn wachtpost verlaten en stond nu vlak bij haar. Ze kon de geur van zijn scherpe aftershave ruiken. Hij boog zich iets naar voren en fluisterde zo zacht dat alleen zij het kon verstaan: 'Je hebt het helemaal goed gedaan.'

Ze had het vast verkeerd verstaan. Ze dwong zichzelf hem aan te kijken. De gebruikelijke sarcastische Tariq-glimlach had plaatsgemaakt voor een ernstige, oprechte blik.

'Ik had precies hetzelfde gedaan. Het zijn longembolieën, en trombolyse is onder die omstandigheden helemaal juist. Gewaagd en stoer. Maar helemaal juist.'

Nam hij een loopje met haar? Nee, daar leek het niet op. Hij had juist zijn zegen gegeven aan haar behandeling.

'We moeten een CT-scan maken,' zei Tekla. 'Vermoedelijk heeft ze een hersenbloeding.'

Iedereen om haar heen keek naar haar, maar niemand zei iets. De situatie was gespannen maar onder controle.

'Schrijf de verwijzing maar,' zei Tariq. 'Ik blijf hier wel staan. En je hebt het goed gedaan met die idiote vader in de traumakamer vorige week.'

Tekla kon haar oren niet geloven.

'Helemaal in mijn stijl,' besloot Tariq.

'Dank je,' wist Tekla uit te brengen. Ze keek op de wandklok. Halfeen. Nog een halfuur, dan ging ze met Monica Carlsson lunchen.

Dinsdag 11 juni, lunchtijd
Biblioteksgatan, Östermalm

Tekla zag de ziekenhuisdirecteur vlot uit de enorme witte Land Cruiser glijden en met haar hoge hakken op het pas geveegde trottoir van de Biblioteksgatan stappen.

'Ik hoop dat je zin hebt in iets bijzonders!' riep ze door het geruis van het verkeer op de Birger Jarlsgatan ernaast heen.

Tekla was de SEH uit gerend en in een taxi gesprongen, en had in de auto twee bommetjes uit de lippenbalsemhuls genomen. Die begonnen nu effect te krijgen. Ze mompelde bij zichzelf: 'Je kunt nooit te veel koffie drinken.'

De Wienerkonditori zat vol. Een serveerster wees hun een vrij tafeltje naast een pilaar. Monica Carlsson bleef staan.

'Geen sprake van.'

De serveerster keek verbaasd.

'We moeten een plaats aan het raam hebben.'

'Ik zal zien wat ik kan doen.'

'Nee, nee. Je moet het gewoon regelen. Gereserveerd voor vier personen om één uur.'

De arme serveerster keek ontsteld op haar iPad, blikte daarna om zich heen en vond een oplossing.

'Een minuutje.'

'Hooguit.'

Monica keek naar Tekla.

'Ben je al hersteld? Van de aanval?'

'Je bedoelt... de aanval op de IC?'

'Heb je de afgelopen dagen dan nog andere aanvallen meegemaakt?'

'Met mij is alles goed.'

'En met de man met de brandwonden?'

'Nou, geen verandering. Het is niet beter of slechter geworden. Maar hij is van de beademing af.'

De serveerster bracht hen naar een tafeltje bij het raam, dicht bij de deur.

Monica liep erheen en bestelde intussen een cappuccino.

'Ook voor deze mevrouw, en twee croissants. Verse.'

Toen ze waren gaan zitten legde Monica haar telefoon op tafel en trok het servet recht.

'Dus,' zei de ziekenhuisdirecteur hard. 'Geen PTSS? Nee. Daar lijkt het niet op. Uit stevig Noord-Zweeds hout gesneden. Of Jämtlands, moet ik misschien zeggen. Hoe was dat eigenlijk, opgroeien op het platteland? Zelf kom ik uit Göteborg. Ik ben in de binnenstad opgegroeid. Dat kun je misschien wel aan me zien.'

Tekla had duizend vragen, maar kon er niet één stellen. De koffie werd geserveerd en ze nam een paar grote slokken.

'Misschien niet het moment voor familiegeschiedenis,' constateerde Monica Carlsson met een blik naar buiten. 'Dat doen we een andere keer. Vertel verder over wat er is gebeurd.'

'Wat moet ik vertellen?' Tekla moest het kopje met twee handen naar haar mond brengen om het trillen ervan te verminderen. Ze was de tel kwijtgeraakt van het aantal bommetjes dat ze op een lege maag had geslikt.

'De aanval afgelopen zondag.'

'O ja.' Tekla besefte dat ze ervan moest uitgaan dat Monica Carlsson in principe al van dingen wist voordat ze waren gebeurd. 'Ja, dat was raar.'

'Stomme sukkels,' zuchtte Monica luid.

Tekla dacht aan minstens drie personen op wie de directeur kon doelen.

'De IC-artsen doen wat ze kunnen.'

'De politie.'

'O.'

'Hoe kan het dat ze iemand niet pakken die mijn ziekenhuis is binnengedrongen om een van onze patiënten van het leven te beroven? Bovendien is hij toch gewond geraakt, begreep ik? Jij hebt hem toch in zijn been gestoken met een...'

'Schaar.'

'... schaar. Goed zo, Tekla. Maar onwaarschijnlijk onhandig van de politie om hem te laten ontsnappen.'

Tekla durfde haar niet tegen te spreken.

Monica kreeg een peinzende blik in haar ogen.

'Het Nobelziekenhuis raakt in verval. Heb je dat al gemerkt?'

'Niet direct.'

'Je kleedt je om in de ondergrondse ruimte.'

'Ja.'

'Dan heb je de scheuren in de bodem gezien. En de stank kan je ook niet zijn ontgaan.'

'Die is moeilijk te negeren.'

Het leek wel of de ziekenhuisdirecteur zich klaarmaakte om iets belangrijks te zeggen. Al die bizarre gesprekken met Monica Carlsson. Tekla begreep dat er iets achter zat. Ze had een heleboel theorieën over wat dat zou kunnen zijn, maar die waren geen van alle erg waarschijnlijk. Zou ze er nu misschien achter komen?

'Mooi dat jij niet gewond bent geraakt.'

'Misschien heb ik wat overhaast gehandeld.'

'Je had harder moeten rennen.'

'Hoezo?'

'Je had die klootzak moeten pakken. Mijn ziekenhuis binnensluipen om een geïntubeerde patiënt te vermoorden – het toppunt van brutaliteit!'

Tekla wist niet hoe ze het had. Werd haar nu verweten dat ze niet nog resoluter had gehandeld?

'Maar je weet dat elk nadeel z'n voordeel heeft,' ging Monica verder. Haar blik had nu iets sluws.

'Soms wel.'

'Nee, dat is een natuurwet. Maar soms kost het moeite om het licht te zien in alle duisternis. Dat zei mijn oude vader altijd tegen zijn gemeenteleden.'

'En daar ben jij goed in?'

Monica liet meteen een stralende glimlach zien.

'We hebben twee patiënten meer gekregen dan Solsidan.'

'Bij de brand, bedoel je?'

Tekla wachtte op een vervolg, maar dat kwam niet. Het gesprek ging van de hak op de tak, en dat was vermoeiend.

'Fijn dat je even weg kon.'
Tekla kon niet langer wachten en waagde het erop.
'Waar wilde je over pra...'
'Heb je roddels over Göran gehoord?'
'Over Göran?'
'Heeft een van de artsen kritiek op hem geuit? Dan wil ik dat meteen horen.'
Wat was dit eigenlijk? Moest Tekla voor Monica spioneren?
'Nee, volgens mij niet.'
'Volgens jou?'
'Ik heb niemand kwaad horen spreken van Göran.'
Monica maakte een knoopje van haar zijden blouse los.
'Je praat toch wel met je collega's?'
'We bespreken medische gevallen.'
Monica Carlsson glimlachte en keek om zich heen. Vervolgens keek ze op haar horloge.
'Nog vijf minuten.'
'Wat gebeurt er over vijf minuten?' vroeg Tekla ongerust.
'Je hebt een broer, toch?'
'Ja.'
'Wat doet hij?'
Tekla ging ervan uit dat Monica Carlsson alles over Simon wist. Ging dit allemaal over hem? Ze voelde dat haar darmen zich krampachtig samentrokken.
'Daar!' zei Monica opeens, en ze stond op.
Tekla zag twee personen, een vrouw en een man, het café binnenkomen. Ze waren allebei in de vijftig en droegen exclusieve kleding. Monica Carlsson gaf hun nonchalant een hand; ze had hen duidelijk vaker ontmoet.
'Dit is Tekla Berg, over wie ik heb verteld. De grote held van de Söder torn. Ze heeft op eigen houtje meerdere mensen het leven gered. Een echte Nobel-arts.'
De vrouw gaf haar een hand. Tekla baalde ervan dat ze het zweet niet snel van haar hand had geveegd.
'De stad is je dankbaar. Echt.'
De vrouw leek elke lettergreep te menen.
De man was afwachtender, maar stak ook zijn hand uit. Hij was onnatuurlijk oranjebruin en deed een beetje denken aan Donald Trump.

Monica Carlsson wenkte de serveerster, die de bestellingen opnam – voor haar een verse jus en voor hem een dubbele espresso. Tekla zag een zwarte BMW op de promenade geparkeerd staan. Een chauffeur hing tegen het portier met een telefoon in zijn hand.

'Zoals je weet is Åsa gedeputeerde Financiën van Stockholm.'

Tekla had nog nooit van de vrouw gehoord en had haar al helemaal nooit gezien. Ze knikte voorzichtig.

'Otto ken je misschien ook?'

Tekla had waarschijnlijk een verbaasd gezicht gezet.

'Nee, jij laat natuurlijk nergens je gezicht zien, zeg maar. Otto is consultant; hij werkt voor een aantal spelers binnen het Zweedse bedrijfsleven.'

De man keek wat ongemakkelijk, maar bleef luisteren.

'Tekla, heb jij wel eens van pps gehoord?'

'Misschien.'

'Publiek-private samenwerking. Een systeem voor aanbesteding. Ik ben sinds enige tijd met Åsa en Otto hier in gesprek over de toekomst van het Nobelziekenhuis.'

Tekla luisterde en probeerde het verband te begrijpen. Deze dag werd steeds gekker. Åsa Malmborg zag er gespannen uit. Niet op haar gemak met de situatie. Tekla kreeg het gevoel dat Monica Carlsson aan de touwtjes trok en dat Åsa eigenlijk ergens anders wilde zijn. Åsa Malmborg stopte met tikken op haar mobiel en keek Tekla recht in de ogen.

'Ontzettend goed gedaan van je afgelopen donderdag. Ontzettend. Ben je al hersteld?'

'Van de brand, bedoel je?'

'Het moet verschrikkelijk geweest zijn.'

De gedeputeerde wist elk woord te laten klinken alsof het recht uit haar hart kwam.

'Het is altijd erg als mensen lijden.'

Monica Carlsson kwam ertussen: 'Maar dat hoort natuurlijk bij ons werk.'

Tekla keek even naar de met een stropdas uitgedoste consultant, die van zijn espresso nipte. Åsa Malmborg stond abrupt op, alsof ze een alarm hoorde afgaan dat voor de anderen niet te horen was, en gaf Tekla een hand.

'Het was me een waar genoegen, Tekla.' Ze knikte naar Monica

Carlsson en Otto, en verliet vervolgens het café.

'Ik moet ook weer eens opstappen,' zei Otto, die overeind kwam. 'Tot horens, Monica. Bel me later.'

Tekla bleef zitten.

'Kleren maken de man – heb je daar wel eens over nagedacht?' vroeg Monica.

'Het leek me een duur pak.'

'De schoenen. Het zit 'm in de details. Die kosten zeker tienduizend kronen en kunnen alleen in Londen gekocht zijn.'

'Ik heb niet naar zijn schoenen gekeken.'

'Maar in het ziekenhuis zie je wel dingen, of niet, Tekla?'

'Ik begrijp niet wat je bedoelt.'

Monica Carlsson ging met haar vingers door haar haar en streek een paar ontsnapte haren terug in de witte lok. Alsof ze een spiegel voor zich had.

'Helaas zijn er anderen die ook dingen zien.' Monica lachte. 'En dan bedoel ik niet dat warhoofd van een Göran Collinder.'

De directeur kneep haar ogen tot smalle spleetjes. Daarna verscheen er een stijve glimlach op haar gezicht.

'Nu moeten we weer aan het werk. Jammer genoeg kan ik je geen lift geven.'

'Dat geeft niet. Bedankt voor de koffie.'

Monica Carlsson hield de serveerster aan en betaalde. Op de Biblioteksgatan aangekomen bleef de ziekenhuisdirecteur opeens staan.

'Tekla, je hebt de onderkant gezien, toch?'

Tekla keek naar de grote auto die op Monica wachtte. Hij zag er nieuw uit.

'Van het ziekenhuis.'

'O ja.'

'Het is in verval. En de provincie heeft niet genoeg spieren om te renoveren. Er zijn drastische maatregelen nodig, anders stort het gebouw in. Je kent Anita Klein-Borgstedt wel, of niet?'

Tekla werd draaierig van alle sprongen.

'We zijn collega's.'

'Anita is vakbondsvertegenwoordiger in het Nobelziekenhuis en moet akkoord gaan met een toekomstige aanbesteding.'

'Aanbesteding?'

'Privégeld van het bedrijfsleven. Anders kunnen we net zo goed wachten tot de volgende eeuw. En de vakbond kan het allemaal tegenhouden. En Anita Klein ís de vakbond in het Nobelziekenhuis.'

Nu viel het kwartje.

'Knik als je begrijpt wat je moet doen.'

Toen Monica Carlsson allang naar haar Land Cruiser was verdwenen, knikte Tekla nog steeds. Ze voelde haar telefoon trillen in haar zak en haalde hem tevoorschijn. Eindelijk een teken van leven, een nieuw berichtje van Simon!

Kom naar Ringen, stond er.

Dinsdag 11 juni
Winkelcentrum Ringen, Skanstull

Waar in Ringen moest ze zijn? Simon had niet opgenomen toen ze belde. Hij had ook niet geantwoord op haar appjes. Het winkelcentrum was niet groot, maar het had twee ingangen. Ze was zenuwachtig, maar ook boos. Ze zou hem de wind van voren geven omdat hij niets van zich had laten horen. Omdat hij haar zo ongerust had gemaakt. Omdat hij een volslagen brokkenpiloot was. Tekla bedacht dat ze gewoon heen en weer moest lopen en niet moest blijven staan; dan zou ze hem uiteindelijk vinden. Dit was niet bepaald de Mall of Scandinavia.

Ze hield haar telefoon in haar hand, voor het geval hij zou bellen. De batterij gaf zeven procent aan. Ze nam twee Oxascand en slikte ze zo door. De tabletten bleven in haar keel steken, maar losten uiteindelijk op.

Tekla was de kiosk op de hoek van de Ringvägen en de Götgatan net gepasseerd toen ze de ruggen van twee mannen zag. De ene droeg een zwarte hoody en had donker haar, de andere een wit sportjack met capuchon. Opeens had ze het gevoel dat ze door mul zand liep en haar ene knie knikte, maar ze kon zich herstellen en weer op haar been gaan staan. Daarna herwon ze haar kracht en ze begon tussen de mensen door te zigzaggen. Ze wist nu bijna zeker dat de ene man, die met het capuchonvest, Simon was.

Tekla liep om een kinderwagen heen toen Simon zich naar haar omdraaide. Ze maakten oogcontact. Haar hart ging sneller slaan. Een mengeling van nervositeit, boosheid en energie spoelde over haar heen. Zijn grijns. De half dichtgeknepen ogen. Een hand die omhoogging om te groeten.

Op dat moment kwam een donkere bestelbus voor de ingang van het winkelcentrum tot stilstand. Simon schrok. Een paar lange seconden dacht Tekla dat ze misschien hadden gewacht op iemand, die er nu aankwam. Ze liep verder in hun richting.

Een man met een leren vest, een kaalgeschoren hoofd en zijn linkerarm in het gips, sprong uit de bus en zette een paar snelle stappen in de richting van Simon, die zich instinctief omdraaide en naar de hoofdingang van Ringen rende. Tekla begon ook te rennen. Tegelijkertijd zag ze dat Simons vriend zijn evenwicht verloor en dat een andere man met een lange gevlochten sik, een wit T-shirt en een leren jack hem eenvoudigweg opving.

Tekla hoorde de klap toen het hoofd van de vriend het autoportier raakte.

Ze rende de hoofdingang in.

Simon lag op de grond bij de Cervera-winkel. Gipsman stond over hem heen gebogen.

'Simon!' riep ze.

Simon keek op. Ze zag een mengeling van angst en verbazing in zijn blik.

Gipsman draaide zich om en Tekla zag dat hij ouder was dan ze eerst had gedacht.

'Hou je erbuiten!' schreeuwde hij.

Tekla liep door, als een neushoorn naar zijn prooi; ze had de vaart erin.

Het leek wel of ze een boomstam raakte.

De man duwde haar doodleuk opzij, terwijl hij Simon met zijn ene vrije hand opviste en wegsleepte. Het leek wel of hij een stuk piepschuim wegdroeg.

Omstanders deinsden terug en Tekla zag dat een aantal mensen hun telefoon pakte. Om te filmen of om de politie te bellen? Ze rende achter de man aan, haalde hem in en pakte hem bij zijn leren vest. Te oordelen naar de verbazing op zijn gezicht toen hij zich omdraaide, had hij niet meer op haar gerekend.

'Laat hem los!' riep ze.

Gipsman gooide Tekla eenvoudig omver. In haar val stootte ze haar heup, maar ze registreerde de pijn alleen als een schok door haar lichaam. Opeens hoorde ze mensen om zich heen wild schreeuwen. Toen begreep ze waarom: de man stond vlak boven haar en richtte een pistool op haar hoofd. Simon hing onder zijn gegipste arm, als een vastgeklemde vaatdoek.

'Hoe wil je het hebben?' snauwde de man.

Tekla verroerde zich niet. Ze voelde geen angst, alleen pure kwaadheid. Tegelijkertijd verwerkten haar opgewonden hersenen verschillende opties.

'Je kunt beter blijven liggen, dan raakt er niemand gewond.'

Verderop zag Tekla mensen in paniek wegrennen.

'Goed zo,' zei de man, en hij begon achteruit te lopen.

Ze bleef liggen totdat ze hem naar de straat zag verdwijnen. Toen stond ze snel op en keek of ze iets zag om mee te slaan. Ze rende de huishoudzaak in en griste een grote koekenpan van een plank.

'Pas op!' riep een vrouw met een klein kind in een draagzak op haar buik. 'De politie is onderweg.'

Tekla rende de straat op en zag het busje staan met de zijdeur open. Simons vriend lag op de vloer van de auto met zijn hand voor zijn gezicht; hij bloedde hevig.

De twee bendeleden duwden Simon samen de auto in, terwijl Tekla aan kwam rennen en met de koekenpan naar de rug van Gipsman zwaaide. Ze sloeg niet op zijn hoofd, omdat ze wist welke verwondingen dat kon veroorzaken. Ze wilde alleen voorkomen wat er stond te gebeuren.

De koekenpan raakte zijn leren jack en het natte, smakkende geluid van ijzer op leer weergalmde tussen de gevels.

Gipsman wankelde, maar meer ook niet.

Tekla was volkomen verlamd toen hij zich omdraaide. Ze had niet verder gepland, maar veel tijd om na te denken kreeg ze niet, voordat ze de vuist op haar hoofd af zag komen. Instinctief draaide ze haar gezicht weg en het gips trof haar nek met een doffe klap. Het voelde alsof ze onder een vallende boom was gekomen. Haar lichaam werd in het asfalt geduwd, maar ze kon op tijd haar handen uitsteken en wist haar val enigszins te breken. Toen een grote schoen haar recht in haar buik trof, raakte alle lucht op en werd het zwart voor haar ogen.

Vlak boven haar gezicht hoorde ze iemand lachen.

'Ben je helemaal gestoord, stomme slet?'

Tekla hapte naar lucht. Ze draaide haar gezicht naar de grond en kroop in elkaar om zich tegen meer trappen en slagen te beschermen. Ze hoorde voetstappen die zich verwijderden en toen ze opkeek, zag ze de zwarte leren broek van de man om de voorkant van de auto verdwijnen. De autodeur werd met een klap dichtgetrokken.

Tekla sleepte zich naar de auto en slikte het braaksel in dat op weg was naar boven. De motor sloeg aan. Ze kroop naar de achterkant van de auto toen ze zag dat de zijdeur opengingen en dat Simons vriend eruit werd geduwd. Hij kwam neer op zijn voeten, keek om zich heen en raapte iets op van de straat, waarna hij wegrende. Tekla kon zich net op tijd omdraaien en het kenteken in haar geheugen prenten, voordat de auto verdween. Daarna plofte ze neer in de goot en liet ze de misselijkheid komen.

Iemand hurkte achter haar neer.

'Gaat het?'

Ze veegde haar mond af met haar trui en probeerde te gaan zitten, maar alles draaide en haar nek klopte.

'Kom, we helpen je,' zei een stem, en nu zag Tekla drie jonge tienermeiden, die op hun hurken om haar heen zaten. Ze hielpen haar tot zithouding overeind en hielden haar vervolgens vast.

'Bedankt,' zei ze.

Nu klonken de sirenes. Tekla bleef stil zitten en voelde aan haar nek. Die was pijnlijk. Maar ze kon haar handen en voeten bewegen; ze had geen dove plekken. Geen verlamming.

Een vrouw bukte zich en begon vragen te stellen.

'Hoe gaat het? Ik ben verpleegkundige. Mag ik je onderzoeken?'

Tekla wuifde afwerend.

Een politieauto bleef vlak naast haar op straat staan. Op de achtergrond naderden meer auto's.

Een agente met een rode vlecht kwam naar Tekla toe en legde een hand op haar schouder.

'Hoe is het?'

'Jullie moeten die bestelbus aanhouden. Het kenteken is BOA 110.'

'Wat is er gebeurd?'

'Heb je het niet gehoord? Jullie moeten...'

'Een heleboel mensen hebben over hetzelfde incident gebeld. Er is een aantal auto's op weg.'

'Maar hebben jullie het kenteken?'

Een agent hurkte naast haar neer. Hij had een notitieboekje en een pen in zijn hand.

'Zeg het nog eens.'

'BOA 110.'

'Oké. Ik ga bellen,' zei de man, en hij stond op. De vrouw bleef zitten.

'Wat is er gebeurd?'

'Ik had met mijn broer afgesproken en toen ik hem zag, dook er een busje met twee mannen op. Ze hebben hem en zijn vriend gegrepen.'

'Hoe heet je broer?'

'Simon Berg.'

'En jij?'

'Tekla.'

'Berg?'

'Ja.'

Tekla werd weer misselijk en ging op haar knieën zitten.

'Moet je overgeven?'

'Misschien.'

'De ambulance komt eraan. Heb je ergens pijn?'

'Hij heeft me een klap in mijn nek gegeven.'

De agente trok plastic handschoenen aan en ging met haar vingers over Tekla's hoofd.

'Geen bloed.'

'Hij raakte me in mijn nek.'

'Misschien kun je beter gaan liggen.'

'Nee.'

Tekla hoorde de ambulance aankomen.

'Maar jullie moeten die auto vinden. Ze hebben Simon meegenomen.'

'En zijn vriend, toch?'

'Nee, die hebben ze vrijgelaten. Hij is die kant op gerend.'

Tekla wees naar de ingang van de metro bij de Ringvägen.

De agent kwam terug, gevolgd door een ambulancemedewerker met een grote rode tas.

'Kun je je in het kenteken hebben vergist?' vroeg hij.

Tekla zag het bord voor zich.

'Nee. Ik weet het zeker.'

'Het was geen Volvo Duett, toch?'

'Een zwarte bestelwagen, zei ik. Het merk heb ik niet gezien.'

'Dus je kunt het mis hebben?'

'Nee.'

'Het kunnen gestolen nummerborden zijn,' vulde de agente aan. 'Weet je waarom iemand je broer zou willen kidnappen?'

'Nee.'

'Wat voor werk doet hij?'

Tekla dacht na.

'Van alles en nog wat. Hij schildert.'

'Schilderijen?'

Tekla glimlachte.

'Hij is schilder. Onder andere.'

'Houdt hij zich met criminele activiteiten bezig?'

'Niet dat ik weet.'

'Maar dat zou kunnen?'

Tekla zweeg.

'Gebruikt hij drugs?'

'Dat weet ik niet.'

'Maar het zou je niet verbazen als dat zo was?'

'Het lijkt voor jou al vast te staan wie mijn broer is.'

'Nee, ik stel gewoon een paar vragen.'

'Zoek liever de bestelbus.'

Tekla zag een politiebus stoppen. Er kwamen een paar agenten uit. Een ambulanceverpleegkundige vroeg of ze op de brancard wilde gaan zitten om zich te laten onderzoeken.

'Bedankt, dat hoeft niet,' zei Tekla.

Nu zag ze bij de politiebus iemand die ze herkende. Magnus. Shit, dacht Tekla. Ze had echt geen zin om hem hier tegen te komen.

'Ik moet weg.'

'Het lijkt me beter dat je hier blijft om...'

'Dwing je me te blijven?'

'Nee, alleen...'

'Mooi.'

Ze liep weg van de politiebus en strompelde naar de ingang van metrostation Skanstull. Haar nek deed pijn, maar de misselijkheid trok langzaamaan weg.

Wat was er in vredesnaam gebeurd? Waar was Simon in verwikkeld geraakt? En wie waren de motorbendeleden? Ze probeerde zichzelf wijs te maken dat het gewoon mensen waren met wie hij zaken had gedaan. Misschien was hij hun geld schuldig. Of had hij iets anders stoms gedaan. Het hoefde niet te betekenen dat het er slecht voor hem uitzag.

Tegelijkertijd: ze hadden wapens en ontvoerden iemand op klaarlichte dag, in een winkelcentrum in Södermalm. Wie doet zoiets?

Tekla haalde een bommetje en twee stuks Sobril van tien milligram uit haar zak. Het maakte haar niet uit of iemand haar zag. Ze leunde met haar voorhoofd tegen de koele tegels bij de poortjes en sloot haar ogen. Ze probeerde nergens aan te denken, maar zag alleen Simons silhouet dat het busje in werd geduwd. Zijn verwarde haar. Zijn smekende blik. De schrik. De angst. De paniek.

IV

Vierentwintig jaar eerder
Östersund-ziekenhuis

Simon doorzocht de witte viskoffer naast het bed van zijn vader. Ten slotte vond hij de Zippo-aansteker, stopte hem in zijn zak en wierp Tekla een strenge maar ietwat bezorgde blik toe. Hij wachtte af of ze hem erbij zou lappen, maar ze had het veel te druk met huilen en haar vaders hand vasthouden. Tekla keek om zich heen. Ze was het afgelopen jaar vaak in deze kamer geweest. Ze had naar de dofgele kleur van de muur gekeken, alsof er een dun laagje water van het plafond stroomde. De kast in de hoek, die uitpuilde van zijn vuile kleren. Het nachtkastje op haperende wieltjes, propvol met Simons tekeningen.

Tekla kon elke millimeter van de kamer visualiseren. Maar ze kon geen enkele geur oproepen en dat frustreerde haar. Simon zei dat het scherp rook, 'als een mengeling van zure diarree en motorolie'. Tekla kon geen motorolie oproepen. Zelfs geen poep. Het leek wel of ze het orkest voor zich zag, maar geen enkele klank hoorde.

Leveronderzoek. Niet dat ze de uitslagen ooit had gezien, maar ze herinnerde zich de blik van haar moeder toen die de envelop van het Östersund-ziekenhuis verscheurde. En het commentaar: 'Nee. Niet nog meer ongelukken in dit gezin. Wat gaan we eten, Tekla?'

Haar vader had de uitslagen waarschijnlijk nooit gezien. Hij wilde ze niet zien. Hij besefte het, maar waarom zou hij het willen weten? Hij voelde waarschijnlijk wel aan welke kant het op ging en was niet van plan zijn tijd te verdoen met ongerust zijn. Hij moest de nieuwe schuur afmaken. En straks werd het tijd voor het hoogtepunt van het jaar: de elandjacht. Wat was er zo geweldig aan die elandjacht? Tekla was vaak mee geweest, maar toch ging ze er nooit helemaal in op. Niet op de manier van haar vader en zijn vrienden. Ze waren vrolijk en kregen een bepaalde blik in hun ogen. Zo'n blik had haar vader ook als hij droevig naar hun moeder keek. Zij was zijn alles. Maar ze beantwoordde zijn liefde op een eigenaardige manier. Pas na zijn dood begreep Tekla wat voor leven haar moeder had geleid. Het leven met een alcoholist. Iemand die zijn lichaam doelbewust van binnenuit kapotmaakte, elke dag, hoe ze hem ook bad en smeekte om te stoppen. Nu begreep Tekla dat haar moeder al jaren had geweten hoe de film zou eindigen.

Tekla ging een paar dagen vooruit in haar herinneringen. Kon het zo zijn dat hij zojuist ontlasting had gehad? Dat ze hem flink hadden gelaxeerd, met het doel het systeem te reinigen van gifstoffen die de lever niet kon verwerken? Of hadden ze hem een geneesmiddel gegeven waarvan hij even iets wakkerder was geworden? Of was het maar toeval?

Tekla was alleen geweest met haar vader. Het was rustig en stil in de kamer, op het tikken van een klok aan de muur na. De morfinepomp aan een standaard naast het bed werkte in stilte. Het gedruppel van de zak met antibiotica was volkomen geluidloos. Zelfs de geavanceerde matras onder zijn lichaam maakte geen geluid; toch bewoog die af en toe om doorligwonden te voorkomen. Tekla had zelf gevoeld hoe de fascinerende installatie werkte toen ze naast het roerloze lichaam van haar vader lag en met haar vingers door zijn vette haar ging. Het was in een paar weken grijs geworden.

Maar wat deden doorligwonden ertoe? Zelfs Tekla had nagedacht over hoe dom dat was. Een dure matras was onnodig, waarschijnlijk weggegooid geld. Hij ging toch dood. Dat hadden de artsen haar in principe verzekerd. Het was het enige wat ze met zekerheid konden zeggen.

Toch: een kort moment van helderheid en een fantastische, levende aanwezigheid.

'Hé, meisje.'

'Doet het pijn?'

'De drain?' Hij glimlachte en aaide over haar wang. 'Nee. Ik krijg immers een fantastisch medicijn.' Hij wees naar de morfinepomp. 'Maak je geen zorgen. Ik heb geen pijn.'

'Mooi.'

'Kijk nou hoe groot je bent geworden. Het is net alsof ik heb liggen slapen, als Doornroosje... en dan word ik wakker en zie ik mijn kleine meisje... in één keer groot worden.'

Tekla zweeg. Ze wist niet hoe je moest praten met iemand die doodging. Alles wat ze de afgelopen weken had willen zeggen toen hij niet bij kennis was... Had ze het maar opgeschreven.

'Niet huilen, schat. Je hebt mama en Simon toch?'

'Ik wil niet bij mama zijn. Dat weet je.'

'Zeg dat niet. Ze houdt van je.'

'Ze houdt van haar sigaretten.'

Haar vader lachte.

'Ja, misschien wel. Ze zou echt moeten minderen. Maar je oma van achtentachtig rookt al haar hele leven een pakje per dag.'

'Niet toen ze een kind was.'

'Misschien is ze pas op haar achtste begonnen.'

Tekla glimlachte en droogde haar tranen.

'Kom eens hier,' zei haar vader.

Tekla boog zich over de dikke, opgezette buik van haar vader heen en knuffelde hem. Ze probeerde haar adem in te houden, want ze vond dat hij vies rook. Er zat iets zoetigs op zijn huid waar ze misselijk van werd. De misselijkheid herinnerde Tekla zich, maar de geur kon ze niet oproepen.

Haar vader hield haar vast en aaide over haar korte haar.

'Maar je hebt Simon. Dat zal altijd zo blijven.'

'Hij plaagt me alleen maar.'

'Plaagt hij je? Maar hij is tien. Is dat een leeftijd om te plagen?'

'Hij zal er nooit mee stoppen.'

'Hij blijft altijd je broer. Denk daaraan.'

'Niet altijd. Hij gaat ook een keer dood.'

'Dat klopt. Maar jij ook. Ik vind dat jullie heel oud moeten worden samen.'

'Ik zal het proberen. Ik ga nooit alcohol drinken.'

Ze had er meteen spijt van. Waarom strooide ze zout in de wond? Iemand die op sterven lag en zichzelf dit had aangedaan. Bewust of onbewust. Verslaafd of niet. Het was zijn eigen hand die de fles al die avonden naar zijn mond had gebracht. Het was zijn mond die open was gegaan en al die duizenden liters bier had opgedronken. Het waren zijn stakerige benen die naar de slijterij waren gesjokt om de flessen te kopen. Zijn hersenen die hadden besloten om door te zwoegen, om in de fabriek te werken, te ploeteren totdat zijn lichaam op was. En tegelijkertijd: Tekla had nooit brieven van de deurwaarder gezien. Ze had haar ouders nooit ruzie horen maken over geld dat aan het eind van de maand op was. Op een magische, tragische manier hadden ze toch het verslavingswiel van haar vader door laten draaien.

Haar vader liet haar los en omvatte met zijn koude handen Tekla's gezicht. Hij ving haar behuilde blik.

'Als ik de klok terug kon draaien, zou ik het anders doen.'

'Doe dat dan.'

'De klok terugdraaien?'

'Ja.'

'Helaas heb ik daar geen machine voor.'

'Jammer.'

De vader aaide over het haar van zijn dochter.

'Je moet me één ding beloven.'

'Wat dan?'

'Dat je voor hem zorgt.'

'Voor Simon?'

'Hij zal je hulp nodig hebben.'

'Wat bedoel je?'

'Dat weet je wel. Hij is niet zo sterk als jij. Hij laat zich gemakkelijker door anderen beïnvloeden, die hem dingen laten doen. Je moet een oogje in het zeil houden. Niet alleen nu, maar ook later, als jullie volwassen zijn.'

'Hij heeft mijn hulp niet nodig.'

'Je weet dat hij die wel nodig heeft. Die heeft hij altijd al nodig gehad.'

'Misschien. Maar straks is hij volwassen.'

Haar vader glimlachte.

'Hij wordt nooit volwassen.'

'Misschien niet.'

'Beloof het me dan.'

'Ik beloof het.'

'Wat beloof je?'
'Dat ik voor Simon zal zorgen. Dat ik hem tegen het kwaad zal beschermen. Dat...'
'Dat is genoeg. Het is goed zo, mijn dappere kleine ridder.'
Ze bleef een hele poos op de borst van haar vader liggen. Zijn adem reutelde steeds meer.
'Papa?'
Hij haalde diep adem. Ze raakte in paniek.
'Papa?!'
Hij keek op.
'Je mag niet doodgaan.'
'Jij moet doen wat je altijd al hebt gedaan,' antwoordde hij.
'Wat bedoel je?'
'Wees wie je bent.'
'Maar ik kan het niet zonder jou. Hoe moet het met de boot? En de netten?'
'Je kunt zelf roeien.'
'Daar ben ik niet sterk genoeg voor.'
'Als Simon je helpt, lukt het best.'
De tranen brandden in haar ogen.
'Nee.'
'Je moet eens zien hoe ver je kunt roeien.'
'Maar als de boot omslaat? Dan kan ik niet zwemmen.'
'Maak je geen zorgen.'
'Dat doe ik wel.'
Tekla zou zijn laatste woorden nooit vergeten: 'Volgende zomer leer ik je zwemmen.'

Woensdag 12 juni
Gullmarsplan, Stockholm

Tekla viel in foetushouding op de bank in slaap, net toen de eerste zonnestralen het dak raakten van Ericssons Globe, een paar honderd meter van haar appartement. Toen ze wakker werd van de wekker, zette ze de tv aan en kreeg even iets anders om over na te denken dan Simon. Er was geconstateerd dat gevelbekleding van de Söder torn gemaakt was van een soort kunststof die brandde als een tierelier. Er werd een onderzoek ingesteld naar degenen die achter de slechte bouw zaten. Iedereen maakte jacht op schuldigen aan de brand. Een bestelbus was nog niet gevonden. 'De politie volgt verschillende sporen...'

Tekla zette de tv uit en plofte neer op de hoekbank. Ze belde naar Simons nummer, maar kreeg alleen de voicemail. Wat dacht ze, dat die motorfiguren hem hadden vrijgelaten nadat ze 'een praatje' met hem hadden gemaakt? Waarom zouden ze hem dan op klaarlichte dag hebben ontvoerd? Dat klopte niet. Of het was gewoon uit de hand gelopen, omdat Tekla daar was geweest en een scène had gemaakt. Wat probeerde ze zichzelf eigenlijk wijs te maken? Die rotzak.

Ze liet in gedachten de gebeurtenissen de revue passeren: Simons rug toen hij het busje in werd geduwd. De arm in het gips die op haar hoofd af schoot. De agent met wie ze zojuist had gesproken had 'er niets aan toe te voegen'. Ze zouden niet meteen de landelijke ME inzetten om naar Simon te zoeken, dat had ze wel begrepen. De agent was zakelijk en vriendelijk geweest. Maar in hun wereld was Simon maar een drugsgebruiker die dit aan zichzelf te wijten had. Dus hoe moest ze hem vinden?

Opnieuw speelde ze de film van gisteren af. Ze keek goed naar de mannen. Die met de gevlochten sik was de jongste. Hij had een goudkleurig embleem op zijn jack, maar Tekla kon niet onderscheiden wat het voorstelde. Een grote hoed misschien? Nee, ze wist het niet zeker. De andere man, die met zijn arm in het gips, die haar had geslagen, was ouder en maakte een vermoeidere indruk. Zijn lichtblauwe ogen zagen er leeg en koud uit. Hij droeg een zwartleren vest en een riem met een groot zilveren doodshoofd. Zijn schoenen waren grof, maar ze herkende de stijl niet – geen Dr. Martens. Maar als de nummerplaten niet klopten, hoe kon ze hen dan identificeren? Was er iets wat eruit sprong? Ze liep de verschillende sporen na. Eén: Simons half criminele verleden. Voor zover ze wist, was hij maar één keer opgepakt – een boete voor een klein drugsmisdrijf in de vorm van hasjverkoop. Ze was echter gaan vermoeden dat hij misschien zwaardere en duurdere spullen gebruikte dan wiet. Had hij schulden? Twee: de man met de arm in het gips. Als ze hem kon identificeren, kon ze dan via hem Simon vinden? Zodra ze in het ziekenhuis was, zou ze daarmee aan de slag gaan.

Ze staarde naar de klok en besefte dat ze te laat op haar werk zou komen. Zich ziek melden was geen optie. Ze zou gek worden als ze hier in het appartement op een telefoontje van de politie bleef wachten. Ze trok de kleren van de vorige dag aan en ging naar het ziekenhuis.

Toen ze door ingang oost van het Nobelziekenhuis naar binnen ging, merkte Tekla al dat de stank erger was geworden en op de kelderverdieping werd die nog erger. Ook al had ze belangrijker dingen om over na te denken, toch raakte ze het nare gevoel niet kwijt dat het bestaan van het ziekenhuis werd bedreigd.

Toen ze op de SEH kwam, was ze bijna blij dat ze de geur van E. coli-diarree kon identificeren die uit de wc's bij de isolatiekamers kwam. Er waren een heleboel gevallen van pijn op de borst bij gekomen. De arme oudjes dronken niet genoeg in de hitte, maar ze namen hun bloeddrukmedicijnen en pillen tegen hartfalen wel stipt volgens voorschrift in. Het gevolg was dat ze steeds meer uitdroogden, dat de nierwaarden stegen en dat ze last kregen van vaatkramp. Dan kon je de klok gelijkzetten op een hartinfarct.

Er lagen vijfentwintig patiënten op de SEH naar wie nog moest worden gekeken, en Tekla realiseerde zich dat ze een bolletje uit de lippenbalsemhuls moest nemen. Haar lichaam deed pijn en ze kon haar gedachten slechts met moeite in bedwang houden. Haar oogleden waren loodzwaar. Het lawaai bij het kantoor boorde zich in haar gehoorgang en ze voelde dat er een donkere migraine in aantocht was. De wc's waren bezet, dus ze ging naar traumakamer 2 en sloot de jaloezieën. Ze haastte zich, nam een glas water, draaide snel de onderkant van de huls en schudde er een bommetje uit, dat ze met een paar slokken water inslikte. Omdat de zakjes van gewoon wc-papier waren en zo waren dichtgemaakt dat de inhoud er niet uit liep, vroeg ze zich af of degene die de bolletjes maakte niet gewoon aan het papier likte en het aan de ene kant dichtdraaide. Liever geloofde ze dat hij daar water voor gebruikte. Ze draaide zich om en zag dat er een kier in de luxaflex zat; die had ze niet schuin gedraaid. Er was niemand buiten. Ze verliet de traumakamer.

Het effect van de amfetamine was telkens weer even indrukwekkend. Na een paar minuten vond ze het niet eens erg om het matje van Hampus Nordensköld te zien verschijnen voor de overdracht. Tekla groette en zwaaide nonchalant naar drie geneeskundestudenten. Kennelijk had ze het goedgevonden dat ze die dag bij haar op de SEH doorbrachten. Ze moest denken aan Anita en dat ze met haar moest praten over de aanbesteding.

Tekla constateerde nu dat ze de afgelopen week haar dagmaximum van vier naar vijf bommetjes had verhoogd. Die trend moest ze zien te keren. Haar gedachten gingen voortdurend naar Simon. De politie leek zijn ontvoering niet serieus te nemen. Wie kon haar dan helpen? Ze moest denken aan Astrids broer Magnus en zijn uitnodiging om eens samen een borrel te drinken. Eigenlijk stuitte het haar tegen de borst om een dergelijk initiatief te nemen, maar tegelijkertijd was ze benieuwd hoe een volgende ontmoeting met hem zou zijn. Was hij net zo aardig als hij leek toen ze elkaar in Nytorget hadden gezien? Hij was in elk geval de enige agent die ze kende. En die had ze nu nodig. Tekla stuurde een berichtje naar Astrid en vroeg om Magnus' nummer.

Ze zou eerst eens beginnen met naspeuringen naar de man met zijn arm in het gips. Tekla ging achter een computer zitten en begon alle patiënten te zoeken die de afgelopen drie weken op de SEH waren geweest met een trauma aan de linkerhand of -arm. Er waren maar weinig breuken waarbij het gips langer dan drie weken moest blijven zitten. Ze doorzocht het register, dag na dag, keek naar elke medische hulpvraag. Ze was zich ervan bewust dat ze niet in de statussen mocht kijken, maar wist ook hoe klein de kans op ontdekking was. Ze zou altijd kunnen beweren dat ze de verkeerde patiënt had aangeklikt. Ze vond achtendertig radiusfracturen die in het gips waren gezet, maar op drie na waren ze allemaal over de zeventig. Van de drie jongeren waren twee vrouw en de enige jongere man was een skateboarder van in de twintig. Geen gegevens die overeenkwamen met de man bij het winkelcentrum. Ze moest de zoekradius uitbreiden naar andere ziekenhuizen in de stad, maar eerst wilde ze kijken hoe het met het vergiftigingsgeval op de IC ging.

In de lange gang achter de toegangshal kwam Tekla mensen tegen die hun hand voor hun neus hielden, kinderen die 'Het stinkt' riepen tegen hun moedeloze ouders. Op de IC was het koeler en minder verstikkend. Ze had een droge mond gekregen, omdat ze niet meer door haar neus had geademd. Tekla zag Eva Elmqvist, die gekleed was in een knalblauwe jurk en zwarte steunkousen. Ze bedacht dat ze er zelf zou uitzien als een ingeklapte paraplu als ze een jurk droeg op het werk.

Ze ging op een glimmend oranje krukje naast de IC-arts zitten.

'Kunnen jullie het aan?'

Eva keek om zich heen.

'We hebben onze vergiftigingen. Die blijven maar binnenstromen.'

'Wat is de theorie?' vroeg Tekla.

'Dat de gebruikers hun heroïne mengen met fentanyl.'

'En goed mengen is lastig,' vulde Tekla aan. 'Het levert hevige intoxicaties op.'

'Precies,' zei Eva.

'Hoe gaat het met Miguel?'

Eva schoof haar leesbril in haar weelderige bos haar.

'Ik dacht dat je het al wist.'

'Wat?'

'Hij is vannacht overleden.'

'Wat is er gebeurd?'

'Gisteren kreeg hij weer stuipen. De dialyse had goed gewerkt en de acidose was al een paar dagen opgeheven. Dus dat was het niet. Ik kreeg te horen dat het inderdaad kinine was.'

Eva wachtte even. Ze keek Tekla sluw aan van onder een grote haarlok die haar halve gezicht bedekte.

'En ik weet wie de zaak heeft opgelost. Maar Linköping heeft dat inderdaad bevestigd. We moesten onze kwaliteitsmanager inschakelen om ervoor te zorgen dat ze die tests snel uitvoerden. Normaal gesproken kan het weken duren. Soms maanden.'

'Nog iets anders?' vroeg Tekla, en ze trok aan het ziekenhuisshirt om haar bezwete borstkas lucht te geven.

'Fentanyl dus, en difenhydramine. Fentanyl is zo'n honderd keer sterker dan morfine en heeft dezelfde werking als heroïne.'

'De ene opioïde of de andere.'

'Precies.'

'Maar dat andere, difen...' Tekla deed alsof ze het niet goed wist. In werkelijkheid kon ze in haar hoofd het enige reviewartikel over difenhydramine tevoorschijn halen dat op internet stond. Ze vergeleek het met wat Eva vertelde.

'Difenhydramine, een antihistamine. Hetzelfde verhaal. Wordt toegevoegd om...'

'... de hoeveelheid heroïne te beperken, die het duurst is in dat verband,' onderbrak Tekla haar. 'En de antihistamine heeft een plezierig, slaapverwekkend effect.' Tekla keek door de zaal. Alle behandelkamertjes waren bezet. Toen ze Eva's blik weer zocht, registreerde ze de verbazing op het gezicht van de arts en zag ze haar vergissing in.

'Exact,' zei Eva. 'Maar je wist...'

'Nee. Of ja, ik wist wel iets van die antihistamine.'

'Je bent een heel aparte arts, Tekla.'

'Dat weet ik niet. Maar wat een cocktail.'

'Echt een heks.'

Een heks – zo noemden ze vroeger een mengsel van verschillende soorten drank dat ze stiekem maakten; uit elke fles een klein scheutje, zodat het niet opviel. Het woord klonk vreemd uit de mond van Eva Elmqvist, de ascetische, artikelen spuiende docent. Was zij in haar jeugd ook af en toe in de drankkast van haar ouders gedoken?

'En de stuipen?' vroeg Tekla.

Eva haalde met een berustend gebaar haar schouders op.

'Misschien verlate effecten van de difenhydramine. Of een permanente beschadiging van het hartweefsel na alle troep die hij heeft geslikt. Of een hartinfarct ten gevolge van belasting van het hele systeem. Maakt minder uit nu hij koud ligt te worden in het mortuarium acht verdiepingen lager.'

'Negen.'

'Hè?'

'Negen verdiepingen.'

Dat wist Tekla, omdat ze graag langsging bij Bill en Bull, de obductieassistenten in de kelder op de afdeling Pathologie.

Eva stond op en er werden donkere zweetvlekken zichtbaar onder haar zware borsten. 'Sorry, maar ik heb nog negen vergiftigingen waar ik naar moet kijken. En dan hebben we er vannacht toch drie naar dat mooie ziekenhuis ten noorden van de stad gestuurd en één naar Södertälje. Maar iedereen zit vol. Meer dan vol. Die smerige drugsgebruikers. Kunnen ze niet beter opletten wat ze nemen? En de ambulance heeft geen naloxon meer.'

Schokkerig haalde ze haar hand door haar haar.

'Ik neem niet aan dat jij me kunt helpen met een paar IC-bedden?'

'Helaas,' zei Tekla, en ze bedacht hoeveel vriendelijker Eva tegen haar was nu Anita er niet bij was.

'We mogen hopen dat de politie de idioten te pakken krijgt die dit rattengif verkopen.'

'Hadden jullie fysostigmine geprobeerd, trouwens?' vroeg Tekla.

Eva keek haar jongere collega van de SEH, die lager stond in de voedselketen, wantrouwig aan.

'Had ik gezegd dat hij ook een anticholinerg syndroom had?'

'Eh... nee, maar ik dacht...'

'Maar dat hebben we wel geprobeerd, ja. Gisteren, nadat iemand een van onze verpleegkundigen had gebeld met een tip. Zonder een naam op te geven. En het werkte.'

Eva schudde haar hoofd en maakte met een schouderophalen duidelijk dat ze niet hoefde te weten hoe Tekla dat allemaal wist.

'Tot ziens,' zei Tekla, en ze verliet de IC. Ze dacht aan alle heroïne-intoxicaties. Ze was bang dat ze op een dag Simons koude lichaam in de traumakamer zou krijgen. Overleden aan een overdosis. Ze was nog niet terug op de SEH toen haar telefoon bliepte. Een berichtje van Astrid.

Hier het nummer van mijn broer. Leuk. Ik wist dat jullie een goede match waren ;)

Tekla stuurde haar vraag schoorvoetend aan Magnus. Ze voelde meteen een steen in haar maag. Wanneer had ze voor het laatst met een man afgesproken? Ze wuifde de gedachte weg en dacht aan haar ontmoeting met Eva van de IC. Ze moest haar gedachten en conclusies beter leren verbergen. Waarom werkten haar hersenen niet naar behoren? De afgelopen week had ze haar beelden niet weten te sorteren voordat ze naar bed ging. Haar cartotheek was een rommeltje en ze zag sterretjes toen ze haar ogen sloot. Maar Tekla was niet van plan het op te geven. Een paar lange seconden dacht ze na over wat er zou gebeuren als bekend werd dat ze de helft van alle patiënten in de stad van de laatste drie weken had aangeklikt. Een cadeautje voor Hampus. Hij zou niet aarzelen om bij Göran te klikken als hij het ontdekte. Of bij Tariq. Maar had ze nu diens 'zegen' gekregen? Ze wist het niet helemaal zeker. Maar hij had onmiskenbaar een andere kant laten zien, nadat Tekla de longembolie had behandeld die een hersenbloeding kreeg.

Haar dagelijkse bespreking met Rebecka Nilsén was pas over een uur. Ragna leek de situatie op de SEH onder controle te hebben, dus Tekla zocht een computer op, ademde diep in en klikte op 'andere zorgverleners'. Ze kreeg een lijstje van alle ziekenhuizen in Stockholm en begon de spoedgevallen op de afdelingen Chirurgie en Orthopedie na te lopen. Er drong iets tot haar door: als Monica zo goed wist wat Tekla allemaal deed, zag ze dan ook dat ze ongeautoriseerd statussen bekeek? Tekla kon er nu niet mee zitten. Dat zag ze dan de volgende keer wel, als ze de ziekenhuisdirecteur weer sprak.

Woensdag 12 juni
IC, Nobelziekenhuis

'Hoe... gaat... het?' vroeg Tekla, alsof ze net vijftig meter had gecrawld in een nieuwe wereldrecordtijd.

'Misschien moet je eerst even bijkomen?' opperde Rebecka Nilsén op suikerzoete toon.

Tekla probeerde haar hartslag omlaag te krijgen. Ze had Marcus van de Veiligheidsdienst en Rebecka midden in een felle discussie gestoord. Op hetzelfde moment besefte ze dat het bezoek aan het brandwondencentrum haar geen stress meer bezorgde nu ze wist dat de patiënt met de brandwonden Simon niet was.

'Je begrijpt dat je niet alleen een medische zwijgplicht hebt,' begon Rebecka, en ze trok haar mintgroene jasje uit. Haar pezige schouders leken net kleine sinaasappeltjes onder de bandjes van haar jurk.

Tekla knikte. Kwam op adem.

'Het gebitsonderzoek heeft niets opgeleverd. We hebben grondig gezocht bij een aantal tandartsenpraktijken in Södermalm.'

'Dus jullie weten nog steeds niet wie hij is?' Nu zag ze dat de patiënt van de beademing af was; het plastic slangetje in zijn luchtpijp was weg en hij ademde zelfstandig. 'Reageert hij?'

'Ze gaan vanmiddag weer naar zijn hoofd kijken,' zei Rebecka. 'Om zijn hersenfunctie te beoordelen.'

'Om te kijken of hij een plantje is of niet,' kwam Marcus Safadi er vanuit zijn hoek van de kamer tussen.

'Zo kun je het zeggen, als je dat leuk vindt,' zei Tekla zonder hem aan te kijken. Rebecka's glimlach kon haar echter niet ontgaan. 'Maar jullie hebben het terrorismespoor nog niet verlaten?'

'Juist niet,' zei Marcus.

'Wat bedoel je?'

Marcus leek te overwegen hoeveel hij kon vertellen.

'We hebben de bloedanalyse gekregen van de man die jij in de kelder achterna hebt gezeten.'

'En?'

'Geen match. Maar beelden van een beveiligingscamera hebben ons een aanknopingspunt gegeven...'

'Jemig, waarom zo omslachtig?' viel Rebecka haar collega van de Veiligheidsdienst in de rede. 'Hij had tatoeages op zijn hand, die duidelijk op een Russische connectie wijzen, misschien de FSB. Hij ging professioneel te werk toen hij besefte dat zijn plan om via het raam op een balkon te stappen in de soep liep. Hij wist bovendien dat er een uitgang was naar het parkeerterrein voor personeel, die hij via de onderaardse gang kon bereiken.'

'De FSB?' vroeg Tekla.

'De Russische Veiligheidsdienst.'

'Maar wat zou het verband met de man met de brandwonden moeten zijn?' vroeg Tekla.

Marcus deed net alsof hij alleen met Tekla in het vertrek was.

'We werken gewoon door.'

Rebecka Nilsén leek zich ontzettend te ergeren aan de terughoudendheid van haar collega.

'Ze beheersen een groot deel van de criminaliteit in de stad.'

'Wie – de FSB?' vroeg Tekla.

'Indirect wel, ja. Er is een zogenoemde vor in Stockholm, of een *vor v zakone*, "dief volgens de wet", die het allemaal als één grote firma bestuurt. We kunnen niets tegen hem doen, hij gedraagt zich voorbeeldig. Hij komt nooit in de buurt van wapens of drugs. Levert zijn belastingaangifte stipt in.' Rebecka glimlachte bij zichzelf. 'Ik geloof dat zijn officiële baan vertaler van Russische literatuur is. Maar hij regeert in principe de hele heroïne- en een groot deel van de amfetaminemarkt, en heeft verschillende meer of minder strak georganiseerde bendes onder zich.'

'En het verband met de FSB?' vroeg Tekla.

'Je kunt zeggen dat zij zijn opdrachtgever zijn.'

'De Russische georganiseerde misdaad heeft een derde van de hele Europese heroïnemarkt in handen,' bracht Marcus naar voren.

'En een groot deel van de wapensmokkel,' ging Rebecka verder. 'En mensenhandel en geldsmokkel.'

'Ongelooflijk,' zei Tekla, helemaal in beslag genomen door de nieuwe informatie. 'En de FSB...'

'Al deze criminaliteit is de grootste bron van inkomsten voor de FSB,' zei Marcus.

'En Poetin?' vroeg Tekla, die haar gedachten de vrije loop liet.

'Alles van hogerhand gesanctioneerd,' antwoordde Rebecka met een glimlach.

'En dit zijn geen geheimen,' verklaarde Marcus. 'Het staat allemaal in openbare documenten.'

'En als ambtenaar van de Veiligheidsdienst moest je dat wel even zeggen,' plaagde Rebecka.

Tekla keek weer naar de verbrande man.

'Dus we hopen dat hij wakker wordt,' constateerde Tekla, en ze staarde naar het gat in het verband, waarin zich een mond verborg.

Marcus dempte zijn stem nog iets meer. Het effect was merkbaar.

'We willen hem graag ondervragen.'

'Met "we" bedoelt Marcus dus de NOA. De Veiligheidsdienst is hier alleen als waarnemer.'

Toen Tekla Rebecka en haar kleurige kleding had achtergelaten op de IC, keek ze op haar mobiel en ze zag dat Magnus had geantwoord: *Leuk! Kom je vanavond een borrel halen?*

Woensdag 12 juni
Vergaderzaal SEH, Nobelziekenhuis

'Kun je na de personeelsvergadering even blijven?' vroeg Göran. Het klonk meer als een bevel dan als een vraag, vond Tekla, en hij keek echt boos. 'Er is een melding binnengekomen dat je in patiëntendossiers hebt gekeken waarvoor je geen autorisatie hebt.'

'Ik...'

'Niet nu,' viel Göran haar in de rede, en hij stak zijn hand op. 'Na de vergadering. Maar dit ziet er niet goed uit, Tekla. Niet goed.'

Er kwamen meer artsen de vergaderzaal binnenslenteren, van wie velen hun lunch bij zich hadden. Ze namen plaats aan tafel; Tekla liet zich op een stoel tegen de muur zakken. De geneeskundestudenten zagen haar afwijkende gedrag en staarden naar de lege stoel aan de grote tafel.

'Welkom. Dan beginnen we met...'

'Pardon,' zei een bekende stem bij de deur.

Göran keek op van zijn papieren.

'Aha, hoog bezoek zo onder lunchtijd,' zei Göran stijf. Het kon niemand ontgaan dat hij opeens een decimeter was gekrompen.

'Doe maar alsof ik er niet ben,' zei Monica Carlsson, en ze sloot de deur. Ze ging bij de muur staan en liet haar blik langs de tafel gaan. Tekla sloeg haar ogen neer.

'Oké, dan lopen we hier even snel doorheen,' ging Göran verder. Tekla had hem de geplande opleidingen van de kliniek nog nooit zo snel horen doornemen. Hij sloot de vergadering en de artsen ontruimden de zaal.

Tekla zag vanuit een ooghoek dat Monica naar Göran toe liep

en iets tegen hem zei, waarop hij snel knikte, Tekla's kant op keek en vervolgens achter de artsen aan naar buiten liep. Ze raakte in verwarring.

'Ik was toch in de buurt,' zei Monica, die plaatsnam op de stoel aan de korte kant, waar Göran had gezeten. Met afschuw keek ze om zich heen. 'Jemig, jullie hebben geen zuurstof hier beneden. Hoe houden jullie het uit?'

'Misschien zijn de personeelsvergaderingen daarom zo kort,' antwoordde Tekla, en ze ging op gepaste afstand zitten, twee stoelen van Monica, die een knalgele rok en zwarte schoenen droeg. Als ze één ding over Monica Carlsson had geleerd, dan was het wel dat ze nooit 'toch in de buurt' was.

'Haalt hij het?'

'Wie?' vroeg Tekla, die een koude rilling langs haar ruggengraat voelde gaan.

'De man met de brandwonden op de IC,' zei Monica. Ze haalde iets uit de zak van haar jasje en stopte het in haar mond.

'O, die.'

'Wie dacht je dan dat ik bedoelde?' vroeg Monica, en ze wierp Tekla een sluwe blik toe.

'Ik zie zoveel patiënten dat...'

'Haalt hij het?'

'Moeilijk te zeggen. Vooral de nieren hebben flink geleden onder de uitgebreide...'

'Stinkt het nog zo op de IC? Ik ben al een tijdje niet meer op ons vlaggenschip geweest.'

Tekla zag de moderne zalen van de IC voor zich.

'Ik heb er niet op gelet.'

'Heb je de geur hier beneden in de kookpot wel geroken?'

Tekla kon een glimlach niet onderdrukken.

'Wat?' vroeg Monica, en nu zag Tekla dat de directeur van het Nobelziekenhuis zoute spenen at voor de lunch.

'Je zei "kookpot".'

'Noemen jullie de SEH dan niet zo?'

'Jawel.'

'Maar het verbaast je dat ik dat weet?'

'Zoiets.'

Tekla kreeg een impuls om aan Monica te vragen of ze drop at vanwege lage bloeddruk – misschien had ze bijnierschorsinsufficiëntie –, maar zo persoonlijk durfde ze niet te worden.

Monica haalde haar vingers langzaam door haar korte haar.

'Daarom moeten we snel tot een goede afspraak komen. Haast is geboden.'

'Je bedoelt de pps?'

'Het gebouw rot van binnenuit weg. Merk jij dat niet, als arts?'

'Ik focus me vooral op de mensen.'

'Ik heb begrepen dat je contact hebt met Tariq.'

'Hoezo?'

Monica keek Tekla strak aan.

'Dokter Berg, voorlopig ben ik degene die van ons beiden de vragen stelt.'

'Ik bedoel dat ik er niet over nagedacht heb waarom het zo stinkt,' zei Tekla. 'Ik ga ervan uit dat de ziekenhuisdirectie de situatie onder controle heeft.'

Monica Carlsson stond op van haar stoel.

Nu komt het, dacht Tekla. Nu ben ik over de schreef gegaan.

Monica liep ietwat hinkend weg en ging voor een olieverfschilderij staan dat het voormalige hoofd Ralf Bergström voorstelde, geboren in 1902.

'Al die mannen,' zei Monica met een zucht.

'Daar kan ik het mee eens zijn.'

'Wat moet je dan met Tariq?'

Tekla zou er heel wat voor overhebben om te weten van wie Monica haar informatie kreeg, maar besefte dat het zinloos zou zijn ernaar te vragen.

'Je kunt eigenlijk niet om hem heen.'

'Net als om de stank in dit gebouw,' zei Monica bij zichzelf. 'Neuspluggen zijn niet genoeg.'

Tekla glimlachte om de vergelijking.

'Maar je hebt nog niet met Anita gesproken, hoor ik.'

'Heb ik dat gezegd?'

Monica draaide zich om.

'Nee, precies.'

Tekla voelde hoofdpijn opkomen.

'Ik zal het in de loop van de week doen.'

'Het moet eerder.'

'Ik ga vandaag met haar praten.'

'Mooi,' zei Monica, en ze trok haar donkergroene zijden blouse recht onder haar jasje. Tekla nam aan dat Monica in de warmte net zo hard zweette als iedereen.

'Tekla?'

'Ja?'

'Heb je vanochtend gevonden wat je zocht?'

'Wat bedoel je?'

'In de patiëntgegevens van het Kungsholmen-ziekenhuis. Waar je niet in mag kijken als je geen specifieke patiënt hebt die je moet volgen.'

Tekla verstijfde. Maar er was geen reden om te liegen.

'Nee, ik kwam er niet in.'

'Was dit de man naar wie je zocht?'

Tekla nam een Post-it-briefje aan en las. Er stonden een naam en een persoonsnummer op. Ze vroeg zich af of er ooit een dag zou komen waarop Monica Carlsson haar niet meer versteld deed staan.

Monica kwam bij Tekla staan en veegde met de rug van haar hand het zweet van haar voorhoofd.

'En vergeet Göran. Er komt geen melding.'

Monica haalde een zoute speen uit haar zak.

'Wil jij ook?'

'Nee... dank je,' wist Tekla uit te brengen.

Monica stopte de speen in haar mond en liep naar de deur. 'Bel me als je met Anita gesproken hebt.'

Woensdag 12 juni
Grönviksvägen, Bromma

Victor pakte de zwarte tas met de pH-tests en liep naar het monsterlijke zwembad. Op een stoel onder het uitstekende dak naast het zwembad zat zijn vierennegentigjarige moeder Marina. De krasse dame keek uit over het water, dat nu een goudbruine roestkleur had aangenomen. Victor werd er verdrietig van. Alsof zijn eigen moeder uitkeek over vervlogen tijden. Van een afstand leek het alsof ze sliep, maar toen Victor voor haar stond, realiseerde hij zich dat ze een koptelefoon ophad en opging in een andere wereld. Ze schrok wakker en zette de koptelefoon af toen ze hem zag.

'Victor! Mijn *malysj*. Ik moet iets met je bespreken.'

Hij glimlachte. Zoende haar op haar hoofd. Sloot zijn ogen. Het grijze haar lag glad geborsteld over haar gebreide vest, dat met zijn rood-witte patroon deed denken aan een Chinese draak.

'*Mamoesjka*. Wat kan ik doen?'

'De nieuwe Filipijnse, zij niet dat sterke wasmiddel gebruiken. Ruikt chemisch. Zij lakens kapotmaken.'

'Ik praat wel met Coco.'

'Dan ben ik tevreden.'

De oude vrouw knikte gedecideerd naar haar enige zoon en zette haar koptelefoon weer op. Victor vermoedde dat het klassieke muziek was. Eigenlijk wilde ze naar luisterboeken luisteren, had ze gezegd. Maar hij had geen Russische kunnen vinden. En Oezbeekse kon je helemaal wel vergeten. Voorlopig moest ze het doen met Sjostakovitsj.

'Victor! Hoe is het met Nina?' riep de oude dame.

Victor tilde de koptelefoon op.

'Nina? Waarom vraag je dat, mama?'

'Het gaat niet goed met haar, dat zie ik.'

Victor keek uit over het zwembad. Hij kon het alleen maar met zijn oude moeder eens zijn. Er was iets niet in orde met Nina. Ze was zichzelf niet de laatste tijd.

'Er is vast niets, mamoesjka. Ze heeft het waarschijnlijk gewoon te druk.'

'Zeg dan zij minder doen,' zei Marina. Ze zette met een beslist gebaar haar koptelefoon weer op en staarde naar de stenen muur.

Victor pakte een pH-staafje en doopte het in het zwembad. Op de bodem zag hij de peperdure robotmodderzuiger, die achter het vuil aan ging, dag en nacht. Het staafje gaf een pH van 7,9 aan – drie punten te hoog dus. Waarom kreeg hij zoiets eenvoudigs als een zwembad schoonhouden niet voor elkaar?

Hij hoorde Sardor toeteren op straat. Het was tijd om de Noordelijke Netwerken toe te spreken. Geen escalatie van geweld. Geen dode Albanezen meer.

'Ik heb Softcare gekocht, actieve zuurstof,' verzuchtte Victor, die voor in de auto zat. 'Ik heb het gevraagd aan een van Nina's contacten die het best verzorgde zwembad van heel Djursholm schijnt te hebben. Die man zei dat ik Softcare moest gebruiken, dus nu heb ik een voorraadje ingeslagen.'

'Dan is het toch goed?' zei Sardor.

'Het is ook goed.'

'Wie probeer je iets wijs te maken?'

Sardor reed vol gas over de Alviksvägen, in de richting van de Ålstensschool.

Victor zag twee joggende moeders aankomen, allebei achter een sportieve buggy.

'Sardor.'

'Ja?'

'Hoe gaat het eigenlijk met je zus?'

'Geen idee.'

'Maar wat denk je?'

'We praten niet met elkaar, dus hoe moet ik weten hoe het met haar gaat? Ze zal het wel druk hebben met de verkoop van dure huizen in de archipel en met de zorg voor haar verwende man. Om nog maar te zwijgen van alle panden die ze wereldwijd kopen.'

'Hebben ze iets nieuws gekocht? Behalve dat huis in Rio?'

'Dat weet ik niet. Maar hoeveel huizen heeft een mens nodig?'

Sardor passeerde Äppelviken en moest om de haverklap afremmen voor zebra's waarover buggy's en vermoeide schooljeugd overstaken.

'Wat je ook zegt, zij is degene die het overneemt als ik er niet meer ben,' zei Victor.

Sardor remde af bij het Allépark, parkeerde langs het trottoir en draaide zich om naar zijn vader.

'Waarom heb je het over doodgaan?'

'Je hoeft je geen zorgen te maken.'

'Ik maak me geen zorgen.'

'Maar het is belangrijk dat je dit hoort,' zei Victor. 'Nina is schoon. Ze heeft nooit iets met onze activiteiten te maken gehad, ze komt in geen enkel register voor en dat moet zo blijven. Zij zal de activiteiten op termijn legaal maken. Aan deze hele ellende moet met mij een einde komen.'

'Ik vraag me af hoe de Centrale daarover denkt,' zei Sardor met een spottende glimlach.

'Laat de Centrale maar aan mij over.'

'Fijn voor je dat ik geen kinderen heb,' zei Sardor.

'Wat bedoel je?'

'Zodat mijn criminele genen niet worden doorgegeven.'

'Nu ben je oneerlijk.'

'Maar dat zeg je.'

'Dat zeg ik niet,' zei Victor, en hij keek verslagen.

'Maar zo voel ik dat wel,' zei Sardor, die zijn keel moest schrapen.

Aangeslagen legde Victor een hand op Sardors arm.

'Sardor, luister naar me. Jouw tekortkomingen als zoon zijn een gevolg van mijn mislukking als ouder.'

'Het zit in de genen.'

'Nee,' viel Victor hem in de rede. 'Ik weet dat je probeert het mij naar de zin te maken. En je bent enorm plichtsgetrouw geweest. Ik weet ook dat je de zaken goed in de hand hebt – de heroïne, de amfetamine, de hoeren en de wapens. Maar daarom juist.'

'Daarom juist wat?' vroeg Sardor.

'Dat is het enige wat je kunt. Je weet nauwelijks wat "escaleren" betekent. Hoe zou jij je in de gewone maatschappij staande kunnen houden, laat staan een echte onderneming leiden?'

'Laat mij dan doen wat ik het best kan,' zei Sardor.

'In een andere wereld,' antwoordde Victor, en hij sloeg met zijn hand tegen zijn voorhoofd. 'In een andere wereld, zoon. Er moet een eind komen aan al het geweld. Kamila, Emily en Kate moeten niet achterom hoeven kijken als ze volwassen worden. Ik heb veel te veel mensen gedood en verwond. Tot wees gemaakt. Ik heb op straat anarchie laten heersen. Als je ouder wordt, zie je duidelijker wat je bij nader inzien anders had moeten doen. En jij bent mijn grootste mislukking. Maar daar kun jij niets aan doen.'

Sardor staarde met een lege blik voor zich uit. Hij kneep in het stuur en zijn knokkels werden wit.

'Maar je krijgt uiteraard jouw deel van de erfenis,' zei Victor.

'Maar Nina neemt het over?'

'Ja. En dat heb je te accepteren.'

Ze zwegen een poosje. Toen zei Victor: 'En je weet dat ik droom van meer kleinkinderen. Het is nooit te laat.'

Sardor gaf gas, schoot de Alviksvägen op en ging agressief dicht achter een Volvo v90 rijden.

'Dat zal niet gebeuren.'

Sardor kwam gevaarlijk dicht bij de Volvo.

'Je kunt nog laat kinderen krijgen. Je hoeft alleen maar een vr...'

'Hou op!' kapte Sardor hem af.

'Je zou bijna denken dat je niet van vrouwen houdt,' zei Victor lachend.

Sardor haalde de Volvo in en botste bijna frontaal op een tegenligger.

'Rustig aan!' zei Victor.

'Nina zal alles inpikken!' schreeuwde Sardor.

Victor legde zijn eeltige hand op die van Sardor.

'Nee, hoor. En jij moet doen wat ik zeg. Ik weet dat je een man van je woord bent.'

Sardor wist dat hij geen keus had. Hij remde af voor het verkeerslicht voor de Alviksrotonde, dat op rood stond. Hij zuchtte diep.

'Ja toch?' herhaalde Victor. 'Je doet wat ik zeg.'

'Dat beloof ik.'
'Wat beloof je?'
'Dat we in de toekomst stoppen met de drugs en de hoeren en dat Nina het mag overnemen met haar legale activiteiten. Vastgoed en zo. Zo wit als sneeuw.'
'Dus dat zweer je.'
'Ja.'
'Op...?'
'Op overgrootmoeders graf,' zei Sardor, en hij reed over de Alviksrotonde naar industrieterrein Ulvsunda.
'Zo mag ik het horen,' zei Victor.

Woensdag 12 juni
Blue Oyster Thai, industrieterrein Ulvsunda

'Welkom!' zei Victor en hij hield Zog Biba's hand een paar tellen extra vast. De leider van De Leeuwen lachte spottend om Sardor, die naast hem stond en van iedereen de wapens in ontvangst nam.

'Zodat jullie ons neer kunnen maaien met de camera's uit? Nee, bedankt.'

Victor liet de hand los en verwelkomde Tony Nordström van de Jakan Crew met twee metgezellen.

'Als we jullie hadden willen vermoorden, waren jullie vanochtend niet wakker geworden. Zie dit maar als een gewoon kerstdiner met de familie. Jullie nemen toch ook geen wapens mee naar je moeder?' vroeg Victor.

Tony Nordström trok demonstratief zijn leren jack uit voor Zog Biba en schoof zijn zwarte T-shirt omhoog om Sardor te laten zien dat hij geen wapens in zijn broekband had.

'Kom op, Biba,' zei Tony, en hij klopte op zijn getatoeëerde buik. 'Ik heb honger als een leeuw.'

De Albanese leider knikte ten slotte naar zijn in het zwart geklede mannen dat ze hun wapens moesten afgeven. Ze tilden hun jasjes op en lieten zich fouilleren. Sardor legde pistolen, magazijnen, messen en mini-uzi's netjes op een rij en wees de weg naar de eetzaal van Blue Oyster Thai. Hij had het hele restaurant afgehuurd.

'Rond die tijd komen er meestal toch niet veel mensen,' had de eigenaar de vorige dag gezegd toen hij een stapeltje bankbiljetten in zijn hand gedrukt kreeg. 'Vooral niet bij een hittegolf, als iedereen bier gaat drinken in de stad.'

De ene bende na de andere sloot zich aan onder verbeten groeten en sceptische blikken naar het binnenste van het restaurant.

Een lange tafel, midden in het somber ingerichte Thaise restaurant, was nu bezet. De sfeer was zweterig-gespannen maar verwachtingsvol.

'Zo,' zei Victor, en hij maakte de knoop van zijn jasje los, streek over zijn witte overhemd en pakte een glas koude rode wijn. 'Dan heten we ook Jimmy Chu van No Way Out, Rickard Jakobsson van K-men en Christian Jensen van de Red Bears welkom. Fijn dat jullie konden komen, ook al was het kort dag. Ik weet dat jullie allemaal drukbezette zakenlieden zijn.'

Christian Jensen en 'De Graaf' Holmström, de vicepresident van de Red Bears, dronken bier uit een flesje, terwijl Zog Biba het bij water hield. De lange tafel was keurig gedekt met servetten die als zwanen waren gevouwen, met roze bloemen tussen de borden en sausjes in aparte schaaltjes. Rickard Jakobsson en zijn twee mannen van K-men keken sceptisch naar de Jakan Crew aan de andere kant van de tafel en wachtten op wat er verder kwam.

'Jullie komen rechtstreeks van jullie werk, neem ik aan,' zei Victor, die iedereen om de beurt aankeek, 'dus laten we eerst maar eens wat eten. Het Verdrag van Versailles is ook niet op een lege maag gesloten.' Rickard Jakobsson krabde verbaasd in zijn rode baard en zijn oogleden hingen even zwaar neer als altijd.

'We bieden vandaag een Thais buffet aan,' ging Victor op montere toon verder. 'Er is bier en wijn – gewoon even vragen aan het personeel. Leeuwen, als jullie willen beginnen?'

Zog Biba staarde Victor dreigend aan, maar ten slotte stond de Albanees op en hing zijn jasje over de beklede rugleuning. Langzaam liep hij naar het buffet, gevolgd door twee mannen in zwarte overhemden.

Victor haalde diep adem en liet de lucht langzaam door zijn neus ontsnappen. Hij knikte naar verschillende mensen rond de tafel, waar twaalf leiders van de Noordelijke Netwerken en drie vertegenwoordigers van Skärholmens motorclub, de Red Bears, bij elkaar zaten. Sardor liep rond en hielp het personeel om flessen bier en wijn klaar te zetten.

De bendes liepen om de beurt naar het overdadige buffet. De mannen van de Jakan Crew van Tony Nordström gingen allebei met twee overvolle borden zitten en begonnen afwisselend loempia's, groene curry en bamboescheuten naar binnen te werken. Tony knikte Victor toe vanaf zijn kant van de tafel en leek tevreden. Hij hief proostend het glas.

'Bepaald geen sterrenrestaurant,' zei een minder tevreden Jimmy Chu, en hij zette zijn zonnebril met blauwe glazen recht toen hij langs Victor liep. Jimmy was bruin als altijd en zijn spierwitte T-shirt spande om zijn spieren.

'Het spijt me, maar we wilden ongestoord kunnen praten,' zei Victor, die de bendeleider van No Way Out een klap op zijn schouder gaf. 'Het Grand Hotel was al gereserveerd voor de jaarlijkse bijeenkomst van de rijkspolitie.'

Tony Nordström lachte luid en zelfs Christian Jensen leek tot leven te komen.

Uiteindelijk ging Victor aan het hoofd van de tafel zitten en vroeg of Sardor een bord voor hem wilde volscheppen. Sardor keek de tafel langs of iemand die denigrerende instructie had gehoord.

'Ik wil om te beginnen mijn diepe medeleven uitspreken met Loriks heengaan,' zei Victor verbeten met een blik naar de andere korte kant. Zog Biba legde zijn vork neer en sloeg zijn armen voor zijn borst over elkaar. Dreigend staarde hij naar een boeket dat midden op tafel stond.

'Het was...'

'Verdomd onnodig,' viel de Albanese leider hem in de rede, en hij pakte het tafelblad met beide handen vast. Victor dacht even dat hij de tafel wilde omgooien.

Alleen de mannen van de Jakan Crew aten zwijgend verder. Alle anderen zaten rustig en in spanning te wachten op wat komen ging. Sardor zette een bord voor Victor neer en stapte vervolgens naar achteren, naar de kleurige wandschildering van gouden tempels.

'Daar ben ik het helemaal mee eens,' zei Victor hoofdschuddend. 'Maar het waren maar zaken. Puur en alleen zaken. Het is belangrijk om niet emotioneel betrokken te raken...'

'Jij hebt makkelijk praten,' kapte Biba hem af. 'Jij hebt geen familielid verloren.'

'*Pusho ne paqe*,' zei Victor met zijn hand op zijn hart, en hij zag Zog Biba opkijken. 'Moge hij rusten in vrede. Het was geheel en al onze schuld. De verantwoordelijkheid ligt bij mij en ik heb er spijt van dat ik mijn zoon niet beter heb opgevoed. Hij is opvliegend, en dat is niet altijd een slechte eigenschap, maar ditmaal is hij te ver gegaan.'

De enige die niet Sardors kant op keek, was Rickard Jakobsson, die zojuist een kipspiesje had gevonden, dat hij in de pindasaus doopte.

Zog Biba en zijn in het zwart geklede Leeuwen maakten aanstalten om op te staan. Zog nam het woord: 'Jullie hebben de verkeerde man gedood. Lorik was niet eens bij Kvarnen.'

'Dat weten jullie niet zeker...' begon Sardor, maar hij deinsde meteen terug toen Victor zijn hand opstak.

'Het spijt me verschrikkelijk,' zei Victor met een glimlach in Zogs richting. 'Ik zie dat jij je zonen beter in de hand hebt. *Pune e mire*, goed gedaan.'

'En wat doen jullie verdomme met jullie H?' snauwde Rickard Jakobsson van de K-men opeens. Hij brak een garnalenchipje doormidden. 'Het is versneden met een of andere troep. In de stad sterven de junks als vliegen.'

'Ik ben blij dat je daarover begint,' zei Victor, die zijn hand uitstak naar de ene lange kant. 'We zijn van het probleem op de hoogte en zoeken naar de schuldigen.'

'Dan moet je beter zoeken,' zei Rickard, en hij nam een hap van het kipspiesje.

'Absoluut,' antwoordde Victor. 'Eje en Sardor gaan de komende dagen fulltime aan de slag om de stad schoon te vegen. En aangezien jij deze delicate kwestie ter sprake hebt gebracht, ga ik ervan uit dat jullie er allemaal mee stoppen om jullie prijzen te dumpen, alleen omdat ons product een klap heeft gekregen.'

Tony Nordström leunde achterover en rolde met zijn gespierde schouders. Toen zei hij met een glimlach: 'Of maakt Rickard van de gelegenheid gebruik om territorium in te pikken, net als toen bij ons vorig jaar de coke op was?'

Twee van Rickard Jakobssons mannen stonden haastig op. Ze leken het ter plaatse te willen uitvechten, maar de leider van de K-men was niet zo afwezig als het leek. Hij grijnsde even en maakte een geruststellend gebaar naar zijn mannen, die weer gingen zitten.

'We gaan ons niet als corrupte politici gedragen,' zei Victor. 'We zijn allemaal mannen van ons woord. Als jullie allemaal beloven te stoppen met het dumpen van de prijzen, dan beloven wij, de Oemarovs, dat we ons territorium niet zullen uitbreiden ten noorden van Järva krog.'

'We verhogen de prijs van H vanavond nog,' zei Rickard Jakobsson, en hij spreidde zijn gespierde armen.

'Dan wij ook,' vulde Jimmy Chu aan. 'Ook al is het eten waardeloos.'

Hier en daar werd gelachen.

Victor keek naar de korte kant waar Zog Biba zat. De Albanees had de conversatie verbeten gevolgd. Victor stond langzaam op en liep om de tafel heen. Op een meter afstand van de Albanese bendeleider bleef hij staan.

'*Miku im*, mijn vriend. Ik heb drie kinderen voor wie ik alles doe. Soms misschien iets te veel.' Victor draaide zich om naar Sardor en schudde zijn hoofd. Er hing nu een compacte stilte in het schemerig verlichte restaurant. Iedereen volgde de kleinste beweging van Victor Oemarov. 'Dus ik weet wat familie betekent. Als iemand aan mijn kinderen zou komen, dan zou ik... Nou ja, dat begrijpen jullie wel. Ik vraag je uit de grond van mijn Oezbeekse hart om mijn zoon zijn vergissing te vergeven. We hebben allemaal vergissingen gemaakt. Het belangrijkste is dat je ze erkent, sorry zegt en verdergaat. Ik bied jou honderd procent van de cocaïnemarkt in Stockholm bij wijze van compensatie als je hier niet mee verdergaat en het geweld niet laat escaleren. Niemand van ons is gebaat bij verder bloedvergieten.'

De leider van De Leeuwen, Zog Biba, stond op, liep naar Victor toe en omhelsde zijn Oezbeekse gastheer.

De anderen rond de tafel applaudisseerden.

Victor stak een hand op en het werd stil. Hij keek naar Sardor.

'En we zullen Loriks lichaam opvissen, zodat jullie hem fatsoenlijk kunnen begraven. Ja toch?'

Sardor knikte.

'Sardor regelt het,' zei Victor, en hij gaf Zog Biba een hand.

Vervolgens ging hij zitten, nam zijn eerste hap van het eten en realiseerde zich dat hij flinke trek had.

Toen iedereen het restaurant had verlaten, liepen Sardor en Victor het parkeerterrein op. Het was een mooie, warme juniavond. De zon was ondergegaan, maar het was nog licht.

'Hoe voel je je?' vroeg Victor.

'Wel oké.'

'Zeker weten?'

Sardor wuifde Victor weg. 'Zeur niet zo.'

'Ik moest hun iets geven, zodat het geweld niet doorgaat. We hebben belangrijker zaken te doen.'

'Eje zou met alle kranen praten,' zei Sardor, die Victors blik ontweek.

'Mooi.'

Victor ademde zwaar. Hij was moe.

'Hoe gaat het met jou?'

'Het is niet zo erg.'

'Misschien.'

'Denk je van wel?' vroeg Victor.

'Ik weet het niet, maar je kunt er beter naar laten kijken.'

'Dat ga ik doen. En, Sardor...'

'Ja?'

'Ik zal contact opnemen met de Centrale en vragen of ze meer wapens sturen.'

Sardor keek Victor verbaasd aan.

'Waarom?'

Victor glimlachte.

'Denk je nou echt dat Zog Biba genoegen zal nemen met een opgezwollen lijk en wat cocaïne?'

Woensdagavond 12 juni
Bjurholmsplan, Södermalm

'Het is echt een verborgen parel van Södermalm,' zei Magnus met een blik uit het raam op het Bjurholmsplan. 'Niemand kent dit park, omdat hier geen bars of restaurants zijn. Alleen gezinnen die met hun kinderen spelen en singles die op een deken liggen te lezen. Wil je rode wijn of cognac? Ik had geen tijd meer om naar de slijter te gaan, dus dit is het enige wat ik heb.'

'Cognac,' antwoordde Tekla, die drie extra Sobril had genomen en een zwarte blouse had opgezocht die maar zelden van pas kwam.

Magnus schonk een limonadeglas half vol met de amberkleurige drank voor Tekla en nam zelf een glas rood.

'Het spijt me dat ik niet meer heb verteld toen we elkaar in Nytorget zagen. Dat was stom. Soms wil ik gewoon vergeten dat ik politieman ben.'

Tekla lachte en schudde haar hoofd.

'Hoe dat zo?'

'Toen we elkaar zagen met mijn zus erbij, had ik er een paar heel vervelende diensten op zitten en ik wilde alleen maar mezelf zijn, niet agent Magnus. Of Dolph, zoals ze me bij de ME noemen.'

Tekla verslikte zich in de cognac en hoestte hevig.

Magnus barstte in een luide lach uit, en even verdween de angst in Tekla's maag. Na alles wat er gebeurd was, was het bevrijdend om iemand hartelijk te horen lachen.

'Is het goed als ik je niet Dolph noem?'

'Graag. Ik vind het een vreselijke naam.'

Tekla voelde zich al aangeschoten en merkte dat de alcohol en de Sobril-tabletten elkaars werking versterkten.

'Kom je uit Stockholm?' vroeg Magnus.

'Echt niet.'

'Dan weet ik dus wie ik niet om tips voor een goed restaurant moet vragen.'

'Ik woon hier nu een jaar, maar ik kan buiten Södermalm nog bijna niets vinden,' zei Tekla.

'Je hoeft ook niets anders te kennen.'

'Is het zo erg?'

'Zo goed,' zei Magnus, en hij nam grote slokken van de wijn. 'Södermalm heeft alles wat je nodig hebt. Ik heb overal in de stad gewoond, maar Södermalm is de beste plek.'

'Waar ben je opgegroeid?'

Magnus leek te aarzelen.

'Ten noorden van de stad.'

'Daar weet ik nog minder van. Ten noorden van Norrtull is voor mij Arlanda.'

'Waar kom jij dan vandaan?' vroeg Magnus.

'Uit Jämtland. Uit het dorpje Edsåsdalen.'

'Dan wil ik alles horen over de elandjacht en *surströmming*-feesten.'

'Weet je hoe wij mensen noemen die in elkaar krimpen als er een uitlaat knalt?'

Magnus schudde zijn hoofd.

'Stockholmers op elandjacht.'

Magnus verslikte zich bijna in zijn wijn toen hij weer hard moest lachen. 'Ik was waarschijnlijk languit op de grond gaan liggen.'

Tekla vertelde verder. Over Edsåsdalen. Over het werk van haar vader in de fabriek. Over haar moeder, die wel thuis was, maar toch niet aanwezig. Dat ze het fijner had gevonden als haar moeder had gewerkt en ze aldoor bij haar vader had kunnen zijn. Dat ze graag met hem meeging naar de zomerhuisjes. Om het gras te maaien, alles klaar te maken voor de elandjacht, de boot te schilderen bij het meertje en hout te hakken voor de winter. Elk moment met haar vader was harmonieus. Zijn opgewekte humeur, zijn moppen en zijn liefde voor de natuur waren aanstekelijk. Dat hij te veel dronk zag ze eigenlijk niet. Dat merkte ze alleen indirect. Tekla vertelde dat haar moeder op haar vader mopperde, dat ze foeterde bij het ontbijt en bij het avondeten. Haar gezeur dat ze zich niets konden veroorloven, dat ze geen geld hadden om op vakantie te gaan 'zoals andere mensen'. Ze begreep het verlangen van haar moeder niet om eropuit te trekken en de wereld te zien. Ze hadden toch alles wat een mens nodig had? De meren met vis, het bos met bessen en paddenstoelen, het grasveld voor voetbal en tikkertje, de bomen om in te klimmen.

'Het klinkt alsof je niet zo'n goede band had met je moeder,' constateerde Magnus met een glimlach.

Tekla glimlachte terug.

'Nee, dat zou ik niet kunnen beweren.'

'Dus jullie zijn nooit op reis geweest?'

Als ze terugdacht, kon ze zich maar één enkele reis herinneren. En daar was haar moeder niet eens bij geweest. Tekla dronk van haar cognac.

'Eén keer. We waren in Portugal. Vraag me niet waar mijn vader het geld voor de reis vandaan had. Misschien had hij het geleend. Hoe dan ook, we waren daar met z'n drieën: mijn vader, mijn broertje en ik. Mijn vader had zijn gitaar bij zich, en ik weet nog dat hij aan de rand van het zwembad nummers van Cornelis Vreeswijk zat te spelen. "Dit is toch fantastisch?" riep hij tegen ons. We ontbeten op het terras onder een pergola met wijnranken. We kregen versgeperst sinaasappelsap en verse broodjes, die mijn vader had gekocht voordat wij wakker werden. Je kon ze zo eten, zonder iets erop, maar mijn vader vond dat er Nutella op moest, ook al wilden wij dat niet. "Het is vakantie, godsamme," lachte hij. Ik weet nog dat ik de rook inademde van de sigaret in zijn mondhoek. Er was ook een andere geur, een zuurdere zweetlucht, maar die probeerde ik buiten te sluiten door met mijn mond open adem te halen.'

In werkelijkheid herinnerde Tekla zich de geuren helemaal niet. Dat was altijd al haar grootste frustratie geweest: de beelden waren glashelder, maar de geuren kon ze zich niet herinneren. Juist daarom was ze een notoire geurenverzamelaar. Het spierwitte overhemd van haar vader lag opgevouwen in een schoenendoos in de kast. Samen met honderden andere dingen uit haar kindertijd. Allemaal met het doel de geuren bij de belangrijke herinneringen te kunnen bewaren. En als ze vertelde over dingen die ze had meegemaakt, voegde ze er altijd kleine, precieze geurherinneringen aan toe die ze in het plaatje vond passen.

Ze keek Magnus aan, die aandachtig luisterde. Er speelde een leep lachje om zijn lippen, die donker waren van de wijn.

'Wat?'

'Niets. Ga door, je bent een goede verhalenverteller. Wat een geheugen!'

Tekla keek uit het raam en richtte haar blik op de enorme boom midden op het Bjurholmsplan. Ze voelde zich ontmaskerd en te kijk gezet. Naakt. Maar tegelijkertijd vond ze het onverwacht makkelijk om met Magnus over haar kindertijd te praten.

Ze dronk gretig van de cognac.

'Mijn vader deed makreelfilet in tomatensaus op zijn broodje. Ik verbrandde mijn rug, zodat ik hele vellen van mijn schouders kon trekken, en ik dronk de Coca-Cola die mijn vader kocht. Als mijn moeder erbij was kregen we nooit frisdrank, maar nu mochten we ons eraan tegoed doen. Alles was één lange droom. In elk geval totdat hij de whiskyfles pakte. Ik hoorde de draaidop, de drank die murmelend in het glas liep en de stilte erna. Zijn "ah" maakte een eind aan de heerlijke dag. Ik verontschuldigde me altijd snel na het avondeten en zei dat ik moe was. Dan ging ik naar bed, legde mijn kussen op mijn hoofd en konden mijn fantasieën beginnen. Ik weet niet meer waarom mijn moeder er niet bij was.'

'Die werkte misschien,' opperde Magnus.

'Dat denk ik niet.'

'En je broer – zijn jullie close?'

Tekla deed haar ogen dicht en keek recht in Simons gezicht. Hij zag er wat bezorgd uit. Zijn grote ogen wijd open. Een sigaret in de mond. Baardstoppels en een groot zilveren doodshoofd in zijn ene oor. Ze voelde dat haar keel werd dichtgesnoerd.

'We zijn altijd heel hecht geweest. Pseudotweeling – noemen ze dat niet zo als kinderen minder dan een jaar schelen?'

'Misschien. Dat weet ik niet.'

Tekla wist het wel. Ze zag de website voor zich, het internetforum van 'Alles voor ouders', een discussie van 26 december 2008.

'Maar we hebben al een tijdje niets meer van elkaar gehoord. Afgelopen voorjaar hadden we ruzie...'

'Het is moeilijk met familie. Hoe dichter je bij elkaar staat, des te harder de toon kan worden. Astrid en ik kunnen ook ontzettend goed ruziemaken, daar zijn we verdorie wereldkampioen in.' Magnus lachte en schudde zijn hoofd. 'Maar misschien kunnen jullie het nu uitpraten?'

Tekla vroeg zich af of het een goed moment was om over de ontvoering te beginnen.

'Maar hij doet moeilijk. Hij gebruikt drugs.'

'O jee. Al lang?'

'Sinds zijn puberteit.'

'En dan hebben we het niet over een jointje?'

'Volgens mij is het erger geworden. Ik vermoed heroïne.'

Tekla voelde dat Magnus haar aanstaarde en leek te overwegen hoeveel hij kon vragen. Misschien was hij fijngevoeliger dan het op het eerste gezicht leek. Als politieman wist hij natuurlijk dat veel drugsgebruikers ook dealden om hun heroïnegebruik te bekostigen.

'Ik zie aan je dat er iets is gebeurd,' zei Magnus.

Tekla knikte. Magnus hoefde het niet te zeggen, ze zag wat hij dacht: je broer is een dealer die het voor zichzelf heeft verknald.

'Wil je het vertellen?'

Tekla voelde zich misselijk. Dronken.

'Misschien een andere keer.'

Ze wilde de plezierige avond niet bederven door over de gebeurtenissen bij winkelcentrum Ringen te praten. De reden waarom ze Magnus wilde zien, had nu plaatsgemaakt voor iets anders. En trouwens, wat kon Magnus doen wat de politie niet al deed?

'Heb je iemand om mee te praten?' vroeg Magnus. 'Een partner?'

Tekla was in gedachten.

Magnus zei verontschuldigend: 'En opeens werd ik veel te persoonlijk. Een gevalletje verstandsverbijstering. Heb ik weer – als een olifant in een porseleinkast. Dat heb ik nou altijd, dat ik...'

'Het maakt niet uit. Maar nee, niemand. Het is niet mijn ding.'

'Je ding?'

'Relaties.'

'Nooit?'

Ze zag dat Magnus zich moest bedwingen om geen lompe opmerking te maken.

'Een partner. Dat doet mij eerder denken aan agenten die voor in een auto zitten, zwarte koffie drinken uit een kartonnen bekertje en in de stromende regen posten bij een appartement.'

'Van dat soort films heb ik er wel een paar gezien, ja,' zei Magnus met een glimlach.

'Ik wil alleen maar zeggen dat het lang geleden is dat ik een relatie heb gehad. Ik bedoel... Ze komen en gaan.'

'Je spreekt met een expert – in het verkloten van relaties,' zei Magnus, en hij liet zijn schouders een stukje zakken. 'De enige vrouw met wie het klikt, is mijn zus.'

'Die lijkt me heel aardig.'

Tekla voelde dat hun knieën elkaar even raakten.

'Het is ook moeilijk om er tijd voor te maken,' zei Tekla, en ze voelde dat ze iets dichter bij de waarheid kwam. 'Werk, onderzoek, carrière.'

'En lichamelijk verval tegengaan.' Magnus kneep in zijn vel.

'Jij lijkt me anders goed in vorm,' reageerde Tekla.

'Dan moet je me eens naakt zien.'

Tekla keek de grote man verbaasd aan.

'Wees maar gerust,' zei Magnus glimlachend. Hij leek spijt te hebben van wat hij had gezegd. 'Ik eet je heus niet op.'

Tekla aarzelde. 'Mag ik...?' Ze pakte haar sjaal en doopte hem in het glas met het bodempje cognac.

Magnus lachte.

'Heb je parfum nodig of zo?'

'Een kleine herinnering.'

Magnus' glimlach werd iets minder. Gefascineerd keek hij naar Tekla.

'Wat ben je mooi. Jij hebt, zoals mijn oude kickbokstrainer zou hebben gezegd, "een stevige persoonlijkheid".'

Tekla stopte haar sjaaltje in haar zak. Het zou in een schoenendoos in haar kast terechtkomen.

Ze waren allebei een tijdje stil. Tekla genoot van het avondlicht dat door het raam naar binnen kwam en de wanden van het appartement in fraaie geelrode tinten doopte. Magnus haalde twee glazen water en een schaaltje pinda's.

'Heb je het al uitgepraat met je broer?' verbrak hij de stilte. 'Jullie hadden ruzie gehad, zei je.'

'Nee,' zei Tekla, en ze dronk van het water.
'Hoe heet hij?'
'Simon.'
'Woont hij in Stockholm?'
'Ja. Totdat hij...'
'Totdat hij wat?' vroeg Magnus.
Ze nam een aanloopje, want ze bedacht dat ze niets te verliezen had door het te vertellen.
'Hij is gisteren verdwenen. Hij is ontvoerd.'
Magnus zette zijn glas neer.
'Wat bedoel je?'
'Ik weet het niet. Maar ik neem aan dat hij met rottigheid bezig is. Misschien dealt hij.'
'Heeft hij... Weet je of hij met zwaardere drugs bezig is?'
'Niet direct. Maar veel wijst daar wel op.'
'Ook al heb je hem al een tijd niet meer gezien?'
'Daarom juist. Als het een tijdje stil was aan zijn kant, was dat altijd omdat hij met iets bezig was waarvoor hij zich schaamde.'
'Tegenover zijn oudere zus.'
'Die nogal streng kan zijn, ja,' zei Tekla, die een steen in haar maag voelde.
'Wat zegt de politie?'
'Dat ze zoeken naar de bestelbus waarin hij is verdwenen,' antwoordde Tekla, en ze zag de man met het gips voor zich. Ze had geen tijd gehad om verdere naspeuringen te doen naar de man wiens naam Monica haar had gegeven: Johan Holmström.
'Ontvoering is niet echt mijn afdeling,' zei Magnus, 'maar meestal wordt er snel een groep samengesteld die de zaak behandelt, een beetje afhankelijk van de omstandigheden. En hij heeft niets van zich laten horen? Geen appjes?'
'Niets,' zuchtte Tekla. 'Maar je kunt een telefoon toch uitpeilen?'
'Dat is nog niet zo makkelijk. Daar gelden veel regels voor. De mensen die dat doen zitten in de opsporingsgroep.'
Tekla wilde er niet verder op ingaan.
'Ik kan wel eens navragen hoe het gaat, als je dat wilt?'
'Graag.'
'Dan heb ik zijn gegevens nodig.'

Tekla schreef Simons naam en persoonsnummer op een servet. Het viel haar op dat Magnus schrok toen hij Simons naam zag.

Ze bleven even zwijgend zitten, verzonken in hun eigen gedachten.

'We bedenken wel een manier om je broer te vinden,' zei Magnus, verbeten voor zich uit starend. 'De politie weet vast dat hij drugs heeft gebruikt, dat zal wel in de registers staan. Maar jij denkt dus dat hij ook dealt?'

'Misschien,' zei Tekla met een zucht.

'Maar je weet niet of hij bij een bende heeft gezeten?'

'Nee.'

'Geen idee?'

Tekla overwoog de naam Johan Holmström te noemen.

'Nee.'

'Dus nu heeft hij waarschijnlijk problemen met een paar kranen.'

'Kranen?' vroeg Tekla.

'De op een na laatste schakel in de ketting,' antwoordde Magnus. 'Ze hebben een kilo of een paar ons, zeg maar, en die verdelen ze onder de dealers op straat. De distributie wordt vaak door bendes geregeld. Boven hen staan anderen die het voor het zeggen hebben. Aan de top staat een Oezbeekse familie. De boss heet Victor Oemarov, maar hem kan niemand iets maken. De bendes hebben een heleboel ondergeschikten; die noemen we kranen: jongens of kleine bendes die pakjes uitdelen aan de dealers die op straat verkopen. Je broer kan een kraan of een dealer zijn.'

'En ik neem aan dat de politie redeneert dat het zijn eigen schuld is?'

'Misschien niet helemaal zo cynisch, maar inderdaad. Ik zal het checken bij mijn contact met de narcotica-afdeling. Maar wij kunnen ons eigen onderzoek doen. Ik weet waar de dealers zitten.'

Magnus dronk zijn glas leeg en stond op.

'Wat ga je doen?' vroeg Tekla.

'We gaan aan het werk.'

'Nu?!'

'We hoeven nergens op te wachten. Bovendien moet ik plassen.'

Tekla zag sterretjes toen ze opstond. Ze had een bommetje nodig als ze vanavond nog door wilde.

'Ben je altijd zo impulsief?' vroeg ze aan Magnus toen hij uit de wc kwam.

'Het leven is kort,' zei hij. 'We nemen mijn auto.'

Tekla vroeg zich af of het wel zo'n goed idee was dat een agent met een slok op achter het stuur kroop, maar zei niets. Ze liep achter Magnus aan naar zijn auto op de Ringvägen en stapte in.

Woensdagavond 12 juni
Winkelcentrum Högdalen

Het was al tien uur toen ze bij de worstkraam in Högdalen parkeerden. Ze waren bij een junk in Björns trädgård bij Medborgarplatsen langs geweest, van wie Magnus nog iets tegoed had. Vervolgens hadden ze zich bij twee agenten in burger van het narcoticateam Sergels Plein aangesloten. Ze zaten te eten in een hamburgerrestaurant in de Vasagatan. Ze kenden geen Simon Berg. Maar zoals ze zeiden: 'Niet dat die gasten hun eigen naam gebruiken.' Ze lachten ruw. Tekla haalde opgelucht adem toen ze weer in Magnus' BMW sprong.

In het voetgangersgebied van winkelcentrum Högdalen keek Magnus zoekend om zich heen.

'Kennen ze je hier?' vroeg Tekla.

Magnus glimlachte.

'Ik ben niet bepaald iemand die in de massa opgaat, vind je wel?' Zijn blik bleef haken aan iets bij de ingang van de metro. 'Daar.'

Toen ze de bloemenzaak waren gepasseerd zette Magnus het opeens op een rennen.

Tekla holde achter hem aan. Ze zag nu dat ze achter een kleine man in een bomberjack aan zaten.

Magnus haalde de man in bij de ingang van de ICA en gaf hem een duw in zijn rug, zodat hij vooroverviel en op zijn zij neerkwam. Magnus wierp zijn grote lichaam op hem en zette zijn knie in de rug van de man, die als een kever tegen het asfalt werd geplet. Nu lag hij als een kruis met zijn armen en benen alle kanten op.

'Ben je al bijna gekalmeerd?' vroeg Magnus, terwijl hij geruststellend wuifde naar een tiental mensen die op veilige afstand waren blijven staan om naar de actiescène te kijken. 'Ik ben van de politie.'

Tekla knikte bevestigend, wat het beoogde effect leek te hebben op het publiek, dat zich verspreidde. Het was niet de eerste keer dat er gewelddadigheden plaatsvonden in hun winkelstraat.

'Oké, Bullseye. Praten of vechten, wat wordt het?'

De man leek gekalmeerd. Hij ging rechtop zitten toen Magnus de druk verminderde.

'Doe eens chill, verdomme...'

'Ho, ho,' viel Magnus hem in de rede. 'Je weet dat je geen lelijke woorden mag gebruiken.'

Hij wenkte Tekla.

De man was niet ouder dan twintig. Een skinhead met een mooi gezicht. Blauwe ogen die haar sceptisch aankeken. Een gouden oorbel in zijn oor. Tekla voelde een mengeling van fascinatie en medelijden.

'Bullseye hier levert drugs aan de Red Bears-motorclub in Skärholmen. En hij rookt zelf behoorlijk veel hasj. Maar geen zwaarder spul, toch?'

'Wat wil je, verdomme?'

'En omdat ik eerder aardig ben geweest voor jou, moet jij ons iets vertellen.'

'Ik ben je niets verschuldigd, verdomme.' De jongen veegde het stof van zijn zwarte spijkerbroek. Hij zag er niet verlopen of getekend uit. Tekla kreeg de indruk dat hij zelfs een sportief type was. Misschien dealde hij om wat bij te verdienen en zijn ouders te helpen. Je kon altijd wensdenken.

'Echt wel. De laatste keer heb ik jou zelfs een paar zakjes wit snoepgoed laten houden. Ja toch?'

Bullseye wendde zijn hoofd af, waardoor een paar tatoeages zichtbaar werden die uit zijn witte T-shirt staken.

'Ken je ene Simon Berg?'

Tekla huiverde toen ze de naam van haar broer zo op straat genoemd hoorde worden.

'Kom op, Bull. Simon? Misschien is hij een kraan, of hij dealt.'

'Die gast met die grote hoektanden?' vroeg Bullseye.

Tekla hield haar adem in.

'Die zit meestal bij de Farsta-lijn.'

'Wanneer heb je hem voor het laatst gezien?'

De man trok zijn schouders op. 'Vorige week of zo.'

'Waar?'

'Slussen. We moesten aanvullen.'

'Je bedoelt dat je met een kraan had afgesproken?'

'Zoiets.'

'Hoe heet die kraan? Hoe heet die gast van jullie? Geef me een nummer.'

Nu draaide de jongeman zich om, met zijn hand naast zijn lichaam.

'Dat meen je toch niet? Je snapt toch wel...'

'Ik snap dat het zo niet werkt. Jullie laten een bericht achter op een mobiel, iemand belt... Zoiets?'

Ze zwegen even. Daarna fluisterde Bullseye: 'Ik heb gehoord dat hij het heeft verkloot.'

'Simon?' vroeg Magnus.

'Ja.'

'Hoe dan?'

Tekla ging op haar hurken zitten. Haar hart was op hol geslagen.

'Hij heeft het verkloot, dus ze hebben hem gisteren bij Ringen opgehaald.'

Bullseye maakte aanstalten om op te staan. 'Ik moet ervandoor.'

Magnus liet de man gaan. Hij verdween snel om de hoek.

'Gaat het?' vroeg Magnus.

'Een beetje geschrokken.'

'Maar niet verbaasd?'

'Niet echt. Dat was handig, zoals je hem onder druk zette.'

'Ik weet hoe het werkt bij die gasten. Geven en nemen. Maar ze geven maar weinig, zodat ze kunnen overleven op straat.'

Tekla dacht aan wat ze had gezien en gehoord.

Simon had het verkloot.

Magnus ging verder: 'Maar dan weten we voor wie hij werkt.'

'Voor de Oezbeken.'

'Maar jouw broer heeft geen direct contact met de Oezbeken,' zei Magnus. 'Er zijn een heleboel tussenpersonen. Die noemen wij dus kranen. Mannen die hoger staan in de hiërarchie, die op grotere zendingen zitten. Een motorclub in Skärholmen, de Red Bears, doet het grove werk. Dus hij heeft waarschijnlijk een contactpersoon in de club. Als hij zelf kraan is. Of alleen een dealer van kleine pakketjes. Dat weten we natuurlijk niet.'

Tekla dacht erover na wat ze kon doen. Zou ze gewoon naar Skärholmen gaan en daar aankloppen?

'Hoe weet je dit allemaal?'

'Dat is ons werk. Ik ken mensen bij Narcotica. We praten met elkaar.'

'Wat zijn de belangrijke bendes die dealen in Stockholm?'

'Er zijn allerlei varianten. Van mannen alleen tot bendes van meer dan twintig personen. Vaak heel jong. Sommigen organiseren zich, anderen importeren rechtstreeks van een oom in Afghanistan of Colombia. Ze concurreren steeds om de klanten. De prijzen gaan omlaag, misschien plaatselijk bij een eenling in Rågsved, een andere bende vindt dat zij het voor het zeggen hebben in dat gebied, dus moeten ze hun territorium markeren. Ze bedreigen de zus van de eenling in een kapsalon in Skärholmen, de eenling betaalt een paar Georgiërs, die een lid van de bende doodschieten als hij in zijn auto zit op weg naar de sportschool. En zo verspreidt het geweld zich in die drugsketen. Ontzettend moeilijk om grip op te krijgen, maar de bendes van Hjulsta, Akalla, Tensta en die buurten lijken met elkaar te zijn gaan samenwerken.'

'Is dat goed of slecht?'

'Dat hangt ervan af aan wie je het vraagt. Voor de Oezbeken is het niet goed. Zij denken dat ze de hele stad in handen hebben, maar wij hebben informatie gekregen dat er een aantal wapendeals aan zit te komen.'

'Denk je dat dat tot geweld zal leiden?'

Magnus maakte een moedeloos gebaar.

'Wie weet.'

'Maar als we nu weten dat hij dealt voor de Oezbeken, die met de Finnen in Skärholmen samenwerken, dan moeten we de politie toch bellen, zodat ze kunnen nagaan of hij daar is? Een inval doen, of hoe dat heet.'

'Dat regel ik wel. Maar ik zou er niet te veel op hopen,' zei Magnus. 'De kans is vrij klein dat ze hem in hun clubhuis in Skärholmen hebben. En misschien staat hij alweer op straat te dealen.

Je zei eerder ook al dat hij een prutser is.'

Tekla knikte.

'En moeilijk te pakken te krijgen.'

Tekla knikte weer.

'Ik zal kijken of ik iets kan vinden,' ging Magnus verder. 'Maar het is al laat, dus misschien kunnen we morgen verdergaan?'

'Ik ben blij met alle hulp die ik kan krijgen,' antwoordde Tekla, die besefte dat zij ook moest slapen om er de volgende dag weer tegen te kunnen. 'Ik blijf proberen hem te bellen.'

'Gaat het wel goed met je?' vroeg Magnus.

'Nee.'

'Dat snap ik. Het spijt me heel erg dat...'

'Ik had dit al aan zien komen.'

'En nu weet je het.'

'Ja,' zei Tekla gelaten.

Ze liepen weer door, allebei in hun eigen gedachten verzonken.

Hij had het verkloot.

Tekla huiverde.

Donderdagochtend 13 juni
Humlegården, Östermalm

Sardor zweette in zijn leren jack. De autochtone Zweden rond het Stureplan liepen in zijn ogen praktisch in hun blootje. Meisjes in loeistrakke witte jeans en nietsverhullende hemdjes.

Nina dook op in haar enorme zwarte Cadillac SUV.

'We zien elkaar bij Humlan. Ik ga even parkeren.'

Nina trok haar zonnebril omlaag en reed weg.

Broer en zus wandelden doelloos door Humlegården. Om hen heen in het park zaten gezelschappen te picknicken. De mensen van Östermalm lieten hun poedels en teckels uit, en af en toe kwam er een jogger voorbijrennen met een buitenproportionele buggy in de sportstand.

Sardor constateerde dat Nina niet uit de toon viel. Ze voldeed aan de kledingcode vrijetijdskleding in haar donkerblauwe linnen pak met een witte blouse en zwarte pumps.

Ze passeerden de fontein en liepen omhoog naar de speeltuin.

Sardor merkte dat Nina niet kon besluiten of de zonnebril nou in haar kortgeknipte haar moest zitten of niet. Omhoog en omlaag. Op en af.

'Moet ik me zorgen maken om papa?' vroeg Nina.

Sardor dacht aan de manier waarop Victor gisteren in het restaurant met de vertegenwoordigers van de Noordelijke Netwerken was omgegaan. Hoe handig hij het testosteronniveau omlaag had gebracht. En hoe onmogelijk het voor Sardor was geweest om iets dergelijks te doen. Maar hij kon in elk geval een beetje ontspannen. Victor leek niet meer kwaad te zijn omdat Sardor en Eje die Albanees om zeep hadden geholpen.

'Hij is ouder geworden.'

'Maar hij gaat zo hijgen als hij beweegt.'

'Hij is laatst in het Nobelziekenhuis geweest. Ze hebben wat tests gedaan, geloof ik,' zei Sardor.

Nina speelde nerveus met haar mobiel.

'Kom op,' riep Sardor uit. 'Waar wilde je het nou echt over hebben?'

'Ik heb een kleine bekentenis. Iets wat ik moet vertellen...'

Ze bleef haar zonnebril op en af zetten. In een ander leven had Sardor medelijden gehad met zijn zus.

'Iets wat tussen ons moet blijven.'

'Als je niet wilt dat ik wegga, kun je nu beter beginnen met praten.'

'Beloof het.'

'Ja, hoor.'

Nina zette haar zonnebril af en stak hem in het borstzakje van haar jasje.

'Er ligt een man met ernstige brandwonden op de IC van het Nobelziekenhuis.'

'Oké.'

'Het is Oleg.'

'Welke Oleg, verdomme?'

'Oleg Z... nog iets.'

Sardor herkende de naam, maar kon hem niet plaatsen.

Nina verduidelijkte: 'Een Rus... Een van de mannen van de gevelrenovatie, die voor ons op verschillende projecten in de archipel heeft gewerkt. Hij heeft ook in het leger gezeten...'

'Wat voor gevelrenovatie?'

'De Söder torn.'

'De woontoren? Ik snap niet waar je het over hebt, Nina.'

'Hij is in de kelder gevonden. Vreselijk verbrand.'

'Nina!' snauwde Sardor. 'Vanaf het begin.'

'Lang verhaal kort: Jonna en ik... Toen we de kans kregen aan te haken bij de renovatie van de toren zijn we all-in gegaan. We kregen de hele gevel en... Maakt ook niet uit hoe het is gegaan, maar je snapt wel over wat voor bedragen we het hebben.'

'Maar daar weet Victor dus niets van?' kapte Sardor haar af. Hij begon een idee te krijgen van de omvang van de ramp.

Nina ontweek de blik van haar broer.

'Verdomme, Nina, wat heb je gedaan?'

Nina maakte zich lang en zei fel: 'Jij zou die kans ook hebben gegrepen als je die had gehad, maar jij hebt natuurlijk geen idee hoe je geld moet verdienen.'

'*Don't go there*,' zei Sardor verbeten. 'Wat is er met die Oleg gebeurd?'

'Hij regelde alles en... Toen het begon te branden wist ik meteen dat het de gevel was... We hebben iets gebruikt wat Reynobond heet... Het is goedkoper, maar wordt niet meer gebruikt sinds de brand in Londen in 2017...'

'Maar jullie hebben het onder een andere naam gebruikt?'

Nina knikte.

'Vertel nu het hele verhaal! Geen bullshit.'

'Rustig maar,' zei Nina, en ze wuifde zich met haar mobiel koelte toe. 'Oleg wist overal van. Hij was de enige, op mij en Jonna na. Dus toen hij in het Nobelziekenhuis lag, realiseerde ik me dat hij zou kunnen praten. Hij is natuurlijk een Rus, niet een van ons. Ik kon hoe dan ook het risico niet lopen dat hij met de politie zou gaan praten. Áls hij wakker werd. Dat mocht gewoon niet gebeuren.'

'Mijn god, je klinkt als een gangster,' zei Sardor, en hij kon zijn glimlach niet verbergen.

'Draai het mes nog maar eens om – ga je gang.'

Sardor genoot ervan zijn zus te zien lijden.

'Dus ik heb getracht op te ruimen. De FSB zou ervoor zorgen, maar...'

'De FSB?' riep Sardor uit. 'Godallemachtig, Nina...'

'Kan het wat zachter? Ja, ik heb een hand naar hen uitgestoken.'

'Tering, zeg, hoe ben je in contact gekomen met... Anders praat Victor toch alleen met hen?'

'Vergeet het,' zei Nina, die haar ogen neersloeg.

Sardor dacht na over wat hij te horen had gekregen. Hij overwoog verschillende opties.

'Maar het is hun kennelijk niet gelukt,' zei hij.

'Mijn probleem blijft,' zuchtte Nina.

'Oleg leeft nog.'

'De politie mag er niet achter komen dat hij het is,' zei Nina.

'Hou op. Je bent banger voor Victor dan voor de wouten.'

Nina draaide heen en weer en klapte haar zonnebril omlaag.

'Het zou niet goed zijn als papa hierachter kwam, nee. Ik denk dat jij het daar wel mee eens bent.'

Sardor schoot in de lach. Hij besefte opeens dat ze eindelijk iets gemeen hadden: ze hadden het allebei op hun eigen terrein verknald en ze waren doodsbang om door hun eigen vader betrapt te worden.

'Dus jij wilt dat ik... wat? Hem dood?'

'Natuurlijk niet,' snoof Nina. 'En ook al zou ik je dat vragen, het zou je niet lukken, omdat de politie na de poging tot moord de bewaking heeft opgeschroefd. Ze denken dat hij een terrorist is met Russische banden. Maar misschien heb jij een ander idee, bedacht ik. Ze hebben zijn identiteit niet weten vast te stellen. Kun je het niet zo regelen dat ze denken dat hij iemand anders is? Ik betwijfel of hij het überhaupt overleeft. En als hij het redt, zal hij waarschijnlijk niet praten. Dat zou het beste zijn.'

Sardor moest denken aan wat Eje had gezegd. Wat die Jonas in de bananenkoeling had verteld. Dat hij Simon geld had willen laten lenen van zijn zus, die arts was in het Nobelziekenhuis, maar dat Simon dat niet wilde. Ze had dan misschien geen geld, bedacht Sardor, maar ze was wel arts in het ziekenhuis waar Oleg lag.

'En waarom doet papa's meisje het zelf niet?'

'Heel gewoon omdat ik weet dat jij goed bent in dit soort dingen.'

'Welke dingen?'

'In dingen... regelen.'

'Wat krijg ik?'

'Hoezo, wat krijg je?'

'Als ik je help. Je hebt de laatste tijd niet veel oog gehad voor mijn belangen.'

'Kom op, zeg. Snap je wel hoe vernederend het is om jou om hulp te moeten vragen?'

'En wat is daar erg aan?'

'Sodemieter op.'

'Daar zat ik net op te wachten: een beetje oprechte dankbaarheid van jouw kant.'

'Dus je helpt me?'

Sardor schudde zijn hoofd.
'Niet?' riep Nina.
'Dat is het niet,' zei Sardor. 'Het is alleen zo typisch. Victor wil ons gefaseerd weghalen bij de drugs en de hoeren. Hij wil dat we een legaal familiebedrijf worden onder jouw leiding. Maar als je hulp nodig hebt, is je criminele broertje opeens weer goed genoeg.'
'Hou op,' zei Nina. 'Help je me of niet?'
Sardor knikte.
'Rustig maar, Nina. Alles voor de familie.'

Donderdagochtend 13 juni
Kungsträdgården

Tekla had voor het eerst in meer dan twee weken een dag vrij. Ze zat met Magnus in een café midden in de zee van mensen die genoten van de ochtendzon in het park Kungsträdgården. De inwoners van Stockholm hadden weer een lange nawinter doorstaan met sneeuw tot in april, maar nu liet de stad zich van zijn beste kant zien. Tekla schoof haar stoel wat dichter naar Magnus toe om wat schaduw te krijgen. Ze dacht na over wat ze die ochtend te weten was gekomen. De politie had niets nieuws te vertellen over het busje, en Magnus' naspeuringen hadden ook geen resultaat opgeleverd.

Tekla keek op haar mobiel. Ze schakelde de vliegtuigstand in en uit. Het toestel had moeilijk gedaan, was plotseling uitgegaan in haar zak en daar raakte ze gestrest van. Ze stuurde een appje aan zichzelf. Dat werkte. Daarna checkte ze haar sociale media en schrok. Het bericht op Messenger was vanochtend aangekomen. Iemand moest op Simons account hebben ingelogd. Ze belde naar zijn mobiel, maar kwam weer bij de voicemail terecht.

'Tekla?' vroeg Magnus toen ze met haar mobiel bezig bleef. 'Alles goed?'

'Vanochtend werd ik wakker met mijn kussen op mijn hoofd,' zei Tekla. 'Ik hoorde het kloppen in mijn oor. Je weet wel, dat je elke hartslag hoort ruisen. Tegelijkertijd lag mijn duim onder mijn achterste en ook daar voelde ik het kloppen. Opeens zag ik de hele vaatboom voor me. Elk zijtakje van de aorta, tot aan de dikke aderen in benen, armen en hals toe, hoe ze zich vertakten en steeds kleiner en dunner werden. Ik volgde een bloedvat helemaal tot aan de tussenhersenen. En voor mijn geestesoog zag ik een uitstulping. Een verzwakking van de vaatwand – een breuk – stak als een spons uit het vat en dreigde te knappen. Over een minuut zouden mijn hersenen zich vullen met warm, kolkend bloed. Ik zou niet kunnen reageren, ik zou een bliksemsnelle hoofdpijn krijgen en dan zou de dood intreden.'

'Ik wilde net vragen of het je eigen vat was waar je het over had.'

'Ik ging dood. Vanochtend ben ik doodgegaan in mijn ongemakkelijke Ikea-bed.'

Magnus lachte.

'In dat geval heb je minstens twee levens. Of een hersenchirurg in de kast, die je het leven heeft gered.'

Tekla schudde haar hoofd.

'Je begrijpt het niet.'

'Nee.'

'Het voelde alsof ik de dood opeens overwon. Alsof ik een extra leven kreeg, als bonus.'

'Dat klinkt geweldig. Wat is dat voor drug die je hebt uitgeprobeerd?'

Tekla dacht aan de lippenbalsem in haar zak.

'Ik realiseerde me hoe broos het leven is. En dat Simon allang dood had moeten zijn. Als iemand extra levens heeft gekregen, dan hij wel. Op het werk lopen we op ons tandvlees. Elk IC-bed in de provincie is bezet. De mensen die de dupe worden, dat zijn alle patiënten die na een operatie op een gewone afdeling komen. De vergiftigingen nemen alle IC-plaatsen in beslag.'

'Maar waarom zijn die vergiftigingen zo ernstig en waarom zijn het er zoveel?'

'Omdat de drugs vermengd zijn met andere troep. Meerdere organen worden getroffen.'

'Verdorie.'

'Ja, eigenlijk moet ik jou vragen waar de politie mee bezig is,' zei Tekla. 'Waarom krijgen ze de dealers niet te pakken?'

'Ik werk niet bij Narcotica, ik weet er het fijne niet van, maar ik weet wel dat ze ongelooflijk veel extra middelen hebben ingezet. Wij hebben net te horen gekregen dat we de vakantie dit jaar wel op onze buik kunnen schrijven.'

'Zeiden ze dat zo?'

'Niet letterlijk. Dan zouden ze de vakbond op hun dak krijgen.'
'Mijn bericht is in elk geval wel bij hem aangekomen.'
'Bij wie?'
'Bij Simon.'
'Hoe weet je dat?' vroeg Magnus.
'Messenger. Ik zag dat het is aangekomen. Iemand heeft in elk geval ingelogd op zijn account. Waarschijnlijk op zijn mobiel.'
'Maar heb je toen gebeld?'
'Uiteraard. Dan krijg ik alleen de voicemail.'
'Waarom heb je niets gezegd?'
Tekla hield haar hoofd schuin.
'Ik zeg het nu.'
'En geen appje?'
'Nee.'
'Hoe zit het met jouw moraal?' vroeg Magnus.
'Nu doe je het weer.'
'Wat?'
'Dat je zomaar midden in een gedachte begint,' zei Tekla. 'Dat doe je best vaak.'
Magnus fronste zijn voorhoofd.
'Stoort dat je?'
'Helemaal niet. Maar wat bedoel je met... moraal?'
Magnus haalde zijn mobiel en een pen tevoorschijn. Hij pakte een servet en legde de pen en het servet voor Tekla neer. 'Jij zei dat de voicemail aangaat en dat het bericht via Messenger is aangekomen. Misschien hebben we een kans als de mobiel aanstaat. Schrijf het nummer van je broer op.'
Tekla deed wat Magnus zei.
'Het kan snel gaan. Ben je er klaar voor?' Magnus keek naar de grond. 'Je hebt in elk geval betere schoenen aan dan ik.'
Tekla snapte er niets van. Maar ze voelde zich veilig bij Magnus en zou in de Niagarawaterval gesprongen zijn als hij daarom vroeg.
Magnus pakte de telefoon en zocht een nummer op.
'Hai, met mij. Kun je ons ophalen? Kungsträdgården. Kun je stoppen bij...' Magnus draaide zich om. 'We zitten bij het Karl XII-plein. Fijn.'
Hij belde nog een keer en gaf Simons nummer door.

Tekla volgde het niet, maar voor de verandering genoot ze van de onzekerheid.

'Nu is het jouw beurt. Bel Simon.'

'Maar hij neemt niet op.'

'Dat maakt niet uit. Bel hem gewoon. Laat de voicemail aangaan.'

Tekla deed wat haar was gezegd. Ze voelde dat het zweet op haar voorhoofd stond. Ze legde de telefoon neer.

'Klaar.'

'Dan wachten we.' Magnus trok zijn zwarte leren jack aan over zijn gebloemde shirt. Vijf minuten later zag Tekla een zwarte auto stoppen bij de bushalte vijftig meter verderop.

Opeens ging Magnus' telefoon. 'Het Årstaplein. Mooi.' Hij stond op en liep meteen naar de auto. Tekla haakte aan.

Voorin zaten twee mannen in burger.

'Het Årstaplein,' zei Magnus, en hij klikte zijn gordel vast. 'En wat zwaailicht erbij graag.'

De bestuurder drukte op een knop en gaf gas. Tekla was er niet op voorbereid en werd naar links gegooid toen de auto een scherpe bocht naar rechts maakte. Vanaf de voorruit kwam er geloei en geknipper.

'De chauffeur heet Jensa en die andere is Örjan.'

Örjan draaide zich om.

'Hallo.'

'Dag,' zei Tekla.

In minder dan drie minuten waren ze door elk stoplicht op de weg naar Årsta gereden.

'Zet ons daar maar af.' Hij wees. 'Bij Palmyra's kebab.'

De auto remde af op de Årstavägen.

'Nu hebben we jou nodig om hem te vinden,' zei Magnus tegen Tekla.

Tekla opende het portier en volgde de drie anderen, die snel in de richting van het plein liepen.

Zodra ze een kort pad langs een kapsalon waren gepasseerd, zag Tekla het karakteristieke leren jack van haar broer met Darth Vader op de rug. Hij stond bij de ingang van het cultureel centrum.

'Daar!' riep ze.

Ze wees, en voordat ze er erg in had, sprintten Örjan en Jensa ervandoor, met Magnus op enige afstand. Simon zag de agenten in burger die aan kwamen rennen pas toen ze dertig meter van hem verwijderd waren.

Hij draaide zich om, verloor eerst zijn evenwicht in het grind, maar hervond snel zijn balans en rende weg van het plein.

Tekla draafde erachteraan. Ze was net op de Hjalmarsvägen toen ze zag dat Örjan en Jensa Simon tegen de grond werkten. Ze stak de weg over en kwam aan bij de worstelpartij, waarvan ze wist dat haar broer die al bij voorbaat had verloren. Ze herinnerde zich de ongelijke worstelwedstrijden op het grasveld. Hij was altijd al zwak geweest.

Magnus trok Simon overeind en hield hem van achteren in een stevige greep.

'Doe maar rustig,' zei Tekla.

De man verstijfde.

'Maar...' zei Tekla. 'Dat is Simon niet. Wie ben je, verdomme, en wat doe je met het jack en de telefoon van mijn broer?'

Nu herkende ze hem. Het was de vriend die met Simon in winkelcentrum Ringen was geweest.

De man staarde Tekla aan.

'Hoe heet je?' vroeg ze kalm.

'Jonas.'

De man probeerde los te komen. Hij rukte en trok, maar zat muurvast.

'Hou je gemak.' Tekla wees naar Magnus achter hem. 'Dit is mijn vriend. Hij is ook van de politie, dus rustig maar. Je moet alles vertellen wat je weet over Simon en over wat er bij Ringen is gebeurd.'

'Je wilt niet dat we je fouilleren, denk ik,' zei Magnus op kalme toon. 'Je wilt niet dat we vinden wat je in je schoenen of achter je broekband hebt. Nee toch?'

Jonas verstijfde. Hij leek een protest te overwegen.

'Oké. Ik ben rustig.'

'Mooi zo,' zei Magnus.

Tekla keek naar de zwarte spijkerbroek, die vies en versleten was. Nu rook ze dat hij stonk naar urine en aarde.

'Ze hebben me verrot geslagen. Daarna lieten ze me los, en diezelfde dag had ik met Simon in winkelcentrum Ringen afgesproken. Ze moeten me zijn gevolgd. We hadden elkaar nog maar net begroet, of ze doken al op.'

'Waarom hebben ze Simon meegenomen?'

'Dat weet ik niet.'

'Kom op nou, Jonas. Ik was daar.'

Hij wreef langzaam steentjes van zijn hand.

'Wat hadden jullie gedaan?' vroeg Tekla verder. 'Hadden jullie iemand geld afhandig gemaakt?'

'Ik had iets stoms gedaan. Maar nu is het in orde.'

Tekla streek voorzichtig over de lelijke wond op Jonas' slaap. Hij was bont en blauw geslagen, zijn ene oog zat dicht en zijn lip was gesprongen.

'Dus ze hebben je voor de grap mishandeld?'

Jonas probeerde los te komen, maar Magnus was te sterk.

'We weten dat jij en Simon op straat werken,' zei Tekla. 'Voor de Oezbeken.'

Jonas knikte nauwelijks zichtbaar. Tekla kreeg een steen in haar maag toen tot haar doordrong hoe uitgeteerd hij eruitzag. Zijn wangen waren ingevallen. Zijn dunne stoppelbaard versterkte de indruk van een zwerver.

'Weet je waar Simon is?'

'Nee.'

'Waar namen ze jou mee naartoe toen ze je afranselden?' vroeg Magnus.

'Dat weet ik niet. Ik had iets over mijn hoofd.'

'Wat hadden jullie gedaan waar ze zo kwaad om waren?' vroeg Tekla.

Jonas zweeg.

'En waarom heb jij Simons telefoon?' vroeg Tekla.

Hij zei nog steeds niets.

'Heb jij me dat berichtje gestuurd?'

Jonas ontweek Tekla's blik.

Ze zag het appje in de onderaardse gangen: *Ik heb hulp nodig!*

'Wat was dat voor hulp die jullie nodig hadden?'

Magnus schudde Jonas door elkaar en zei: 'Kom op nou.'

'We wilden geld lenen.'

'En dat wilde Simon mij niet vragen, toch?' zei Tekla. Ze voelde dat haar keel werd dichtgeknepen.

'Zoiets.'
'Dus jij pakte zijn telefoon en stuurde me een appje. Je dacht dat jullie me misschien konden overhalen als we elkaar zagen in Ringen.'
Jonas knikte.
'Maar Simon wist niets van je plan?'
'Nee.'
Tekla schudde haar hoofd. Ze zag aan Jonas dat hij doodsbang was.
'Jullie zijn toch goede vrienden?'
Ze keek naar Simons oude leren jack. Alleen een goede vriend zou dat mogen lenen.
'Heb je nog een ander nummer van Simon?'
'Ja.'
Hij keek bijna opgelucht omdat hij kon helpen.
'Geef maar,' zei Tekla.
Jonas las het nieuwe nummer voor en Tekla voerde het in op haar telefoon.
'Nu moet ik weg,' zei hij met iets wanhopigs in zijn stem. Hij probeerde zich los te rukken, en Magnus liet één arm glippen. Jonas draaide zich om en zag nu voor het eerst Magnus' gezicht.
Tekla zag de schrik in zijn ogen. Het viel haar ook op hoe verbaasd Magnus was. Daarna rukte Jonas zijn andere arm los en rende weg.
'Wacht!' riep Tekla, en ze begon achter Jonas aan te rennen. Maar opeens voelde ze dat Magnus haar vastpakte.
'Laat me los!' riep ze. 'We moeten hem...'
'Laat hem gaan,' zei Magnus kort, en hij hield Tekla vast.
'Laat los!' schreeuwde ze, en op hetzelfde moment zag ze dat Jonas al bij de school was. Hij verdween in de richting van een woonwijk.
'Verdomme!' riep Tekla, en ze staarde Magnus aan, die lijkbleek was. 'Waarom liet je hem lopen?'
'Hij wist verder niets.'
Tekla keek naar Jensa en Örjan, die passief hadden staan toekijken. Magnus trok Tekla opzij.
'Rustig aan nu,' probeerde hij, maar Tekla trilde van frustratie. Ze keek Magnus aan.

'Jij herkende hem ook, of niet?'

'Wie, ik? Nee.'

Tekla sloeg Magnus' hand weg en liep naar de politieauto. Ze vroeg aan Örjan, of eigenlijk was het meer een opdracht dan een vraag: 'Kun je me bij het Gullmarsplan afzetten?'

Vrijdagochtend 14 juni
Stora Essingen, Stockholm

Magnus trok het portier dicht. Hij hoorde het zware drumritme dat uit het souterrain achteraan op de Stora Essingen dreunde. 'Africa' van Toto. Hij hing zijn zonnebril in de halsopening van zijn overhemd met korte mouwen en liep langs Håkans 1000 cc'er, die op de oprit stond te glinsteren in de zon. Magnus liep naar de deur en duwde de kruk omlaag. Op slot. De muziek was zo hard dat de ramen aan de achterkant van het huis ervan trilden. Magnus drukte geërgerd op de bel, maar het geluid werd overstemd door de heldere stem van Bobby Kimball. Als het huis niet zo geïsoleerd had gelegen, omgeven door grote bomen en struiken, hadden boze buren allang van zich laten horen.

Magnus liep langs de garage en om het huis heen. Aan de korte kant stonden teakhouten tuinmeubelen en de grootste gasbarbecue die hij ooit had gezien. De laatste keer dat hij daar was geweest had Håkan een sangriaparty gegeven voor een stuk of dertig genodigden en een heel varken geroosterd. Magnus passeerde de bloeiende seringen en liep de trappen op naar het grote terras dat langs de hele voorkant van het huis liep. Een van de grote glazen schuifdeuren stond open. De muziek stroomde naar het Mälarmeer en was vast en zeker tot in Gröndal te horen, dacht Magnus toen hij de woonkamer binnenliep. De groene marmeren vloer leek pas gedweild; hier en daar zaten vochtvlekken.

'Hallo! Håkan! Waar ben je, verdomme?'

Geen antwoord. Hij zag ook geen werkster. De muziek veranderde in 'Boogie Wonderland' van Earth, Wind & Fire. Magnus liep de keuken in, maar daar was niemand. Er stond een bord met resten aangezuurde melk in de gootsteen. Hij keek om zich heen en naar buiten over het lange grasveld dat eindigde bij een klein boothuis bij Håkans steiger. Daar zag hij hem. Håkan was met de boot bezig.

Magnus liep naar de steiger.

'Wat een geluk dat je begripvolle buren hebt.'

'Magnus!' zei Håkan, opkijkend.

Hij stond in de boot en sleutelde aan iets bij de motor. Hij droeg een jeansshort en een wit T-shirt. 'Je komt als geroepen, als je mij...'

'Wat voor deal hadden we nou eigenlijk, verdomme?' kapte Magnus hem af. Hij stond met de ochtendzon in zijn rug en Håkan trok zijn pet omlaag om het gezicht van zijn vriend te kunnen zien.

'Wind je niet op. Waar heb je het over?'

'Over Haninge. Ik hoop echt dat je niet hebt gelogen.'

Håkan hield zijn ene hand op de grote motor en probeerde met de andere te schroeven.

'Kun je even helpen?'

'Dat doe je straks maar,' zei Magnus geïrriteerd.

Håkan keek glimlachend op en veegde het zweet af met zijn blote onderarm. 'Jawel, maar ik sta een beetje ongelukkig. Ik heb net deze driehonderd pk gemonteerd, maar ik krijg de laatste schroef er niet in. Als je alleen hier even aan trekt, ben ik klaar.'

Met tegenzin sprong Magnus de boot in naast Håkan. Hij pakte de kap van de motor vast.

'Godsamme, wat is dat ding zwaar,' zei Magnus. 'Je moest zo nodig de grootste kopen die er is, neem ik aan.'

'Je hebt ze wel groter,' zei Håkan, en hij draaide de schroef met beide handen aan. 'Waar wilde je het over hebben?'

Magnus veegde het zweet van zijn voorhoofd en kneep zijn ogen tot spleetjes.

'Wat een hitte.'

'Zo vroeg op de ochtend,' constateerde Håkan.

'Het zal de klimaatverandering zijn,' zei Magnus met een blik op de motor. 'Een goed moment om zo'n ding te kopen.'

Håkan veegde de olie van zijn handen.

'Hoe laat begin je eigenlijk?'

'Om tien uur. En jij?'

'Ik werk vandaag thuis – administratie,' antwoordde Håkan.

De boot deinde lichtjes op de boeggolven van een motorboot die langs het eiland voer.

'Nou, wat kom je doen?'

Magnus voelde zich iets rustiger na de fysieke inspanning met de motor.

'Ik hoop voor jou dat je niet een heleboel losse eindjes hebt laten hangen na de inval in Haninge.'

'Jezus, wat doe je daar paranoïde over,' zei Håkan, die net deed of hij Magnus een klap op zijn arm gaf. 'Jij hebt het geld toch aan die onderzoeker gegeven, zoals ik had gezegd?'

'Ja, dat was geen probleem. Meteen nadat de patrouille zich over de mannen had ontfermd kwam hij met de technische jongens.'

'Wat is het probleem dan?'

'Ik ben gisteren een van de dealers tegen het lijf gelopen,' zei Magnus.

'Welke dealer?'

'Een van de mannen die daar waren, in Haninge, toen ik het geld meenam.'

'O,' zei Håkan kortaf. 'Waar dan?'

'In Årsta. Ik was samen met Tekla op zoek naar haar broer. Je weet wel, die arts.'

Håkan pakte een fender en begon die tussen de boot en de steiger vast te maken.

'We zijn twee dagen met elkaar op stap geweest. Ze is geweldig,' ging Magnus verder.

'Op stap?' vroeg Håkan, en hij maakte aanhalingstekens in de lucht.

'We hebben geen seks gehad, als je dat bedoelt. Maar ze is eergisteren bij me thuis geweest. Er is niets gebeurd.'

'Wat een tijdverspilling,' zei Håkan. Daarna lachte hij ruw. 'Ach, ik zeg maar wat. Maar wat leuk voor je.'

'Haar broer dealt kennelijk voor de Oezbeken, en nu hebben ze hem ergens opgesloten. We probeerden erachter te komen waar hij is.'

Håkan zette zijn handen op zijn bovenbenen en keek zijn vriend aan.

'De Oezbeken?'

'Dat denken we. Hoezo? Waar dacht jij aan?'
'Niets.'
Magnus merkte de verandering in Håkans humeur op.
'We hebben een gast gevonden die Jonas heet. Dat bleek een van die mannen van Haninge te zijn. Hij herkende me.'
'Waar heb je het verdomme over?' vroeg Håkan. Hij stond op, haalde zijn blikje snustabak tevoorschijn en pakte een grote pluk.
'Hij herkende me van de inval in Haninge.'
'Maar je had toch een masker op?' riep Håkan uit.
'Dat was afgegleden.'
'Verdomme, Magnus,' zei Håkan hoofdschuddend. 'Meen je dat?'
'Ja, helaas wel. Wat moest ik doen? Hun een kogel door de kop jagen?'
Håkan zweeg. Hij liet de vraag in de ochtendbries hangen en dacht na. Stopte de pluk tabak in zijn mond en zei: 'Het komt goed.'
'Hoezo goed?'
'Goed,' zei Håkan. 'Ik los dit op.' Hij sprong op de steiger en trok aan een grote ketting met een ringslot om de voorkant van de boot vast te maken.
'Hoe dan?' vroeg Magnus. Hij stapte uit de boot en ging op het bankje naast het boothuis zitten. Hij frunnikte even aan een vishengel die tegen de ossenbloedrode muur stond. Håkan kwam naast hem zitten. Het bankje zakte door onder zijn gewicht.
'Hoe heette die arts, zei je? Die date van je?'
'Tekla.'
'En verder?'
'Tekla Berg. Hoezo?' vroeg Magnus.
'En die Jonas is haar broer?'
'Nee. De vriend van haar broer.'
'En hoe heet haar broer?'
'Simon.'
Håkan dacht na. 'Heb je zijn nummer?'
'Zeker,' zei Magnus, en hij haalde twee portemonnees uit zijn broekzak. 'Ik heb hun portemonnees ook meegenomen bij de inval. Voor het geval dat...'
Håkan barstte in schaterlachen uit en sloeg Magnus op zijn dijbeen.

'Mooi, Magnus. Je bent niet zo achterlijk als je zou denken.'

Magnus stak hem de portemonnees toe. 'Tekla heeft gisteren een nieuw nummer van Simon gekregen. Die vriend had zijn oude telefoon gejat.'

Håkan trok een verbaasd gezicht. 'Mooie vriend.'

'Het enige is...' zei Magnus, maar hij weifelde.

'Wat?'

'Heel onhandig van me, maar ik heb mijn Sig Sauer in Haninge laten liggen.'

'Wát zei je?'

'Ik ben mijn pistool vergeten.'

Håkan schoot overeind en wiegde heen en weer.

'Ik neem mijn woorden terug. Wat godvergeten stom van je.'

'Hou op,' zei Magnus.

'Hoe onhandig kun je zijn?'

'Denk je dat ik het met opzet heb gedaan of zo?'

Håkan dacht even na. Hij schoof de tabak die langs zijn tanden omlaag was gezakt weer omhoog.

'Maar...'

'Ik heb het verlies gemeld,' zei Magnus. 'Maar ik heb ingevuld dat ik het wapen bij een andere inval was kwijtgeraakt.'

Håkan haalde opgelucht adem. 'Nou, dat heb je dan in elk geval goed gedaan.'

'Ik moet naar mijn werk,' zei Magnus, en hij stond op. Ze liepen naar het huis. Uit de speakers klonk 'Purple Rain' van Prince.

'Heeft het iets met de blauwe plekken op je gezicht te maken?' vroeg Magnus.

'Wat bedoel je?'

'Het geld in Haninge. Was dat van...'

'Nee, nee,' viel Håkan hem in de rede. 'Rustig maar. Dit had met chicks te maken.' Håkan ging met zijn hand over zijn groengele wang. 'Echt. Chicks kunnen af en toe gevaarlijk zijn.'

Vrijdagochtend 14 juni
SEH, Nobelziekenhuis

Tekla was nog niet bekomen van de gebeurtenissen van de vorige dag. Nu wist ze dat Simon heroïne dealde voor Oezbeken die banden hadden met een motorbende in Skärholmen. Ze wist ook dat Simons vriend Jonas Simons mobiel had gepikt om haar zo gek te krijgen geld aan hen te lenen. Het was onduidelijk hoeveel, maar waarschijnlijk grote bedragen. En dan de rare reactie van Magnus toen hij Jonas' gezicht zag. Het was duidelijk dat ze elkaar herkenden. En Magnus liet Jonas ontsnappen. Tekla had tevergeefs geprobeerd Simons nieuwe mobiel te bellen, maar die stond uit. Ze wilde Jonas opnieuw te pakken zien te krijgen.

De ochtend op de SEH was niet om door te komen geweest. Magnus had een paar berichtjes gestuurd, zowel gisteravond als vanochtend. Hij wilde haar weer zien en schreef dat hij haar echt wilde helpen haar broer te vinden. Tekla had niet geantwoord; ze was kwaad op Magnus. Tegen elven ging ze naar de IC voor haar dagelijkse afstemming.

Het eerste wat Tekla daar opviel, was dat er geen beveiligers voor de kamer in het brandwondencentrum stonden. Nu zat Rebecka Nilsén in een fauteuil in de gang te wachten, gekleed in een zwart-wit gestreept pakje en zilverkleurige sportschoenen met een dikke zool.

Rebecka stond op. 'Dag, dokter. Ik wilde het op een fatsoenlijke manier afsluiten.'

'Afsluiten?'

'De zaak. We hebben de daders gevonden.'

'Nu volg ik het niet.' Tekla ging op een laag grenen tafeltje zitten.

'We hebben het busje weten te traceren. Het kwam van een autoverhuurbedrijf in Malmö. Daarna was het niet zo ingewikkeld om de personen te identificeren die het hadden gehuurd: vijf voetbalvaders die naar Hammarby-Malmö FF zouden gaan. Ze wilden Bengaals vuur en ander vuurwerk voorbereiden in de garage. Maar het ging mis en er vlogen een paar zakken vuilnis in brand. Ze sprongen in de gehuurde bus en gingen ervandoor. Daarna ontplofte de boel.'

'Je maakt een grapje?'

'Nee, gelukkig niet.'

'Gelukkig?'

Rebecka pakte haar leren jasje met pofmouwen en hing het elegant over haar arm.

'Dan hoeven we niet meer op jacht naar terroristen.'

'Maar wat is er dan geëxplodeerd?'

'Dat is onduidelijk. Misschien de benzinetank van een auto. Daar zijn ze nog mee bezig.'

'Dus het had niets met de FSB te maken?'

Rebecka glimlachte.

'Nee. Dat kun je allemaal vergeten.'

Tekla wees naar de kamer waar de verbrande man werd verpleegd.

'Maar hij dan? Waarom zou iemand hem willen vermoorden?'

'Je denkt aan de overval afgelopen zondag?'

'Ja.'

Tekla vroeg zich af wat er zo bijzonder was aan de verbrande man, van wie ze lang had gedacht dat het Simon was. Wie was hij eigenlijk?

'Dat weten we niet. En we gaan daar ook geen verder onderzoek naar doen,' zei Rebecka.

'Wat bedoel je?'

'O, heb je het niet gehoord?'

'Wat niet?'

'Hij is dood. Ze zijn hem nu...'

'Wat?!' riep Tekla uit.

'Het spijt me.'

Rebecka Nilsén legde haar hand op Tekla's arm.

'Maar wie was hij dan?'

'Tja... een zwerver. Drugsgebruiker. Ondergedoken vluchteling... Wat maakt het eigenlijk uit?'
'Mij maakt het iets uit.'
'Mooi. Dan had hij ten minste één iemand op deze wereld die het iets kon schelen.' Rebecka pakte haar tas en maakte aanstalten om te gaan. 'Ik kwam je eigenlijk alleen persoonlijk bedanken voor alle hulp.'
Tekla staarde met een lege blik voor zich uit.
'Het beste, dokter Berg. Misschien tot ziens.'
Tekla liep langzaam terug naar de SEH. Ze voelde zich leeg en kwaad tegelijk. Ze probeerde tot rust te komen. Uiteindelijk lukte het haar een appje te sturen aan haar dealer dat ze aanvulling nodig had. Het doosje thuis in de keuken was leeg en ze had nog maar een stuk of tien bommetjes over. Bij haar huidige consumptie was ze daar binnen vierentwintig uur doorheen.
Ze wilde net vragen om een nieuwe patiënt toen de coördinerend verpleegkundige haar attendeerde op twee mannen die een eindje verderop stonden te wachten.
'Ze zijn er net en ze vragen naar jou. Zal ik de beveiliging bellen?'
'Naar mij persoonlijk?'
'Tekla Berg. Ze zeiden dat het persoonlijk was.'
Tekla keek naar de mannen. De een was een vrij kleine veertiger met zwart haar dat in een rechte pony geknipt was. Hij droeg een wit T-shirt, een te groot leren jack en een spijkerbroek. Zwarte schoenen met dikke zolen. De ander was zeker een kop groter, droeg een leren broek en een leren jack met het logo van een motorclub.
'Doe dat. Bel de beveiliging, dan ga ik met hen praten.'
Ook Tariq scheen de mannen te hebben opgemerkt. Tekla maakte een geruststellend gebaar naar haar pasverworven beschermer.
'Ik ben Tekla Berg.'
'Sardor Oemarov,' zei de kleinere man. Hij stak zijn hand uit, maar die negeerde Tekla. Ze verbaasde zich een beetje over haar eigen kille reactie.
'Hygiënische voorschriften.'
'Wat de hygiëne betreft: jullie hebben kennelijk problemen met de riolering.'

Sardor keek om zich heen. 'Zeg, dokter, is er een plek waar we ongestoord kunnen praten?'

Tekla wees naar een deur vlak achter hem.

'De familiekamer.'

Ze gingen tegenover elkaar zitten, ieder op een bank. Op de lage ronde grenen tafel voor hen stond een ondiepe glazen schaal gevuld met water, met platte steentjes op de bodem. Ernaast stond een glazen kandelaar met een kaars die nog niet had gebrand. Een buitenproportionele lichtblauwe doos met tissues. Aan de muren hingen grote zwart-witfoto's met rustige natuurtaferelen: een leeg met riet overwoekerd strand in de herfst, een golvend korenveld met een vervallen hutje, Noord-Zweedse bergen in het voorjaar als de sneeuw smelt.

'Jij kent Simon toch?' vroeg Sardor.

Tekla voelde dat haar hartslag als een raket de hoogte in schoot.

'Waar ís Simon?'

'Je bent zijn zus?'

'Hebben jullie hem gekidnapt?'

Sardor nam Tekla van top tot teen op.

'Ik denk dat je het snapt. Een slimme arts als jij. Je analyseert en... hoe heet dat? Diagnosticeert.' Hij boog zich naar voren. Keek naar haar gezicht. Tekla bleef zitten.

'Hij heeft het goed verkloot. Hij is ons geld schuldig.'

'Waar is hij?' vroeg Tekla nog eens, en ze voelde dat ze vanbinnen trilde, maar besloot het nog een paar minuten vol te houden.

Sardor grijnsde en sloeg zijn handen ineen met een klap die Tekla bijna haar ogen deed neerslaan.

'Het gaat goed met hem. Nog wel. Gezien het feit dat hij een ventje van niks is en dat hij alles voor zichzelf heeft verpest...'

'Als jullie mijn broer iets aandoen...'

'Wat dan?' vroeg Sardor rustig.

Tekla probeerde rustiger te ademen. Haar hoofd tolde. Ze klemde haar kiezen op elkaar.

'Als jij ons helpt, laten we Simon gaan.'

'Jullie helpen?' vroeg Tekla.

Ze zou echt niet aan een criminele loopbaan beginnen door misdaden te begaan voor deze zelfingenomen gangster – over haar lijk.

‘Ken je een man met ernstige brandwonden op de IC?’

‘Hoezo?’

‘We willen dat jij hem een nieuwe identiteit geeft,’ zei Sardor.

‘Waar heb je het over?’

‘Hij is nog niet geïdentificeerd, toch?’

‘Daar kan ik niets over zeggen.’

Tekla was geen moment van plan om te vertellen dat de verbrande man was overleden.

‘Maar dat weet ik,’ zei Sardor.

‘Was... Is hij Oezbeeks?’ riep Tekla verbaasd uit.

Sardor leek spijt te hebben. De dokter begon praatjes te krijgen.

‘Je weet niets.’

‘Hij is dus Oezbeeks,’ zei Tekla triomfantelijk.

‘We willen dat hij een andere identiteit krijgt. Gebruik het persoonsnummer van een... zwerver of zo.’

Tekla knikte voorzichtig. Speelde mee. Ze begreep de opdracht.

‘En welke garantie heb ik dat jullie mijn broer daarna met rust laten?’

‘Ik zweer het op het graf van mijn overgrootmoeder. In onze cultuur is dat een heilige belofte.’

‘En jullie laten Simon vrij?’

Sardor knikte.

‘Ik zal kijken wat ik kan doen,’ zei Tekla.

‘Je krijgt tot maandag de tijd.’

‘Ik neem aan dat dit het punt is waarop ik moet vragen: want anders?’

‘Kom op, dokter. Nu stel je me teleur. Je hebt niet geprotesteerd toen ik zei dat je slim was.’ Hij maakte een duidelijk gebaar met zijn hand langs zijn hals. Sardor glimlachte stil en gaf Tekla een briefje met een nummer.

‘Hierop kun je me bereiken. Alleen op dit nummer. Dan beloof ik dat we je niet meer zullen storen.’

‘Storen. Mooi eufemisme voor “chanteren”.’

‘Je mag elk woord gebruiken dat je maar wilt.’

Tekla staarde naar de littekens op het gezicht van de man.

Sardor glimlachte.

‘Je bent snel van begrip. We laten je broer gaan nadat jij de man met de brandwonden een nieuwe identiteit hebt bezorgd.’

Tekla knikte kort.

'En geen politie bellen. Dan zie je je broer nooit meer levend terug.'

De twee mannen verlieten de kamer. Tekla bleef zitten en keek naar het briefje. Ze verfrommelde het en gooide het in een afvalbak. Ze voelde dat ze nooit zouden stoppen. Het zou een hel blijven. Als ze iets crimineels deed, zouden ze dat tegen haar gebruiken en iets anders van haar willen, misschien dat ze geneesmiddelen ging stelen. Nee, ze zou niet met die mensen in zee gaan. Bovendien was de verbrande man nu dood, en daar zouden ze binnenkort achter komen. En dan verdween het 'aanbod' toch. Ze moest een andere manier vinden om Simon vrij te krijgen.

Vrijdagochtend 14 juni
IC, Nobelziekenhuis

Tekla liep de familiekamer uit en ving Tariqs blik.

'Wat was dat nou?'

'Een bedreiging,' zei Tekla op zachte toon.

Tariq draaide zich weer om alsof hij wilde checken of de mannen echt weg waren.

'Een bedreiging?'

'Ja.'

'Vertel.'

Tekla dacht na. De mannen meenden het ongetwijfeld. Als ze niet deed wat ze zeiden, zouden ze terugkomen. Tegelijkertijd wilde ze geen criminele dingen doen.

'Waarom ook niet?'

Haar onderbuikgevoel zei haar om een ondoorgrondelijke reden dat ze het aan Tariq moest vertellen. Ze had het gevoel dat als iemand haar dilemma begreep, hij dat was. Ze vertelde over Jonas in Årsta, over Simon die gekidnapt was en over wat ze van haar wilden.

'Oemarov, zei je?'

'Hoezo?' vroeg Tekla.

'Ik help je,' zei Tariq.

Tekla keek verbaasd naar de man die haar had dwarsgezeten en van wie ze sinds ze in het Nobelziekenhuis was komen werken vooral een afkeer had gehad. Maar de afgelopen week was er iets gebeurd. Hij was honderdtachtig graden gedraaid.

'Ik heb geen hulp nodig.'

'Jawel, dat heb je wel. Weet je waarom?'

'Vertel.'

'Je hebt het niet in je.'

Tekla aarzelde even.

'Ik ga naar de politie,' zei ze.

'Doe dat maar. Pak je telefoon.' Tariq zag haar aarzeling en ging verder: 'Maar dat doe je niet. Want je weet dat je broer dan misschien niet levend terugkomt.'

Tekla raakte verstrikt in een gedachte.

'Beste Tekla,' ging Tariq verder. 'Heb ik je wel eens verteld wat ik in Irak heb gedaan? Weet je dat ik in de jaren tachtig heb deelgenomen aan de oorlog tegen Iran? Dat ik vijf jaar soldaat ben geweest in een keurkorps dat als taak had 's nachts de grens over te gaan en korte verrassingsaanvallen uit te voeren op de dorpen? Wat we daar deden, keert elke nacht in mijn dromen terug. En dat blijft zo tot de dag waarop ik voorgoed inslaap. Ik kreeg er genoeg van en ging medicijnen studeren. De rest van de oorlog heb ik gewonden verzorgd.'

'Daar had ik geen idee van.'

'Maar begrijp je wat voor dingen ik heb gedaan?'

'Daar kan ik me geen voorstelling van maken.'

Tariq sloeg met zijn gebalde vuist tegen zijn borstkas. 'Ik heb een rotsvaste moraal. Mijn moraal. Ik heb een geweldig innerlijk kompas voor wat goed is en wat niet. Maar wat ik goed vind, vindt de wet niet altijd goed.'

'Maar dit is misdadig.'

'Je wilt je broer toch redden?'

'Ja, maar...'

'Dan doen we dat. Dan kun je die types later lozen.'

Tekla wist niet wat ze moest zeggen. Maar ze besefte dat ze Tariq nodig had om de verbrande man een valse identiteit te geven.

'Ik zou nooit iemand kunnen vermoorden,' zei Tekla.

'Beste Tekla, geloof me: dat kun je heus wel, als de omstandigheden dat eisen.'

'Nooit,' zei Tekla gedecideerd. 'Ik veroordeel je niet om wat jij in je leven hebt gedaan. Ik kan alleen voor mezelf spreken. Het leven gaat voor alles.'

Tariq liep naast Tekla door de lange gang naar de entree. Voor een buitenstaander zag het er waarschijnlijk uit alsof ze een lastig ziektegeval bespraken.

'Kun je dit aan?' vroeg Tariq. 'Je ziet er niet bepaald... fit uit. Misschien moet je je een dagje ziek melden.'

'Het gaat goed. Ik rust later wel uit. Bovendien heb ik geen tijd om ziek te zijn.'

'Alles voor de familie.'

Tekla schrok en dacht na. Er doken beelden op van haar moeder op de dementieafdeling van het tehuis in Nyhammar.

'Alles voor de familie. Maar hoe gaan we dat doen, een overleden patiënt aan een nieuwe identiteit helpen?'

'Dat gaan we niet doen.'

Tekla raakte in verwarring. Tariq drukte op het liftknopje. Met zijn gewicht gelijk verdeeld over zijn grote voeten bleef hij in alle rust op de lift staan wachten. Tekla's lichaam was allerminst rustig.

'Iets zegt me dat ze je broer toch zullen vasthouden. Je moet het machtsevenwicht verschuiven.'

'En heb je een idee hoe dat in zijn werk moet gaan?'

'Misschien.'

'Vertel.'

'Ik heb een computer nodig.'

Ze gingen naar Tariqs kamer op de negende verdieping. Tariq trok een stoel bij voor Tekla en logde in.

'Hier,' zei hij, wijzend naar het scherm. 'Ik wil hem met spoed naar de poli laten komen. Vanmiddag. Ik heb kennelijk opeens een gaatje gekregen. Dan kun jij er ook bij zijn. Om... even met hem te praten. *Special treatment.*'

Tekla las de status. Dinsdag was er een man binnengekomen met ademhalingsproblemen. Ragna had een pleurapunctie uitgevoerd en nu was de cytologische uitslag binnen: adenosquameuze tumorcellen. Een weinig voorkomende vorm van longkanker. De patiënt moest zo snel mogelijk naar de poli worden geroepen om de uitslag te horen en de behandeling te bespreken.

Tekla huiverde toen ze zag wie de patiënt was.

Ze staarde nog eens naar de naam: Victor Oemarov.

V

Vrijdag 14 juni, lunchtijd
Nobelziekenhuis

Tekla liep over het parkeerterrein aan de achterkant van het ziekenhuis. Ze was op weg om een lunch te kopen en ze had met haar dealer afgesproken voor aanvulling.

'Tekla!' hoorde ze opeens. Ze keek op en zag Monica Carlsson met haar autosleutel in de hand staan. 'Hoe is het?'

'Hallo. Ja... Het is... best lastig.'

Monica sloot het portier.

'Ik heb het gehoord van de brandwondenpatiënt op de IC.'

Tekla knikte.

'Tragisch. Ik weet dat je je voor die patiënt hebt ingezet. En over inzet gesproken,' ging Monica verder, 'de gezondheidsinspectie komt vanmiddag, samen met mensen van het gebouwenbeheer. Ze gaan onze lokalen inspecteren.'

Tekla vond het zoals gewoonlijk moeilijk om Monica te volgen op al haar zijpaden.

'De gezondheidsinspectie...'

'Ja, precies,' zei Monica tevreden. 'En dan zal het extra stinken.'

'Oké...?'

'Maar daarna zou het geweldig zijn om iets positiefs te horen van onze collega en vakbondsvertegenwoordiger.'

Tekla sloeg haar ogen neer: 'O ja. Ik heb met Anita gesproken. En ze heeft... een voorstel.'

Monica keek Tekla aandachtig aan.

'Voordat je dat vertelt: is het haar voorstel of jouw voorstel aan haar dat ze goed vond?'

'Het eerste.'

'Ik stel je eerlijkheid op prijs.'

Tekla stak van wal. 'Anita stelt voor dat haar onderzoeksgroep de komende twee jaar een miljoen subsidie krijgt. Het onderzoek van het ziekenhuis is niet...'

'Ja,' viel Monica haar in de rede.

'Wat ja?'

'Dat is goed. Zeg dat maar tegen haar. Ik zal de documenten regelen. Dat kan een paar dagen duren, maar ze heeft mijn woord dat ze haar onderzoeksgeld krijgt.'

'Gewoon zomaar?'

Monica zette een stap naar voren en Tekla dacht even dat de ziekenhuisdirecteur haar een aai over haar wang zou geven, alsof ze een schoolmeisje was. Maar Monica gaf haar alleen een hand.

'Het is niet zomaar. Veel mensen hebben voordeel bij een pps-afspraak.'

'In financieel opzicht, bedoel je?'

Monica glimlachte.

'Je moet nog leren wanneer je níét alle vragen moet stellen die in jouw fantastische koppie opkomen.'

'Sorry.'

'Het geeft niet, en ik moet jou bedanken, Tekla,' zei Monica, en ze haalde het portier van het slot. 'Omdat je me toelaat in jouw universum.' De ziekenhuisdirecteur bleef staan en keek naar het silhouet van de daken van Roslagstull. 'Is het geen mooie avond voor een feestje? Naar het theater met Gregor... of misschien een etentje bij Wedholms visrestaurant? Dat is lang geleden.'

'Dat weet ik niet.'

Een feestje was het laatste waar Tekla aan dacht.

'Ik zie het rapport van de inspectie al voor me,' ging Monica verder, en ze hield een denkbeeldig blaadje in haar hand.

'Je denkt aan...'

'Ze zullen vooral iets op de lucht aan te merken hebben.'

'Waarschijnlijk.'

'Wat inhoudt dat we een boete opgelegd krijgen. Een uiterste datum waarop er gerenoveerd moet zijn. En wat heb je nodig voor een renovatie?'

'Geld.'

'Dat er binnen het huidige budget niet is,' zei Monica vergenoegd.

'Dus...'

Tekla meende te weten wat de ziekenhuisdirecteur dacht, maar had geleerd hoe de gesprekken werkten: afwachten, Monica het laatste woord laten hebben.

'Als de publieke bron opdroogt, gaan we naar de private.'

'Pps,' concludeerde Tekla.

'De haring heeft gewerkt. Met dank aan de firma Kallax.'

Tekla keek verbaasd.

'Je houdt zeker niet van surströmming?' vroeg Monica.

'Ik mag dan uit Jämtland komen, maar ik ben geen fan van rotte vis.'

'En ik ben groot geworden met verse westkustgarnalen. Toch heb ik af en toe zin in een haringrol. Gek toch, hoe je smaak zich op volwassen leeftijd kan ontwikkelen?'

Monica pakte een zakje aapjesdrop uit het zijvak van het portier en trok het plastic open. Ze stopte twee salmiakdropjes in haar mond. Ze hield Tekla het zakje voor, maar die schudde haar hoofd.

'Nu is het wachten op de tweede ronde,' zei Monica.

'Pps kan tijd kosten,' zei Tekla. 'In elk geval volgens wat ik heb gelezen.'

'Dus je hebt wel iets gelezen over pps,' zei Monica, en ze keek Tekla met samengeknepen ogen aan.

'Alleen een...'

'Denk je dat ze zo dachten toen ze het Empire State Building bouwden?'

Monica keek uit over het parkeerterrein.

'Hoe?'

'Ze zagen de tijd als hun grootste vijand. Vijfendertighonderd bouwvakkers werkten zich een slag in de rondte. De wolkenkrabber werd vijfenveertig dagen eerder geopend dan afgesproken. Het is allemaal een kwestie van instelling.'

Tekla zweeg en dacht na over wat Monica had gezegd. Ze voelde het kriebelen in haar lijf. Ze was al laat voor de afspraak met haar leverancier.

'Dus jij wilt de gangbare procedure niet afwachten?' vroeg Tekla.

'Dan is er nog het onderzoek dat we serieus van de grond moeten krijgen. En de IC. We gaan van deze schuit een vlaggenschip maken.'

Monica gooide nog een dropje naar binnen en draaide zich om naar het Nobelziekenhuis.

'Fijn dat we medewerkers hebben zoals jij, Tekla. Je hebt al heel goed geholpen. En ik voel dat je dat in de toekomst ook kunt doen.'

'Ik help waar ik kan,' zei Tekla, die geen idee had waar Monica aan dacht.

'Gangbare procedures... Denk je dat dat iets voor mij is?' vroeg Monica.

'Zo goed ken ik je niet.'

Op hetzelfde moment realiseerde Tekla zich dat ze met Monica Carlsson het afgelopen jaar meer en diepere discussies had gevoerd dan met wie ook.

'Maar komt het uiteindelijk goed, denk je?' vroeg Monica. 'Als ik druk blijf zetten zoals nu, bedoel ik?'

'Daar lijkt het wel op.'

Monica haalde haar neus op.

'Dat klonk niet zo overtuigend.' Ze haalde diep adem. 'Ik ben eruit.'

'Waaruit?' vroeg Tekla ongerust.

'Het wordt een mooie fles chablis met Gregor bij Wedholms visrestaurant vanavond.'

Monica opende het portier en Tekla wilde net weglopen toen ze de ziekenhuisdirecteur hoorde zeggen: 'Zeg ook tegen Anita dat de Wetenschapsraad richtlijnen heeft gekregen om de komende vijf jaar te bezuinigen. Zeg dat je het van Göran hebt, niet van mij.'

Monica stapte in de auto en reed weg.

Tekla liep in de richting van het Tantopark toen ze besefte wat ze had gedaan. Shit. Liegen voor Monica Carlsson was een groot risico om aan te gaan. Nu kon ze het niet langer rekken. Aangezien Anita vrij was, moest ze bellen. Tien minuten later had ze Anita ervan weten te overtuigen dat de vakbond de plannen van de ziekenhuisdirectie voor een pps-deal moest steunen. Een miljoen aan onderzoeksgeld voor twee jaar was meer dan Anita ooit had kunnen dromen.

Vrijdagmiddag 14 juni
Nobelziekenhuis

Victor kon geen gemakkelijke houding vinden op de harde leren bank. Voor de derde keer liep hij naar de balie en tikte met zijn zegelring tegen het glas. De geïrriteerde blikken van de andere patiënten deerden hem niet.

'Is de ventilatie hier defect of zo?'

'U kunt beter gaan zitten, zodat u niet flauwvalt. Dokter Moussawi komt zo,' zei de verpleegkundige achter de balie.

'Dat zei je een kwartier geleden ook.'

'We hebben vandaag een vol programma. De dokters werken zo hard ze kunnen, maar zoals u weet, hebben we...'

'Moussawi, dat klinkt als een Grieks gerecht. Voor zijn eigen bestwil hoop ik dat hij zijn vak verstaat.'

'Dokter Moussawi is een van onze aller...'

'Ja, ja.' Victor ijsbeerde door de wachtkamer. Was Elena maar bij hem, maar op zo korte termijn was haar dat niet gelukt. De afspraak die hij had gekregen was vanwege een 'afzegging' en hem werd aangeraden van die mogelijkheid gebruik te maken.

Toen de verpleegkundige eindelijk zijn naam riep, wuifde hij afwerend tegen een van zijn lijfwachten.

'Sardor zei...'

'Maakt niet uit wat Sardor zei. Ik wil er niemand bij hebben als ik een vinger in mijn kont krijg.'

Victor liep achter de verpleegkundige aan door een gang met oranje deuren en werd naar Tariq Moussawi gebracht. De grote man die Victor herkende van zijn recente bezoek aan de SEH stond op en gaf hem een hand.

'Welkom. Ga zitten.'

Victor nam plaats op een harde stoel met een rode stoffen zitting en een metalen frame, en kwam minstens een decimeter lager te zitten dan de arts aan de andere kant van het bureau.

'Oemarov,' zei Tariq. 'Oezbekistan?'

'Fijn dat ik zo snel mocht komen,' zei Victor. 'Alleen jammer dat ik zo lang moest wachten toen ik hier eenmaal was.'

Tariq streek over zijn geschoren wang en keek de patiënt tegenover zich aan.

'Het heet toch *palov*? Doet denken aan veel Irakese gerechten. Ik had een Koerdische vriend in het bataljon die een Oezbeekse moeder had, geloof ik. Of was het een oma? Misschien een zus...' Tariq keek dromerig naar het plafond. 'Lekker was het in elk geval wel. Lam met rijst.'

Victor trok aan zijn shirt, dat zwart was van het vocht, en hapte dorstig naar lucht.

'Je komt toch uit Oezbekistan?'

'Oorspronkelijk wel, ja, maar...'

'Heet het palov?'

'Hebben jullie de testresultaten al binnen?'

Tariq tikte verstrooid iets in op de computer naast zich.

'Zelf kom ik uit een echte paardenfamilie. Mijn oom in Bardarash had paarden. Geen renpaarden, zoals die fantastische dieren van jullie, maar vooral trekpaarden. Maar dat gevoel van een groot, gespierd, dampend dier in de winter, dat blijft als het ware in je bloed zitten. Ja toch? Dat gevoel vergeet je nooit.'

Victor keek om zich heen in de steriele kamer. Een wastafel en een spiegel. Een onderzoektafel met papier erop. Twee ramen met neergelaten jaloezieën. Een zwarte vuilniszak in een witte houder.

Hij maakte zich lang en keek naar het naambordje van de arts. Het enige geluid in de kamer kwam van de ventilator van de harddisk van de computer.

'Zeg... Tariq. Ik heb niets met paarden, überhaupt niet met dieren. Het enige wat ik nu wil is weten of ik een gevaarlijke ziekte heb en of je dat vocht in mijn longen kunt aftappen, zodat ik morgen tweehonderd gasten kan ontvangen voor een klein feestje. Denk je dat je dat voor elkaar krijgt? Ik weet niet waar je hebt gestudeerd, maar dat kun je vast wel.'

Tariq stond op en knoopte zijn witte jas open. In tegenstelling tot de andere artsen op de poli droeg hij altijd nette kleren onder zijn jas: een overhemd met een stropdas en een zwarte broek met omslag. Hij liep om het bureau heen en keek op de klok boven de deur.

'Royal College of Medicine. Londen.'

Victor keek verward.

'Mijn artsenlicentie, als je dat wilde weten.'

'Als jij het zegt.'

'Ik zeg niets. Zo heet het.'

'Kunnen we ons concentreren op...'

'De pleura.'

'Wat?' vroeg Victor, nu oplettender, aangezien het eindelijk over een ziekte leek te gaan.

'Het vocht zit tussen twee membranen, de pleura *visceralis* en de pleura *parietalis*. Je kunt ze vergelijken met twee ballonnen die onder normale omstandigheden tegen elkaar aan liggen, maar waar nu, in jouw geval, vocht tussen zit.'

'Oké. Perfect. Kunnen we dat vocht wegtoveren?'

Tariq liep naar de spiegel bij de wastafel, boog zich naar voren en trok een dikke zilvergrijze haar uit zijn golvende pony. Daarna liep hij langzaam naar een krukje van glimmend metaal dat bij de onderzoektafel tegen de ene muur stond en ging zitten.

'Zeker. We kunnen een beetje gaan toveren.' Tariq gaf een klopje op de bank. 'Ga hier maar liggen.'

Victor hees zich van de krappe stoel en ging op de tafel zitten.

'Liggen,' corrigeerde Tariq zakelijk, terwijl hij een karretje naar zich toe trok. Hij trok een groene doek weg die een heleboel medische spullen en geneesmiddelen had verborgen.

Victor ging op zijn rug liggen, terwijl hij ongerust naar het karretje keek. Hij voelde meteen dat het ademen moeilijker ging.

'Wat gebeurt er?'

Tariq pakte systematisch verschillende flesjes en doosjes op.

'Maar we hebben één ding gemeen: we hebben allebei eeuwenlang klem gezeten tussen de grote schilden.'

Victor keek naar het hoofd van de grote man. Het was vierkant, alsof het haastig uit een groot rotsblok was gehouwen. Zijn stem had een lage frequentie, was hees en een tikje dreigend.

'Het Sovjetimperium, de Mongolen, de Chinezen, de Engelsen... Een vloek om zoveel grenzen te moeten verdedigen, vind je niet, vriend? Maar jullie Oezbeken zijn altijd trotse krijgers geweest. Trek je overhemd maar uit, dan komt er geen bloed op.'

Bloed. Victor wurmde zich met moeite uit zijn overhemd. Hij had het koud.

'We kunnen vechten, absoluut.'

Tariqs gezicht klaarde op en hij sloeg op zijn borst.

'Eerder brute kracht dan strategisch spel, of niet?'

Victor probeerde te glimlachen, totdat hij een grote naald, een spuit met vloeistof, dichterbij zag komen.

'Eerst iets kalmerends.'

'Dat hoeft niet.'

'Jawel. Even stil blijven liggen.'

Victor voelde een steek in zijn bovenarm. Het trok een beetje in een spier.

Tariq begon methodisch de zijkant van de borstkas te ontsmetten. De vloeistof voelde als koolzuurijs op zijn huid. Victor begon te trillen over zijn hele lijf.

'Kun je tegen een tandartsverdoving?' vroeg Tariq.

'Wat ga je met mijn tanden doen?'

Tariq legde een grote hand op Victors borstkas. Victor had het gevoel dat de zuurstof opraakte. Zijn hart sloeg als een malle.

'Een verdoving, heb je daar wel eens een reactie op gehad?'

'Nee... Nee.'

'Mooi. Je voelt het even prikken.'

Victor voelde weer een prik. Ditmaal deed het echt zeer. Hij dacht aan Elena en aan zijn piemel, die weer stijf zou kunnen worden, dat had hij haar plechtig beloofd. Hij voelde zijn hart steeds sneller slaan, alsof het in een blikje zat en eruit wilde.

Tariq trok een nieuw paar handschoenen aan en legde een doek over het steriele gebied.

'Je voelt het zo weer even prikken.'

De tranen sprongen in Victors ogen toen de arts iets scherps in zijn zij stak. De pijn schoot door tot in zijn ruggengraat. Zijn hart sprong bijna uit zijn borstkas en hij overwoog om meer verdoving te vragen, maar klemde zijn kiezen op elkaar. Zijn handen waren ijskoud en trilden alsof hij tot twintig graden onder nul was ingevroren.

'Klaar,' zei Tariq. 'Nu stroomt het hier. Nu moet je heel stil blijven liggen.'

'Ziet het er goed uit?' vroeg Victor tussen de rillingen door.

'Zoals het hoort.'

'En waar komt dat vocht vandaan? In duidelijke taal graag. Hoelang heb ik nog?'

Victor hoorde het ruisen in zijn oren. Hij hoorde dat de dokter ergens aan friemelde.

'Eenzijdig pleuravocht is zelden goed. Als het uitgezaaide prostaatkanker is, heb je nog zes maanden tot tien jaar te leven, afhankelijk van de behandeling die we inzetten. Maar het kan natuurlijk ook iets anders zijn...'

Opeens stond er een olifant op Victors borst. Zes maanden. Dat kon niet waar zijn. Hij had het gevoel dat hij flauwviel van de pijn. Hij merkte nauwelijks dat de dokter opstond en naar een deur liep, die hij opendeed.

De schorre stem kwam terug, nu dringender.

'We hadden zeker twee maanden aan het front gelegen en waren op weg naar huis toen het gebeurde. Ik zal mijn pelotonscommandant er niet de schuld van geven, hij ruste in vrede, maar het was een idioot besluit om die dag een kortere route door een bergpas te nemen. Hij was waarschijnlijk even moe en hongerig als wij, maar verdomme, in het veld moet je niet op die manier improviseren. Dat zul jij vast wel weten, ik kan me voorstellen dat jij het nodige hebt meegemaakt...'

Victor voelde zijn hoofd tollen. Zijn handen trilden en verkrampten beurtelings. Was er nog iemand in het vertrek?

Tariq ging verder met vertellen: 'In de middag, vlak voor een rust, kwam de knal. Die klootzakken waren ons gevolgd en hadden precies het juiste moment afgewacht, toen we het vermoeidst en het kwetsbaarst waren. Ze schoten met granaatwerpers vanaf een top. Ik was mijn behoefte gaan doen achter een rots, dus ik en nog iemand waren de enigen die het overleefden. Ik trok me terug, ik had alleen mijn pistool en een mes. Ik sloop om de helling heen waar ze lagen en ons beschoten. Ze zagen me niet aankomen, ze waren maar met z'n vieren. Ik pakte er twee; de ene was meteen dood, de andere moest ik later afmaken en hij...'

'Dag, Victor,' klonk opeens een vrouwelijke stem.

Victor keek op en zag een vrouwelijke arts over zich heen gebogen staan.

'Wat...'

'Stil blijven liggen,' zei Tariq zacht, dicht bij Victors gezicht. 'Als je beweegt, bloed je dood. Ik heb de drain vlak bij je lichaamsslagader ingebracht en ben helaas vergeten de scherpe mandrijn te verwijderen. Een millimetertje verder en de scherpe drain penetreert het vat en dan duurt het niet lang of je bent dood.'

'Een minuut of zo,' vulde Tekla aan. Ze keek naar de flesjes op het karretje. 'Ik zie dat je Victor Ventolin hebt gegeven in plaats van morfine. Heb je hartkloppingen, Victor?'

Victor keek geschrokken op en probeerde zijn ademhaling onder controle te krijgen.

'Ik zie het,' zei Tekla. 'Een neveneffect van een forse dosis astmamedicijnen. En kookzout in plaats van een verdovingsmiddel. Tariq, Tariq, toch.'

'Waar zijn jullie in godsnaam...'

'Nou, nou, Victor,' zei Tekla, en ze ging naast zijn voeten op de onderzoektafel zitten. 'Denk aan de naald bij je aorta.'

Victor haalde diep adem en had spijt dat hij de lijfwachten buiten had laten blijven.

Tariq ging verder: 'De man die de granaatwerper vasthield lag op de grond, maar de laatste man stond en slaagde erin zich om te draaien en een paar schoten te lossen. Een ervan raakte mij in mijn bovenbeen, maar dat merkte ik later pas. Mijn ammunitie was op, maar ik trok mijn mes, wierp me op de man met het pistool en wist hem een steek in de hals toe te brengen. Hij lag leeg te bloeden, terwijl ik en de jongen van de granaatwerper over de grond rolden. Hij wist een paar klappen uit te delen, maar ik had een rood waas voor mijn ogen, hij moest gewoon dood, je weet wel, dat doffe gevoel dat het niet uitmaakt hoe je het er zelf levend van afbrengt, die kerel moet gewoon dood en daar zal ik eigenhandig voor zorgen. Hij viel flauw toen ik met zijn hoofd tegen een rots beukte. Daarna bond ik hem vast en trok ik zijn jas uit. Het enige wat ik daarna nog weet, is dat mijn hand rustig en methodisch overal in zijn lichaam hakte, totdat ik het mes in zijn borstkas begroef, het als het ware ronddraaide, totdat het eruit liep, dat mooie, warme, pulseren...'

'Jullie zijn gek! Weten jullie wel wie ik ben?' snauwde Victor.

'Zullen we die drain een stukje draaien?' vroeg Tariq.

Victor voelde een nieuwe, explosievere pijn door zijn hele borstkas uitstralen toen zijn ribben uit elkaar werden geduwd. Net toen hij zijn mond opende en in een verschrikkelijke schreeuw wilde uitbarsten, verdween de pijn opeens.

'Weet je,' zei Tariq, 'er zijn twee soorten mensen op de wereld: mensen met een wapen in de hand en mensen bij wie het tegen het voorhoofd geduwd wordt. Op het moment waarop zijn hart stopte met pompen, realiseerde ik me dat ik in die minuten totaal niet meer aan mijn dode vrienden beneden in het ravijn had gedacht.'

Victor sloot zijn ogen. Hij hoorde weer de stem van de vrouwelijke arts: 'Nu zal ik je echt onderzoeken.'

Tekla vroeg of Tariq haar wilde helpen om Victor op zijn zij te leggen. Ze trok zijn broek naar beneden.

'Dit voelt wat onplezierig, maar het doet geen pijn.'

Victor voelde iets bij zijn anus. Als een lichte windvlaag langs zijn reet. Daarna voelde hij des te meer. De arts wroette rond met haar benige vinger; het leek wel of er een touw vol met knopen op- en neerging door zijn darm.

Na een paar seconden hoorde hij een tevreden vrouwenstem: 'Aha.'

'Wat?'

Ze haalde haar vinger eruit en trok met een knallend geluid haar handschoenen uit.

Tariq draaide de patiënt weer op zijn rug.

'Ik heet Tekla Berg. Jullie hebben mijn broer Simon ontvoerd, maar jullie moeten hem vrijlaten en daarna mogen jullie nooit meer een vinger naar hem uitsteken.'

Victor wist een spotlach op zijn gezicht te brengen.

'Jij bent een grapjas.'

'Zo grappig is het niet. Niet als je bedenkt waar jij aan lijdt.'

'Waar lijd ik dan aan?' vroeg Victor buiten adem.

'Laat mijn broer vrij, dan zal ik je behandelen.'

'Ik ken geen Simon,' zei Victor.

'Jouw zoon Sardor en zijn motormuizen hebben mijn broer gekidnapt en mishandeld. Roep je zoon tot de orde en zeg dat hij Simon moet vrijlaten.'

Victor zweeg.
'En waarom zou ik niet gewoon mijn lijfwachten roepen? Ze maken jullie en alle andere idioten op deze poli zó koud.'
Tekla waagde de gok. Ze had een idee.
'Omdat ik de enige ben die weet waar jij aan lijdt. Durf je erop te gokken dat iemand anders daarachter kan komen?'
'Er zijn honderd andere artsen met kennis van de prostaat.'
'De prostaat is niet je voornaamste probleem. Je hebt een langzaam groeiende prostaatkanker,' ging Tekla verder, 'maar daar ga je niet aan dood. Het vocht in je longen komt ergens anders van.'
'Waarvan?'
Tariq boog zich over de onderzoektafel.
'Ik weet ook niet waar ze aan denkt. Maar één ding weet ik wel: deze arts, die je zojuist heeft onderzocht, heeft een stel hersenen zoals niemand anders in deze stad. En als zij één en één bij elkaar heeft opgeteld, zou ik vertrouwen op wat zij zegt.'
'Er zijn meer dokters,' zei Victor, nu iets onzekerder.
'Maar niemand weet wat de test met het vocht in de pleura heeft uitgewezen,' ging Tekla verder. 'Dat heb ik uit de status verwijderd. Bovendien heb ik uitgezocht welke ongebruikelijke behandeling jou kan redden.'
Victor hijgde zwaar.
'Bel Sardor,' zei Tekla. 'Zeg tegen hem dat hij Simon moet laten gaan. We wachten hier totdat Simon terugbelt om te zeggen dat hij vrij is.'
Victor glimlachte.
'Hebben jullie geen patiënten om voor te zorgen?'
Tariq glimlachte nog breder.
'De afspraken zijn afgezegd.'
'Ik ben jullie patiënt, jullie moeten mij behandelen. Jullie mogen mij geen behandeling onthouden als jullie er een kennen.'
'Heb je bewijzen?' vroeg Tekla. 'Jij hebt toch niets in de status geschreven, Tariq?'
'Nee.'
'Snappen jullie wel wat jullie doen?' schreeuwde Victor. 'Zijn jullie levensmoe?'
Victor deed zijn ogen dicht.
'Jullie spelen met jullie leven.'

Tekla fluisterde in Victors oor: 'De kracht van de duivel is dat hij opduikt als je het het allerminst verwacht. Denk je dat ik me iets aantrek van je dreigementen? Het enige wat mij iets kan schelen is dat ik mijn broer levend terugzie.'

Victor keek in Tekla's ogen. Haar blik was ondoorgrondelijk. Het was alsof hij door de doorzichtige lenzen heen in een grote duisternis keek. Hij knikte langzaam.

Met een verbeten gezicht pakte Victor zijn mobiel aan. Hij belde eerst Sardor, maar toen die niet opnam, belde hij Eje en gaf hem opdracht Simon vrij te laten.

'Het maakt me geen donder uit wat Sardor heeft gezegd en ook niet of hij ons geld schuldig is. Laat hem gewoon gaan.' Eje probeerde bezwaar te maken, maar daar was Victor niet ontvankelijk voor. 'Omdat ik het zeg! Doe gewoon voor één keer wat ik zeg en zanik niet.'

Daarna drukte hij Eje weg.

'Kunnen we nu met dit spelletje stoppen?'

Tariq trok de mandrijn eruit en liet de drain zitten.

'Het duurt een uurtje voordat al het vocht eruit is. Tegen die tijd hebben wij de bevestiging gekregen dat Tekla's broer vrij is. Wil je een beetje morfine?'

Vrijdag 14 juni
Red Bears Motorclub, Skärholmen

Hevig vloekend en gebarend wurmde Victor Oemarov zich uit de SUV. Hij had er volkomen gebroken uitgezien toen Sardor hem voor de ingang van het Nobelziekenhuis ophaalde. Maar hij wilde niet vertellen over zijn bezoek aan de poli. Als het einde van Victors leven nabij was, hoe zag het leven voor Sardor en Nina er dan uit?

Sardor stak een grote golfparaplu op en leidde Victor langs de zwaarbewapende kleerkasten bij de hekken. Een derde beveiliger reed de zwarte Humvee achteruit en liet de twee passeren naar het clubhuis van de Red Bears.

'Je weet dat je hier niet zou moeten zijn?' vroeg Sardor.

'Maar nu ben ik hier.'

'Als vor loop je het risico...'

'Stil,' kapte Victor hem af. 'Het is te laat om nu van gedachten te veranderen.'

'Ze zullen niet blij zijn op de Centrale.'

Aan de grote houten tafel zat Christian Jensen te hijgen door zijn rode baard. Naast hem hing de vicepresident met zijn arm in het gips.

'Hoe is het met je hand?' vroeg Sardor met slecht gespeeld medelijden aan De Graaf, en hij ging zitten.

Naast Erik 'Eje' Johansson zat Jarmo, die het ziekenhuis had mogen verlaten na de behandeling van de steekwond. Hij knikte stijfjes naar zijn Oezbeekse bezoekers.

'Fijn dat je kon komen,' zei Christian Jensen, en hij richtte zijn volledige charme op Victor Oemarov.

'Ik begreep dat er iets was wat ik niet mocht missen.'
Sardor voelde dat de lucht in het vertrek dikker werd.
Eje gebaarde naar Jarmo dat hij het woord moest nemen.
De jongeman leek geen spieren meer over te hebben na zijn ziekenhuisverblijf. Zijn witte T-shirt hing slap over zijn dunne schouders en zijn tatoeages leken niet bij hem te horen. Als je zijn kale hoofd zag, dacht je eerder aan chemo dan aan een criminele bende.
Sardor zag de verwondingen op de rechterkant van Jarmo's gezicht en het drong tot hem door dat ze vers waren. Hij had eerst gedacht dat ze nog van de aanval bij Kvarnen waren, maar dan hadden ze intussen geheeld moeten zijn. Iemand op de club had 'een hartig woordje' met hem gesproken.
'Hij heeft tegen ons gelogen omdat hij bang was,' zei Eje. 'Zo is het toch?'
'Hij dreigde me te vermoorden...'
'Wie?' vroeg Victor verward.
'Simon Berg,' antwoordde Eje. 'De dealer die...'
Victor zat doodstil. Hij staarde naar de in elkaar geslagen man. Jarmo was veel te lang op die informatie blijven zitten.
Jarmo haalde diep adem, keek ongerust om zich heen en ging verder: 'Hij had een pakket H van jullie gestolen en verkocht dat ernaast. Daarna bestelde hij carfentanil op internet... uit China, chemische morfine, zo'n tienduizend keer sterker dan morfine, en versneed de horse daarmee. Toen begonnen de vergiftigingen in de stad. Het is godsonmogelijk om dat synthetische dynamiet te verpulveren en een paar korreltjes zijn genoeg om een olifant mee onder zeil te krijgen...'
Alsof iedereen aan tafel zich meteen hetzelfde afvroeg, ging Jarmo verder: '... dat wist ik dus niet, dat hij die carfentanil erbij deed. Ik zweer het. Dat heb ik gisteren allemaal van Jonas gehoord. Die wilde zijn hart luchten, zoals hij zei. Maar dat is natuurlijk grote kul; hij wilde gewoon alle schuld op Simon schuiven... Maar hoe dan ook, Simon verkocht ernaast en stak de winst in eigen zak. Hij gebruikt natuurlijk zelf...'
'Die klootzak...'
Jensens gezicht was nu Coca-Cola-rood.
Jarmo klonk minder nerveus. Hij voelde waarschijnlijk dat de woede van iedereen nu richting Simon gekanaliseerd werd.

'... en ik betrapte hem toen hij bij Kvarnen liep te verkopen. Het was puur toeval, ik was daar met een maat toen ik hem in de wc zag dealen. Het is mijn kroeg, mijn territorium, dus ik confronteerde hem ermee, maar we waren allebei behoorlijk dronken... Toen heb ik hem een uur of zo niet gezien, maar toen we onze jassen gingen ophalen in de garderobe, stond hij opeens achter me. Hij begon me te bedreigen, zei dat hij me zou vermoorden als ik vertelde dat ik hem daar bij Kvarnen had zien dealen. Ik werd link en gaf hem een klap. Op het moment dat ik me omdraaide om weg te gaan, stak hij van achteren een mes in mijn zij. Toen ik daar op de grond lag, bukte hij en fluisterde in mijn oor dat ik moest zeggen dat een Albanees van de Noordelijke Netwerken me had neergestoken. Als ik hem erbij lapte, zou hij me de volgende keer vermoorden. Ik was verdomme doodsbang. Die kerel is knettergek.'

'Wacht even, begrijp ik nu goed dat alles wat er gebeurd is... die messentrekkerij bij Kvarnen, de overdoses, Loriks dood en het conflict met de Noordelijke Netwerken...' Victor keek om zich heen, ging van de ene verbeten blik naar de andere. '... dat dat allemaal... de schuld van Simon is? Heeft het laffe verzinsel van een junk dit allemaal tot gevolg gehad?'

Victors blik ging omlaag naar de tafel en hij lachte zacht. Daarna keek hij Jensen aan.

'Hoelang weet je dit al?'

'Twee uur. Ik zweer het. Eje heeft me gebeld.'

'Verdomme. Het is bijna komisch,' zei Victor bij zichzelf. Daarna keek hij Sardor aan. 'Damagecontrol. We moeten de Noordelijke Netwerken te pakken krijgen.' Hij stond haastig op.

'Ho nou,' zei Sardor. 'Jij moet het rustig aan doen en mij...'

'Nooit!' schreeuwde Victor. 'Mijn geduld is op.'

'Denk aan de Centrale,' zei Sardor. 'Denk aan wat er...'

'Ik heb lak aan de consequenties,' viel Victor hem in de rede, en hij keek om zich heen.

Jarmo keek alsof hij een kogel door zijn hoofd verwachtte. Eje hield zijn grote hand op zijn schouder voor het geval hij ervandoor zou proberen te gaan.

Jensen liet zijn smerige lach zien.

'Simon Berg heeft niet veel uren meer over van zijn ellendige leven. De vraag is alleen: aan wie van ons de eer?'

Sardor veranderde de greep om zijn Glock. Hij vroeg aan Eje: 'Is hij nog steeds op het Slachthuisterrein?'

Eje draaide zich om naar Sardor, keek eerst Victor en toen weer Sardor aan.

'Maar... Victor heeft vanmiddag toch gebeld om te zeggen dat we hem moesten vrijlaten? Ik dacht dat je dat wist.'

Sardor keek verbaasd naar Victor, die doodstil voor zich uit stond te staren.

Vrijdagmiddag 14 juni
SEH, Nobelziekenhuis

Tekla had net een schouderluxatie gereponeerd, een ascitesdrain ingebracht en een maligne hypertonie bestreden toen Anita belde.

'Monica vertelde van het onderzoeksgeld! Je had gelijk.'

'Wat fijn,' zei Tekla, en ze keek verstrooid hoeveel patiënten er zaten te wachten. Het leek een heel gewone vrijdagmiddag. En om het feest compleet te maken was de stank op de SEH verdwenen. Maar ze vond het moeilijk om blij te zijn over onderzoeksgeld of frisse lucht. Ze was nog steeds van slag na haar ontmoeting met Victor Oemarov. Simon had een halfuur later gebeld, ergens vanuit een taxi. Ze hadden hem laten gaan en hij had beloofd dat hij later nog eens zou bellen. 'Als ik er ben.' Tekla had hem een halfuur later gebeld, maar geen gehoor gekregen. Ze wilde hem ontmoeten en zien hoe het met hem was. Nog een uur, dan zat haar dienst erop, maar het leek een eeuwigheid.

'Is het niet geweldig?' kwetterde Anita. 'Een miljoen. Hoor je dat, Tekla? Ik krijg vijf jaar lang een miljoen per jaar. Dat had ik nooit durven dromen. Ook al heeft Göran te horen gekregen dat hij moet bezuinigen. Geweldig!'

'Vijf jaar lang... elk jaar,' zei Tekla verbaasd. Ze zag Monica's sluwe gezicht voor zich. Was dat van die bezuinigingsrichtlijnen wel waar? Ze zou het nooit weten.

'Gefeliciteerd,' stamelde Tekla. Ze begon door te krijgen hoe het brein van Monica Carlsson werkte. Eerst verwachtingen creëren. En die vervolgens overtreffen.

'Tijd om de aanbesteding van het ziekenhuis te steunen,' constateerde Anita iets ingetogener. Misschien besefte ze dat ze in zekere zin haar ziel aan de mammon had verkocht. Maar aan de andere kant: het was voor de wetenschap.'

Anita hing op en Tekla zag Göran verschijnen in een onberispelijk geperste broek, een lichtblauw overhemd en een donkerblauw jasje.

'Je ruikt het,' zei Göran, die om de een of andere reden langs de SEH kwam. Hij ademde diep in en sloot zijn ogen. 'Het is net mijn rozentuin in Österlen.' Hij straalde van geluk en keek naar zijn medewerkers. 'Nu kunnen we weer opgelucht ademhalen.'

Een verpleegkundige vroeg: 'Maar wat stonk er nou eigenlijk zo?'

'Dat weten we niet,' zei Göran, en hij spreidde zijn armen. Hij leek oprecht.

Zou het zo bizar kunnen zijn dat ze geen idee hadden? Nu rook het net als altijd: gewone, oude, muffe ziekenhuislucht.

Tekla ploeterde voort. Deze dag was niet om door te komen. Om vier uur zat ze apathisch naar laboratoriumuitslagen te kijken in het kantoortje, toen ze opeens een bekende stem naast zich hoorde.

'Hallo, zus.'

Ze keek op en hield haar adem in. Tegenover haar stond haar nog geen jaar jongere broer. Hij was altijd slank geweest, maar zo mager en bleek had ze hem nog nooit gezien. Zijn piekerige haar stak alle kanten op, hij stond krom en vooral: hij had overal wonden. Blauwe plekken van verschillende data over zijn halve gezicht.

'Simon...' Tekla probeerde haar schrik te verbergen.

Simon keek om zich heen. Hij leek gestrest en paranoïde. Tekla wilde hem in de armen vliegen en knuffelen, maar beheerste zich. Ze wees naar een familiekamer waar niemand zat. De deur stond open. Ze liep het kantoortje uit, naar Simon toe. Een paar tellen bleven ze voor de deuropening staan, alsof ze niet wisten wie er als eerste naar binnen moest gaan. Tekla kreeg hetzelfde gevoel als toen ze voor het eerst een aidspatiënt zag: een ongefundeerde angst voor lichamelijk contact. Uiteindelijk liep ze naar binnen en ging op een bank zitten. Ze wees naar een stoel tegenover haar.

Simon liep achter haar aan. Zijn blik fladderde als een vlinder die ze niet kon pakken. Ze keek naar beneden. Te grote Nikes zonder veters die uit een vuilnisbak in de buurt leken te komen. Hij stonk naar rook en nog iets anders, zoet en een beetje muf. Ze kon er de vinger niet op leggen.

'Wil je iets hebben?' vroeg ze.

'Nee, dank je,' fluisterde Simon.

Tekla had al drieduizend kronen overgemaakt naar zijn rekening. Ze had ook haar oom in Edsåsdalen gebeld om te vragen of Simon een paar weken gebruik mocht maken van zijn appartement in Spanje. Ze had gezegd dat hij een burn-out had en even weg moest uit de stad. Het was geen probleem; haar oom had niet eens lastige vragen gesteld.

'Hoe gaat het met je?' vroeg ze. 'Wat hebben ze met je gedaan? Als je geld nodig had, had je toch gewoon naar me toe kunnen komen?'

Simon keek naar het raam, dat uitzag op de binnenplaats van het personeel. De jaloezieën waren neergelaten.

'Het is oké. Het komt wel goed.'

Komt wel goed. Het kwam nooit goed met Simon. Nooit kwam er iets goed. Alles ging maar één kant op. En het pijnlijke was dat hij dat als enige op de hele wereld niet zag. Of misschien accepteerde hij het. De onverbeterlijke optimist. Tekla herinnerde zich elke glimlach, elke lach na de leeftijd van zeven jaar.

Ze moest dit in banen leiden. Tegelijkertijd mocht ze hem niet weer kwijtraken. Ze moest het voorzichtig aanpakken. Ze wist hoe snel hij schrok.

'Simon...'

'Ja?'

'Wat ik zei... Wat er afgelopen voorjaar in Hellasgården gebeurd is...'

'Eh... vergeet het. Ik weet niet eens meer waar we het over hadden.'

Simon glimlachte zo breed dat zijn grote tanden te zien waren. In zijn dunne baard, die altijd pikzwart was geweest, zaten nu grijze strepen. Maar zijn wenkbrauwen en zijn lange wimpers waren nog altijd zwart rond zijn grote blauwe ogen.

'Ik mag hier zeker niet roken?'

Ze probeerde te glimlachen.

Hij haalde een pakje witte Marlboro uit zijn broekzak, trok er een kromme sigaret uit en speelde ermee. Hij haalde ook zijn zippo tevoorschijn en frunnikte er nerveus aan. Tekla herkende de aansteker van haar vader.

Eigenlijk moest ze het laten rusten. Ze wist dat hij niet graag over gevoelens praatte. Maar ze had zo vaak aan die vreselijke dag gedacht, afgelopen voorjaar in Hellasgården. Toen ze had gezegd hoe ze over zijn verslaving dacht, over zijn slordigheid, dat ze altijd de rommel moest opruimen achter de kont van haar nietsnut van een broer. Ze herinnerde zich zijn exacte woorden: 'Doe dat dan ook niet. Je hoeft me nooit meer te zien. Ik blijf wel uit de buurt.' Daarna vertrok hij. Tekla was gebleven. Te moe om achter hem aan te rennen, moedeloos en leeg. Ze had geen idee wat ze kon doen om hem weer blij te maken. Daar en toen gaf ze het op. Ze kon niet meer.

Er ging een week voorbij. Daarna begon ze weer te bellen. Ze miste hem zo dat het haar fysiek pijn deed. Maar hij drukte haar weg. Hij gaf duidelijk aan dat hij alleen wilde zijn. Dat hij zichzelf wilde redden, of dat in elk geval wilde proberen.

'Maar ik wil alleen zeggen dat ik niet meende wat ik zei,' zei Tekla. 'Natuurlijk wil ik je zien. Je bent mijn broer. De enige die ik heb behalve mama, maar die is natuurlijk helemaal weg. Begrijp je dat?'

'Het is in orde. Vergeet het.'

Tekla dacht aan de man met de brandwonden op de IC, dat ze dagen bang was geweest dat het Simon was. Nu leek dat zot. Opeens registreerden haar ogen iets wat ze eerst niet had gezien: dat hij aan zijn armen krabde. Dat zijn lichaam schokte. Hij was verward.

'Ga je nog naar die wonden in je gezicht laten kijken?'

Simon keek Tekla scheef aan.

'Jij bent toch dokter?'

'Maar je laat je door mij niet onderzoeken.'

'Dat klopt.'

'Mag een collega van me het doen?'

'Het zijn maar blauwe plekken.'

Hij stak de zippo een paar keer aan en stopte de sigaret toen in zijn borstzakje.

Ze waren een tijdje stil en luisterden naar de stemmen op de SEH. Tekla wist dat er steeds meer patiënten kwamen, op vrijdag na werktijd.

'Je begrijpt wel dat je de stad uit moet, toch?' vroeg ze.

Simon zat in zijn eigen wereld. Hij krabde verwoed aan zijn elleboog.

'Ga je nog met je oude vrienden om? Micke? Rakel? Paul?'

Simon keek naar zijn gehavende handruggen en trok er een korstje af.

'Dat zijn mijn vrienden niet meer.'

'Maar je gaat toch wel met iemand om?'

Simon knikte.

'Een vriend die vorig jaar hiernaartoe is verhuisd vanwege een vrouw die hij zwanger had geschopt. Nu is hij eruit gegooid, maar hij had een erfenisje, dus hij heeft een zomerhuis buiten de stad gekocht. Daar zijn we een paar keer wezen vissen.'

Tekla zag dat Simons gezicht opklaarde. Vissen was altijd zijn grote passie geweest.

'En wat heb je gedaan voor die Oezbeken?'

Simon zweeg en schoof heen en weer. Tekla kreeg het gevoel dat hij zou opstaan en weglopen. *Voorzichtig. Schrik hem niet af.*

'Ze waren hier vanochtend,' zei ze zacht.

'Hè?' zei Simon, en hij keek zijn zus bezorgd aan.

'Die Sardor en een andere spierbundel zijn hier vanmorgen met me wezen praten.'

'Wat wilden ze?' vroeg Simon.

'Dat doet er niet toe.'

'Jawel, zeg op!' zei Simon heftig.

Tekla dacht aan de tijd dat ze tieners waren en Simon haar een geheimpje probeerde te ontfutselen. Zijn oprechte nieuwsgierigheid.

'Ze wilden dat ik iets zou doen waar ik me niet voor kon lenen.'

'Godsamme, Tekla. Ik wist niet dat ze...'

'Het maakt niet uit, Simon. Ik zal hen nooit meer zien. Nu hebben ze je vrijgelaten en dat is het enige wat telt.'

'Het verbaast me. Opeens mocht ik zomaar weg. Geen uitleg of niks.'

Tekla dacht aan Sardors opmerking dat Simon hun geld schuldig was. Dat was nog steeds zo. Vroeg of laat zouden ze dat geld bij Simon komen opeisen.

'Wat heb je voor hen gedaan?' vroeg Tekla.

'Ik help hen met van alles en nog wat.'

'Wat voor dingen?'

'Van alles. Ik ben hun... adviseur, zeg maar.'

'Adviseur?' Tekla smoorde een lach. 'Dat klinkt mooi. Krijg je salaris?'

'Ja, hoor. Ze betalen op tijd. Stukloon.'

'Dus ze betalen je naar wat je doet?'

'Klopt.'

'Simon, vertel,' zei Tekla, en ze probeerde hem niet te hard te pushen, ook al zou ze hem het liefst op zijn hoofd slaan en zijn leugens wegschreeuwen. 'Wat zijn dat specifiek voor dingen die je doet?'

Simon zette een verbaasd gezicht.

'Serieuze dingen. Kom op, Tekla. Waarom kijk je zo achterdochtig? Waarom doe je altijd zo?'

'Hoe doe ik dan?'

'Als een grote zus, lastig. Dat je altijd het ergste van me denkt.'

'Dat is helemaal niet waar.'

'Verdomme, hou op. Dat was al zo toen we nog op school zaten.'

Tekla zweeg. Daar trapte ze niet in. Te vaak was dat geëindigd met deuren die voor haar neus werden dichtgesmeten. Ze wist dat hij het niet meende. Ze wist dat ze een hartelijke band hadden. Ze was er altijd voor hem geweest. Ze kende veel van zijn vrienden, een aantal was gemeenschappelijk. Ze namen haar in vertrouwen, vertrouwden haar, spraken hun bezorgdheid over Simon uit tegen haar. En zij zorgde voor hem. Pakte zijn problemen aan. Ze ving de kapotte dingen op die hij liet slingeren. Repareerde ze en legde ze terug terwijl hij sliep. Ze hielp haar moeder met Simons kleren te wassen toen zij het niet meer kon. Ze vouwde ze op legde ze in zijn laden. Ze stond midden in de nacht op als zijn vrienden op het raam klopten en haar hulp vroegen om hem thuis te brengen. Ze ondersteunde zijn stinkende lichaam naar de auto. Spoelde hem af met de tuinslang achter de garage en hielp hem naar bed nadat ze hem een hoofdpijntablet had gegeven.

'Simon, ik ben niet achterlijk. Ik snap dat dit met drugs te maken heeft. En dat je iets hebt gedaan waar ze kwaad om zijn. Daarom hebben ze je ontvoerd bij winkelcentrum Ringen. En daarom hebben ze je mishandeld. Je bent hun geld schuldig. Ik heb al extra geld naar je overgemaakt, zodat je een paar dagen vooruitkunt. En ik kan je weer maandelijks iets overmaken.'

Simon keek haar met zijn cyaanblauwe ogen aan en tikte liefdevol met drie vingers tegen haar slaap.

'Hoe gaat het met dit propvolle koppie? Hoe gaat het met jóú, zus?'

Tekla keek naar het grenen tafelblad.

'Het kraakt meer dan anders.'

Gedachten aan de stamcelbehandeling in Londen doken in haar hoofd op. Misschien moest ze hem nu vertellen van de hersenziekte van haar moeder, van huntington. Dat hij zich moest laten testen. Dat ze zich samen konden laten testen. En áls een van hen het gen had, kon de ander stamcellen uit het beenmerg geven. Misschien. Als de positieve resultaten van de Londense onderzoekers voortduurden.

'Je hebt hulp nodig,' zei Simon.

'Er is geen hulp, dat weet je. Ik heb alleen tijd nodig om alle beelden te sorteren.'

'En die tijd heb je niet.'

'Of die geef ik mezelf niet.'

'En ik neem aan dat je vrienden of collega's niets vertelt over jouw... toestand?'

Tekla schudde langzaam haar hoofd.

'Dat klinkt niet goed, Spillebeentje.'

Dat was lang geleden. Als kind was Tekla vel over been en werd ze door Simon en zijn vrienden Spillebeentje genoemd. Toen een scheldwoord, nu een nostalgische zweem van iets wat ze alleen met haar broer deelde.

'Je moet het zeggen als je weer geld nodig hebt, voordat je iets stoms doet.'

Hij schudde zijn hoofd.

'Dat zal wel loslopen.'

Hij glimlachte zo breed dat de zilveren doodshoofden in zijn oren heen en weer zwaaiden. Het waren er nu twee.

'Ik ben met een paar dingen bezig. Het komt goed.'

'Je kunt niet in Stockholm blijven, Simon. Snap je dat niet?' Ze had een brok in haar keel. 'Je moet echt beter voor jezelf zorgen. Je moet eten.'

Hij lachte.

'Ik moet ervandoor.'

Tekla verhief haar stem. 'Nee.'

'Hoezo nee?' vroeg Simon.

'Ik hoop dat je een grapje maakt. Na alles wat je hebt meegemaakt. Je moet weg uit de stad.'

Simon lachte, maar Tekla zag dat lachen hem pijn deed door alle wonden in zijn gezicht.

'Dat kan niet.'

'Omdat zij het over je te zeggen hebben?'

'Wie?'

'Hou toch op, Simon. Ik heb Sardor en Victor Oemarov allebei ontmoet.'

Simon keek alsof Tekla zojuist de duivel zelf had genoemd.

'Victor Oemarov is levensgevaarlijk,' zei Tekla.

'Zo gevaarlijk zijn ze niet,' zei Simon, maar Tekla zag dat zijn hele lichaam trilde.

'Heb je jezelf in de spiegel bekeken? Nou? Ziet het eruit alsof ze alleen een babbeltje met je hebben gemaakt? Denk je dat ik achterlijk ben?'

Simon stond op. Tekla liep achter hem aan. Nu had ze kennelijk een grens overschreden. Simon was op weg naar de deur. Tekla pakte hem bij zijn magere arm, maar hij rukte zich los en liep door.

Rook en oude kleren. Nu schoot haar te binnen wat die derde geur was: pseudomonas. Hij had een huidinfectie, misschien een abces dat vol nare, resistente bacteriën zat.

'Simon!'

Hij draaide zich om. Voor het eerst tijdens dit korte bezoek ving ze een glimp op van haar oude broer. De saamhorigheid. De levensvonk in zijn mooie ogen. De nieuwsgierigheid.

'We moeten jou de stad uit zien te krijgen. Ik koop een ticket voor Spanje. Je mag in het huis van onze oom. Een tijdje maar, totdat alles rustig is geworden.'

'Dat kan niet, zus.'

'Ik kan een paar dagen vrij nemen en met je meegaan.'

'Nee.'

Tekla voelde paniek. Ze wilde hem dwingen te blijven. Elke cel in haar lichaam schreeuwde dat ze hem niet mocht laten weggaan.

Ze liep snel langs Simon heen en ging met haar rug naar de deur staan. Zou ze nu over huntington vertellen? Nee, hij zou alleen maar schrikken, wegrennen en zijn kop in het zand steken.

'Ga opzij,' zei hij.

'Simon, luister naar me. Ze hebben je vrijgelaten omdat ik... iets heb gedaan.'

Simon schrok.

'Het was niets bijzonders,' ging Tekla verder. 'Maar je ziet waartoe ze in staat zijn. Je moet bij hen uit de buurt blijven. De banden doorsnijden.'

Simon glimlachte.

'Ik heb niets anders.'

'Natuurlijk wel!' riep ze. 'Er zijn massa's banen. En ik zal je helpen, dat beloof ik.'

Op dat moment ging Simons telefoon. Hij haalde hem tevoorschijn, keek erop en verstijfde. Tekla kon de angst in het kamertje voelen.

'Wat?' vroeg ze.

Simon duwde de oproep weg.

'Niks.'

Hij zag er paniekerig uit.

'Wat dan? Zeg op!'

'Ik moet weg...'

'Nee, nee, nee, Simon. Dat moet helemaal niet.'

Hij leek opeens ontzettend duizelig.

'Verdomme, verdomme.'

Alsof hij een beroerte had gekregen en zijn evenwicht niet kon bewaren. Hij liep terug naar de stoel en ging zitten.

Tekla zuchtte.

Er werd op de deur geklopt en een verpleegkundige stak haar hoofd om de hoek.

'Er zijn hier twee mensen die met je willen praten, Tekla.'

'Patiënten?'

'Nee. Privé.'

'Wil je zeggen dat ze even moeten wachten?'

'Dat willen ze denk ik niet,' zei de verpleegkundige, en ze keek ontzet naar Simon. Daarna wenkte ze Tekla.

'Het zijn die types van vanochtend weer,' fluisterde ze.

Tekla's hart stond stil. Ze draaide zich om naar Simon, die iets intikte op zijn mobiel.

'Zal ik zeggen dat ze weg moeten gaan?'

'Nee. Is het keukentje hiernaast vrij?' vroeg Tekla. Haar hersenen draaiden als een centrifuge.

'Ik geloof het wel.'

'Vraag of ze daar willen wachten,' zei Tekla, en ze zag de verpleegkundige knikken. 'En... kun je me een grote dienst bewijzen en ervoor zorgen dat niemand bij mijn... broer naar binnen gaat? Het duurt maar een paar minuten.'

De verpleegkundige knikte en legde haar hand op Tekla's onderarm.

'Uiteraard. Je weet dat iedereen hier voor je klaarstaat.'

'Niet iedereen,' zei Tekla.

'Bijna iedereen,' zei de verpleegkundige, en ze verdween.

Tekla ademde diep in en probeerde een ontspannen indruk te maken. Nu was het zaak haar paniek niet te laten blijken. Tegen Simon zei ze: 'Ik kom zo terug.'

Simon zat helemaal in zijn eigen wereld.

'Simon?'

'Ja?' zei hij, opkijkend.

'Blijf hier. Beloof je dat?'

'Ja, hoor.'

Tekla liep naar buiten en sloot de deur. Ze probeerde het trillen van haar handen te stoppen.

Vrijdagmiddag 14 juni
SEH, Nobelziekenhuis

Sardor en Eje passeerden de apotheek van het Nobelziekenhuis en liepen door naar de SEH. Na Jarmo's bekentenis in Skärholmen lag alles bloot. Sardors gebrek aan leiderschapskwaliteiten, de inval in Haninge. In zekere zin was het allemaal zijn schuld. Had hij die twee junks maar niet op het geld laten passen, had hij hen naderhand maar niet gechanteerd... Victor had hem straal genegeerd toen ze bij de motorclub weggingen. Het enige wat hij zei was: 'Maak nu schoon schip. Zorg dat je die dealer vindt en sluit alles af.'

Bij de zusterpost vroeg Sardor een verpleegkundige naar Tekla Berg. Een paar minuten later kwam de arts uit een familiekamer. Toen ze Sardor zag, kneep ze haar ogen tot spleetjes.

'Wat doen jullie hier?'

'We moeten praten,' zei Sardor.

'We zijn klaar met elkaar,' zei Tekla.

'Niet echt.'

'Wat willen jullie, verdomme?'

'Niet hier,' zei Sardor rustig.

Tekla dacht even na. Daarna zei ze: 'Loop even mee.'

Sardor en Eje liepen achter Tekla aan naar het personeelskeukentje direct naast de familiekamer. Ze sloot de deur en leunde tegen een keukentafel. Op de ruim twintig vierkante meter hadden ze een leren hoekbank, een lage grenen tafel, twee keukentafels en twaalf logge grenen stoelen weten te proppen. Een smalle glazen deur gaf toegang tot een kleine binnenplaats, waar het personeel kon roken en waar ze in de zomer hun lunch konden opeten aan de vieze kunststof meubels. Op dit moment was er niemand die zijn eten opwarmde in een van de drie magnetrons die aan de muur boven het piepkleine aanrecht hingen. Op de deur van de koelkast stond ALLEEN PERSONEEL en op de vaatwasser had iemand een bordje geplakt met JE MOEDER WERKT HIER NIET.

Sardor nam plaats op een stoel. Eje ging voor de deur staan, voor het geval er iemand binnen wilde komen. Of de kamer uit wilde gaan.

Tekla liep naar het koffiezetapparaat en drukte op de knop voor een dubbele espresso.

'Eén vraagje maar,' zei Sardor. 'Waar is je broer nu? Als je dat vertelt, beloof ik dat we je niet meer zullen lastigvallen.'

Tekla snoof.

'Hier in elk geval niet,' zei ze, en ze pakte het koffiekopje met beide handen vast.

'Dat weten we al.' Sardor zag hoe al Tekla's barrières in no time werden opgebouwd. Hij liet zijn schouders zakken en probeerde te glimlachen. 'We willen nog één keertje met hem praten. Een paar vraagtekens weghalen.'

'Stop die vraagtekens maar in je...'

Eje grinnikte en zei: 'Wauw.'

Sardor was minder onder de indruk. In een flits was hij opgesprongen, had hij Tekla bij de hals gepakt en haar tegelijkertijd achteruitgeduwd, zodat ze op de bank achter haar viel. Het koffiekopje stuiterde op de linoleumvloer en de koffie spatte tegen de muur. Sardor duwde Tekla's hoofd naar beneden en zette snel zijn mes tegen haar keel. Met zijn lippen tegen haar oor gedrukt zei hij: 'En nu luisteren, gek. Je lijkt niet erg zuinig te zijn op je eigen leven.'

Tekla ving zijn blik en hield die vast.

'Ik luister.'

'Jij en je broer zijn dik met elkaar, of niet?'

Tekla klemde haar kaken op elkaar.

Sardor duwde het mes hard tegen haar keel.

'Of niet?'

'Ik zou alles voor hem doen.'

Sardor draaide zich om naar Eje en knikte.

'Nou dan! Waar is Simon?'

'Geen idee.'
'Probeer je slim te zijn?'
Sardor duwde het staal zo hard tegen haar huid dat die begon te bloeden.
'Waar?'
'Je kunt me snijden zoveel je wilt. Ik heb geen idee waar hij is. Ik heb een paar keer geprobeerd te bellen, maar hij neemt niet op. Probeer het zelf maar.'
Sardor haalde het mes weg en stond op.
Tekla kwam langzaam overeind en leunde achterover op de leren bank. Ze pakte een servet en veegde het bloed van haar hals. Er waren maar een paar druppels uit gekomen. Een oppervlakkige schram.
'Je vader heeft er toch voor gezorgd dat Simon werd vrijgelaten?' vroeg ze.
Sardor staarde haar aan.
'Ik weet niet wat je met Victor hebt uitgespookt waardoor hij zo'n idioot besluit heeft genomen.'
'Dat is vertrouwelijk,' zei Tekla.
'Maar daarna is er meer ellende aan het licht gekomen over je broer,' zei Sardor, en hij zag dat Tekla aandachtig luisterde.
'Ik vind dat je naar je vader moet luisteren,' zei Tekla.
'Fuck!' schreeuwde Sardor, en hij zette het mes in het houten tafelblad. 'Hoor je niet wat ik zeg? Waar je Victor ook toe hebt aangezet, dat is van de baan. Je broer heeft het totaal verkloot.'
Tekla bleef roerloos zitten.
'Dus jullie willen met hem práten.'
'Je hebt een kans om zijn nietswaardige leven te redden,' snauwde Sardor. 'Zeg waar hij is, dan snijd ik hem misschien niet de keel door.'
'Ben je klaar?' vroeg Tekla rustig.
Sardor gaf geen antwoord.
Tekla stond op en liep naar de deur. Ze ging voor de in het leer geklede man staan, die haar onverschillig aankeek en geen millimeter opzijging.
'Kun je me erdoor laten, alsjeblieft?'
'Laat haar gaan,' zei Sardor. Eje stapte opzij.
Voor de deur stonden twee beveiligers van Securitas. Eje hoorde

dat ze Tekla vroegen wat er was gebeurd.

'We moeten weg,' zei hij tegen Sardor, die langzaam knikte en ontwaakte uit zijn gedachten.

Tekla haalde opgelucht adem toen ze Sardor en de reus naar de uitgang zag verdwijnen. De SEH zat propvol met wachtende patiënten. De verpleegkundigen renden heen en weer om de situatie onder controle te krijgen. Tekla liep terug naar de familiekamer, waar Simon zat te wachten.

Ze opende de deur. De kamer was leeg. Geen Simon. Ze rende de kamer uit en ging hem zoeken, maar hij was verdwenen. Ze belde zijn mobiel, maar kreeg alleen de voicemail.

De verpleegkundige die op Simon zou letten kwam naar Tekla toe.

'Sorry, maar hij is weggegaan. Ik heb nog gezegd dat hij op je moest wachten, maar hij wrong zich langs me heen en rende weg. Hij leek in paniek.'

Tekla schreeuwde het uit in de overvolle wachtkamer.

Ze besefte dat de deal die Tariq en zij met Victor Oemarov hadden gesloten niet meer gold. Daar was geen spaan meer van heel. Er was iets gebeurd. Ze besefte dat de Oezbeken Simon beslist niet mochten vinden. De situatie was ernstig en zij was de enige die Simon kon redden.

Vrijdagavond 14 juni
Gullmarsplan, Stockholm

De lucht in het appartement stond stil. Tekla opende het raam en de balkondeur, maar wist niet wat het ergste was: de warmte of het lawaai van het verkeer op het Gullmarsplan. De stortbui van die middag was uitgewist door een drukkende hittegolf. Ze nam een ijskoude douche, dronk twee glazen grapefruitsap en at drie haverknäckebrödjes met frambozenjam. Ze voelde geen honger en geen verzadiging. Alleen een knagend gevoel in haar buik en een steeds hardere ruis in haar oren. Ze sloot het raam en de balkondeur, liet de gordijnen neer en ging op het onopgemaakte bed liggen. Twintig minuten lag ze te zweten. Ze probeerde tot rust te komen, maar beelden van de dag doken steeds sneller op, totdat ze er misselijk van werd en moest gaan zitten. In de badkamer pakte ze een potje Oxascand. Ze nam meteen tachtig milligram in. Tot nu toe was vijftig het maximum geweest. Ze ging weer op het bed liggen, maar de pillen hadden net zo goed keelpastilles kunnen zijn. Ze deden niets.

Om een uur of negen stond ze op en nam nog een douche, ditmaal een hete. Daarna trok ze een dunne linnen broek en gemakkelijke sneakers aan. Hoewel het buiten zeker vierentwintig graden was, trok ze een dunne capuchontrui aan onder haar paarsfluwelen jasje en maakte haar haar los. Ze had er aldoor tegenaan zitten hikken, maar ten slotte realiseerde ze zich dat er maar één iemand was die haar kon helpen. Ze pakte haar telefoon.

Ik moet je spreken! Babylon bij Björns trädgård over een kwartier?

Ze slikte drie bommetjes en stopte er vijf in haar lippenbalsem.

Ze had trek in rode wijn, maar realiseerde zich dat ze in slaap zou vallen als ze alcohol dronk boven op alle benzodiazepine. Dan nog maar wat extra amfetamine.

De deur sloeg dicht en ze draafde de trappen af, de zomeravond in. Twintig minuten later stond ze aan de bar tussen de naar een feestje smachtende hipsters van Södermalm. Kort daarna dook Magnus op.

'Ik dacht dat je wel een biertje zou lusten,' zei Tekla.

'Dat heb je goed gedacht,' zei Magnus, en hij trok zijn leren jack uit. Hij dronk in één teug het halve flesje leeg.

'Ik was blij weer iets van je te horen,' zei hij. 'Ik vroeg me al af of je me uit je contacten had verwijderd.'

'Ik ken maar één politieman,' zei Tekla kortaf.

'Dus daarom ben ik hier?' vroeg Magnus, en hij ging met zijn hand over zijn ongeschoren wang.

Tekla ving zijn blik.

'Je hebt tegen me gelogen. Je herkende Jonas in Årsta.'

'Ik kan het uitl...'

'Laat maar,' zei Tekla. 'Ik heb Simon gesproken.'

Meer leugens kon ze niet aan. Er was nu maar één ding belangrijk: Simon redden.

'Wat goed!' riep Magnus uit. Hij zag er opgelucht uit en dronk zijn bier op.

'Nee, niet goed. Hij zag eruit als een wandelend lijk.'

'Wat hebben ze met hem gedaan?'

'Hem compleet in elkaar geslagen.'

Tekla zag Simons bont en blauw geslagen gezicht voor zich en huiverde. Ze nam een grote slok van de koude rode wijn en voelde Magnus' hand op de hare.

'Wat is er gebeurd?' vroeg hij. 'Je trilt.'

'Sardor Oemarov en een andere krachtpatser zijn me weer komen opzoeken op de SEH. Ze wilden weten waar Simon was. Ook al had Victor Oemarov me beloofd dat ze hem met rust zouden laten.'

'Victor Oemarov?' riep Magnus uit. 'De vor zelf? De man die in feite de hele drugsmarkt in handen heeft? Maar ik snap het niet – heb je met Victor Oemarov gesproken?'

Tekla dronk van de wijn. Ze zag het trillende lichaam van de gangsterbaas voor zich toen ze haar vinger in zijn endeldarm stak.

'Ik kan er niet meer over vertellen. Maar hij heeft beloofd dat hij Simon met rust zou laten.'

Magnus staarde haar nog steeds aan. 'Je speelt met je leven, Tekla.'

'Wat moet ik nu doen?' vroeg Tekla, en ze dronk haar glas leeg.

'Je gaat...'

'Wacht even,' zei ze. Ze liep naar de bar om nog een rondje te bestellen. Vijf minuten later kwam ze terug met een biertje en een glas wijn. Ze voelde zich duizelig en begon dubbel te zien.

'Wat ga ik, zei je?'

'Niets,' zuchtte Magnus. 'Je moet rustig in het bootje blijven zitten en het verder aan de politie...'

'Nooit,' viel Tekla hem in de rede. 'Daar heb ik geen tijd voor. Ze zullen Simon vermoorden. Ik moet hem vinden en hem naar het buitenland sturen.'

'Heb je nog steeds niet door met wie je te maken hebt?'

'Dat maakt me niet uit.'

Magnus glimlachte en legde zijn hand over die van Tekla.

'Maar mij wel. Laat mij dit doen. Het is mijn werk.'

Tekla voelde haar hartslag iets rustiger worden. Ze nam grote slokken wijn en liet Magnus' hand liggen. Elke lamp waar ze naar keek, werd voor haar ogen een streepje.

Buiten was het nog licht, maar de temperatuur was gedaald. Het personeel deelde witte fleecedekens uit aan de klanten.

Magnus keek Tekla bezorgd aan.

'Heb je wel gegeten?'

'Niet veel.'

'Zal ik iets bestellen?'

'Ik heb geen trek.'

'Bedenk wel dat jij hier de dokter bent. Wie moet er voor jou zorgen als je flauwvalt?'

Tekla glimlachte.

'Misschien een beetje lucht.'

'Absoluut.'

Tekla ademde een paar keer diep in. Maar de lichten van de bar bleven haar achternazitten. Ze besefte wat er aan de hand was, maar kon er niets tegen doen. Ze had geen Oxascand bij zich.

'We gaan op de trap zitten,' zei Magnus, en hij trok Tekla een paar meter mee. Ze gingen zitten. 'Waarom mag ik niet vertellen over Jonas? Ik kan het uitleggen.'

'Laat nou maar,' antwoordde Tekla. Ze was veel te moe. Bovendien zou Magnus alleen maar met halve waarheden komen, die ze zou doorzien. Op dit moment was ze alleen maar blij om hem weer te zien.

'Ik wil het graag...' begon Magnus, maar hij werd onderbroken door Tekla's telefoon.

Ze haalde hem tevoorschijn en staarde naar het scherm: 'Het is Simon.'

'Waar wacht je dan op? Neem op!'

Tekla nam op. 'Hallo?'

Ze zette hem op de speaker, zodat Magnus het kon horen.

'Ha, Tekla.'

'Waar ben je?' vroeg Tekla. Op de achtergrond was verkeer te horen.

'Ik ben met Jonas op pad.'

'Waarom ben je weggelopen uit de SEH?' vroeg Tekla.

Simon zweeg.

'Simon?'

'O, zomaar...'

'Maar we waren nog niet klaar.'

Simon zweeg weer.

'Kunnen we ergens afspreken?' vroeg Tekla voorzichtig. Ze was zich ervan bewust hoe snel hij schrok. Hoe eenvoudig hij haar kon wegdrukken en verdwijnen, zoals hij al zo vaak had gedaan.

Haar hand trilde. Magnus hield hem vast met zijn warme hand.

'Simon?' herhaalde ze.

'Tekla, nu moet je niet gaan freaken, maar... er staat een prijs op mijn hoofd.'

Tekla moest van houding veranderen om haar mobiel niet te laten vallen.

'Wat?'

'Maar,' zei Simon rustig, 'ik heb een plan. Het komt goed.'

Tekla voelde Magnus' warme hand op haar schouders, maar sloeg hem weg.

'Waar heb je het over, Simon? Je hebt nog nooit een plan gehad!'

Simon lachte.
'Maar ditmaal wel.' Hij klonk nog steeds rustig en vrolijk.
'Hoe ziet dat plan er dan uit?'
'Doe nou maar rustig.'
Tekla voelde het kloppen bij haar slapen.
'Verdomme, Simon, er komen gekken op mijn werk die naar jou vragen. Je hebt iets verkeerd gedaan, begrijp ik. Maar je kunt dit niet zelf regelen. Net zomin als je ooit iets zelf hebt geregeld in je leven. Maar ík ga een plan voor je maken.'
Simon lachte. 'Ik moet nu ophangen, maar...'
'Nee, niet ophangen. We moeten...'
'Sorry. Sorry, Tekla.'
'Waar heb je het over? Hoezo sorry?'
'Ik hou van je. Sorry.'
De verbinding werd verbroken.
'Simon! Simon!'
Tekla belde terug, maar kreeg de voicemail.
Ze sloot haar ogen en zag in gedachten Simons grijns.

Vrijdagavond 14 juni
Stora Essingen, Stockholm

Håkan zette net het gas van de barbecue hoger toen hij een stem achter zich hoorde: 'Gas. Dat is toch sjoemelen?'

Hij vroeg zich af of hij bij het mes kon komen dat altijd bij zijn enkel zat, maar de stem had iets bekends. Toen hij zich omdraaide zag hij een spottend grijnzende Sardor Oemarov.

'Godsamme, weet je niet hoe een deurbel eruitziet?'

Sardor keek uit over het water. Er tuftten twee zeilboten met gereefde zeilen voorbij. Het water was spiegelglad, de lucht stond stil en tegen de roze avondhemel hingen een paar knalgele luchtballonnen met grote reclameteksten erop.

'Waar betaal je dit allemaal van, verdomme? Zoveel verdien je toch niet bij de politie?' vroeg Sardor.

Håkan haalde de entrecote uit de vacuümverpakking en depte het vleessap op met keukenpapier.

'Dit is maar een schamel hutje vergeleken met Victors huis in Bromma.'

Sardor stapte het terras op en leunde tegen de schutting.

'Dan wel het grootste schamele hutje ter wereld.'

Håkan mengde sojasaus, knoflookzout, peper en worcestersaus in een kom. Daarna legde hij het vlees in de marinade. Hij liep naar de keuken en haalde een ijskoude Brooklyn Lager.

'Ben je hier zonder lijfwacht?'

'Niet nodig, als je bij ongevaarlijke mensen op bezoek gaat,' zei Sardor. 'En jij? Geen vriendin vanavond?'

'Ze kreeg nachtmerries nadat hier vorige week zaterdag een paar louche types opdoken.'

'Aha,' zei Sardor. 'Ze houdt niet van nachtelijke bezoekjes.'
'Niet als ze haar vriend mishandelen in de woonkamer.'
Sardor liep naar de marinade en rook eraan.
'Wat doe je erbij?'
'Friet met bearnaisesaus. Bestaat er iets anders?' vroeg Håkan. Waar had hij zijn pistool? Hij realiseerde zich dat het in het badkamerkastje lag en dat hij daar niet snel genoeg zou kunnen komen. 'En gas werkt uitstekend. Houtskool is verrekte lastig.'
Sardor trok zijn leren jack uit, deed zijn schouderholster af en stak het pistool in zijn broek.
'Wat een weer.'
'Het gaat vanavond regenen,' zei Håkan.
Sardor keek naar de lucht en lachte: 'Nee.'
'Wedden?'
'Ik gok niet,' zei Sardor. 'Dat kan slecht aflopen. Als iemand dat weet, ben jij het wel.'
Håkan legde het vlees op het hete rooster, zodat het siste. Daarna ging hij naar de keuken en keek in de oven, maar de friet was nog niet bruin genoeg. Hij zette Lallerstedts kant-en-klare bearnaisesaus in de magnetron en maakte een knoopje van zijn overhemd met korte mouwen los. Zijn rug was nat van het zweet.
'Heb je nog een glas van die lekkere whisky die je laatst serveerde?'
'Serveerde...' snoof Håkan.
'Ben je kwaad?'
'Ik? Kwaad?' vroeg Håkan. 'Het zijn toch gewoon zaken? Net wat je zei.'
'Zeker weten.'
'En vandaag breng je hier een vriendschappelijk bezoekje, toch?'
'Zeker weten,' zei Sardor. 'De whisky?'
Håkan liep door de open schuifpui naar binnen. In de woonkamer was het warmer dan buiten, omdat de zon er de hele middag op had gestaan. Hij schonk whisky in een groot kristallen glas, dat hij aan Sardor gaf. Daarna liep hij terug naar de barbecue om het vlees om te draaien.
'Als ik had geweten dat jij op bezoek zou komen, had ik meer eten klaargemaakt.'
'Dank je, maar ik blijf niet lang.'

'Mooi,' zei Håkan, en hij haalde een bord met friet en bearnaisesaus. Vervolgens pakte hij het vlees van de barbecue en draaide het gas uit. Hij schakelde zijn Sonos-systeem in en zette Phil Collins' 'One More Night' aan.

Ze gingen in de woonkamer zitten. Håkan at met zijn bord op schoot.

'Ik moet een gozer zien te vinden,' zei Sardor. 'Jij bent toch goed in dat soort dingen?'

'Dat soort dingen?' vroeg Håkan. Hij nam een grote hap van het rode vlees.

'Een van onze dealers. Simon Berg,' zei Sardor.

Håkan glimlachte en dronk uit de fles.

'Wat is daar zo leuk aan?' vroeg Sardor.

'Waarom zou ik je daarmee helpen?'

'Moet ik je eraan herinneren dat je vorig weekend een van onze meisjes hebt verkracht?'

'Dat was niet bepaald voor het eerst,' zei Håkan.

'Je bedoelt dat je een van onze meisjes verkrachtte?'

'Dat ze verkracht werd.'

Sardor kneep in de armleuning van de fauteuil en keek naar de steiger.

'Geweld is zelden goed voor de zaken.'

'Maar toen je me vorig weekend in mijn eigen huis afranselde was het wel goed?' vroeg Håkan, luid smakkend.

Sardor dempte theatraal zijn stem. 'Een wijs man heeft me eens verteld over iemand die hij te pakken moest krijgen. Hij zocht in het dorp waar hij woonde, maar niemand had de man gezien. Dat zeiden ze in elk geval. Maar hij wist dat ze bang voor hem waren na alles wat hij eerder had gedaan. Dus hij besloot een voorbeeld te stellen. Hij stond midden in de nacht op en haalde een schaap bij een van de buren. Hij sneed het schaap de keel door en sneed de buik open. Daarna hing hij het schaap midden op het plein op, zodat iedereen het de volgende ochtend kon zien. Tegen de middag had een aantal dorpelingen de gezochte figuur gevonden en brachten ze hem bij de man, die hen bedankte voor hun hulp.'

Håkan dronk zijn bier op en stond op om er nog een te halen.

'En verder?' riep hij vanuit de keuken.

'Niets.'

Håkan kwam terug. Daarna begon hij opeens te schaterlachen.

'Je herinnert je het slot niet! Dat verhaal heb je van je vader, of niet?'

Sardor dronk van de whisky en draaide zijn nek naar links en naar rechts. Ten slotte zei hij: 'Jij gaat ons met die Simon helpen.'

Håkan stond op en Sardor gebaarde naar zijn pistool.

'Waar ga je heen?'

'Chill,' zei Håkan. 'Ik ga naar de hal om iets te halen.'

Sardor stond op en liep achter hem aan. Håkan haalde twee portemonnees en twee rijbewijzen tevoorschijn.

'Is dit die Simon?'

'Perfect. Hoe...?'

'Als ik hem aan jou geef, wil ik dat je deze ook koud maakt.'

Håkan liet het tweede rijbewijs zien.

'Jonas,' zei Sardor. 'Zijn vriend?'

Håkan knikte.

'Waarom?' vroeg Sardor.

'Droom je vaak?'

'Of ik droom?'

'Droom je vaak?' herhaalde Håkan.

'Wat is dat nou voor vraag?!'

'Ik droom altijd in het weekend. Geen idee waarom, maar door de week droom ik nooit. In het weekend herinner ik me mijn dromen vaak nog als ik 's ochtends wakker word. Maar vandaag is het vrijdag. En toen ik vanmiddag wakker werd nadat ik een dutje had gedaan, had ik van die vent gedroomd.'

'Van Jonas?'

'Het was dus geen weekend.'

'Waar wil je naartoe?'

'Ik droomde dat ik een kogel door zijn kop joeg.'

'Doe dat dan. Ik hou je niet tegen,' zei Sardor hoofdschuddend. Hij sloeg de whisky achterover. 'Of weet je wat? Ik vind dat jij die twee kerels zelf koud moet maken.'

'Ik?' zei Håkan. Hij zette het bord neer, waar alleen nog een randje vet op lag. 'Ik dacht dat jij die Simon wilde hebben. Dus ik vind dat jij ze allebei wel voor je rekening kunt nemen, als je toch bezig bent.'

Sardor glimlachte.

'Ik dacht het niet. Nu ik erover nadenk, was Tatyana niet blij dat je maar drie klappen had gekregen. Ze wilde graag je vinger, of liever nog je piemel, in een doosje. Ze ging compleet over de rooie toen ze erachter kwam dat ik geen kogel door je kuttenkop had gejaagd.'

'Zeg maar tegen haar dat ze te veel naar *The Godfather* heeft gekeken.'

'Nee,' zei Sardor verbeten. 'Jij doet dit, en dan zeggen we dat Tatyana daarna tevreden is.'

'Wat maak je je druk om Tatyana?'

Sardor staarde uit het raam.

'Trouwens,' zei Håkan. Hij boog zich naar voren en fluisterde: 'Je houdt toch niet van vrouwen, Sardor?'

Sardor deed zijn ogen dicht en liet zijn halswervels weer knakken.

De muziek ging over in Billy Joels 'Just The Way You Are'.

Håkan haalde nog een biertje en wipte aan het tafelblad in de keuken de kroonkurk eraf.

'Jullie Oezbeken hebben een interessante logica.'

'Vind je?' vroeg Sardor, prutsend aan zijn pistool.

'Dat met dat machtsevenwicht.'

Håkan ging zitten.

'Machtsevenwicht?' vroeg Sardor.

'Ja, tussen jou en mij. Jij vindt dat ik jou iets schuldig ben. Ik beweer het tegendeel. Ik wilde er niet over beginnen, maar ik heb informatie over jou en je vader waar ik in geval van nood gebruik van zou kunnen maken. Een telefoontje dat jij hebt gevoerd met Victors boekhouder Boris... Zo heet hij toch? Dat heb ik op een bandje, als enige. Boekhoudkundige dingetjes die, als ze bij de juiste officier van justitie terechtkomen, de doos van Pandora kunnen laten opengaan. Zin om te kijken of ik bluf?'

Sardor wilde iets zeggen, maar bedacht zich.

'Dat dacht ik al,' zei Håkan. 'En ik ben niet haatdragend. Wat er vorig weekend is gebeurd was stom. Ik zal het niet nog eens doen.'

'Ik denk dat er niet veel vrouwen meer voor je zullen zijn.'

'Jawel, hoor. Vast wel,' zei Håkan. 'Maar wat ik zeg: het was stom. En je hebt teruggeslagen. Dus we staan quitte. Maar nu kom je hier praten over een arme dealer die iets verkeerd heeft gedaan.

En natuurlijk kan ik wel helpen. Maar dan bekommer jij je om zijn vriend. Het machtsevenwicht...' ging hij verder, en hij dronk uit zijn flesje Brooklyn Lager. Uit de speakers klonken The Pointer Sisters met 'I'm So Excited'.

Sardor keek naar de rijbewijzen die voor hem op tafel lagen.

Håkan kuchte.

'En... er zijn twee opnames. Eén van jou en één van je vader.'

Sardor keek op.

'Victor en Christian Jensen die bespreken wat de beste plek is om de lijken van de gasten die jullie koud maken te dumpen. Niet dat het mij iets kan schelen. Jullie mogen de stad best bevrijden van dat gespuis. Maar sommige officieren van justitie zouden er waarschijnlijk een aanklacht wegens moord op baseren. Ze zouden allebei heel lang moeten brommen.'

Sardor keek nog steeds naar de rijbewijzen toen hij zei: 'Met de laatste opname kun je doen wat je wilt.'

Håkan zette zijn flesje neer.

'O. Is het zo erg?'

'Het glipt hem door de vingers,' mompelde Sardor. 'Hij wil dat mijn zus het overneemt.'

'Die van de makelaardij?' vroeg Håkan.

'Hij vindt dat we alle activiteiten op straat moeten staken. Dat we legaal moeten worden.'

'O jee,' zei Håkan. Het klonk bijna bedroefd. 'Moet ik dat zo opvatten dat jij er niets op tegen hebt als je vader... afstand doet van de troon?'

'Misschien. Ik laat iets van me horen.'

Ze zwegen, terwijl Sting 'Roxanne' uitbraakte en het op het terras een paar meter verderop begon te regenen. Een koelere bries vulde de woonkamer.

'Dus we hebben een deal,' zei Håkan.

Sardor knikte.

'Ik had gelijk,' zei Håkan.

'Waarin?'

'Het regent.'

Vrijdagavond 14 juni
Björns trädgård, Södermalm

'Je bent een wrak,' constateerde Magnus. 'En dat komt niet alleen door de alcohol, toch?'

Tekla schudde langzaam haar hoofd, maar hield haar ogen gesloten. Ze wilde de beelden van Simon op het strand vasthouden. Een voetbal. Een paar vrienden van Simon. Een warme zomerdag.

'Je hebt hulp nodig.'

'Je bedoelt met...?'

'De cocaïne, de amfetamine... Of wat je ook allemaal slikt.'

Het was een verlossend gevoel dat Magnus een duidelijke diagnose stelde. Tot nu toe was hij fijngevoelig geweest, had hij niets gezegd. Hij was natuurlijk politieman en zag veel verslaafden. En als Magnus het had gezien, hoeveel anderen waren er dan in haar omgeving die doorhadden dat ze iets gebruikte?

'Maar eerst moeten we Simon vinden,' ging Magnus verder. 'Mag ik hem nog eens proberen te bellen?'

Tekla voelde haar lichaam langzaam naar de grond zakken. Ze voelde de warmte van Magnus' bovenbeen tegen haar wang. Het rook naar wasmiddel, maar ook naar iets anders. De duidelijke geur van zijn geslacht maakte haar nog rustiger. Het was zo lang geleden... Ze zag beelden voor zich: Magnus uitgekleed onder het dekbed, lange spieren. Ze wilde hier blijven. In deze houding.

Ze gaf Magnus haar mobiel.

Hij belde, maar de voicemail werd ingeschakeld.

'Hij staat uit.'

Tekla opende haar ogen en kwam langzaam overeind.

'We moeten hem te pakken krijgen voordat de Oezbeken hem vinden.'

'Ik weet het,' antwoordde Magnus. 'We kunnen om te beginnen zijn signalement doorgeven aan alle patrouillewagens.'
'Dat is niet genoeg. Hij kan zich goed verstoppen.'
'Misschien. Maar je denkt dat hij nog in de stad is, toch?'
'Hij kan zo snel nog nergens naartoe zijn. Bovendien is hij veel te stom om te snappen dat hij zo ver mogelijk weg moet zien te komen.'
Tekla dacht aan het telefoongesprek met Simon. Er klopte iets niet.
Magnus sloeg zijn grote arm om Tekla heen. Ze hield zichzelf voor dat het een vriendschappelijk gebaar was. Je kon elkaar vasthouden zonder dat het iets betekende.
Met rechts van hen de barbecue, verlicht door rode neonreclameborden, zaten ze uit te kijken over Björns trädgård.
'Kun je zijn mobiel vinden?' vroeg Tekla. 'Zoals je dat ook met die van Jonas hebt gedaan?'
'Eigenlijk moet ik daar toestemming voor hebben, maar... ik heb contacten, zoals je weet.'
'Wie dan?'
'Een collega bij de recherche. Eigenlijk is het de opsporingseenheid die telefoons zoekt.'
'Jullie zijn vast dikke maatjes.'
Magnus haalde zijn hiel door het grind.
'Hij heeft eerder bij Opsporing gewerkt en heeft daar nog contacten.'
Magnus ging staan.
'Kun je overeind komen?'
'Maar waarom zou je collega ons helpen? Daar kan hij toch de bak voor in draaien?'
Magnus vermeed Tekla's blik.
'We hebben een geschiedenis.'
Tekla stond langzaam op en begon te lopen. Magnus ondersteunde haar. Ze liepen naar Medborgarplatsen. Het begon te regenen. Tekla besefte dat haar gedachten telkens terugkeerden naar het gesprek met Simon. Er was iets raars mee.
'Ik check bij mijn collega of hij ons kan helpen. Ik neem contact op zodra ik iets weet,' zei Magnus. Hij maakte oogcontact met een taxichauffeur, die gebaarde dat hij vrij was. 'Maar jij moet slapen.'

Tekla bleef Magnus strak aankijken.

'Wat nou?' vroeg hij. 'Heb ik iets stoms gezegd?'

'Simon was veel te kalm. Is dat je opgevallen?'

'Nee.'

'Hoorde je hem niet? Hij was volkomen rustig, hij klonk zelfs vrolijk. Hij had in paniek moeten zijn, gezien het feit dat er een prijs op zijn hoofd staat.'

'Jij denkt...'

'Ik dacht dat hij sorry zei omdat hij zo lastig was en niets van zich had laten horen.'

'Ja?'

'Maar snap je het niet?' kreunde Tekla.

'Nee.'

Tekla zuchtte diep. Ze probeerde rustig te worden, maar haar lichaam wilde iets anders en er werd adrenaline doorheen gepompt.

'Begrijp je niet waarom hij zo kalm en opgewekt was?'

'Zeg jij het maar,' zei Magnus.

'Hij heeft een besluit genomen.'

'Wat voor besluit?'

Tekla had het gevoel dat ze zou flauwvallen. Ze liet zich op het trottoir glijden.

'Hij is van plan alles op zich te nemen. De schuld voor alles wat er is gebeurd. Hij is niet van plan te vluchten. Integendeel, hij is van plan zich door hen te laten vermoorden.'

Magnus ging op zijn hurken zitten en pakte Tekla bij haar arm.

'Dat weet je niet.'

'Ik ken mijn broer.'

Magnus trok Tekla overeind.

'Sorry dat ik het zeg, maar je ziet...'

'... er beroerd uit.'

'Ga naar huis en ga slapen,' zei Magnus. 'Laad de accu op, dan gaan we morgen verder.'

Hij hielp Tekla de taxi in en gaf de chauffeur instructies. Tekla had de fut niet om te protesteren. Ze besefte dat ze een inzinking nabij was. Ze moest zich groothouden omwille van Simon.

Vrijdagavond 14 juni
Grönviksvägen, Bromma

De lucht boven de villa van de familie Oemarov was donker en somber, maar het was in elk geval weer droog. Sardor reed achter een vrachtauto die over de Grönviksvägen kroop om geen krassen te maken op de grote glimmende SUV's die er geparkeerd stonden. Op de bank achter hem lag helaas niet de scalp van Simon Berg, de man die Victor per se wilde vinden. Voor het huis, een paar honderd meter verderop, was het een drukte van belang, en Sardor parkeerde voor een van de drie opritten van de buurman.

Bij het zwembad waren ze bezig een partytent en een lange tafel neer te zetten. Twee Filipijnse vrouwen versierden de stenen muur met bloemenarrangementen die waarschijnlijk evenveel kostten als Elena's Golf. De zon kwam door de wolken en van de kant van het Mälarmeer scheen er een fraai avondlicht op de bloemen, die straalden in vurige kleuren.

'Sardor!' riep Elena vanuit de woonkamer. 'Ik kom eraan. Ik moet alleen Coco nog helpen met het serviesgoed voor morgen.'

Sardor zwaaide naar zijn stiefmoeder en zocht in de wirwar van bedienden naar de patriarch zelf. Hij vond Victor bij het pomphuis. Sardor wilde hem net groeten, toen hij tot zijn verbazing zijn zus Nina zag, die op haar knieën een grijze vloeistof in een buis zat te gieten. Hij overwoog om te keren en later terug te komen, maar Victor had hem al gezien.

'Fantastisch,' riep Victor, en hij keek voor het eerst in tijden echt blij.

'Wat?' vroeg Sardor verbaasd. Hij had een uitbrander verwacht.

Victor ging staan en veegde zijn handen af aan zijn nette zwarte broek. Zijn gestreepte overhemd plakte aan zijn zweterige dikke buik. Zijn haar zat onberispelijk.

'Nina heeft wonderen verricht. Ik weet niet hoe ze het heeft gedaan. Kennelijk had een vriend van haar een vergelijkbaar probleem, en toen is ze naar Rönninge gegaan om de vloeistoffen te halen. En moet je zien...' Victor liep naar het zwembad. Sardor kon alleen maar beamen dat het water nu een veel blauwere kleur had dan eerst. Helemaal helder was het nog niet, maar het zag er stukken beter uit.

Victor keek naar de hemel, waar de wolken opzij werden geschoven door het vlammende licht. Er werd aan de drie vlaggenmasten bij de trap naar het huis gerukt en getrokken. 'Morgen wordt het niet zonnig, maar het regent in elk geval niet.' Hij pakte Sardor bij zijn oor en trok er irritant hard aan. 'Niet te geloven, toch, dat je zo'n talentvolle zus hebt?'

'Nee, niet te geloven,' zei Sardor afgemeten, en hij ving de arrogante blik van Nina.

Victor aaide over Nina's gladde scheiding. 'Was je maar als man geboren. Dan was je volmaakt geweest.'

Sardor snoof. Hoe kon Victor hier staan doen alsof er niets aan de hand was? Praten over zijn perfecte dochter. Het leek wel alsof het hele gedoe met Simon Berg, het geld, de versneden heroïne en de Noordelijke Netwerken niet meer was dan een slechte grap.

'Hoe is het? Leeft hij nog?' vroeg Victor aan Sardor. Zijn toon was veranderd, alsof iemand opeens op de subwooferknop had gedrukt.

'We kunnen hem elk moment vinden.'

'Jullie hebben dus geen idee waar hij is,' kwam Nina tussenbeide.

'We zoeken overal,' ging Sardor ertegen in en hij moest zijn best doen om zijn zus niet te slaan. Het machtsevenwicht was verschoven.

'Doe eens rustig, jullie,' zei Victor. 'Jullie vinden hem vast wel. En dan wil ik zijn hoofd op een presenteerblaadje. Niets anders.'

Sardor wist niet wat hij moest zeggen.

'Maar geef toe dat het fascinerend is wat die gast heeft aangericht,' ging Nina verder.

Sardor hoorde het sarcasme in haar stem, maar wist niet of

Victor dat ook opmerkte. Hij leek veel te vrolijk over het succes met het zwembad en de voorbereidingen voor het feest van morgen.

'Het is niet mijn schuld...' begon Sardor.

Nina's ogen glinsterden onder haar dieppaarse oogschaduw.

'Ik zeg alleen... Als een van mijn meiden het zo stom had aangepakt op kantoor, dan had ik het eerder ontdekt.'

Sardors hand ging omhoog en was al een eind op weg naar het gezicht van zijn zus toen Victor hem vastgreep. Hij kneep zo hard in Sardors pols dat het kraakte.

'Nooit een vrouw slaan, hoor je!'

De verandering van de kleur op zijn vaders gezicht kon Sardor niet ontgaan.

Victor liet los. 'Hou jij je nou maar bij je makelaardijtje,' zei Sardor en hij keek Nina kwaad aan.

'Praat niet zo denigrerend over Nina's zaken. Die makelaardij is een hoeksteen van onze onderneming en onze legale toekomst. En ik wil dat we ons nu al uit de heroïne terugtrekken.'

Sardor verloor bijna zijn evenwicht.

'Meen je dat nou?'

'Ik meen het net zo als mijn bezorgdheid om het zwembad, maar daar leek jij je niets van aan te trekken.'

Sardor slikte en probeerde zijn hartslag omlaag te krijgen. Hij had dit totaal niet zien aankomen. En hij besefte dat wat hij hier en nu zei grote betekenis zou krijgen voor zijn toekomst. Hij had gedacht dat de strijd langer zou duren. Dat het bij al het gepraat over terugtreden over iets in de verre toekomst ging.

'Ik snap het.'

'O ja?' vroeg Victor sceptisch.

'Maar mag ik vragen waarom er opeens zoveel haast bij is? Ik dacht...'

'Ik ben ziek, Sardor. Zie je dat niet?'

Sardor vond dat Victor er net zo uitzag als anders, met zijn grijzende haar, baardstoppels op zijn wat pafferige gezicht en zijn dikke buik.

'Je ziet er gezond uit.'

'Je liegt,' riep Victor. 'Zoals je de laatste tijd ook liegt over het carfentanilschandaal waar we mee zitten.'

'Ik heb niet gelogen...'

'De waarheid verzwijgen is in mijn boekje hetzelfde als liegen,' zei Victor grimmig. Elena riep Victor vanaf het huis, maar hij maakte een afwerend gebaar en ging verder: 'Het is tijd dat Nina erin stapt en dat ik een stapje terug doe.'

Sardor probeerde niet naar Nina te kijken om niet te ontploffen. Hij koos zijn woorden met zorg.

'Dat klinkt goed, vind ik.'

Op het moment waarop hij de woorden uitsprak, besloot hij twee dingen te doen. Het ene zou hij meteen met Victor opnemen; daar zou geen betere gelegenheid voor komen.

'Mooi,' zei Victor, nu op neutralere toon. Hij liep naar het grote terras onder het dak. Sardor ging achter hem aan.

'Ik moet je iets vertellen,' zei Sardor zacht. 'Het heeft te maken met de brand in de Söder torn.'

Victor bleef staan.

Sardor zag dat Nina ver genoeg weg stond en dat Elena bij de lange tafels bezig was; ze was druk in de weer, samen met Coco en de rest van het personeel.

Nu waren ze alleen. Vader en zoon. Hij had de volledige aandacht van zijn vader.

Hij stak van wal.

'Nina zit erachter.'

Victors gezicht was rood in het schijnsel van het warme avondlicht.

'Hoe bedoel je?'

Sardor kreeg een brok in zijn keel, maar slikte en vervolgde: 'Nina en haar collega hebben slecht materiaal ingekocht, dat gebruikt is bij de gevelrenovatie van de Söder torn.'

Victor schudde zijn hoofd en keek even naar zijn dochter.

'Nee.'

'Jawel. Helaas,' zei Sardor, en hij ging nog dichter bij Victor staan. 'Het was rotzooi. Daarom brandde het zo snel. En daarom zijn er zoveel gewonden gevallen. De politie zal...'

'Zo is het genoeg,' kapte Victor hem af. Hij staarde in het zwembad. 'Het is genoeg. Een andere keer. We hebben het hier een andere keer over. Niets mag Elena's feest bederven. Niets.'

'Het spijt me dat...'

'Hou op.' Victor staarde naar het gespannen gezicht van Sardor. 'Het spijt je niet. Ik weet wel wat jij voelt.'

Victor draaide zich om en liep naar Elena.

Sardor bleef staan. Hij pakte zijn telefoon om de tweede actie uit te voeren waartoe hij had besloten. Hij stuurde een appje aan Håkan: *Ga door met dat andere waar we het over hebben gehad.*

Zaterdagochtend 15 juni
Gullmarsplan, Stockholm

Er was al zeven keer aangebeld, en toen pas had Tekla door dat de bel ging. Ze stond snel op en moest steun zoeken bij de muur om niet onderuit te gaan. Ze trok een joggingbroek en een collegetrui aan en ging opendoen. Het was Magnus.

'Hoe laat is het?' vroeg ze.

'Negen uur,' zei Magnus, en hij stapte naar binnen. 'Sorry als ik je wakker heb gemaakt.'

'Ik heb in geen maanden tot negen uur uitgeslapen.'

'We zijn bezig Simons mobiel uit te peilen.'

'Waar is hij?'

'Dat weet ik niet, maar mijn collega belt zo, heeft hij beloofd.'

Tekla had een paar bommetjes en een heleboel koffie nodig om wakker te worden.

'Let maar niet op de rommel,' zei Tekla, en ze ging naar de keuken om koffie te zetten.

Magnus liep de woonkamer binnen. 'Mooi appartement heb je. Makkelijk schoon te houden.'

Tekla kwam de keuken uit. 'Omdat ik niet zoveel spullen heb?'

'Dan hou je het makkelijker bij.'

Tekla ging bij de salontafel zitten. Het raam keek uit op de ingang van de Söderledstunnel.

'Ik voel dat Simon dood is.'

Magnus ging tegenover haar zitten.

'Dat kunnen we niet weten.'

Magnus' mobiel ging.

'Ja. Ja? Waar? Oké.'

Magnus schermde met zijn hand zijn telefoon af.

'Het is Håkan, mijn collega. Hij heeft Simons mobiel opgespoord.'

'Waar is hij?' vroeg Tekla, nu klaarwakker. Het koffiezetapparaat in de keuken pruttelde en ze vloog naar de slaapkamer om een nette broek aan te trekken.

'Op het eiland Muskö.'

'Muskö?'

'Ja. Ken je daar iemand?' vroeg Magnus.

Tekla zag beelden voor zich. Ze probeerde te begrijpen wat haar onderbewuste haar vertelde. Het afgelopen etmaal had ze zich voortdurend afgevraagd waar Simon zich schuil kon houden. Waar hij zich veilig voelde. Waar zou ze zelf naartoe gaan als haar een doodvonnis boven het hoofd hing? Naar Edsåsdalen? Naar Dalarna? Misschien. Maar daar zouden ze zoeken. Tegelijkertijd was Simon gisteren heel kalm geweest. Tekla was ervan overtuigd dat hij gewoon op zijn beulen zat te wachten. En degene die hij weg wilde houden, was Tekla. Hij wist dat ze hem zou proberen te redden.

'Waar denk je aan?' vroeg Magnus, die naar de keuken liep om koffie in te schenken. Hij kwam terug met twee grote mokken.

'Ik zoek iets.'

'Je staat stil met je ogen dicht,' zei Magnus, en hij gaf haar een mok aan. 'Dan wordt het moeilijk om...'

'Geef me een minuut,' zei Tekla. Ze opende haar ogen, pakte de koffie aan en begon heen en weer te lopen in het kleine appartement. Ze zocht verder, sloot haar ogen en liet de beelden komen. Ze voelde zich duizelig, maar ze wist dat het beeld waarnaar ze zocht ergens moest zijn. Ze was er het afgelopen etmaal naar op zoek geweest, maar had het niet kunnen vinden. Het was net of haar hersenen beledigd waren dat ze eerder niet had geluisterd en nu zaten te klieren. Ze probeerde haar hartslag omlaag te krijgen en concentreerde zich op haar ademhaling. Er tekende zich iets af. Aan de linkerkant van haar gezichtsveld draaide iets rond, als in een loop kwam het telkens terug. Een naam. Een klassenfoto.

Ze deed haar ogen open.

'Zoek op hitta.se.'

Magnus pakte zijn mobiel.

'Maar ik heb de coördinaten van Håkan gekregen. We hoeven alleen maar...'

'Doe nou maar wat ik zeg.'

'Natuurlijk. Wat moet ik doen?'

'Zoek op Daniel Sundström.'

'Wie is dat?'

'Simon vertelde dat een oud-klasgenoot uit Edsåsdalen hier was komen wonen. Hij had een huisje gekocht buiten de stad. Hij was daar wezen vissen. Ik...' Tekla hoorde dat ze zichzelf zou verraden, maar besloot meteen door te gaan, '... heb Simons klassenfoto uit de zesde bekeken.'

'Hoezo bekeken?' Magnus keek om zich heen, alsof hij naar een oude schoolcatalogus zocht.

Tekla richtte haar wijsvinger op haar hoofd.

'Hierbinnen.'

Magnus keek verward. 'Je bedoelt dat je nog precies weet wie alle jongens waren die in de zesde bij je broer in de klas zaten?'

'Het is geen weten, ze zíjn hier.'

Ze wreef over haar slaap.

'Ik word bang van je, Tekla. Wat klets je nou?'

'Als ik mijn ogen dichtdoe, zie ik de klassenfoto voor me. Er zaten maar vier jongens in die klas.'

Magnus schudde bezorgd zijn hoofd.

'Dit is...'

'Dat komt straks. Tik hem gewoon in op Hitta.'

Magnus wendde onwillig zijn blik af van Tekla's gezicht en tikte de naam 'Daniel Sundström' in.

'Niemand in Stockholm. Eén in Nacka.'

'Probeer het eens met Svante Nilsson.'

Magnus zocht verder.

'Dat zijn er best veel. Niemand op Muskö.'

'Tobias Almén.'

Een paar tellen later lichtte Magnus' gezicht op.

'Yes. Gevonden. Muskö.'

'Die moet het zijn!' riep Tekla, en ze begaf zich naar de deur.

Magnus liep achter Tekla aan naar buiten. Ze sprongen in Magnus' roestige BMW, reden over de Gullmarsplanrotonde en vervolgens de Nynäsvägen in. Voorbij Globen gaf Magnus gas en reed op de linkerbaan door Enskede en verder naar Farsta.

Tekla hield haar blik op de weg gericht en deed haar best om niet misselijk te worden. Ze realiseerde zich dat ze vergeten was bij de koffie een paar bommetjes te nemen.

'Ik hoop dat hij daar is,' zei Tekla.

Toen Magnus Länna passeerde, sloeg de snelheidsmeter uit naar boven de honderdzestig.

Ze zwegen. Tekla voelde de spanning.

Håkan belde. Magnus nam op met de telefoon op de speaker.

'Zijn jullie onderweg?' klonk de stem van Håkan.

'Yes. We zijn nu bij Haninge.'

'Oké,' zei Håkan. 'Ik zit tien minuten achter jullie.'

'Dan zien we elkaar daar,' zei Magnus, en hij ving Tekla's ongeruste blik. 'Ik hoop dat wij er het eerst zijn.'

'Wat bedoel je?' vroeg Håkan.

'De Oemarovs zoeken hem.'

Het was een paar seconden stil.

'Magnus,' zei Håkan.

'Ja?'

'Wil je iets waarmee je Victor Oemarov voorgoed achter de tralies krijgt?'

Magnus draaide zich om naar Tekla, die bleek zag.

'Wat bedoel je?'

'Wil je dat?'

'Waar zit je op te broeden?' vroeg Magnus. De agressiviteit in zijn stem kon Tekla niet ontgaan.

'Als je wilt dat de ME binnen een halfuur op weg gaat, dan... Ik verzeker je dat ze hem opsluiten en de sleutel weggooien.'

Magnus keek Tekla aan. Ze knikte en leunde achterover op haar stoel. Ze wist wat ze nodig had om deze dag door te komen.

'Ja, doe maar,' zei Magnus, en hij beëindigde het gesprek.

Zaterdagochtend 15 juni
Grönviksvägen, Bromma

Gekleed in een zwartzijden ochtendjas en op pantoffels sloop Victor over de vaste vloerbedekking, zo behoedzaam alsof hij een pasgeboren baby tegen zijn harige borst drukte. Hij ging voor het bed staan waar Elena in lag, keek of hij haar aandacht had en trok toen zijn ochtendjas uit. Zijn geslachtsdeel stak fier naar voren, als een wimpel op het koninklijk paleis.

Elena tilde het donzen dekbed op en begon de knoopjes van haar paarse nachthemd open te maken.

'Snel,' zei Victor, die op handen en voeten op het bed kroop. 'Voordat hij slap wordt.'

'En voordat de gasten komen,' voegde Elena eraan toe. Ze hadden nog maar een paar uur en er moest nog veel gebeuren.

Hij schopte zijn leren pantoffels uit en kuste Elena's borsten. Ze pakte zijn kuif vast en trok zijn hoofd resoluut naar achteren.

'Rustig, kleine hengst van me.'

Victor stopte.

'Kleine?'

Elena draaide hem op zijn rug en gleed intussen soepel uit haar slip. Daarna besteeg ze haar man. Ze begon ritmisch heen en weer te rijden en boorde haar nagels diep in zijn borstspieren.

Victor genoot. Elena's ogen waren gesloten en Victor liet zijn blik naar opzij gaan. Toen hij de weerspiegeling in de gerepareerde spiegel zag, bedacht hij dat het leven fantastisch was.

Nadat Victor had gedoucht en zijn linnen pak had aangetrokken, stond hij uit te kijken over het helderblauwe zwembad, dat daadwerkelijk glinsterde in de zon. Eén eenzame wolk kwam langzaam vanaf een pulserende Västerbrug aan de horizon naar hen toe drijven. Hij had genoten van zijn ochtendwip, maar vond het moeilijk te bepalen waar hij het meest blij van werd. Het heldere water van het zwembad voelde toch als het grootste wonder. Hij wilde deze dag niet laten verpesten door het gedoe met die dealer of het verraad en de intriges van de kinderen. Dat kwam allemaal later wel.

'Wat zei ik je?' Elena legde voorzichtig haar hoofd op de schouder van haar man. Ze lette erop dat haar perfect geföhnde krullen niet werden geplet en ze wilde ook geen make-upvlekken op zijn witte kostuum achterlaten.

Ze stonden op het stenen bordes boven het grote zwembad, voor de met rozen beklede muur tussen hen en de buren. Daar stond de Russische beveiliger te roken en met zijn telefoon te spelen. Straks zouden de circa driehonderd gasten binnenstromen, voor het merendeel uit Bromma.

Victor en Elena zagen dat Coco en de andere Filipijnse bedienden flessen champagne in rechte rijen neerzetten, de kristallen glazen naast de zilveren schalen met oesters, verse garnalen en zeekreeft schikten en ten slotte de grote kristallen schalen vulden met Russische kaviaar. Elena had geprobeerd de viskuit te weren, maar Victor had 'juist vandaag' nergens op willen bezuinigen. Elena pakte zijn hand vast en gaf er een kneepje in. Een vertrouwelijk gebaar.

'Hoe voel je je?' vroeg ze.

'Ik heb minder pijn op mijn borst dan gisteren.'

Elena zwaaide naar Kamila, die na drie uur outfits passen en opmaken eindelijk haar kamer uit was gekomen. Ze was in gezelschap van haar beste vriendin Filippa, die was blijven slapen.

'Jee, wat is ze toch mooi.'

Victor vond dat zijn dochter zich had opgedirkt als een van Tatyana's hoeren, maar voor de gelegenheid wilde hij geen scène maken. Zijn oogappel was de mooiste van allemaal, hoe ze zich ook kleedde.

Kamila keek naar haar ouders, en tot Victors grote vreugde verscheen eindelijk die fantastische glimlach op haar gezicht, waarbij ze haar hoofd een beetje schuin hield. Ze was gelukkig, dat zag hij wel. Hij boog zich naar Elena toe en fluisterde in haar oor: 'Wat ik nu ga zeggen, moet je voorgoed in je hart bewaren.'

'Wat? Wat is er aan de hand, schat?'

'Sst. Doe me een plezier en bewaar dit moment. Doe ons dat plezier. Het gaat om de toekomst.'

'Er is echt iets aan de hand, of niet?'

'Wat er aan de hand is, is hier en nu. Het gelukkigste moment van mijn leven. Zie je hoe mooi ze is, zowel vanbinnen als vanbuiten?'

'Dat zei ik toch al?'

'Er zal jullie nooit iets overkomen. Dat beloof ik. Kijk me eens aan.'

'Wat?'

'Ik beloof dat ik jullie met mijn leven zal beschermen.'

Victor pakte Elena's hand vast.

Elena keek naar haar dochter en veegde haar ooghoek droog.

'Ik schrik van je.'

Victor liet haar hand los en sloeg lachend zijn arm om haar schouders.

'Dat was niet de bedoeling. Ik wilde alleen het moment vangen, de tijd even stil laten staan.'

Kamila en Filippa wankelden de stenen trap af op hun veel te hoge hakken en voegden zich bij Victor en Elena.

'Je ziet er fantastisch uit, schat,' zei Elena, en ze gaf Kamila een zoen.

'Pas op voor mijn make-up,' riep haar dochter geërgerd uit, en ze trok haar kleren recht. Ze droeg een lichtgroene jurk tot halverwege haar bovenbenen, iets langer dan gewoonlijk.

Filippa groette Victor met een lichte buiging. Ze droeg een kort wit jurkje dat niets aan de fantasie overliet. Haar haar leek in een mangel te hebben gezeten. Haar gouden oorbellen reikten tot aan haar geprononceerde sleutelbeenderen.

'Hoe laat komen de gasten?' vroeg Kamila ongeduldig.

'Vanaf één uur, staat er op de uitnodiging.'

Beneden op straat klonk een zwak, ietwat jankerig signaal.

'Wie is dat?' vroeg Elena verbaasd. Een grote legerjeep met een witte ster op de motorkap kwam de oprit op rijden.

'Wie denk je?' vroeg Victor. Hij zuchtte, maar liet algauw een hees lachje horen. 'Joakims speeltje uit de Tweede Wereldoorlog.'

'Is het een echte?' vroeg Filippa, onder de indruk.

'Echte Amerikaanse roest.'

'Wauw. Mogen we erin rijden?'

'Dat moet je aan hem vragen.'

Het hele gezelschap liep de stenen trap af en begroette Nina en Joakim bij het zwembad. Joakim droeg een knalrood pak, een wit overhemd en een perfect gestrikt roze sjaaltje. Zijn blonde haar glinsterde in de zomerzon. Zijn zonnebril stak in zijn haardos. Nina droeg een wit kostuum en een mintgroene zijden blouse.

Filippa en Kamila liepen door naar de jeep en begonnen te poseren voor hun Instagram-updates.

'Je ziet er stralend uit, pap!' riep Nina, en ze gaf Victor een knuffel. Hij verwelkomde zijn eerstgeborene met een glas champagne.

'Je liegt slecht. Maar vandaag vergeten we alle problemen.'

'Wat voor problemen?' Nina sloeg het glas achterover alsof het water was; daarna wenkte ze een ober, die haar meteen bijschonk. 'En wat hebben jullie goed weer geregeld! Het had niet beter geregisseerd kunnen worden.' Ze keek naar de bijna strakblauwe hemel en daarna naar de muur. Toen dempte ze haar stem.

'Hebben jullie extra mensen ingehuurd?'

'Waar lijkt het op?'

'Op een zwaarbewaakt presidentieel paleis, zoiets als dat van Escobar.'

'Kostbare spullen moeten met zorg worden bewaakt.'

Kort daarop begonnen de gasten binnen te druppelen. Iedereen had voor de gelegenheid zijn allermooiste zomerkleren tevoorschijn gehaald. Velen kwamen te voet, maar toch stond de straat binnen een uur bomvol met grote, dure auto's. Vooral Duitse merken; de kleuren zwart en grijs domineerden.

Victor en Elena omhelsden de arriverende gasten en deelden schouderklopjes en complimenten uit. Veel buren en andere kennissen uit Bromma. Er waren ook een stuk of tien mensen van Nina's makelaardij uitgenodigd, evenals een paar welgestelde Russische contacten. De vrienden van de Red Bears in Skärholmen schitterden door afwezigheid. Sardor had niet eens gevraagd of ze mochten komen.

Toen het terras, het gebied rondom het zwembad en het gazon naast de wijd open glazen deuren volgepropt waren met gasten en het geluidsniveau maximaal was, kwam Nina naar Victor toe.

'Hoe laat komt Sardor?'

'Ik heb tegen hem gezegd dat hij moest komen, maar ze zitten achter die dealer aan. Hij zei dat hij het niet opgeeft voordat ze hem hebben gevonden en zijn lichtje hebben uitgeknipt...'

'Zal ik hem bellen dat hij moet komen? Als het belangrijk voor je is, dan...'

'Doe maar niet. Hij zou het toch niet gezellig vinden. Laat hem maar doen waar hij goed in is. Dan voelt hij zich het prettigst.'

Nina straalde toen er een makelaar van een concurrerende firma in Östermalm verscheen.

'Äppelviken. Wat een prachtig evenement. Geen wolkje... zover het oog reikt...'

Nina keek naar de lucht en zag tot haar spijt een paar grote donkere wolken aan de horizon.

'Daar is Sardor,' zei Nina.

Victor zag dat Sardor zijn gebruikelijke leren jack droeg.

'Heeft hij geen colbert?'

'Misschien een van leer,' zei Nina spottend, en ze verdween naar binnen.

Victor pakte een stukje zalm en wilde net een flesje mineraalwater pakken toen hij sirenes hoorde. Op hetzelfde moment zag hij dat Sardor zijn pas versnelde. De gasten leken niet te reageren op de politiesirenes op de achtergrond.

'Komen ze hierheen?' vroeg Victor, en hij liet Elena's hand los.

'Helaas wel,' zei Sardor.

'Wat is er verdomme gaande?' brulde Victor. 'Zeg op!'

Sardor keek naar de lucht. Hij baalde van zichzelf dat hij niet tot na het feest had gewacht.

'Håkan Nilsson.'

Victor verstijfde. Nu klonken er meer sirenes en ze kwamen dichterbij.

'Wanneer heb je contact met hem gehad?'

'Gisteren,' loog Sardor.

Victor keek naar zijn zoon. 'Wat heb je in godsnaam gedaan?'

'Niets,' zei Sardor. 'Ik heb hem om een dienst gevraagd, om Simon Berg te vinden. Hij had een scheve schaats gereden met een van Tatyana's meiden, dus ik had nog iets van hem tegoed...'

'Oké,' viel Victor hem in de rede.

'Wat gebeurt er?' vroeg Elena ongerust. De politieauto's hadden zich langs alle auto's op de Grönviksvägen gewurmd en stopten voor het huis.

'Ze gaan me opsluiten,' zei Victor. 'Neem Kamila mee naar binnen. Doe gewoon rustig. Bel Boris en zeg dat ze me hebben opgepakt. Hij weet wat hij moet doen.'

'Maar...'

Victor pakte Elena bij de arm. 'Doe gewoon wat ik zeg.'

Elena liep naar Kamila, die bij het zwembad stond. De gasten hadden hun glas nog in hun hand. Beneden op straat klonken stemmen.

Victor richtte zich tot Sardor en Nina.

'Jullie tweeën hebben het verknald,' zei Victor. 'Jullie weten dat er maar één ding op de wereld een rol speelt. En dat is...?'

Sardor spreidde zijn handen.

'Nou, wat?' herhaalde Victor geduldig.

'De familie?' probeerde Sardor.

'Je woord,' zei Victor, en hij stak zijn wijsvinger op.

'Precies, Sardor. En woorden, daar hou je toch zo van?' vroeg Nina.

'Vals kreng dat je bent,' zei Sardor gesmoord.

'Ik vraag me af wie hier vals is.'

Nina's stemgeluid vermengde zich met dat van de schreeuwende agenten aan de andere kant van het terrein. 'Je hebt er een potje van gemaakt met de zaken en je hebt die stomme drugsdealer niet in de hand weten te houden.'

'En misschien, Nina, heb jij te hoog spel gespeeld tegenover ons allemaal,' ging Victor verder. 'Ik snap wel dat je hebt geprobeerd je broer eruit te werken. Ik mag dan ziek zijn, ik ben niet blind.'

'Ik...'

'Genoeg!' schreeuwde Victor, maar toen dempte hij zijn stem. 'Je bent achter de rug van je eigen chef om gegaan. Achter die van mij, je vader! Hoe stom kun je zijn? Bouwmaterialen verkopen als nevenactiviteit? Wat ook nog tot een rampzalige brand leidt? Begrijp je wat je hebt gedaan? En waar had je in godsnaam nog meer geld voor nodig? Daar kun je mij toch gewoon om vragen? Je moest wegblijven van de criminaliteit. Dat is het enige waar ik consequent op heb gehamerd. Onze hele toekomst hangt af van jou en je legale vastgoedcarrière. Ik ben diep teleurgesteld.'

Victor zag dat de ME'ers zich rondom het zwembad hadden verspreid.

'Luister. Wat ik zeg is belangrijk. Ik heb van de artsen te horen gekregen dat ik nog anderhalf jaar te leven heb.'

Nina en Sardor gingen dichter bij hem staan.

'Wat bedoel je?' riep Nina wanhopig uit.

'Je hebt me wel gehoord.'

'Maar... hoelang weet je dat al?'

'Jullie hebben er allebei een puinhoop van gemaakt. Op verschillende manieren en in verschillende gradaties. Maar het ergste is dat jullie niet eerlijk tegen me zijn geweest. Tegen jullie vader. Maar jullie zijn wel mijn kinderen. Mijn vlees en bloed. Jullie zijn alles wat ik heb.'

'Liggen!' brulde de commandant een paar meter verderop. Ze waren nu omringd door agenten.

Victor praatte rustig door, alsof ze op een zondagavond na een lang en gezellig familiediner in de woonkamer stonden.

'Dus ik geef jullie één kans om dit op te lossen.'

'Liggen! Of we schieten!' riep de commandant.

Victor verroerde zich niet.

'Jullie krijgen zes maanden om dit in goede banen te leiden. Eerst moeten jullie het goedmaken. En daarna de activiteiten langs legale weg opbouwen.'

'Hoezo "jullie"?' vroeg Nina.

'Jullie allebei,' zei Victor. 'Sardor moet een kans krijgen. Die heeft hij eigenlijk nooit gehad. Jij bent met een zilveren lepel in je mond geboren, Sardor met een geladen pistool.'

'Dat wordt moeilijk vanuit de beveiligde inrichting in Kumla,' zei Sardor, en hij haalde zijn neus op.

'Ik ben de enige die de bak in draait. Daar zorgt mijn advocaat voor,' zei Victor met een glimlach. 'Er ligt allang een plan klaar voor dit soort gelegenheden.'

Rustig ging hij verder: 'Jullie hebben zes maanden om mijn vertrouwen te herwinnen en te laten zien dat jullie kunnen samenwerken.'

'Hoe weet je zeker dat je vrijkomt?' vroeg Sardor. Hij dacht aan wat Victor eerder had gezegd over de kogel die hij zich door het hoofd zou jagen als hij ooit weer de gevangenis in moest. Dat kon niet letterlijk bedoeld zijn geweest. Misschien was een goede advocaat genoeg.

'Liggen!' schreeuwde de agent.

Victor glimlachte.

'Vertrouw mij maar. Maar ik zal jullie van daaruit in de gaten houden. En het eerste wat jullie gaan doen is vrienden worden en sorry zeggen tegen mij en tegen elkaar.'

Opeens werden er automatische wapens afgevuurd. De commandant had vlak naast hen in de grond geschoten. Een aantal gasten stortte zich gillend ter aarde.

Victor boog zich naar zijn kinderen.

'Maar over mijn ziekte zwijgen jullie. Als ik iemand buiten onze kring ook maar hoor fluisteren dat Victor Oemarov ziek is, dan weet ik dat jullie hebben gekletst en geef ik alles aan Kamila. Of aan Eje. Of aan zomaar iemand, verdomme. Aan Coco...'

Er werd nog een salvo afgevuurd.

Victor stak langzaam zijn handen omhoog. Glimlachend zei hij tegen Sardor en Nina: 'Nu ga ik braaf mee met oom agent hier, dan komt alles goed, dat zullen jullie zien.'

Sardor en Nina zagen dat hun vader zijn handen achter zijn hoofd hield en vervolgens handboeien om kreeg van een paar ME'ers met een hoog testosteronniveau. De eerste regendruppels vielen neer in het helderblauwe zwembad.

Zaterdag 15 juni
Muskö, Stockholms archipel

Tekla stapte uit de auto en haalde een paar keer diep adem. Toen ze haar lippenbalsem tevoorschijn haalde, ontdekte ze dat de huls leeg was. Ze was vergeten hem te vullen. Ze wankelde en leunde tegen het gladde autodak. Er vielen grote regendruppels uit de hemel, die steeds meer betrok. Ze hoorde Magnus' stem op de achtergrond, maar het klonk alsof hij door een tunnel riep.

Tekla keek naar het rode zomerhuisje van Tobias Almén, dat ingebed lag in het open sparrenbos. Er was geen mens te zien. Simons klassenfoto flitste voorbij; ze zag Tobias, Simon en alle andere gezichten op de zwart-witfoto. Daarna liet het album de ene pagina na de andere zien, de ene klas na de andere. Het lerarenkorps met de rector in het midden. Het keukenpersoneel met lichte mutsen en schorten. Foto's uit hun kindertijd namen vorm aan in haar hoofd: de chauffeur van de schoolbus met zijn rode neus en zijn barse blik, de keuken thuis toen Simon en zij het plastic om het brood heen kapottrokken en met O'boy-poeder chocolademelk maakten in grote limonadeglazen.

Tekla maakte zich los van de beelden en liep naar het huis. Haar benen waren zwaar, alsof ze gisteren hard had getraind in de sportschool. Meer herinneringen en beelden belaagden haar. Golgotha, waar Jezus vocht met het kruis. Haar voorhoofd gloeide en ze had hoofdpijn. Ze had nu een grote morfine-injectie nodig. Ze kwam langs twee kleinere hutjes – gastenverblijven of gereedschapsschuurtjes misschien – op de helling naar het huis. Opeens was het net alsof het huis honderden meters verwijderd was. Ze probeerde de beelden die voor haar ogen warrelden tegen te houden, maar het leek wel alsof tegelijk met de regendruppels de hele cartotheek van herinneringen over haar werd uitgestort. Ze gaf zichzelf een klap in het gezicht, probeerde wat adrenaline los te maken om haar hersenen schoon te vegen. Ze ademde diep in om de misselijkheid in bedwang te krijgen.

De treden naar het huis waren glad. Ze hield zich vast aan het rode houtwerk en rook de geur van verf en zomerregen – een geur die ze tijdens haar lagereschooltijd voor het laatst had geroken bij de garage thuis in het dorp. Ze voelde aan de deurkruk. Die was ijskoud en de deur was open. Ze liep het huis binnen en identificeerde al snel de volgende geur: hars van de houten lambrisering en een duidelijke noot van leer van de doorgezakte banken. Ze werd heen en weer geslingerd tussen fascinatie voor de vergeten geuren die ze zich nu weer herinnerde en angst voor wat er in haar hersenen gebeurde. Het leek wel of ze in een psychose raakte.

'Hallo!' riep ze, maar het klonk alsof iemand een hand voor haar mond hield. Het huis leek leeg. Wat kon ze nemen in plaats van amfetamine? Haar hersenen explodeerden bijna van alle herinneringen. Ze vielen haar van alle kanten aan. Ze zag een open haard in de ene hoek. Haar gedachten gingen naar de scène uit *The Birds* waarin de vogels de kamer binnenvallen. Tekla rook de geur van as onder het rooster. Beelden uit haar jeugd doken op: het huisje bij de landtong, haar vader die gehurkt in het vuur pookte met een lange ijzeren haak.

Ze strompelde naar de keuken. Vuile borden, een verstikkende geur van ketchup en gebakken ui. Tekla rukte een kastje open en vond een zak oploskoffie. De geur zweefde omhoog als uit een toverlamp. Ze strooide wat van het zure poeder in haar mond en vulde een pan met lauw water, waar ze de koffie mee wegspoelde. De geur van chocolade en zuur van de oploskoffie was sterk. De smaak van het pastazetmeel in de pan. Ze werkte het halve pakje koffie naar binnen, dronk een heleboel water en smoorde de ene oprisping na de andere. Ze wilde niet overgeven. Dat mocht gewoon niet gebeuren. De storm van beelden luwde, trok zich terug en ging als een wolk boven haar hoofd hangen, klaar voor een nieuwe aanval.

Tekla tastte rond in het duistere huis, gefascineerd door alle geuren die ze rook: vocht van het linoleum in de badkamer, lavendel van geurzakjes die ze niet zag in de slaapkamer, kurk van het heft van een zelfgemaakt vismes aan een haak in de hal.

Ze stapte het terras op. Het was harder gaan regenen en ver onder haar op de helling zag ze Magnus, die zich schokkerig bewoog. Ze veegde het zweet uit haar ogen, maar zag nog steeds wazig. Voorzichtig daalde ze de trap af en liep naar de auto beneden. Ze hoorde Magnus bij de grindweg. Het klonk alsof hij haar riep door een kussen heen: 'Is daar niemand?'

'De telefoon ligt op tafel en de deur zit niet op slot,' antwoordde ze. De woorden stokten in haar droge mond.

'Dan is hij in de buurt,' riep Magnus.

Tekla voelde dat de paniek haar bijna verlamde. De Oemarovs waren vast vlakbij. Ze zouden er eerder zijn dan zij. En ditmaal zouden ze haar broer afmaken.

'Simon!' riep ze, maar ze hoestte. Ze had een beklemmend gevoel op haar borst en trok aan het T-shirt dat aan haar huid plakte.

Ze zag dat Magnus een schuurtje, een latrine en een houtopslag doorzocht.

'Niets,' zei hij, en hij checkte zijn mobiel.

'Håkan komt eraan.'

'Hij is in de buurt,' hoorde Tekla zichzelf zeggen. Er klonk een wanhoop door in haar stem die haar niet beviel.

Tekla keek naar de lucht. De regen kwam en ging, nam in kracht toe. De wind trok aan de toppen van de sparren twintig meter boven haar hoofd – een zoevend geluid –, terwijl het laatste stukje voorjaar tegenstribbelde, het eiland vastpakte en de zomer terug wilde trekken. Tekla trilde van de cafeïneshock, van de kou, van angst. De herinneringen zetten hun aanval voort. Ziekenhuisscènes: Eva op de IC, wapperend met de echo van een geïntubeerde patiënt, Tariq die in slow motion naar de SEH liep, Görans mond op slechts een paar centimeter van haar gezicht, maar ze hoorde niets, begreep alleen dat hij iets tegen haar probeerde te roepen.

'Gaat het?' vroeg Magnus. Hij stond maar een meter van haar af, maar zijn stem klonk als ruis.

'Simon...' hijgde Tekla. Ze vroeg zich af of nicotine – snustabak misschien – een soortgelijk effect zou kunnen geven als amfetamine, maar zag het gevaar ervan in: dan zou ze moeten overgeven. Ze moest de beelden bij zich weghouden. Ze moest sterk zijn. Ze moest Simon redden.

Magnus liep naar de auto om iets te halen. Tekla proefde bloed. Ze zag Magnus' rug overal, op meer plaatsen tegelijk. Alsof het oog iets registreerde wat haar hersenen niet konden bijbenen. De machinerie haperde.

'Hij is hier niet,' zei Magnus.

'Jawel,' zei Tekla buiten adem. 'Ik weet dat hij hier is.'

Opeens stond ze op het strand bij het meer. Het begon harder te regenen. Hun moeder riep op de achtergrond, maar Tekla verstond niet wat ze zei. Ze stond op het joggingpad bij het ziekenhuis in Umeå. Het sneeuwde. Magnus was daar; ze zag zijn rug tussen de bomen. Daarna was hij weg. Haar vader die houthakte. Simon die in het gras viel.

'Hij moet... Bij het water natuurlijk. Ze zijn aan het vissen,' wist ze uiteindelijk uit te brengen.

'We gaan kijken,' hoorde ze Magnus als door een filter.

Vanuit een ooghoek zag ze hem naar het bospad bewegen. In slow motion. Of haar hersenen dreigden zichzelf uit te schakelen. Ze voelde geen angst. Ze had al haar concentratie nodig om haar lichaam recht te houden en het te laten voortbewegen.

Ze renden over een pad. Er werden geuren naar haar toe geworpen: vochtige varens, zure bananen in vuilnisbakken, het zilte van de zee die dichterbij kwam, bosbessenstruiken en overal schors van dennen en sparren. Haar zicht werd daarentegen met de seconde slechter. Het dubbelzien werd erger. De kleuren verwaterden en werden grijstinten. Nu was haar neus haar enige functionerende zintuig. Tekla veegde weer het zweet uit haar ogen.

Ze kwamen langs twee huizen met lichte kozijnen en een oude roestbruine schuur. Magnus' rug voor haar slingerde heen en weer. Ze ving een glimp op van de zee. Het bos werd minder dicht en ging over in rotsen en grind toen ze bij het strand kwamen.

Tekla keek naar het water beneden. Links zag ze een steiger en een boothuis. Aan haar rechterhand lag de kustlijn open, met een paar omgekeerde donkere boten. Magnus sloeg rechts af. Tekla ging de andere kant op. Opeens zag ze een man uit het boothuis stappen. Haar lichaam reageerde instinctief; ze wist dat het Simon was, maar zag zijn gezicht niet van die afstand. Ze riep zijn naam. Ze hoorde Magnus dof roepen dat ze op hem moest wachten.

Tekla voelde dat ze haar evenwicht dreigde te verliezen. Haar schoenen zakten weg in het vochtige zand. Het was verder dan ze had gedacht. Ze riep wanhopig Simons naam, maar de man reageerde niet. Haar stem liet haar in de steek. Ze voelde paniek toeslaan, een muur van herinnering viel boven op haar en ze sloeg in haar gezicht. Toen kwamen de kleuren terug.

Op de achtergrond was het geluid van een auto te horen. Een dof geluid van iemand die gas gaf, misschien om een heuvel op te rijden. Tekla draaide zich om, zag Magnus' grote schaduw naderen en achter hem, hoog boven in de bosrand, een auto. Snel draaide ze zich weer om om haar evenwicht niet te verliezen. Ze had maar één doel en dat was als eerste bij Simon zijn. Net toen ze bij de steiger kwam, draaide Simon zich naar haar om. Hij keek verbaasd. Ze dacht nog dat alles nu zwart zou worden. Dat de wolken op haar zouden vallen. Maar ze wist zich staande te houden en een val te pareren, en de zolen van haar sportschoenen kwamen neer op het gladde houten dek.

'Het is Håkan,' hoorde ze Magnus roepen, en ze zag een grote man langs het boothuis rennen.

Tekla omhelsde Simon, maar deinsde terug toen ze zijn knokige schouders en de ribben onder zijn jas voelde. Zijn piekerige haar stond alle kanten op, zijn houding was een beetje gebogen.

'Simon. Luister naar me, voor deze ene keer. Je moet hier weg.'

Simon staarde haar recht in de ogen. Hij was mager en bleek, maar zijn blik was helder en hij leek volkomen kalm. Een orkaan van geuren spoelde over haar heen: tabak, maagzuur vermengd met goedkoop bier, vettig zweet, ongewassen haar.

'We moeten weg, maar we kunnen niet langs dezelfde weg terug. Ze komen eraan,' ging Tekla verder. Ze moest haar best doen om het goed te formuleren.

Simon keek haar aan en glimlachte.

'Nee, Tekla. Ik ga nergens heen.'

'Simon!' schreeuwde Tekla. Haar woorden suisden in haar oren. Er was iets mis met de registratie. 'Simon, alsjeblieft. We moeten weg. Nu.'

'Nee.'

Ze omhelsde hem. Ze fluisterde in zijn oor: 'Sorry. Sorry dat ik zo'n slechte zus ben geweest. Ik zal je nooit meer kwijtraken.'

Simon keek haar recht aan. Even leek het alsof er iets in hem ontwaakte, alsof hij terugreisde door de tijd. Ze had hem bijna bereikt, zag ze, maar ze was er nog niet.

'Het is te laat,' zei Simon.

Ze hoorde stemmen op de achtergrond. Die van Magnus en een andere man, maar ze draaide zich niet om.

'Nee, dat is niet zo,' riep Tekla. 'Ik weet wat je doet. Je wilt de hele schuld op je nemen. Maar zo werkt het niet. Het is niet jouw schuld dat je hierin betrokken bent geraakt.'

Simon glimlachte zo breed dat zijn grote tanden zichtbaar werden.

'Wiens schuld is het dan?'

'Laat maar. We moeten hier nu gewoon weg,' zei Tekla, om zich heen kijkend. 'Die boot daar, van wie is die?'

'Van Tobias.'

'Waar is hij?'

'In de stad.'

De regen was in hevigheid toegenomen. Het water drong door Tekla's kleren heen en sijpelde langs haar ruggengraat. Ze kwam er niet uit of het gloeiend heet was of ijskoud.

'Kun je hem aan de praat krijgen?'

Simon knikte.

Tekla duwde haar broer bijna de boot in en trok aan het touw. Het zat stevig vast. Uiteindelijk kreeg ze het los en ze sprong in de boot. Haar vingertoppen deden pijn.

Opeens hoorde ze Simon schreeuwen en naar Magnus wijzen: 'Wat doet hij hier?'

'Wat bedoel je?' vroeg ze.

'Hij was het! Het is allemaal zijn schuld! Hij heeft het geld in Haninge meegenomen. Hij heeft me bedreigd en een pistool tegen mijn hoofd gezet.'

Tekla pareerde een golf en hield zich vast aan de rubberen reling. Ze keek naar Magnus, kneep haar ogen tot spleetjes om niet dubbel te zien. Door de steeds hardere regen riep ze naar Magnus. De golven sloegen tegen de boot en ze raakte haar gevoel voor richting kwijt.

Magnus schudde zijn hoofd, maar Tekla zag aan hem dat het waar was. Hij wilde de voorsteven vastpakken. Tekla pakte een roeispaan die op de bodem lag en duwde de boot af, zodat Magnus niet aan boord kon springen. Ze wilde tegen hem schreeuwen, hem slaan, maar had al haar krachten nodig om bij de steiger weg te peddelen en weg van de boeien aan de zijkanten. Simon was bezig de benzineslang aan de motor te koppelen.

Tekla keek weer omhoog naar de steiger en zag dat Magnus niet meer naar haar keek, maar naar iets schuin achter haar. Ze draaide zich om en zag Håkan staan met een pistool dat hij op Simons hoofd richtte. Hij was op de punt van de metalen vingerpier geklommen en in de boot gesprongen.

'Blijven duwen!' riep Håkan door het gekletter van de regen heen. 'Daarna ruilen we van plaats. Jij start de motor.'

Tekla deed wat hij zei. Door het kabaal heen hoorde ze Magnus, maar ze kon geen woorden onderscheiden. Ze wierp een schuine blik op Simon, die met zijn handen tussen zijn benen zat. Hij keek niet eens bang. Hij zag eruit alsof hij het al had opgegeven.

Zaterdag 15 juni
Muskö, Stockholms archipel

De wind was aangewakkerd boven Mysingen. De golven op het open water werden steeds hoger. Er waren niet veel boten op het water, maar aan de horizon was een eenzame kustjager van de marine te zien, op weg naar het monument van Älvsnabben.

Magnus hield zijn pistool in zijn ene hand en probeerde met de andere zijn ogen te beschermen tegen de regen. Hij kneep ze tot spleetjes en probeerde te zien wat er gebeurde in het bootje dat een meter of twintig verderop in de zee-engte omhoogging op de golven. Hij hoorde het doffe gebulder van de kustjager ver op zee, maar zijn gedachten draaiden alleen maar om wat er was gebeurd. Simon had hem herkend van Haninge en vanaf de steiger kon hij onmogelijk aan Tekla uitleggen hoe het allemaal zat. Van het weinige vertrouwen dat hij had weten te kweken was nu niets meer over.

Hij keek om zich heen. Geen andere boten bij de steiger. Geen mens te zien. Hij probeerde helder te denken. Snel te analyseren en te handelen. Maar hij snapte niet waarom Håkan Simon wilde doden. Waarom was hij in de boot gesprongen en had hij zijn pistool op Simons hoofd gericht? Magnus hief zijn pistool en richtte, maar de boot hotste heen en weer. Hij kon niet op Håkan schieten, want het risico dat hij dan iemand anders raakte was te groot.

Zijn hele lichaam schreeuwde: doe iets, kom in actie! Red Tekla! En Simon! In zekere zin was het allemaal zijn schuld. Hij had erin toegestemd het geld mee te nemen in Haninge, en daarna was het allemaal uit de hand gelopen.

Magnus liep achteruit, sprong van de steiger en zette een paar stappen in het koude water. De golven sloegen tegen zijn bovenbenen en hij besefte dat hij er niet naartoe zou kunnen zwemmen. Het zou te lang duren, en Håkan zou hem gemakkelijk kunnen neerschieten als hij dichterbij kwam. Håkan, die klootzak! Hij had er een puinhoop van gemaakt. Hij had zijn ziel verkocht, misschien al lang geleden. Maakte hij gemene zaak met de Oezbeken? Of met de Red Bears? Magnus realiseerde zich dat Håkan misbruik van hem had gemaakt. Misschien was hij daar op de politieacademie al mee begonnen. Hij voelde zich stom, naïef en besodemieterd.

Hij keek om zich heen. Er stond een surfplank tegen een boom, maar zou hij daarmee de golven aankunnen? Er lag ook een oude roeiboot op de kop, maar die leek rot. Iets verder weg: een kajak. Magnus rende erheen, trok hem naar het water en keerde hem om. Verdomme, geen peddel. Het boothuis. Misschien waren daar peddels. Maar moest hij daarheen rennen en tijd verliezen? Of met zijn handen peddelen?

Er klonk een pistoolschot op de boot.

Magnus wierp zich instinctief op de grond. Hij probeerde te zien wat er gebeurde, maar de boot was nu een meter of vijftig van hem verwijderd en de regen viel met bakken uit de lucht. De golven sloegen tegen de kajak toen Magnus hem het water in duwde. Hij ging op zijn buik liggen en peddelde met zijn handen. Het pistool stopte hij achter in zijn spijkerbroek. Het was doorgeladen. Hoeveel schoten? Een vol magazijn, dat had hij gecheckt toen hij naar de steiger rende. Het zat allemaal in zijn ruggenmerg; door alle fysieke training en mentale oefeningen was hij in staat los te koppelen, uit te zoomen en de automatische piloot in te schakelen. Håkan zou geen partij voor hem moeten zijn; hij had niet dezelfde vorm als Magnus. Hij moest alleen in de boot zien te komen zonder te worden neergeschoten.

De kajak maakte al snel water. Håkan zou hem moeilijk kunnen raken, liggend in een deinende boot. Maar hoe het ook zou gaan, hij had zich voorgenomen zichzelf op te offeren om Tekla te redden. Zij zou niet sterven door zijn verkeerde keuzes.

Toen hij halverwege was gekomen, zag hij de contouren van twee gestalten die in de boot stonden. Hij hoorde de motor aanslaan en uitgaan, maar hij wilde niet starten. Voor zijn gevoel duurde het een eeuwigheid voordat hij er was. Het water spatte in zijn gezicht en smaakte zout. Hij ging sneller peddelen. Wat voor pistool had Håkan? Een Sig Sauer, net zo'n wapen als hijzelf bij de inval in Haninge was kwijtgeraakt. Had Håkan meer wapens? Niet dat hij wist.

Magnus bevond zich nog maar een tiental meter van de boot. Twee personen stonden elkaar te duwen; de ene was Håkan, maar hij zag niet wie de tweede was. Hij hoorde stemmen en identificeerde Tekla. Wie was er dan neergeschoten? Simon?

Toen hij de boot naderde, hoorde hij aan de andere kant een lichaam in het water plonzen. Of springen. Daarna nog een plons. De boot schommelde hevig heen en weer, maar Magnus wist de reling te pakken te krijgen. Hij stabiliseerde de kajak tegen de boot, maar voelde dat hij weggleed; de kajak was zwaar, stond vol met water en kon elk moment kapseizen.

Magnus verloor zijn houvast en bleef hangen tussen de wegglijdende kajak en de boot, maar met inspanning van al zijn krachten wist hij ten slotte over de reling te komen.

Hij zag dat er iemand achterin op de bodem van de boot lag. Het was Simon. Magnus kroop erheen en zag dat Simon in zijn arm was geschoten. Hij was in shock en zag er doodsbang uit.

'Jij...'

'Je hebt niks te vrezen,' zei Magnus. 'Ik kom jullie helpen.'

Hij trok zijn overhemd uit en rolde het snel op, wikkelde een drukverband om Simons arm en probeerde tegelijkertijd uit te kijken over het water om Tekla en Håkan te vinden.

'Tekla,' riep Simon tussen de pijnaanvallen door. 'Ze kan niet zwemmen.'

Magnus liet Simons gewonde arm los en stond op. Hij zag Håkan naar Tekla toe zwemmen. Ze maaide wild met haar armen en bevond zich meer onder water dan erboven.

Magnus trok zijn pistool en probeerde te richten, maar de boot schommelde en de regen benam hem het zicht. Voordat hij een goede vuurpositie had kunnen vinden, had Håkan Tekla al bereikt en haar onder water geduwd.

Magnus dook in het water en begon te zwemmen. Het koude water nam hem in zijn greep en zijn kleren voelden opeens als lood. Hij probeerde al zijn krachten aan te wenden en zwom onder water recht naar de plek waar hij Håkan en Tekla vermoedde. Hij zag niets in het donkere water, maar kreeg een been te pakken. Hij voelde meteen dat het Håkan was.

Magnus probeerde Håkan naar beneden te trekken, maar die was hem meteen de baas. Magnus slaagde er op de een of andere manier in boven te komen en ademde in, maar voelde dat Håkan met zijn grote hand zijn hoofd vastpakte. De golven rukten en trokken hen heen en weer. De kou verlamde zijn spieren. Maar het was een gevecht op leven en dood, en dan golden er andere natuurkundige wetten.

Magnus kon nog een keer inademen voordat hij weer de diepte in werd geduwd. Hij probeerde Håkan weg te duwen, maar was aan het eind van zijn krachten. In het water wist Magnus nauwelijks meer wat onder of boven was. Hij zag dat Håkan iets wilde pakken; hij bracht zijn hand naar zijn voet. Had hij een mes?

Magnus kreeg Håkans jas te pakken en trok zich centimeter voor centimeter omhoog naar de waterspiegel. Håkan werkte hem tegen, maar hij was al langer in het water dan Magnus. Zijn energie raakte ook op.

Magnus wist Håkan bij zijn hals te pakken, duwde harder en voelde het leven uit Håkan wegtrekken. Hij aarzelde, maar bleef vasthouden. Ze zonken samen onder water. Alles werd stil.

Uiteindelijk gaf Håkan het op. Zijn lichaam werd slap.

Magnus kreeg spijt en liet Håkan bovenkomen. Hij hoorde het geluid van de bruisende golven. Håkan hapte naar adem. Hij probeerde weg te zwemmen.

'Hoe kun je zo achterlijk zijn om alles op te offeren voor twee mislukte junks!' riep Håkan al hijgend.

Magnus keek zijn oude vriend aan. Hij zag zijn spottende lach, die hij al zo vaak had gezien. Hij voelde een vlaag van boosheid door zijn ruggenmerg gaan toen hij besefte hoe broos hun vriendschap altijd al was geweest. Hoe groot het verraad was.

Håkan reikte naar het mes bij zijn voet, dat hij al eerder had willen pakken. Magnus slaagde erin Håkans hand vast te grijpen voordat het mes in zijn middenrif werd gestoken. Hij voelde de punt door zijn huid gaan, steeds verder door de lagen van zijn buik heen. De spiervezels die werden doorsneden, het taaie oppervlak van het bindweefsel dat werd doorboord, het gevoelige oppervlak van het buikvlies dat pijnlijk scheurde. Het water was ijzig koud, maar het mes voelde nog kouder aan; er ging een scheut naar zijn wervelkolom.

Magnus zette alles op alles om het mes weg te halen, maar voelde dat hij zonk, dat hij zijn benen bijna niet meer kon bewegen. Hij ging over tot een laatste wanhoopsdaad: hij stopte met zwemmen en pakte met beide handen Håkans hand met het mes erin vast en draaide. Stukje bij beetje wist hij het mes los te wrikken. Hun gezichten waren maar een paar centimeter van elkaar verwijderd.

Daarna stak hij. Recht in Håkans hart.

Håkans hart trilde.

Magnus stopte. Hij riep: 'Sorry!', maar het leven sijpelde uit Håkan weg. Zijn hersenen hadden begrepen wat er was gebeurd en een paar pijnlijke seconden was hij hartdood, maar nog niet hersendood.

Magnus keek de andere kant op en duwde Håkans lichaam weg.

Vervolgens keerde hij zich om naar de boot en zag dat Simon met zijn gezonde arm wees. Maar Magnus zag Tekla nergens. Ze was weg.

Hij ademde diep in en dook. Hij voelde een stekende pijn in zijn buik, maar die was niet verlammend. Het was donker beneden en Magnus zag bijna niets. Hij kwam weer boven en ademde heftig. Hij was stijf van kou en uitputting. Magnus dook weer onder, maar hield het niet lang vol. De golven spoelden over zijn vermoeide hoofd toen hij bovenkwam om zuurstof te happen. Nog één keer haalde hij adem en dook weer naar de diepte. Hij maakte een paar extra slagen naar de bodem en net toen hij wilde omkeren kreeg hij een arm te pakken. Hij verzamelde al zijn krachten en trok het lichaam naar boven. Tekla was levenloos. Magnus hield haar met zijn ene arm tegen zijn borst en zwom naar de boot, decimeter voor decimeter. De pijn in zijn buik werd heviger. Toen hij bij de boot kwam, hielp Simon hem om Tekla uit het water te trekken. Hij riep haar naam, terwijl hij Simon mond-op-mondbeademing op zijn zus zag toepassen. Magnus hees zich over de reling en liet zich naast Tekla vallen.

'Tekla!' riep hij weer. Hij ging op zijn hurken zitten en duwde haar borstkas in. Magnus zag het bloed uit zijn buik gutsen, maar als Håkan de aorta had geraakt, had hij al dood moeten zijn, bedacht hij. Een paar tellen later begon Tekla haar armen te bewegen. Magnus stopte met duwen. Simon stopte met de mond-op-mondbeademing.

Toen begon Tekla te hoesten. Er kwam water uit haar longen en ze rolde langzaam op haar zij. Ze hoestte en rilde. Maar ze leefde.

Epiloog

Vrijdag 28 juni
Het crematorium, begraafplaats Lidingö

De kist was van licht hout. Eenvoudig maar toch mooi, dacht Tekla. Ze volgde het rustige, methodische werk van Jan Nilsson, de crematoriumtechnicus. Hij reed de kist op een wagentje van de koelruimte naar de oven. De kamer was koel, maar Tekla kon de warmte van de vlammen in de oven voelen. Jan keek naar een meter en draaide ergens aan. Hij was verbazingwekkend toeschietelijk geweest toen ze had gezegd dat ze er graag bij wilde zijn. Als zijn hoofdbehandelaar, had ze gezegd.

Het ruiste luid in de oven. Als een waterval. Jan legde uit hoeveel kubieke meters olie er nodig waren voor elke crematie. Aan de gele tegelwand hing een rode brandblusser. Een metalen emmer op de grond zat vol met oude protheses.

Tekla stond op de rode trap die naar het crematorium leidde. Ze leunde tegen de tegelwand, huiverde licht en dacht verlangend aan de mooie zomerdag.

Jan reed de kist naar een plek ter hoogte van de oven. Langzaam gleed hij de vlammen in.

Tekla dacht aan Simon. Hij vroeg zich af of hij zo lang zou leven dat hij een nieuwe knie of heup nodig had. De kansen waren minimaal. Maar ze kon voorlopig ontspannen. Hij had uiteindelijk ingestemd met het voorstel het appartement van hun oom in Malaga te gebruiken. Een verandering van omgeving. Even weg van alles. En dan kon Tekla tot rust komen. Hij had zich ingeschreven voor een afkickprogramma. Hij klonk zelfs echt fit toen hij een paar dagen geleden had gebeld. Zou het een paar weken zo blijven? Een paar maanden? Tekla probeerde niet zo ver vooruit te denken. Ze kreeg in elk geval een broodnodige pauze. Ze zou proberen in het moment te leven.

De kist bevond zich in de oven. Jan drukte op een knop. Er kwam een spiegelgladde stalen deur naar beneden.

Opeens hoorde Tekla geritsel achter zich, en een bekende stem vroeg: 'Ook eentje?'

Het spiegelbeeld van Monica Carlsson dook op in de deur van de nu gesloten oven. Ze draaide zich om. Ze zag de zak dropjes die haar werd toegestoken.

'Wat doe jij hier?' vroeg Tekla verbaasd.

'Neem er een,' drong Monica aan, schuddend met het zakje.

'Dank je, maar... Nou ja, waarom ook niet?' Tekla pakte een dropje.

'Fijn dat je bent gekomen,' zei Monica.

Tekla had de ziekenhuisdirecteur nog nooit zo nonchalant gekleed gezien: een witte lange broek en een zwartzijden blouse, lage schoenen van groene stof.

'Hoelang duurt het?' riep Monica naar Jan.

'Als we op duizend graden zitten,' antwoordde Jan door het geruis heen.

'Nee, hoeláng duurt het?'

Jan liep naar hen toe. 'O. Zo'n anderhalf uur.'

'Zullen we koffiedrinken?' vroeg Monica.

'Goed.'

Ze liepen de trap op en verlieten het crematorium.

'Ik weet een plek,' zei Monica.

Ze liepen naar het water, naar een oud rood huisje dat een café bleek te zijn.

'Ben je hier eerder geweest?' vroeg Tekla, en ze bestelde koffie met een spijsgebakje.

'Verkeerde vraag. Je zou moeten vragen waarom hij uitgerekend hier wordt gecremeerd.'

'Dat zou mijn volgende vraag zijn.'

'Ik vind de ligging hier mooi,' zei Monica. 'Aan het water.' Ze bestelde een Zingo en een tompoes. 'Bovendien hebben we ons familiegraf hier. Dus ik ken de pastor goed.'

'Dat verklaart veel.'

Ze gingen bij het raam zitten. De stoelen waren aan de kleine kant voor Monica, die met veel gestommel aan de oude tafel ging zitten.

'Hoe gaat het met je?' vroeg Monica.

'Goed.'

'Je liegt slecht.'

Tekla dacht na.

'Alles is relatief.'

'Dat is waar,' zei Monica, en ze sneed met haar lepel door het roze glazuur.

Toen ze de urn hadden opgehaald en de papieren hadden ondertekend vroeg Monica: 'Waar moet hij liggen?'

Tekla hield de zandkleurige urn vast en dacht na.

'Ik heb een idee. Maar ik weet niet of het een goed idee is als mijn baas ziet wat ik doe.'

'Lijk ik iemand die altijd de regels volgt?'

Tekla glimlachte. 'Geen commentaar.'

'Kom op,' zei Monica, die de warme junizon in liep. Ze keek omhoog. 'Nu is het echt zomer.'

Tekla liep over het grind naar het parkeerterrein.

'Ga je mee?'

Monica knikte.

Ze liepen naar het water. Langs het café en verder naar de landtong een paar honderd meter verderop. De seringen bloeiden. Een grasmaaier bromde in de verte. Boten voeren kalmpjes door de engte, voordat ze gas konden geven op het open water. Tekla voelde zich klein naast de imposante ziekenhuisdirecteur. Tegelijkertijd was het een veilig gevoel. Het was fijn dat ze deze weg niet alleen hoefde af te leggen.

Een paar meeuwen doken omlaag naar de weg waarop ze liepen. Monica zei: 'Moet je door het water gaan, ik ben bij je. Of door rivieren; je wordt niet meegesleurd. Moet je door het vuur gaan, het zal je niet verteren. De vlammen zullen je niet verschroeien.' Monica keek uit over het water. 'Mattheus 14 vers 22.'

'Eerder Jesaja 43 vers 2,' antwoordde Tekla.

Monica keek Tekla verbaasd aan en glimlachte.

'Ik wist niet dat je de Bijbel las.'

'Dat doe ik ook niet,' zei Tekla zonder zich te bedenken.

'Maar je hebt die bladzijden wel gezien?'

Tekla realiseerde zich dat ze in de val was gelopen. Monica wist van haar fotografische geheugen.

Eerst was Tekla geïrriteerd. Ze voelde zich ontmaskerd. Naakt. Maar dat ging snel over. Na alles wat er was gebeurd was er een evenwicht tussen hen ontstaan. Tekla wist evenveel van Monica als omgekeerd.

Ze liepen door naar de landtong. Ze verlieten de weg, namen een paadje door het berkenbos en kwamen op de rotsen. Het open water lag voor hen. Huizen langs de kustlijn aan de overkant. Maar geen mensen in de buurt.

Allebei bleven ze zwijgend staan uitkijken over de golven. Er stond een aflandige wind.

Tekla haalde het deksel van de urn.

'Maar wie was hij?' vroeg Tekla.

'Niemand,' antwoordde Monica.

'Jawel, voor mij was hij iemand. Was hij een Rus? Een Oezbeek? Had hij een gezin? Een naam?'

'Oleg Zimin.'

Tekla draaide zich naar Monica om.

'Hoe...?'

Nu begreep ze waarom ze had gedacht dat hij vroeg of ze kon zwemmen.

'Strooi nu zijn as maar uit,' zei Monica. 'Zorg dat je iets van die onrust kwijtraakt. Dan kunnen we verder. Er ligt toch een politieman in het ziekenhuis die je moet bezoeken?'

Tekla zette een paar stappen over de natte rots en strooide de as in het water.